대원군 3

대원군 3

펴낸날 | 2001년 8월 1일 초판 1쇄

지은이 | 류주현
펴낸이 | 이태권
펴낸곳 | 소담출판사
　　　　서울시 성북구 삼선동4가 37번지 (우)136-044
　　　　전화 | 927-2831~4　팩스 | 924-3236
　　　　e-mail | sodamx@chollian.net
　　　　등록번호 | 제2-42호(1979년 11월 14일)
기　획 | 박지근 이장선
편　집 | 조희승 이진숙 김묘성 김광자 김효진
미　술 | 박준철 김정희
본부장 | 홍순형
영　업 | 박종천 이상혁 안경찬
관　리 | 안근태 변정선 박성건 안찬숙 김미순

사　진 | 박준철

ⓒ 류주현, 2001
ISBN 89-7381-460-5 04810
ISBN 89-7381-457-5 (전5권)

● 책 가격은 뒤표지에 있습니다.

대원군 3

웅비雄飛의 장章

류주현 대하역사소설

소담출판사

차례

류주현대하역사소설

제3권 웅비雄飛의 장章

보복報復은 천천히 끈덕지게 ... 9

꽃샘을 타고 눈보라가 온다 ... 45

사랑이란 독점獨占하고픈 집념執念 ... 78

죽은 자者엔 외면外面, 산 자者엔 충고忠告 ... 113

공功을 세우라 출세出世할 게다 ... 142

아무도 보지 않았다 ... 172

궐기하라 왕부王府가 초라하다 ... 198

치마를 둘렀거든 질투를 하라 ... 231

장단長短을 쳐라 춤을 출 게다 ... 259

심상心像이 흐리거든 하늘을 보라 ... 289

❦ 제1권 낙백落魄의 장章

나는 왕손王孫이 아니로소이다
대감大監, 차라리 돌이나 되시지요
공명功名도 부귀富貴도 다 잊었노라
양귀비楊貴妃는 석양夕陽에 지는고야
낙엽落葉은 밟지 말라더이다
명주초원明紬草原엔 꽃사슴이 노닐고
가슴을 헤치고 전주全州 이가李哥다
하늘보고 주먹질 허무虛無하구려
동창東窓이 밝느냐 밤이 길고나

❦ 제2권 권좌權座의 장章

행운유수行雲流水, 길이 아득하외다
인왕하仁旺下의 괴노怪老가 말하기를
파계破戒 또한 미덕美德이 아니리까
만백성萬百姓아 내 이름은 대원군大院君
길은 왕도王道, 전하殿下라 부르오리다
산山너머엔 또 산山이더이다
태산명동泰山鳴動에 서일필鼠一匹이지요
금위대장禁衛大將 나가신다
동매冬梅는 피는데 여정女情 구만리九萬里
나를 따르는 자者엔 복福이 있나니

❦ 제4권 척화斥和의 장章

운현궁雲峴宮 용마루에 십자가十字架를
절두산切頭山 밑에서 칼춤을 춘다
어느 정사情事가 종말終末이 날 때
가례嘉禮날 꿈이 괴상도 했단다
양함습래洋艦襲來, 비보飛報는 말을 타고
집념執念은 병病, 정情은 물일레라
외침外侵이다, 한강수漢江水를 막아라
나그네 반기는 강도江都 갈매기
꿈은 설익어 천년千年이란다
뭣인가 잘못돼 가고 있다

❦ 제5권 실각失脚의 장章

상소上疏를 올려라 권좌權座가 보인다
달도 차면 기운다던가
야로野老는 말하기를, 두고 보자
영화榮華는 짧고 보복報復은 가혹苛酷
노옹老翁 돌아와서 한 일이
수호修好는 일방통행一方通行이었다
군란軍亂과 운변雲邊과 왕궁王宮과
영화榮華의 말로末路는 처참했다
정情든 산천山川은 고국故國에 두고
굿도 잦고 괴물怪物도 많은 밤중에
왕비王妃, 왜 여자女子로 태어나서
추선秋仙은 사랑을 잃다가
대문大門을 닫아 걸어야지
아소당我笑堂 주인主人은 웃음이 없었다

웅비雄飛의 장章

보복報復은 천천히 끈덕지게

연일 지분거리는 날씨였다.

그날 새벽에도 진눈깨비가 차분히 내려서는 땅바닥에 얼어붙었다. 그리고 먼동이 틀 때도 아직 내리고 있었다.

겨울날씨가 궂고, 아직 새벽이 이른데 교동 골목이 술렁거렸다.

심상찮게 조용히 술렁거렸다.

(무슨 일이냐?)

날이 채 밝지도 않았는데 웬 발자국소리들이 골목길을 누비는가 싶어, 간혹 잠이 일찍 깬 마을 사람들은 조심스럽게 귀를 기울였다.

아예 대문을 열어 보려는 사람은 없었다. 기침소리들도 내지 않았다.

청각(聽覺)만 날카롭게 곤두세우고 바깥 동정에 신경을 모으고들 있었다.

(기어코 무슨 사단이 벌어지는구나.)

잠이 일찍 깬 지각있는 마을 사람들은 대원군이 김병기에 대해서 기어코 보복의 칼날을 뺐다고 직감했다.

나졸들이 김병기의 집을 포위하느라고 수런거린다고 직감했다.

그렇지 않고서야 세도 잃은 김병기의 집을 향해서 꼭두새벽부터 몰려가는 발자국소리가 있을 리가 없는 것이었다. 교동의 주민들은 대개가 행세깨나 하는 사람들이었다.

정치적인 정세 추이에 대해서 남달리 민감한 부류들이다.

따라서 대원군과 김씨네의 대결을 예의(銳意) 관전하고 있는 사부(士

夫)들이다.
(아무 일도 안 일어날 리가 없다!)
그들은 패권을 잡은 대원군이 세력 잃은 김씨네한테 끝내 보복의 칼을 뽑지 않으리라고는 생각하지 않았다.
—반드시 피를 본다. 탈관삭직의 그런 온건한 파동만으로는 끝나지 않는다!
누구나 그렇게 생각하고 있었다. 만약 이대로 정국이 가라앉는다면, 너무나 싱거운 노릇이다. 기대에 어긋나는 것이다.
사람들은 그렇게 생각하고 있다.
남의 집에 불이 났다. 안됐다고 모두 동정한다. 불은 빨리 잡아야 한다고 생각한다.
그러나 불구경을 하는 사람들에게 있어서 남의 집에 붙은 불길이 맥없이 꺼져버리면 싱겁기가 짝이 없다. 웬지 기대에 어긋나서 허전한 것이다.
교동 김병기의 집과 골목을 함께 한 사람들도 그와 같은 심정이었다.
김씨네한테 억원이 없는 사람들도 매일매일 무사하기만 한 골목 안의 동정이 기대에 어긋나서 허전하던 참이었다. 그런데,
(오늘 새벽에야 터지는구나!)
새로 패권을 쥔 강자가 '미명(未明)에 행동을 개시해서' 전격적으로 구세력의 목줄기를 누르는 모양이라고 그들은 서슴없이 단정했다.
「무슨 일일까요?」
눈이 휘둥그래져서 묻는 아내의 말에,
「글쎄?」
잠자리의 어느 남편은 극도로 말조심을 했고,
「나졸들의 발소리가 아닐까요?」
다시 묻는 아내에게,
「글쎄?」
골목 안 어떤 남편의 신경은 흥미와 긴장으로 더 한층 날카로워져 가고 있었다.

새벽녘에는 한낮보다 모든 소리가 월등하게 멀리 울려퍼진다.
어디선가 멀리서 닭이 홰를 치며 꼬끼요오하고 목청을 뽑았다.
이내 또 어느 집에선가는 어린애가 까르르까르르 울어대다가 뚝 그쳤다.
골목 안은 다시 조용해졌다.
사각거리며 내리는 진눈깨비소리만이 이른 새벽의 공간을 흔들고 있었다.
그러나 골목 안 사람들의 상상은 적중하지 않았다.
바로 그 무렵이었다.
어둑신한 교동 어귀에 남여 한 채가 떴다.
남여는 꺼불꺼불 골목 안으로 다급하게 들이닥치고 있었다.
「발조심들 해라!」
남여 위에 동그마니 올라 앉은 주인이 교군꾼들한테 말했다.
「말짱 빙판인뎁쇼.」
앞장 선 교군꾼이 한쪽 발을 찍 미끄러뜨리며 주인의 말을 받았다.
「이놈아, 조심하라니까!」
남여 위에 탄 사람은 턱수염이 탐스럽게 흩날렸다. 김좌근이다.
그는 소실 나합한테서 자고 새벽 일찍 아들의 집이며 자기의 본댁인 교동집으로 돌아오는 길이었다.
칠십 노인이 왜 이리 이른 새벽에 행동을 개시했을까. 까닭이 있는 게 분명했다.
정말 까닭이 있는가 싶었다. 잠시 후엔 김병필이 교가를 몰아 새벽길을 더듬어 김병기의 집으로 들어갔다.
그리고 좀 늦어서는 홍근도 나타났다.
김병기의 사랑엔 불과 서너 사람이 모였으나 지금에 와서는 그들이 안동 김씨네의 마지막 남은 중견이며 두령이며 일꾼이다. 같은 안동 김씨지만 김병학 김병국 형제는 대원군 쪽으로 돌아 버렸으니 남은 구세력의 핵심은 그들 서너 사람뿐인 것이다.
사랑에는 황촛불이 밝았다.

김좌근을 중심으로 김흥근과 병기, 병필이 자리를 함께 했다.

집안의 영좌인 김좌근이 장죽에다 담배를 담아 입에 물자 아들 병기가 부싯돌을 쳐서 불을 붙여줬다.

김흥근이 먼저 입을 열었다.

「초이렛날 강원도 평강을 통과했다니까 오늘 새벽엔 낙자없이 들이닥치겠죠?」

오늘은 정월 초열흘이다. 김병필이 한마디 거들었다.

「지금쯤 미아리고개를 넘고 있을지도 모릅니다.」

김좌근이 입에 물었던 옥물부리를 쑥 뽑았다.

「하여간 도착되는 대로 시간 끌지 말고 받아 챙겨야 한다. 왁자하게 소문이 나면 시끄럽게 되기 쉬워!」

김병기가 바깥에다 귀를 기울이는 듯한 표정으로 덤덤히 말했다.

「어차피 우리의 사재(私財)로 만들 수는 없는 노릇이니까 지체할 것 없이 운현궁으로 보내면 되는 거지요.」

그들이 새벽 일찍 모여서 초조하게 기다리는 것은 함경감사 이유원에게서 보내 오는 돈바리였다.

일찍이 세도 김병기가 신임하는 함경감사 이유원에게 밀령을 내려 몰래 새로 주조시킨 돈바리가 오늘 새벽쯤 김병기의 집에 도착할 예정이었던 것이다.

최소한 30만 냥은 넘을 것이었다.

김병기는 이 돈을 예정에 넣고 대원군과의 거래를 성립시킨 바 있는 것이다.

용동궁에 바칠 돈 중에도 이 밀주전의 일부가 포함되기로 예정돼 있었다.

그리고 김병필이 자진해서 흥인군 이최응과 거래했다는 여주목(驪州牧) 매관자금도 이 돈 중에서 멋대로 일부를 떼어낼 작정들이었다.

그런 돈바리였다. 20필, 30필의 나귀등에 실려 미구에 거창하게 교동 골목으로 들이닥칠 돈바리였다.

「흥인군이 간밤에 제 집엘 다녀갔습니다.」

김병필의 보고였다.
「뭐라구 하던가?」
김좌근이 물었다.
「여주목에 대해선 대원군이 고려해 본다고 했으나 돈을 먼저 달라더군요.」
그 말에 김병기가 카랑하게 한마디 했다.
「호랑이 아가리에다 날고기 넣지, 덮어 놓고 무슨 돈을 줘요? 그 흥인군을 믿구 돈을 줘요? 도대체 대원군을 너무 만만히들 봅니다. 그는 아마 우리 뱃속까지 들여다보고 있을 걸요!」
모두들 침묵했다. 그 침묵은 오래 가지 않았다. 잠시 후 침묵이 깨지면서 사람들은 얼굴빛이 파랗게 질렸다.
김병필이 김병기한테 면박을 당하자 엉뚱한 말을 불쑥 꺼냈던 것이다.
「그러구 참, 내일쯤엔 대원군이 직접 여길 오겠다구 했다는군요.」
이것은 실로 놀라운 이야기였다.
천하를 휘어잡은 대원군이 자기의 손으로 몰락시킨 원적(怨敵) 김병기의 집을 몸소 찾아오다니 있을 법한 일이 아닌 것이다.
사람들은 얼굴이 새파랗게 질릴 수밖에 없었다.
「여길 오겠다니?」
김병기가 반문했다.
「자기 형한테 말하기를 하옥대감께선 실직(實職)에서 물러나셨으나 상신(相臣) 자리엔 머물러 주시길 원하며…….」
김병기도 당분간은 서울에 안심하고 머물러 있으라고 했다는 대원군의 전언을 김병필이 말하자,
「그놈이 겉으로는 너그러운 척하면서 우릴 새알 볶듯이 들볶을 작정입니다!」
김병기는 씹어 뱉듯이 말하고는 입맛을 쩍쩍 다셨다.
김병기의 판단은 언제나 날카롭고 정확했다.
대원군과 그는 좋은 적수였다.

대원군은 김병기를 만만히 보지 않았고, 그의 뱃속을 꿰뚫어볼 줄 알았고 김병기는 김병기대로 대원군이 보통 인물이 아님을 이미 깨달았고, 그의 뱃속을 꿰뚫어볼 줄 알았다.

「그가 갑자기 왜 여길 온다는 게야?」

김흥근이 고개를 갸웃했다.

김좌근은 담배만 뻑뻑 빨아대면서 침묵했다.

「무슨 엉큼한 속셈이 있을 겝니다!」

김병필이 눈을 껌벅이며 말했다.

김병기가 어금니를 주근주근 씹다가 또 한마디 했다.

「아마 무슨 심한 장난질을 당할 겝니다!」

김병기는 자기가 홍선한테 저지른 과거의 세세한 일들을 생각하고 있었다.

면박도 많이 주고 봉변도 많이 줬다.

반은 짓궂은 장난이었고 절반은 세도 김병기로서의 무심한 교만이었다.

이쪽에선 무심한 행동이었지만, 당한 저쪽에선 골수에 사무친 일들이 한두 가지가 아닐는지도 모르는 것이다.

김병기는 말했다.

「대원군은 지금 나를 죽일 수도 있습니다. 무슨 죄목이라도 씌워서 죽일 수가 있습니다. 그런데 너그러운 체하고 있는 건 두고두고 곯려 줄 뱃속임이 틀림없어요. 내일 내 집을 찾겠다는 것은 아마 그 첫 장난질일 겝니다.」

김병기는 이미 각오가 돼 있는 사람 같았다.

어차피 피할 수 없는 운명이라면 어떻게 받아넘기느냐가 문제인 것이다.

그는 아버지 김좌근을 보면서 말했다.

「그놈이 특히 더 싫어할 사람은 두 사람입니다.」

누구누구냐고 묻지들은 않았다.

묻잖아도 그 하나는 김병기일 것이고 나머지 한 사람은 모두 자기 자신을 지목해 보면서 불안한 얼굴들을 했다.
 그러나 김병기는 대원군이 특히 싫어할 것이라는 두 사람을 설파했다.
「하나는 물론 나 김병기올시다. 그리고 또 하나는 양씨예요.」
(양씨?)
 양씨라면 김좌근의 소실 나합이다. 나합은 일개 여자이며 천한 첩실인데, 그러나 대원군이 특히 미워하는 사람의 하나일 거라고 김병기는 설파한 것이다.
 그들은 지금이라도 함흥에서 들이닥칠 돈바리 생각은 까맣게 잊고 있을 지경이었다.
 그만큼 대원군의 김병기 집 심방설(尋訪說)은 그들에게 큰 충격을 줬다. 어느 사이에 환히 밝던 황촛불은 그 빛을 거의 잃고 있었다. 날이 밝아온 것이다.
 그들은 바깥에다 일제히 귀를 기울였다.
 그러나 대문 밖에선 아무 소리도 들려오지 않았다. 말발굽소리가, 수십 마리의 말발굽소리가 어수선하게 들려와야 하는데, 그저 괴괴하기만 했다.
「이젠 날이 새는데…….」
 김병필이 먼저 실망의 빛을 얼굴에 나타냈다.
 사흘 전에 평강을 지났으면 오늘 새벽 미명에는 들이닥쳐야 하는 노정(路程)이다.
 흔히 그런 짐바리는 태양이 밝은 대낮엔 서울 복판에 들어오지 않는다.
 서울 턱밑에 와서 날이 밝거나 저물어도 여각에서 쉬고 다음날 새벽 일찍이 시내로 들어오는 게 상례다.
 남의 이목을 끌지 않게 하기 위해서임은 물론이다.
 일부 사람들은 밤이란 본시가 떳떳지 않은 일을 하라고 있는 것으로 안다.
 자시(子時)가 넘으면 도성의 통행은 금지되는 것이다. 인경을 울려

금지시키고 있다. 묘시(卯時) 전에는 통행을 해금하지 않는다.

말하자면 밤 열 한 시부터 새벽 다섯 시 정각까지는 도성 거리엔 통행인이 없다.

밤은 어둡고, 통행인은 없는 그 몇 시각 사이에 특권층의 떳떳지 못한 일은 마음놓고 자행되는 것이다.

그런데 날이 밝아 왔다. 날이 밝아 왔는데도 교동 골목엔 눈이 빠지도록 기다리는 그 말발굽소리가 들리질 않으니 그들은 실망이었다.

「미처 못 대온 모양입니다.」

김병필이 선하품을 했다. 그의 눈은 잠이 부족한 탓인가, 벌겋게 충혈돼 있었다.

「양주나 고양 근처에까지 와서 머물렀나 봅니다.」

김병기도 단념한 눈치였다.

그 돈바리의 임자는 다른 사람 아닌 김병기 그다.

다른 사람들은 오직 그 내용을 빤히 아는 만큼 그에게 기대서 덕이나 보자는 것에 불과하다.

김씨네 몇 집에서 77만 냥을 거둬 용동궁에 바치기로 돼 있지 않은가.

말이 77만 냥이지 쉽게 거둬질 액수가 아니다.

만큼, 함흥에서 올 신주전(新鑄錢)은 그네들 공통의 크나큰 기대였다.

따라서 그 돈을 김병기 혼자서 독식하지 못하도록 그들은 심각한 경계를 하고 있는 중이다.

그래서 새벽 일찍 모여들어 돈바리의 도착을 대기하고 있었다.

그러나 잠시 후, 그들은 다시 소스라치게 놀라야할 보고에 접하고는 실색(失色)을 해야 했다.

청지기가 뜰아래에 와서 보했다.

「대감마님! 지금 수상한 소문이 들려옵니다.」

이 말에 주인 김병기가 미닫이를 화닥닥 열어젖혔다.

「무슨 소리냐?」

청지기가 허리를 굽히며 중얼댔다.

「방금 행인들이 지껄이며 지나가는 얘길 들으니까…….」
「뭐라더냐?」
「지금 운현궁엔 수백 마리의 마대(馬隊)가 도착했다 합니다.」
김병기는 자리에서 벌떡 일어설 만큼 놀랐다.
「뭣이라구?」
「어디서 온 마바리인진 모르지만, 말잔등마다에 묵직한 짐이 그득그득 실렸다구 하면서 대원군은 벌써부터 처먹기 시작한다구 욕설들을 흘리며 지나갔습니다.」
이 말을 듣자 김좌근은 자기의 무릎을 철썩 때리며 한탄했다.
「허허 과시 염량세태의 인심이로다! 이유원 그놈은 벌써 대원군한테 빌붙었구나!」
「어허 천하에 죽일 놈이로고!」
김흥근도 한마디 뱉었다.
그러나 김병필은 아직 단념하지 않았다.
「길 가는 저자꾼들의 지껄이는 소릴 믿을 수야 있나요?」
김흥근이 그 말을 받았다.
「아니 땐 굴뚝에 연기나겠나!」
상제보다 복재기가 더 섧다던가.
정작 김병기는 잠자코 있는데 다른 사람들이 더 낭패하는 기색이었다.
「이러구 있을 게 아니라 사람을 보내 진상을 알아오라구 하지요.」
김병필이 제안했다.
김좌근도 그 의견에 동의했다.
그는 아들 김병기의 눈치를 봤다.
김병기도 그 의견을 좇기로 했다.
그는 청지기한테 지시했다.
「너 냉큼 운현궁으로 달려가 진상을 네 눈으로 똑똑히 보구 오너라.」
「예이, 분부대로 거행하오리다.」
청지기가 발뒤꿈치를 돌리려 하자,

「아무의 눈에도 띄지 않도록 조심해서 다녀와야 한다!」
김병기의 음성은 착 가라앉아 있었다.
한식경이나 지나서 청지기가 돌아왔다.
김병기는 그의 발소리를 듣자마자 또 미닫이를 화닥닥 열어젖혔다.
「어찌 됐느냐?」
청지기가 대답한다.
「행인들이 흘리던 풍문이 옳습니다.」
사랑에 앉았던 '양반님네들'은 일제히 청지기의 입을 쏘아봤다.
「바리바리마다 돈바리인 것 같사옵니다. 하인놈들 한둘의 힘으로선 꼼짝도 못하는 무거운 짐바리니 그게 뭐겠사옵니까.」
「싣고 온 말이 몇 필이나 되더냐?」
김병필이 물었다.
「40 필이더이다.」
「40 필?」
「42 필이옵니다.」
모두들 입을 굳게 다물었다.
돈을 싣고 온 말이 마흔 두 필이면 그 전체 액수가 얼마나 될 것인가를 속으로들 제각기 계산해 보고 있었다.
「말 한 필에 얼마나 실을까?」
김흥근이 물었다.
「1만 냥은 실을까요?」
김병필이 마주 물었다.
「만 냥씩이라면 모두 얼마야?」
김흥근의 말에,
「42만 냥 아닙니까.」
또 김병필이 대거리다.
「만 냥 금은 못 실을걸!」
김좌근이 대통을 재떨이에다 딱닥딱닥 두드리며 뇌까렸다.
「만 냥을 못 실으면 5천 냥은 싣겠죠?」

역시 김병필.
「5천 냥씩이면 모두 얼마야?」
역시 김홍근이 물었다.
「21만 냥 아닙니까.」
또 김병필.
「5천 금씩은 실은 모양이군.」
또 김홍근.
「약삭빠른 놈이구나!」
김좌근은 다시 장죽에 담배를 담기 시작하며 뇌까렸다.
「그놈이 흥선 시절에 술청 털 듯한다면 무슨 일에든지 그렇게 약삭빠를 겝니다.」
김홍근은 대원군의 민첩한 행동을 욕했으나,
「내 얘긴 함경감사 이유원이 말일세. 우리 신셀 그렇게 겼으면서 하루 아침에 배신을 하다니!」
김좌근은 이유원의 배신이 너무도 불쾌해서 입맛을 또 쩍쩍 다셨다.
그동안 김병기는 한마디의 말도 하지 않았다.
그는 이미 실패한 일에 대해선 더 생각지 않으려는 눈치였다.
보다는 내일 대원군이 직접 제 발로 찾아오겠다는 그 속셈을 분석해 보고 있는 것이었다.

누구보다도 김병기는 심각했다.
김좌근은 이미 늙었다. 생명에 대한 애착도 명예에 대한 욕망도 벌써 쇠잔해진 사람이다.
김홍근과 김병필은 척당세력의 핵심은 아니었다.
어디까지나 방계이고 종속적인 인물들이었다.
따라서 그들은 지금 대원군의 직접적인 미움의 대상은 아닌 것이다.
그중에서 가장 심각한 처지에 놓인 사람은 역시 김병기였다.
그는 한숨을 소리없이 뽑아내지 않을 수 없었다.
내일 일부러 집에까지 찾아오겠다고 통보해 온 게 누구냐. 일찍이 자기가 온갖 구박을 다 해온 흥선군 이하응이다.
지금은 그가 대원군이며 국태공이다. 생살여탈권을 손아귀에 쥔 이 나라의 으뜸가는 권력자다.
왜 찾아오겠다는 것이냐. 우의(友誼)가 돈독해서 집에까지 오겠다는 게 아니다.
아마도 20여 년래의 체증이 단번에 뚫릴 수 있도록 시원한 보복을 하려고 찾아오는 것이다.
그날 아침부터 교동 김병기의 집은 안팎이 발칵 뒤집혔다.
내일 대원군을 맞이할 준비를 하기에 안팎이 발칵 뒤집혔다.
수십 명의 아낙네들이 들끓었다. 산해진미, 최상급의 음식들을 마련하느라고 명절날 궁궐의 숙설청이나 수랏간보다도 더욱 북적거렸다.
안팎이 밤을 꼬박 샜다.
정과(正果)를 만들어라. 연근(蓮根), 생강(生薑), 산사(山査), 문동(文冬), 청매(靑梅), 행인(杏仁), 귤(橘) 등을 준비해야 한다.
약과(藥果)를 만들어라. 찹쌀가루에 백청(白淸), 참기름을 준비해야 한다.
실백(實柏)과 산사와 조청으로 버무린 백자병(柏子餠)도 만들라.
정월이다. 떡볶이도 만들어야 하지 않는가.
가래떡에, 표고버섯, 느타리버섯, 석이버섯, 호박고지, 미나리, 설탕, 육회, 움파 등을 준비해야 한다.
해삼저냐[海參煎], 웅어, 숭어저냐, 알쌈, 편육, 육회, 갈비찜, 잡채, 식혜, 수정과, 약식, 배숙[梨熟]쯤은 만들어야 할 테니 바쁘기도 했다.
떡으로는 인절미에 꿀편, 시금치편은 물론 찰편, 메편에 고물편과 두텁떡 정도는 만들어서 빛깔 좋은 여러 가지 주악으로 웃기를 얹어야 한다.
신선로(神仙爐)는 반드시 내놔야 하는 것, 곰거리로 밑을 넣고, 육회로 위를 덮고, 미나리 난병으로 다시 덮고 그 위에다 은행, 호두, 실백, 달걀, 느타리, 표고, 석이버섯, 실고추 등의 고명을 얹어야 하니까 신선로엔 드는 재료도 많다.

「대원군은 면(麵)을 좋아한다.」
 국수 준비를 하라. 김도 구워라. 술은 오가피주가 좋다.
 하여간 교동 김병기의 집은 하룻낮 하룻밤을 잔칫집처럼 벅적거렸다.
 김병기 자신이 직접 총지휘해 가며 안팎으로 들락거리기에 정신이 없었다.
 그는 곳간 속으로 직접 들어가서 먼지가 쌓인 병풍 하나를 꺼내다가 말끔히 손질을 했다.
 언젠가, 벌써 몇 해 전엔가, 가난뱅이 흥선이 직접 선물로 가져온 물건이다.
 거들떠보지도 않고 곳간 속에다 들뜨렸던 열두 폭짜리 난화(蘭畵) 병풍인데, 언제 써먹느냐, 내일이 그때다.
 김병기는 김씨 일문의 모모한 사람에겐 모조리 통보했다.
「내일 아침 대원군이 내 집에 행차한다 하오. 참석하시오.」
 김병기 개인의 영접이 아니라, 김씨 일문이 융숭하게 영접함으로써 그를 흡족하게 할 작정이었다.
 그 내일이 왔다.
 아침 일찍부터 대원군을 영접할 김씨 일문이 교동으로 꾸역꾸역 모여들었다.
 그리고 초조로이 대원군의 행차를 기다렸다.
 그러나 대원군의 행차는 좀처럼 교동거리에 나타나지 않았다.
「올 테면 일찌감치 올 일이지 왜 이리 뜸을 들이는 게야!」
 김병기는 속으로 짜증을 냈다.
 모여든 김문 일족의 거두들은 조반상도 받지 못했다.
 기다림이란 어떤 경우에나 답답한 것이다. 지나치면 짜증으로 변한다.
 와도 그만, 안 와도 그만인 손님을 기다린다 하더라도 너무 시간을 끌면 답답하고 짜증이 나는 게 아닌가.
 그런데 오늘의 손님은 누구냐 말이다. 와도 그만 안 와도 그만인 사람이 아니다.

오는 게 결코 반갑진 않지만 운명처럼 일단 오기로 돼 있는 그를 영접하기 위해서 얼마나 부산을 떨었느냐 말이다.

「왜 이리 늦을까?」

김좌근도 답답해 했다.

「사람을 보내 볼까요?」

김병필이 제안했다.

「좀더 기다려 보지!」

김흥근이 두 눈을 지그시 감고 몸을 좌우로 흔들었다.

「안 올지도 모릅니다.」

주인 김병기가 그런 말을 흘렸다.

「왜?」

김흥근이 눈을 번쩍 떴다.

「제멋대로 아닙니까. 오고 싶음 오구, 안 오고 싶음 안 오구. 우리에겐 중대한 일이지만 그에겐 대단한 일은 아니니까요.」

「그렇지만 이렇게 융숭히 영접할 준비를 하구 있는데 안 와? 온대 놓구 안 와?」

김흥근은 코밑 수염을 배배 틀면서 말했다.

「오는 건 그의 멋대로구 영접 준비는 우리의 멋대로니까, 그가 알 게 아니죠.」

김병기는 이 말 끝에 아랫입술을 오물오물 깨물었다.

사랑에 모인 사람들은 모두 불쾌하기만 해서 일제히 침묵했다. 눈들을 감고 잠시 약속이나 한 것처럼 상반신을 좌우로 흔들어댔다.

시각은 자꾸 흘렀다. 사시(巳時)도 지나고 오시(午時)로 접어들었다. 그리고 이내 오정도 지났다. 그런데도,

「대원위대감의 행차시오!」

이 소리는 들리지 않았다.

오후가 되자 교동에선 하는 수없이 운현궁으로 사람을 보내 봤다.

돌아온 하인은 김병기에게 보고했다.

「지금 긴요한 회집(會集)이 있어서 그러니 끝나는 대로 곧 행차하신

다는 분부이시옵니다.」
 김병기는 물었다.
「그래 무슨 회집이 있는 듯싶더냐?」
 하인은 허리를 굽히며 대답했다.
「한두 사람 사랑에 손님은 계신 것 같사오나 회집 있는 눈치는 아니더이다.」
「알았다. 물러가거라!」
 김병기는 하인에게 분부했다.
「사랑에 점심상을 올려라!」
 모두가 권속이긴 하지만 조반을 걸렀으니 언제까지나 그대로 기다릴 수는 없었다.
 대강 입매라도 하고서 좀더 기다려 볼 작정이었다.
「아무리 제가 대원군이 됐기로 사람을 이렇게 기다리도록 하다니!」
 김흥근이 한잔술에 얼굴을 물들이고는 대담하게 불평했다.
 김병기도 그를 멀거니 마주보며 지나가는 말처럼 한마디 했다.
「다중(多衆)을 오래도록 기다리게 하는 것은 세도가의 위엄입니다.」
 그들은 입맷상을 물린 다음에도 몇 식경이나 또 지루하게 기다렸다.
 미시(未時)도 지났을까 모두들 불쾌하게 지쳐 있을 무렵이었다.
 별안간 바깥이 술렁거리기 시작했다.
 (오나?)
 사랑 손님들은 긴장했다.
 하인이 또 뜰아래로 달려왔다.
「대감마님!」
「어?」
 김병기가 벌떡 일어났다.
 사랑 손님들도 김좌근을 비롯해서 일제히 자리에서 일어섰다.
 그러나 하인의 말을 들은 그들은 기가 막혔다.
 하인의 보고는 실로 어이가 없었다.
「운현궁에서 기별이 왔사옵니다.」

「그래?」
「대원위대감께선 오늘 못 오시고 내일 아침나절에나 행차하시겠답니다.」
「그래?」
 김병기는 더 묻지 않았다. 미닫이를 찰가닥 닫아 버렸다.
 김좌근도 말을 하지 않았다.
 김흥근도 입을 굳게 다물고 있었다.
 사람이 지나치게 불쾌할 때는 할말도 없고, 표정도 비교적 담담해질 수가 있다.
 김좌근은 다시 장죽에다 담배를 꾸겨박고 있었다.
 김병기는 입술에 침을 칠하면서 눈을 껌벅껌벅하고 있었다.
「제멋대로!」
 김병필이 씹어뱉듯 뇌까렸다.
「과연 소인이로고!」
 김흥근이 코밑 수염을 만졌다.
「하긴 바쁘기도 하겠지요. 빈 집에 소가 든 게 아니라, 돈바리가 들었으니까요.」
 이때 김좌근은 하품을 싸악 했다.
 간밤에도 오만 가지 궁리를 하기에 눈을 제대로 못 붙인 모양이었다.
「권세란 어떤 경우에든지 뺏길 게 아니군요.」
 김흥근도 하품을 이어받으며 중얼거렸다.
「우린 지나치게 만심을 했었어요. 평시부터 만일에 대비할 근본대책은 마련해 두고 있었어야 하는 것을.」
 김병필의 한탄은 세도였던 김병기에 대한 책망 같았다.
「그럼 내일 다시 오지요.」
 김흥근이 자리에서 일어났다.
 밖에는 아직도 비 섞인 가랑눈발이 희끗희끗 흩날리고 있었다.
 이때 또 청지기 하나가 대뜰 아래에 와서 허리를 굽혔다.
「대감마님께 아룁니다.」

「뭐냐?」
 주인 김병기의 반응은 지극히 예민했다.
「들리는 말에 의하면……」
「뭐냐?」
「전라도로 유배됐던 경평군 나으리가 간밤에 서울로 돌아와 운현궁에 나타났다 하옵니다.」
「경평균 이세보가?」
「예에.」
「이세보가 죽지 않고 운현궁에 나타났단 말이냐.」
「예에.」
 담대한 김병기도 이번에만은 얼굴에서 핏기가 싹 가셔 버렸다.
 그는 또 미닫이를 차라락 닫아 버렸다.
「이세보가 살아서 환경했다는 게냐?」
 김좌근이 기죽은 소리로 아들 병기를 쏘아보며 같은 말을 물었다.
 그의 남달리 길게 자란 눈썹이 올올이 일어서 있다.
「살아 돌아온 모양이군요.」
 김병기는 맥없이 대답했다.
「사약이 늦었던 게로군!」
 김홍근도 일어선 채 입맛을 다셨다.
 경평군 이세보에겐 대원군이 첫 명령으로 사면령을 내린 바 있다.
 그러나 김씨 일문은 속으로 비웃었다.
 그는 철종이 내린 사약을 마시고 죽었으리라고 믿었던 것이다.
 이세보가 위리안치(圍籬安置)된 전라 신지도가 멀긴 하지만 그는 이미 사약을 받았어야 한다.
 척당들은 이세보를 사사(賜死)키로 했었다.
 도성으로 압송해 오도록 금부도사를 파견했었다.
 그러나 여러 가지 핍박한 정세로 봐서 그가 올라오기를 기다릴 수가 없었다.
 부랴사랴 사약도사(賜藥都事)를 뒤쫓게 했다.

중로에서라도 만나면 죽음의 약을 먹이라고 말이다.

그런데 그 이세보가 살아서 운현궁에 나타났다니 기가 막히지 않겠는가.

「일이 자꾸 꼬여 가는군!」

김흥근이 한탄하듯 뇌까렸다.

그밖엔 아무도 입을 열려고 하지 않았다.

옹이에 마디, 미상불 사사건건이 자꾸 배배 꼬이기만 하고 있다.

당연히 굴러들어와야 할 돈바리가 코밑에 와서 운현궁으로 슬쩍 방향을 바꿔 버렸다.

이유원의 배신이 분했고, 손끝에 와 닿았다가 달아난 그 많은 돈이 아쉬웠고, 혓바닥을 날름하고 있을 대원군의 만열(滿悅)이 생각만 해도 비위에 역겨웠다.

그런데 이번엔 경평군 이세보가 또 살아서 돌아왔다.

죽이기로 했었고, 또 죽어 있어야 할 그가 살아 돌아와서 대원군과 배가 맞으면 어떻게 되는 것인가.

김병기는 눈까풀에 파르르 경련을 일으켰다.

「이하전처럼 즉결(即決)을 했어야 할 걸 공연히 너그러웠다가 화를 자초하는 것 같습니다.」

김병필이 밉살스러울 만큼 야유조로 말했다.

「대원군은 그를 앞장세워서 우리를 단근질할 걸세.」

김흥근 역시 김병필처럼 달갑지도 않은 말을 지껄이고 있다.

그것은 마치 김흥근, 김병필과 김좌근, 김병기의 대결같이 돼서 트릿한 분위기였다.

「이제 돌아들 가셨다가 내일 다시 오시지요.」

김병기는 차라리 혼자 있고 싶었다. 그래서 먼저 사랑에서 나와 버렸다.

낮이 가고 밤이 왔다. 밤이 가고 다음날이 됐다.

날씨는 갰다. 해는 또다시 떴다.

김씨 일족은 또 교동에 모여 기다려야 했고, 대원군은 오늘도 거드름을 피우는 것인지, 정오가 지나도록 소식이 없었다.
「경평군 이세보가 연명환경(延命還京)한 것은 천운이더군요.」
「무슨 애기가 들리던가?」
기다리는 시간엔 화제가 끊어지질 말아야 한다.
김홍근이 먼저 말을 꺼냈고 김좌근이 먼저 관심을 표시했다.
「이세보는 금부도사를 따라 충청도 천안에까지 잡혀 왔었다는군요.」
유배지인 신지도에서 천안까지 왔다면 서울은 넉넉잡고 사흘길이 아닌가. 거기서 그의 운명은 바로 천우(天佑)의 기적을 얻었다는 것이다.
「어느 산간에 이르자 길은 갈라져 세 갈래였더랍니다.」
「세 갈래 길이야 어디든지 있게 마련이지.」
김좌근은 김홍근의 늘어진 말투가 답답해서 그렇게 말했다.
김병기는 무표정하게 듣고만 있었다.
「세 갈래 길에 이르러 이리 갈까 저리 갈까 방향을 망설였대나요?」
김좌근은 또 호흡이 끊어지는 김홍근의 말투가 답답했다. 담뱃대의 물부리를 찌르륵 내뿜었다.
「마침 암노루 한 놈이 길을 가로질러 산 쪽으로 가는 것을 본 경평군은 길조라고 생각했던가 보죠.」
경평군 이세보는 자기를 연행하고 있는 금부도사에게 수작을 걸었다는 것이다.
「여보시오, 금부도사. 저 노루를 보니 웬지 길조인가 싶소그려. 그리고 길도 아마 저 암노루가 가는 소로가 첩경(捷經)일 성싶으니 그리로 가 봅시다!」
금부도사는 죽는 사람 청원에 반대할 이유가 마땅찮았다. 큰길을 버리고 암노루가 가로지르던 소로로 들어섰다.
그것이 운명의 기로였다는 것이다.
그때 마침 큰길로 다급하게 내려가는 운명의 사신(使臣)이 있었다니 미상불 운명적인 허구였다.
이세보에게 있어서는 정말 운명의 기로였다.
그의 목숨을 앗기 위한 사약도사가 마침 그 큰길로 내려가고 있었다.

만약 이세보가 노루의 뒤를 따라 소로로 방향을 바꾸지 않았다면 그는 삼거리 근처에서 꼼짝없이 사약을 받는 운명이었다.
운명이란 그렇게 공교로울 수 있으며, 엇갈릴 수가 있기 때문에 운명이다.
그를 죽이기 위한 사약은 남으로 내려갔다.
이세보는 그런 줄도 모르고 금부도사에게 끌려 서울로 압송돼 오고 있었다.
그들은 그날 해가 떨어지기 전에 서울로 들어올 예정이었다.
그러나 죽기 위해 서울로 끌려오는 경평군 이세보는 멀리 관악의 영봉이 보이는 과천 땅에 접어들자 갑자기 현기증이 나서 촌보도 움직일 수가 없었다.
「금부도사는 도리가 없었던지 그를 과천 읍내에서 하룻밤 재웠다는군요.」
김홍근은 쿨룩 나온 기침을 가래와 함께 씹어 삼키고는 또 말했다.
「수사(水死)의 운에 있는 놈은 접시바닥에 괸 물에도 코를 박고 죽는다지만, 살 운명의 사람은 국왕의 사약도 소용이 없는가 봅니다. 그날 밤이 바로 철종대왕이 승하하신 날이라는군요.」
김좌근은 말없이 입맛만 쩍쩍 다셨다.
김병기는 어깨를 펴면서 소리없이 한숨을 뽑았다.
「어느 틈에 그렇게 소상한 얘길 들었나?」
김좌근이 한참 사이를 두었다가 김홍근에게 물었다.
「금부도사가 내게 와서 전후 전말을 얘기하더군요.」
김홍근은 코밑 수염을 배비작거리면서 대답했다.
김병기는 경평군 이세보의 야무진 사람됨을 생각했다. 성격이 칼날같고, 수에 틀리면 달걀로 바위라도 때리는 칼감이다.
그의 보복을 예상하지 않을 수 없었다.
(하루바삐 낙향해서 초야에 묻혀야겠구나!)
될 수만 있으면 쥐도 새도 모르게 피신을 하고 싶지만 가능한 일일 듯 싶지가 않다.

그는 또 입술에 침칠을 했다.
바로 이때다. 드디어 그들이 기다리던 소식이 전해 왔다.
「대감마님께 아뢰오. 대원위대감의 행차시오!」
사랑에 모여 앉았던 김문들은 일제히 의관을 정제하면서 방바닥을 차고 일어섰다.
「행차가 당도했느냐?」
주인 김병기가 먼저 사랑마루로 나섰다.
「골목 어귀로 접어들었습니다.」
청지기가 대문편을 돌아보며 대답했다.
「대문을 활짝 열어라. 모든 사람이 다 마당에 늘어서서 대원군의 행차를 정중하게 맞을 채비를 차려라. 행차 행렬이 길더냐?」
주인 김병기는 대뜰로 황망히 내려서면서 물었다.
「수백 명의 정기행진(旌旗行陣)이 앞장을 서고 수십 명의 금장군사(禁仗軍士)를 좌우전후에 거느리고 포도대장, 금위대장이 뒤를 따르고, 쌍초선(雙蕉扇)에다 일산(日傘)을 비끼고, 기린흉배(麒麟胸背)에 옥색무문(玉色無紋) 관복을 입은 대원군의 행차는……아마도 1천 명이 넘는 대오(隊伍)인 듯하답니다.」
김병기는 하인의 허풍스런 보고를 듣고 속으로 뇌까렸다.
「순전히 우리에게 대한 시위로구나!」
모인 척당 일족은 황급히 바깥마당으로 달려나가 두 줄로 도열했다.
미상불 필요 이상으로 거드럭거리는 행차였다.
하인의 말대로 1천 명의 큰 대열은 아니지만, 3백 명은 넘는가 싶다.
「대원위저하의 행차시오!」
날뛰는 구종별배들이 입은 더그레는 진솔이었다. 벙거지도 새것이다.
근감했다. 두 개의 파초선을 비낀 평교자 위에 어깨를 딱 벌리고, 고개를 반듯이 가누고 앉은 사람, 체수는 작지만 삼천리 강토에 군림한 당대의 강자 이하응이다.
선진(先陣)이 대문 앞에 와서 정지했다.

대원군의 평교자는 활짝 열린 대문 안으로 그대로 진입한다.
김좌근이 왼쪽에서 그 뒤를 따랐다.
김병기가 오른쪽에서 그 뒤를 따랐다.
다른 사람들도 묵묵히 뒤를 따랐다.
국태공의 평교자는 뜰을 지나 사랑마루 끝에 가서 걸쳐졌다.
두 사람의 종자가 그를 양편에서 부축해서 일으키고 걸려야 한다.
부액(扶腋)이라고 한다.
대원군은 그 부액을 받지 않았다.
「부액을 해 드려야지!」
김좌근 노인이 대원군의 측근한테 주의를 환기시켰다.
대원군의 측근은 나직하게 대답했다.
「저하께선 부액을 안 받으십니다.」
병자가 아니더라도 늙은 몸이 아니더라도, 국왕을 비롯한 대비, 세자, 대군, 후(后), 비빈들은 공식행차에서 걸을 때 부액을 받는다.
두 사람의 시종이 양쪽 겨드랑이 밑을 부축해 주는 것이다.
대원군도 공식절차로는 부액을 받기로 돼 있다. 그것을 그는 안 받는다는 것이다.
이때 별안간 가야금소리가 딩당딩딩 들려왔다.
기생들이 뒷방에서 뜯기 시작했다.
그를 환영하는 주악인 모양이다.
대원군이 마련된 자리에 앉자, 주인 김병기가 앞으로 나서면서 평복(平伏)을 했다.
평복한 김병기는 엄숙한 음색으로 인사를 했다.
「국태공의 존엄으로 제 집에까지 왕림해 주시니 더없는 영광이옵니다. 저하의 행차를 맞이함에 있어 부족한 점이 많을 것이나 너그럽게 살펴 주십시오.」
만좌는 숙연했고, 인사를 받는 대원군은 눈꼬리에 웃음이 깃들었다.
「돌연한 심방, 폐가 되지 않을까 저허되오.」
돌연한 심방은 아니다. 그러나 그는 그렇게 말하면서 아직 서 있는 김좌근에게 또 말했다.
「하옥대감께선 이리로 내려오시지요.」
자기의 옆자리를 가리키며 동석하기를 청했다.
「황공한 말씀을 다…….」
김좌근은 사양했다. 그리고 그도 인사를 했다.
「분망하실 텐데 파격의 걸음을 옮겨 주시니 가문의 크나큰 광영입니다. 편히 쉬실 수 있으실는지 불안스럽습니다.」
방 안에는 귀빈을 맞이해서 향(香)내음이 짙었다.
「지난날엔 귀문의 많은 신세를 진 몸, 진작 찾아뵐까 했는데 이런저런 일로 차일피일했습니다.」
언투는 부드럽고 점잖았으나 대원군의 말엔 벌써 가시끝이 번득였었다.
이때 협실 장지가 스르륵 열렸다.
두 사람의 기녀가 문지방을 넘어와 날아갈 듯이 절을 했다.
「장악원 소속 관기, 은월이 문안드리오.」
또 한 기녀가 절을 했다.
「초월이 대감께 문안드립니다.」
초월이라는 바람에 대원군은 가벼운 충격을 받은 눈치였다.
「초월이라? 묵동 기생 초월이란 말이냐?」
대원군의 기억력은 비상한 게 아니었다.
어떻게, 묵동에서의 그 일을 잊겠는가.
초월과의 그 숨막히던 정사를, 초월에 의한 그 참담한 봉변을 어떻게 잊겠는가.
허리띠도 못 매고, 갓망건도 못 쓰고, 버선발로, 걸음아 날 살려라 하고 들고 뛰던 그날 밤의 그 실패는 흥선군 이하응의 외도전기(外道傳記) 속에서도 백미편(白眉篇)에 속하는데 어찌 그 초월이의 얼굴을, 그 이름을 잊겠는가.
대원군은 아미를 숙이고 한 무릎을 세우고 안존한 자세로 인사를 하는 초월에게 한마디 건네지 않을달 수가 없었다.

「네가 옐 어찌 왔느냐?」

초월이 아미를 들면서 대답한다.

「부르심을 받고 와 보니 대감께서 행차하신다기에 몹시 송구했사옵니다.」

「송구해? 왜 송구하냐?」

초월은 대답이 없고, 좌중의 흥미로운 시선들은 대원군과 초월 사이를 오락가락했다.

딱딱하고 엄숙하던 분위기는 단번에 스러졌다.

정화(情話)가 아닌데도 남녀의 실없는 수작은 해빙의 봄바람일 수가 있었다.

「잘 아시는 앱니까?」

김좌근이 입가에 웃음을 띠우며 물었다.

「내 모르는 기녀야 기녀 축에나 들겠소이까.」

대원군은 책상다리를 한 채, 사방침을 옆으로 당졌다.

김병기의 눈짓으로 기녀들이 일어섰다.

협실로 들어가더니 준비된 음식상을 양 마구리에서 들고 나왔다.

궁궐의 잔칫상인들 이보다 얼마나 더 호화로운 것일까.

세 개의 자개박이 교잣상엔 입추의 여지가 있을 수 없었다.

겉 식지(食紙)를 벗기니까, 크고 작은 그릇마다엔 엷은 백지가 또 씌워져 있다.

누구도 손을 대지 않은 숫음식임을 말한다.

임금의 수랏상엔 으레 식기마다에 그런 백지를 씌우게 마련이다. 정갈하게 하기 위해서다. 그리고 아무도 손을 대지 않았다는 표시인 것이다.

초월의 손이 날렵하게 움직였다.

크고 작은 식기들을 덮은 백지가 차례로 벗겨져 나갔다.

은월은 김이 모락모락 오르는 신선로를 칠흑의 원형 나주반(羅州盤)에다 받쳐서 들고 들어왔다.

두 기녀가 대원군 좌우에 일단 시립(侍立)했다.

「앉거라!」
대원군을 중심으로 양쪽에 기녀가 앉았다.
대좌해서 김좌근이 자리를 잡고 다른 사람들은 좀 떨어져서 다른 상을 받았다.
「국태공께오서 몸소 이렇게 왕림해 주시니 저희 문중은 그 광영을 길이 간직하오리다. 변변치 못한 소찬이오나 달게 들어 주시지요.」
김좌근이 집안의 어른으로서 별수없이 가장된 인삿말을 했다.
대원군은 거리낌없이 흡족한 얼굴을 했다.
「산해진미가 올랐소이다그려. 허허허.」
노안비슬(奴顔婢膝), 체면도 긍지도 던져 버린 아첨과 비굴로 평복해야 할 김문의 처지다.
그러나 대원군을 맞이한 김좌근은 위엄은 잃었으나 지나치게 비굴하지 않았다.
김병기도 안간힘인진 모르지만 의젓한 태도를 견지했다.
「음식 맛이 구미에 맞으실지 모르겠습니다.」
이 말까지는 좋았다. 그러나 김병기답지 않게 안 할 말을 한 것은 웬일일까.
역시 대원군을 맞은 긴장과 위구가 그로 하여금 그런 오발을 하게 했을까?
김병기는 대원군의 등뒤에 둘러친 병풍을 보면서 실없는 한마디를 했다.
「진주도 임자를 만나면 빛이 난다는 말은 옳군요. 저 병풍도 대감께서 앞에 앉으시니까 어시호 그 진면목이 나타납니다그려.」
'당신이 그려 준 병풍을 저토록 소중하게 간직하고 있다'는 가벼운 아첨이 김병기의 입에서 흘러나왔다.
좌중의 시선은 일제히 그 열 두 폭짜리 난화 병풍으로 쏠렸다.
「과시 당대의 명화이며, 따를 후인이 없을 신필이올시다.」
김병필도 한마디 거들었다.
그러자 대원군은 고개를 들어 그 굴욕의 설화가 깃들인 자기의 소작

(所作)을 훑어봤다.

그 순간이다. 대원군의 안색은 단박 노기를 띠우고 그 형형한 눈총엔 증오가 나타났다.

그는 김병기를 쏘아보면서 오연히 말했다.

「대감, 생각나시오. 대감한테 저 병풍을 가지고 가니까 뭐라고 하셨는지 기억하시오? '솔거(率居)의 솔그림엔 새들이 날아들었다는데 이 난초에도 뭔가 날아들긴 하겠지요? 파리 떼는 아닐 게고 하하하' 대감, 말씀대로 파리 떼나 꾈 그림을 왜 여기다 펼쳐 놓으셨소?」

대원군의 한마디는 좌중에 살기가 감돌게 했다.

김병기의 얼굴은 참혹할 만큼 일그러지고 병풍에 쏠렸던 뭇시선들은 일제히 방바닥으로 떨어진 채 공포에 떨었다.

별석(別席)에는 포도대장 이경하와 금위대장 이장렴이 배석하고 있었다.

(아차, 내가 내 발을 걸었는가?)

김병기는 자기의 실언을 뉘우쳤으나 이미 때가 늦었다.

그러나 그는 재빨리 정신을 가다듬고, 더할 수 없이 야무지게 나왔다.

「대감, 지난날의 병기의 허물은 관용하신 줄로 알고 있습니다. 대감, 세(勢)는 때에 따라 변하고 속(俗)은 세에 따라 바뀝니다. 지난날엔 이 병기가 척정(戚政)은 세도였고, 지금은 대감께옵서 이 나라의 국태공이십니다.」

김병기의 이 말에는 함축성이 있었다.

과거엔 '내가 세도재상이었으니 당신이 그런 수모를 당할 수도 있었고, 현재는 당신이 국태공이니 내가 수모를 당할 차례가 아니냐'는 뜻이 있다.

대원군은 얄밉도록 담찬 김병기를 지그시 노려보다가 갑자기 어 허허 허 하고 웃었다.

「과연 대감의 말이 옳소그려. 얘 초월아, 술 한잔 따라라! 어허허 과연 대감의 말이 옳소이다. 과거엔 이 병풍이 주정뱅이 흥선의 그림쪽이었지만, 지금은 국태공의 휘호가 됐으니 곳간 속에서 끌어내다 놓을 만도 하구려. 어 허허허.」
 대원군의 눈은 빨랐다.
 그는 병풍 군데군데에 누기로 변색한 부분을 보고는 그동안 곳간 속에라도 팽개쳐져 있었음을 눈치챈 것이다.
 그는 어떠한 수모라도 피할 길이 없잖으냐는 김병기의 말을 듣고 잠깐 생각에 잠기다가 또 빙그레 웃었다.
 술이 여러 잔 돌아갔다. 오가피술은 만만찮게 독한 액체다.
 대원군은 김병기에게 술잔을 보냈다. 그리고는 득의만면한 언투로 풍류적인 낚싯밥을 던져본다.
「대감, 내 간밤에 시 한 수를 읊었소이다. 들어보시려오?」
 김병기는 잔뜩 경계하면서 그러나 쾌활하게 응대했다.
「국사에 한창 분망하실 텐데 어느 틈에 시를 읊으셨나요. 들려 주시지요.」
 반드시 까닭이 있는 시가 아니겠는가. 읊겠다면 읊어 보랄밖에 없는 게 김병기의 처지다.
 좌중은 대원군에게로 일제히 시선을 집중시켰다.
 대부분의 사람들은 대원군의 입에서 싯귀가 나오기도 전에 감격했다는 표정이었다.
 대원군은 입가에 미소를 머금은 채 목청을 가다듬었다.
「오욕인천리 위지척(吾欲引千里爲咫尺)하고…….」
 좌중은 너나없이 입속으로 따라 된다.
 그리고 그 뜻을 헤아린다.
 ─내 뜻하면 천리를 지척으로 할 수 있고…….
 두 눈을 감고 있는 김병기의 눈썹은 보일락말락 위로 치켜졌다.
 싯귀가 뜻이 벌써 심상치가 않음을 눈치챈 것이다.
 대원군은 좌중의 긴장을 계산하면서 옆에 앉은 초월의 손목을 슬며시 잡고 가만히 말했다.
「네가 지금도 나를 그렇게 곯릴 수 있느냐?」
 초월은 얼굴을 붉혔을 뿐 대꾸를 하지 못했다.

대원군은 다음 귀절을 읊었다.
「오욕잔태산 위평지(吾欲剗泰山爲平地)하며…….」
사람들은 또 속으로 따라 뇌었다. 모두들 그 뜻을 헤아린다.
—내 뜻하면 태산도 깎아서 평지로 만들 것이며…….
김병기는 여일하게 두 눈을 감은 채다.
대원군은 특히 김병기의 동정을 훔쳐본 다음 초월에게 속삭였다.
「넌 기녀로선 일패(一牌)가 못 되지만 계집으로선 일등이더구나!」
초월은 눈을 내리깔며 입술을 오물거렸다. 그리고 귀밑이 붉어졌다.
대원군은 또 시치미를 떼고 계속 읊는다.
「오욕고남대문 삼층(吾欲高南大門三層)이라.」
이제 좌중의 사람들은 속으로 뇌지를 않았다.
그러나 그 뜻을 헤아리지 않을 수는 없다.
—내 또한 남대문을 삼층으로 높일 것이다.
대원군은 좌중을 한번 훑어보고는 초월에게 소리쳤다.
「계집아, 술 한잔 그득 부어라!」
마치 초월에게 감정이 있는 것처럼 그의 음성은 카랑하게 높았다.
분원백자 예쁜 잔엔 오가피주의 샛노란 물이 넘실 부어졌다.
대원군은 술잔을 입에 대고는 김병기의 동정을 세심하게 관찰했다.
그는 웬가 가슴 속이 후련치가 않았다.
자기의 싯귀로 해서 벌벌 떨고 있는 김병기의 모습을 보고 싶었는데 그렇지가 않다.
김병기는 안면 근육 어느 한군데에도 충격으로 일어나는 경련이 없다.
눈은 마음의 거울이다. 그의 눈엔 마음의 파동이 어른거리질 않는다.
(과연 대담한 놈이구나!)
읊은 시가 무슨 뜻이냐 말이다. 김병기가 못 알아들을 리가 없다.
—오늘날까지 천리 밖에 있는 사람들처럼 소외당했던 종친(宗親)들을 지척으로 끌어들여 권좌에 앉힐 것이고,
—태산 같은 존재이던 척족(서인)의 권세를 평지가 되도록 깎아 내릴 것이며,

—구박 받던 남인(南人)들을 한껏 높여 중용할 것이니 너희는 그 보복을 면치 못할 것이다.

이렇게 협박을 했는데도 눈썹 하나 까딱 안 하는 김병기가 대원군의 생각엔,

(저만이나 한 놈이니까…….)

천하를 휘어잡았었구나 싶었다.

그뿐이 아니다. 김병기는 무슨 할말이 있는 것인지 허리를 약간 굽히고는 대원군을 빤히 쳐다본다.

만좌는 다시 긴장했다.

불안하고 초조한 것은 특히 척족들이었다.

김좌근은 아들 병기를 믿어서일까, 비교적 당황하지를 않았다.

그러나 김홍근은 앉은 자세를 고치면서 무릎에 얹은 열 손가락을 오들오들 떨었다.

김병필은 곁눈질로 김병기를 흘겨보면서 침을 꼴깍 삼켰다.

그리고 좀 떨어져 앉아 있던 좌포장(左捕將) 이경하와 금위대장 이장렴은 숫제 몸을 돌려 상석과 대결 자세를 취했다.

기어코 김병기가 입을 열었다.

「대감, 오늘의 국태공이신 대감께서 하시고 싶으시다면 천하의 무슨 일인들 못 하시겠습니까.」

이 말에 척족들은 다소 안도의 한숨을 돌렸다.

김병기의 말이 예상보다도 온건했기 때문이다.

대원군도 보일듯 말듯 고개를 끄덕였다.

그러나 김병기는 이어 말한다. 무서운 말을 한다.

「대감, 그러나 태산은 끝내 태산이옵니다. 즉 스스로 태산입지요. 어찌 쉽게 평지가 될 수 있겠습니까.」

순간 대원군은 아래턱을 바짝 당겼다. 짙은 눈썹이 꿈틀 하고 움직였다.

장사가 씨름에서 상대를 번쩍 들어 공중제비로 메어 꽂으려는 순간,

뜻밖에도 아랫도리에 딴죽을 감기고는 비틀 하는 찰나처럼 그는 속으로 당황했다.

김병기가 '당돌하게도' 걸어온 딴죽이지 뭐냐 말이다.

종친을 지척으로 끌어들이거나, 남인들을 삼층 남대문보다 더 높게 등용하는 것은 가능할지 모르지만 태산 같은 노론(老論) 척족의 세력은 그렇게 만만하겐 꺾지 못할 것이라는 뜻이다.

기막힌 대답이다.

대원군은 무의식중에 빙글 웃었다. 그는 혼잣말로 뇌까렸다.

「약태산(若泰山)은 즉태산야(則泰山也)라, 기이평지재(豈易平地哉) 오……라?」

그는 김병기를 연민 어린 눈으로 바라보며 비양거리듯 말했다.

「태산은 오직 태산일 뿐, 사람한테 정복되지 않는 태산은 세상에 없으렷다!」

대원군은 말로서의 대결은 이것으로 끝냈다. 여유를 주지 않고 화제를 바꿨다.

「오랜만에 좋은 술과 일등가는 계집을 대하니 굳어졌던 심신이 녹신해지는구려!」

지극히 평범한 말 같다. 하지만 그의 그런 말을 듣자 초월은 또 얼굴을 붉히고 고개를 숙였다.

다른 누구도 모른다. 좋은 술이란 오가피주를 가리키는 것이지만, '일등가는 계집'이란 말에 숨겨진 뜻은 초월이 이외는 알 까닭이 없다.

명주평원(明紬平原)의 무성한 숲을 소요(逍遙)하던 흥선군 이하응의 회억(回憶)은 장부의 몸에서 맥을 쑥 뽑았던 것 같다.

그는 많이 마시지를 않았다. 찾아온 용건도 없는 성싶었다.

「면(麵)을 올리오리까?」

주인 김병기가 눈치를 보고 물었다.

「글쎄. 좀 시장하구려.」

대원군은 턱수염을 쓰다듬었다.

국수 그릇은 은대접이었다. 쟁반에 받쳐서 대원군 앞에 놓였다.

대원군은 은저(銀箸)를 들어 웃기를 한편으로 걷어 놓고 치렁한 국수발을 한입 듬뿍 물었다.

다른 사람들도 국수 그릇을 받았다. 젓가락을 집었다. 누구도 국수를 입에 물었을 때는 이야기를 못한다.

먹기에 바쁜 것이다.

모두들 마악 국수를 한입씩 덥석 물었는데 이 무슨 일인가?

별안간 대원군이 왝왝 하고 구역질을 했으니 이 얼마나 놀라운 일인가.

음식물을 토하는 것은 여러 가지의 경우가 있다. 입에 들어간 음식이 구미에 맞잖으면 토한다. 병후에 비위가 약해졌을 때도 토한다. 이미 섭취한 음식에 체했을 때도 토한다. 그리고 방금 먹고 있는 음식이 상했을 때도 토하고, 그 음식물에 이질적인 독물이 들었을 때도 물론 토한다. 그뿐 아니라 음식을 먹으면서 다른 불결한 생각을 했거나 주위의 화제가 불결한 정경을 연상케 해도 비위가 뒤집힌다.

그런데 지금 대원군이 왜 왝왝 토악질을 하고 있는 것인가. 어떤 경우에 부딪쳤길래 점잖잖게 왝왝거리고 있는가.

주인 김병기는 물론이고 좌중의 모든 사람들이 일시에 젓가락을 상위에 던지며 송구하기 그지없는 시선으로 대원군을 바라봤다.

입을 불룩하게 하고 있는 대원군의 얼굴빛은 분명히 핏기가 좀 가신 것 같았다.

다른 모든 사람은 대원군보다도 더 얼굴에 핏기를 잃었다.

주인 김병기는 재빨리 자리에서 엉거주춤 일어나 있었다.

김좌근은 무의식중에 상을 잔뜩 찌푸린 채 안절부절 못했다.

「빈그릇을 올려라!」

김좌근이 대원군 옆에 앉은 초월에게 점잖게 말했을 때, 초월은 벌써 합뚜껑을 대원군의 턱 밑에다 바짝 들이대고 있는 중이다.

「뱉으시지요.」

김병기가 송구스러운 표정으로 대원군에게 뱉기를 권했다.

권할 필요도 없었다. 대원군은 벌써 합뚜껑 그득히 입속에 들었던 국수발을 쏟아놓았다.
「어찌된 일이시오니까?」
김병기가 조심스럽게 물었으나, 대원군은 대답을 하지 않는다.
「음식이 비위에 안 맞으시는가?」
김좌근은 혼잣말처럼 흘렸다.
어느 틈엔가 포도대장 이경하 대원군의 등뒤에 와 섰다.
「혹 비위에 맞지 않으심 드시지 마시지요.」
기녀 초월이 보드라운 삼팔 손수건으로 대원군의 입과 수염 언저리를 씻어 주면서 나긋하게 말했다.
대원군은 그래도 대답이 없었다. 없을 뿐더러 입을 꽉 다물고는 무서운 눈초리로 좌중을 한번 훑어보는 것이다.
사람 누구나 노기는 안면 근육을 경화시킨다. 경화된 근육은 경련을 일으키기 쉽다.
대원군의 얼굴은 한껏 굳어져 있었다. 그리고 눈 언저리엔 가벼운 경련이 일었다.
아무도 말을 걸지 못했다. 그 스스로 말하기를 기다렸다. 그러자 대원군은 들고 있던 저(箸)를 소반 위에다 탕! 하고 요란스럽게 놓더니, 가슴을 활짝 펴면서 무서운 말을 한마디 툭 던지는 것이었다.
「허, 고얀 일이로고!」
그의 이 추상적이면서 단정적인 한마디는 뭣을 뜻하는가.
산천초목조차 벌벌 떨어야 하는 가공할 의미를 내포하고 있는 것이다.
(큰일났구나!)
모두들 속으로 뇌까렸다. 손발을, 입과 턱을 떨지 않는 사람이 없었다.
「대감, 어찌된 일이옵니까?」
김병기도 이젠 더할 수 없이 당황하면서 물었다.
대원군은 김병기를 흘겨보더니 오연히 반문을 했다.
「내가 어찌된 노릇인지 어찌 안단 말씀이오!」

그의 이 반문은 뭣을 뜻하는가. 좌중엔 살기가 감돌았다.
포도대장 이경하의 부리한 두 눈에도 살기가 번뜩였다.
아무도 꼬집어서 입밖에 내진 않았으나, 어떠한 결론이 내려지는가.
결국 대원군이 먹은 국수엔 이질물이 섞여 있다는 것이 된다.
이질물이란 물론 독약을 뜻한다. 독약을 섞은 국수를 먹게 해서 대원
군을 살해하려고 했다는 실로 어마어마한 결론이 내려진다.
—대원군을 독살하려고 했다.
김병기가 말이다. 나라가 발칵 뒤집힐 일이 아니고 뭣인가?
김문 일족은 얼굴이 납빛으로 변했다. 붉은 입술을 가진 사람은 하나
도 없다.
핏기가 싹 가신 그네들의 입술은 경련조차 일으키질 못했다.
(설마 그럴 리야 있는가?)
모두들 믿지는 못했지만 그러나 주인인 김병기를 지켜보지 않을 수
없었다.
별도로 자리를 잡고 있던 금위대장 이장렴도 방바닥을 차고 일어섰
다.
사람들은 더욱 공포에 떨었다.
포도대장과 금위대장이 배석하고 있는 자리다.
대원군의 눈짓 하나면 포도대장 이경하와 금위대장 이장렴이 즉각 행
동을 취할 것이다.
대원군을 필두로 해서 그 세 사람의 언동은 당세의 국법이 아닌가. 생
살여탈의 권한을 가진 그들이다. 어떻게 나올 것인가.
김좌근 노인은 차라리 한 손으로 눈을 가리며 어금니를 주근주근 씹
고 있었다.
김흥근은 두 손으로 방바닥을 짚고는 부복하기 직전이었다.
김병필은 다급하면 튈 모양인지 몸을 사시나무 떨듯 하면서 엉덩이를
들고 있었다.
기녀 초월은 정한 행주로 대원군 앞의 상바닥을 훔쳐내고 있었다.
기녀 은월은 눈을 뱁새눈으로 가늘게 뜨는 대원군의 표정을 읽기에

보복報復은 천천히 끈덕지게 41

골몰했다.
　포도대장 이경하는 대원군의 등뒤에 여일하게 버티고 서 있다.
　금위대장 이장렴은 주빈석 앞으로 와서 두 손을 앞으로 모으고 대기태세를 취했다.
　이 모든 사람들의 그런 움직임은 거의 같은 시각에 일어난 순간적인 동태였다.
　「물을 다오!」
　대원군이 소리쳤다.
　초월이 물대접을 그에게 바쳤다.
　대원군은 물을 한 모금 입에 물고 와라락 입속을 가셨다.
　초월은 타구를 그의 턱밑에다 갖다 댔다.
　「엥이! 내 왜 그런지 오고 싶지가 않더니만.」
　누가 청해서 그가 여기에 온 것은 아니다. 그런데 그는 말을 하면서 자리에서 일어나려고 했다.
　그 순간이다.
　「대감!」
　주인 김병기가 대원군을 쏘아보면서 야무진 음성으로 불렀다.
　김병기는 당황하지 않고 침착하게 말했다.
　「연일 과로하신 관계로 비위가 약해지신 것 같습니다.」
　이 말에 대원군은 주저없이 반문했다.
　「비위가 튼튼하면 독약이 입에 들어가도 토하지 않는단 말씀이오?」
　그러자 김병기의 입언저리엔 뜻모를 미소가 감돌았다.
　「대감 무슨 그런 농담을 하셔서 저희들을 낭패케 하십니까?」
　김병기의 동작은 실로 민첩했다.
　그는 대원군의 앞에 놓인 국수 그릇을 날쌔게 집어다가 사흘 굶은 사람처럼 입 안에다 끌어 넣었다.
　국물까지 깨끗이 마셔 버렸다.
　그리고 그는 초월에게 말했다.
　「얘, 대감께서 뱉어 놓으신 그 국수도 이리 다오!」

초월은 차마 그것을 김병기에게 선뜻 건네 주질 못했다. 그러나 김병기는 호통을 쳤다.
「이리 다오!」
초월은 하는 수없이 그것을 상 밑에서 집었다.
「다오.」
김병기는 손을 내밀었다.
그는 오히려 대원군에게 봉변을 주고 싶은 모양이었다.
변백이나 설명을 늘어놓으면 짓궂은 대원군의 장난에 휘말려 드는 것임을 알고 있었다.
그는 합뚜껑에 담긴 그것을 받아 들자 망설이지 않고 입 속에 긁어 넣고 말았다.
보고 있던 대원군은 기가 막혔다.
(참으로 야무진 놈이로구나!)
대원군은 속으로 부르짖었다.
(내 참패로다!)
그러나 그는 태연자약하게 껄껄거리고 웃었다.
그리고 말했다.
「대감도 어지간히 어리석으시오. 난 대감이 그토록 졸장분 줄은 몰랐소이다.」
좌중은 다시 한번 어리둥절할밖에 없었다.
관전자들의 처지로 보면 대원군이 완전히 패했는데 그 무슨 말인가 싶었다.
보니, 대원군의 얼굴엔 웃음이 가득했다. 그는 다시 말했다.
「내 장난을 한번 해 봤기로, 그것을 장난인 줄 알아보지 못하고 그런 체모없는 짓을 하시다니 대감이 어찌도 그리 소심해지셨소?」
이경하가 웃었다. 이장렴도 웃었다. 초월도 웃고 은월도 웃었다.
그네들이 웃음으로써 비로소 김병기는 자기가 여지없이 판정패를 당했다고 자인했다.
「대감!」

김병기가 갑자기 대원군을 불렀다.
「제 구미에도 국수 맛이 좀 이상합니다.」
이번엔 대원군이 어리둥절했다.
김병기는 다시 말했다.
「먼저 먹은 것은 그렇지도 않았는데, 나중에 것은 비위를 뒤집는군요.」
기가 막힌 말이다. 어떻게 해석이 되는가.
원 국수 맛은 괜찮은데 대원군이 토해 놓은 것을 먹으니까 비위가 뒤집힌다는 것이다.
결국은 대원군의 행동 자체가 비위에 역하다는 말이 된다.
대원군은 김병기의 말뜻을 재빨리 알아들었다. 그는 엉뚱하게 초월을 돌아보고는 말했다. 전연 씨아리가 안 먹는 화제였다.
「얘, 너두 서방이 있으면 알아 둬라. 동품하다가 복상환(腹上患)이라는 게 있지? 다급할 땐 서방의 살에라두 입을 대야 하는 게다. 비위에 역하다고 우물쭈물하다간 후회막급이 된다.」
김좌근이 차마 듣고 있을 수가 없었던 것 같다.
은월에게 소리쳤다.
「너희들은 꽃병으로 갖다 놓은 줄 아느냐? 노래를 하든지 가야금을 뜯든지 해서 좌흥을 돋워야 할 게 아니냐!」
그러나 노래가 있다고, 가락이 있다고 좌흥이 돋워지는 것은 아니다.
모두 마음이 착잡한데 노래가 어찌 아름다우며, 가락이 어찌 흥겹겠는가.
대원군은 잠시 후에 자리에서 일어났다.
그는 배웅하는 김병기에게 슬며시 귓속말을 했다.
「대감, 좀 동안을 뒀다가 다시 나와 국사를 보살펴 주셔야겠소.」
김병기는 허리를 굽히며 대답했다.
「황감하옵니다. 우선 낙향이나 하게 버려 두십시오.」
김병기는 이제 자기한테 지나친 위해가 없으리라는 대원군의 보장을 받은 것이라고 단정했다.

꽃샘을 타고 눈보라가 온다

음력으로 2월도 스무날께가 넘으면 이 땅엔 춘색(春色)이 완연하다.
하늘은 더 높지만 우윳빛이고, 산은 가까워도 아슴아슴 멀어만 보인다.
높은 산엔 아직 눈이 덮여 있다. 그러나 계곡물은 붇는다. 얼음이 녹아 물이 돼서, 푸른 물이 돼서 촬촬촬 흐르는 냇가엔 버들가지가 토실하게 살이 찐 채 물살을 호로록 호록 얼어 대며 춤을 춘다.
2월도 하순이면 모든 나뭇가지에 물이 오르기 시작한다. 양지바른 곳의 개나리는 봉오리가 대추씨같이 두드러지고, 수양버들의 수많은 가지들은 쏟아지는 빗발처럼 갈기갈기 땅으로 내린다.
남향판 동산엔 쑥싹이 파릇하게 돋아난다. 할미꽃도 반지풀도 애련하게 돋아난다.
이 무렵이 되면 아이들과 강아지는 양지바른 산소 자리에 마구 뒹군다. 겨울날 잔디는 메말라 있어도 부스럼 모양으로 드러난 황토(黃土)는 습기차고 부드럽다.
바람은 세차게 분다. 먼지를 앞세우고 세차게 불어 대지만 싫지는 않다. 품속으로 파고드는 게 싫지가 않다.
햇빛이 찬란하게 빛난다. 자애롭게 산하를 어루만진다. 사람은 하품이 잦고, 고양이는 기지개가 잦아진다. 암탉은 담장 밑을 비집고 두더지는 해토한 마늘밭을 가로 세로 갈기 시작한다.
보리밭 고랑엔 노고지리가 집을 짓는다. 파릇거리는 보리밭 고랑에다 검부러기로 너겁 같은 둥이를 장만한다. 그러고는 이따금씩 하늘 높이로 솟아오르며 삐이리루 울어 보다가 다시 내려 앉는다.
 이 무렵이면 시골의 사내아이들은 밭두렁을 뒤져 메싹을 골라내 아삭아삭 씹는다. 계집애들은 들나물을 찾아 헤매다가 진흙밭에서 씀바귀를 캔다. 쑥싹도 도린다.
 2월도 하순이 되면 춘삼월(春三月)을 기다리는 마지막 고비지만 천하만물이 이미 생동하고 있는 호시절(好時節)이다.
 겨울은 동면하는 계절이고, 봄은 생동하는 계절이다.
 동면은 휴식이고 생동은 의욕이다. 휴식엔 섭취를 절제해도 되지만 발동하는 의욕엔 충족한 섭취가 앞서야 한다.
 초목은 물과 양분을 섭취하고 사람 또한 의욕에 앞서 배가 불러야 그 활동이 왕성해진다.
 그런데 춘궁(春窮)이란 말이 있다. 이 땅에선 가장 절실하고 불행한 어휘다.
 겨울을 어떻게 났는지 모르는 가난한 백성한테 봄에 먹을 양도(糧道)가 남을 리 없다.
 농토가 없어서 일을 안 해서 그들은 가난한 게 아니다. 누군가에게 불법으로 뺏겨서 봄은 더욱 가난한 것이다.
 2월도 하순에 접어들면 춘궁이 시작되는 계절이다.
 농촌에선 벌써 아우성들이었다. 봄바람은 한숨 바람이라고 한다. 농민들의 답답한 심정을 잘 표현하고 있다.
 「춘궁을 앞에 놓고 삼남의 민심이 흉흉하기 이를 데 없습니다.」
 호남지방을 암행하다가 돌아온 장순규의 보고였다.
 「특히 동학이라는 게 성행해서 농군들의 배때기에다 바람을 잔뜩 넣어 놨습니다.」
 영남에서 돌아온 안필주의 보고였다.
 「황공한 말씀이오나 지금 대구감영에 갇혀 있는 동학교주는 나랏님보다두 그 위세가 더 당당하옵니다. 머잖아 양반이 상일을 하구 농군들이 백성을 다스릴 새 세상이 온다구 떠들더군입쇼.」

안필주의 말은 지나친 과장이었다.
 그러나 듣고 있던 대원군은 입에 물었던 담배 물부리를 쑥 뽑으며 소리쳤다.
「뭣이라구? 또 새 세상이 온단 말이냐!」
 이렇게 해서 하나의 새로운 사건은 터지는 것이다.
 아침 햇살이 활짝 퍼졌을 때 대원군은 사후(伺候)한 좌포장 이경하에게 물었다.
「동학교주가 잡혀 갇힌 게 언제 일이더냐?」
 별안간 당한 질문이라 이경하는 선뜻 대답을 못하고 반문했다.
「대구감영에 있는 최제우 말씀이오니까?」
「수운(水雲)이라고도 부른다더구나…… 언제냐?」
「지난 섣달이 아니옵니까?」
 마침 측근에 있었던 이상지가 두 사람의 대화를 듣고 조심스럽게 한몫 끼었다.
「지난 섣달 초아흐렛날 잡혀서 스무 하룻날 대구감영으로 이감됐습니다.」
「그래? 넌 어찌도 그리 잘 아느냐?」
 대원군은 새로 청지기가 된 이상지의 그 비범한 기억력을 감탄하지 않을 수 없었다. 대원군도 그는 경계를 한다.
 운현궁에 두 번씩이나 자객으로 침입했다가 두 번 다 실패한 끝에 두 번 다 잡힌 몸이 되어 비밀리에 문초를 받은 이상지가 그대로 눌러앉아 대원군의 측근 가령이 된 것은 아무래도 제삼자의 수긍이 가지 않는다.
 이상지 자신은 어떤 속셈이고, 대원군은 어떤 속셈인지 누구나 궁금은 하지만 모두 조심스러워 그것을 화제삼지를 않고 있는 것이다.
「자객일망정 반골인 모양인데 어찌 남의 하인 노릇을 할 수 있느냐?」
 그점이 더욱 의아스러웠다.
 본시 대원군은 반상(班常)에 대한 지나친 단층(斷層)을 타파하려는 경향임을 알고들 있다.
 그러나 그렇다고 해서 이상지가 운현궁의 가령이 된 게 수긍될 수 있는가.
 그 이상지가 동학교주 최제우에 대해서 심상찮은 관심을 가지고 있는 눈치였다.
「너두 동학당이냐?」
대원군이 날카롭게 물었다.
「아니올시다, 저하.」
이상지는 얼결에 부정했다.
「아닌데 어떻게 최수운에 대해서 그리도 관심이 많으냐?」
이상지는 벌써 마음의 여유를 회복했다.
대답한다.
「황감합니다, 저하. 공교롭게도 섣달 초아흐렛날은 소인이 귀빠진 날이옵고, 스무 하룻날은 소인 가친의 생신날이라 우연히 기억하게 됐사옵니다.」
「그래?」
대원군은 잠깐 이상지를 쏘아보다가,
「참 자네 어르신넨 연만하시던데 그동안 무고하시냐?」
지난 여름 어느날엔가, 흡사 볼모처럼 가마에 실려 사직골에 갔다가 만난 일이 있는 그 괴노(怪老)의 만만찮은 풍채가 머리에 떠올라 물었다.
「예에, 아직 근력이 정정하십니다. 그렇잖아도 한번 찾아뵈어야겠다는 말씀을 하시고 있습니다.」
「나를?」
「예에.」
「나두 만나 뵙구 싶구나. 그땐 고마운 말씀을 해주셨는데.」
 그 불우하던 시절에 그는 홍선이 미구에 권좌에 오르리라고 예언을 한 노인이다.
「인(仁)자, 서(瑞)자라고 했던가? 성함이.」
「예에.」
이인서였다고 대원군은 그의 성명까지도 기억해 냈다.

이때 세 사람은 운현궁의 사랑 뜰안을 거닐고 있는 중이었다.
대원군은 별안간 발길을 멈추더니 담배를 몇 모금 뻑뻑 빨고는 화제를 획 바꿔 버렸다. 포도대장 이경하에게 말했다.
「최제우를 사문해서 속히 결판을 내려야겠네.」
이 말에 이상지의 눈이 번쩍 빛나는 것을 두 사람은 보지 못했다.
「완연히 봄이로구나!」
대원군은 뜰에 봉오리진 한 그루의 개나리 가지를 만져 보면서 그동안 잊었던 계절을 찬탄했다.
「세월도 봄이고, 운현궁에도 봄이 옵니다.」
이경하가 그 꽹과리 소리 같은 음성으로 아첨을 한다.
「세월은 봄이나, 내 해야 할일들이 추상(秋霜)같아야겠소.」
「이를 말씀이시옵니까. 이도(吏道)는 문란하고 백성은 굶주리니 추상 같은 정령(政令)으로 국정을 바로잡으셔야 하옵니다.」
「어허허, 좌포장의 말이 백 번 옳소. 내 좌수(左手)가 돼 주오!」
지극히 한가로운 일순이었다.
그러나 당세의 권부(權府)로 등장한 운현궁이 촌각인들 그런 적요를 지속할 수 있을까.
청지기 이승업이 달려와 허리를 굽힌다.
「좌의정대감께서 오셨습니다.」
김병학이 왔다는 것이다.
「듭시라고 여쭤라!」
대원군은 사랑으로 돌아와서 손을 맞았다.
그들이 대좌하고 수인사를 끝내자 또 청지기가 보한다.
「호조판서께서 오셨습니다.」
김병국이 왔다는 것이다.
「호판이?」
대원군은 가볍게 반문하고는 김병학을 흘끔 훔쳐봤다. 부른 일이 없는데 그들 형제가 거의 동시에 나타난 데 대해서 잠깐 의아해 보는 대원군의 눈초리는 날카로웠다.

「듭시라고 해라!」
김병국이 들어오자 대원군은 한마디 던져 본다.
「형제분이 이렇게 함께 오시다니 어쩐 일이시오.」
김병국도 김병학도 그 물음엔 직접적인 대답을 하지 않았다.
그런데 이번엔 또 영의정 조두순이 왔다는 것이다.
대원군은 직감했다. 그들은 사전에 뭣인가 모의끝에 모여든 것임을 직감했다.
예상대로였다. 김병학이 용건의 실마리를 꺼냈다.
「저하, 황공한 말씀이오나…….」
「무슨 말씀이오?」
「영상합하와도 말씀이 있었습니다만, 저하의 유례없으신 관용으로 척신들은 재봉춘(再逢春)했다고 홍덕(鴻德)에 감읍하고 있사옵니다.」
「그래서요?」
「만백성들도 하늘로 머리를 둔 사람이면 저하의 인자하시고 온건한 조처를 칭송하기에 바쁜 줄로 아옵니다.」
「그래서요?」
대원군은 김병학의 말이 아무래도 핵심의 주변만을 뺑뺑 돌고 있음을 직감하고 다소 성깔있게 '그래서요?'를 반복했다.
「영상합하께서 말씀드리시지요.」
그러자 김병학은 조두순에게 슬쩍 밀었다.
조두순이 어깨를 움츠리며 입을 열었다.
「저희들 공론으로는 저하께서 기위 그런 너그러운 처분을 내리신 바 있으니 조정대신들에 대한 개편도 선례대로 대행대왕의 국장이나 끝낸 다음으로 미뤄 주셨더면 하고 설왕설래한 바가 있사옵니다.」
대원군은 그 소리를 듣자 발끈 성을 냈다.
「이제 와서 그게 무슨 소리오? 그렇잖아도 나 역시 국상중임을 생각해서 그동안 신임 대신들과 더불어 하는 일 없이 근신하고 있었잖소? 그럼 영상을, 좌상 자리를, 호판 자리를 세 분이 다 퇴하겠단 말씀이시오? 퇴하시겠소?」

대원군의 추궁은 추상 같다.
허두는 꺼내 놨으나 세 사람은 대원군의 서슬 앞에 벌벌 떨었다.
이번엔 김병국이 나섰다.
「대감, 고정하십시오. 저희들의 의사는 그런 게 아니오라…….」
김병국의 말이 채 여물기도 전에 대원군은 또 소리를 버럭 질러 그의 의기를 꺾어 버렸다.
「그럼 뭐요? 나하고는 손잡고 일을 할 수 없다는 말씀들 아니오?」
「그런 게 아니올시다. 어찌 그런 불순한 생각을 하겠습니까. 대감의 하해 같은 은덕을 입어 목숨이 부지됐을 뿐 아니라 또다시 과분한 조신 반열(朝臣班列)에 서게 된 몸으로 어찌 그런 배은망덕한 소견을 가지겠습니까.」
「그럼 도대체 어찌하겠단 말씀들이오?」
「저희들은 모두 지난날의 비정(秕政)을 책임져야 할 처지이온데 저하의 파격한 이끄심을 입어 오직 감읍하고 있을 따름이온즉, 분골쇄신 저하를 보필해 드리는 것만이 남은 생명을 부지하는 명분인 줄로 압니다.」
「도대체 그러니 어찌하겠단 말씀이시오?」
「항간에선 저희 형제가 조신반열에 다시 선데 대해서 무엄하게도 저하를 헐뜯는 소리가 있사옵니다.」
「뭐라고 날 헐뜯는단 말이오?」
「오죽 사람이 없어서 첨부터 안동 김씨네를 좌의정에다 호조판서 자리까지 주느냐고 비양거리는 모양입니다. 그리고…….」
「그리고 또 뭐요?」
「시임대신들은 대행대왕께오서 임명하신 사람들이니 대행대왕의 국장이 끝나기 전에 파직시키는 것은 선왕께 대한 도리가 아니라는 설도 있사온즉, 저희 형제는 잠시 뒷전으로 물러 앉았다가 저하께서 다시 불러 주시면 그때 기꺼이 달려와 견마지역(犬馬之役)을 하는 게 온당한 순서임을 깨달았사옵니다.」
「결국 사퇴하겠다는 말씀이 아니오?」
「황감하옵니다, 저하.」

대원군은 흥분을 가라앉히려고 두 눈을 지그시 감았다.
그는 첫출발에서 벽에 부딪친 심경이었다. 일단 임명한 대신들 중에서 일도 못해 보고 이탈자가 생긴다면 체면이 땅에 떨어지는 것이다.
그는 김병학 형제가 이제 와서 왜 조정에 들기를 망설이는지 그 이유를 짐작할 수 있었다.
남인, 북인, 노론, 소론을 가리지 않은 인사 정책에 대한 반발이라고 생각했다.
그리고 김병국의 말 중엔 가슴에 부딪는 대목이 있었다.
―오죽 사람이 없어서 처음부터 안동 김씨네를 써야만 했겠느냐.
(그렇다면 좋다!)
한참동안 눈을 감고 있던 대원군은 서서히 고개를 끄덕였다.
「그러면 국상이 끝날 때까진 그 어른의 조신들에겐 손을 대지 않으리라!」
결국 새로 임명한 삼정승 육판서에 대한 조의(朝議)를 당분간 보류하겠음을 밝혔다.
말하자면 과도기적인 공백을 두고 만기(萬機)는 대원군 스스로 직재하겠음을 선언한 것이다.
그는 김병학을 보고 말했다.
「아닌게아니라 대감 형제분은 남 보기에 종중을 배반하고 내게 빌붙은 것 같아 체면이 좀 덜 좋을지도 모르겠소. 잠시 뒷전으로 물러앉았다가 기회 봐서 들어오시는 것도 좋겠구먼.」
김병학이 대답한다.
「그렇게 해 주신다면 더욱 고굉지신(股肱之臣)이 되겠습니다, 저하.」
임금한테나 쓰는 말을 대원군한테 썼다.
대원군은 그들을 퇴출시키자 갑자기 외로운 생각이 들었다.
그는 무슨 생각에선지 이상지를 불러 분부했다.
「가마를 대령시켜라!」
이상지는 대원군의 분부를 받자 어리둥절했다.
「가마를 대령시키라십니까? 저하.」

「가마를 대령시켜라!」
대원군은 같은 말을 되풀이했다.
「평교자가 아니고 가마를 대령시키라십니까?」
「가마를 대령시켜라!」
대원군의 지체. 호위군사에, 구종별배에, 쌍초선과 일산을 비낀 사인견여를 버리고, 가마를 타겠다니 이상지는 거듭 반문하지 않을 수가 없었다.
대원군은 가마를 준비시키고는 내실로 들어갔다.
그는 부대부인 민씨에게 말했다.
「도포를 주시오. 낙척시절에 입던 그 헌 도포를 꺼내 주시오.」
「헌 도포를 뭘 하시려구요?」
「갓망건도 헌것으로 내주시오.」
그는 헌 갓망건에다 낡고 깡똥한 도포차림으로 나섰다.
그는 가마에 오르면서 배웅하는 하인들에게 일렀다.
「잠시 다녀오마. 내 행방은 너희들이 알 필요가 없다!」
그는 가마의 포장을 내리다가 말고 또 분부한다.
「아무도 따르지 마라!」
그는 이상지를 돌아보고 말했다.
「자네나 앞장을 서게!」

초라한 행차였다. 누구도 그 가마 속에 타고 있는 사람이 대원군이라는 것은 상상도 못할 것이었다.
재동 네거리에 이르자 이상지가 가마 옆으로 다가섰다.
「저하, 어디로 모셔야 합니까?」
「사직골로 감세!」
「사직골이라고 하셨습니까?」
「사직골이다! 자넨 귀가 잘 안 들리나?」
「황감하옵니다.」
가마는 경복궁 앞을 통과했다.

이상지가 또 가마 옆으로 다가섰다.
「저하, 사직골 어디쯤으로 모셔야 합니까?」
「자네 집으로 가세!」
「네?」
「자네 집으로 가세. 자넨 귀가 잘 안 들리나?」
「황감하옵니다.」
길은 꼬불꼬불, 가마는 나는 듯이 사직동 골목을 누비며 인왕산 밑으로 깊숙히 파고들어갔다.
가마는 멎었다. 포장이 걷혀졌다.
낡은 갓망건에 헌 도포를 깡똥하게 입은 대원군이 가마를 내려서자 이상지는 두 손을 앞으로 모으고 허리를 굽혔다.
「춘부장께선 댁에 계시겠지?」
대원군은 작년보다도 더 초라해 보이는 초갓집 대문을 둘러보며 그제서야 물었다.
「계실 줄로 아옵니다.」
「들어가자!」
대원군의 출현을 안에다 내통할 사이도 없이 이상지는 얼결에 그를 인도하여야 했다.
대단한 노인이었다. 이인서 노인은 느닷없이 나타난 대원군을 맞으면서도 태연자약했다.
「국태공께오서 어찌 이런 곳엘 미리 전갈도 없으시고 왕림하십니까.」
인사는 정중했으나, 그 노안엔 형형한 빛이 발산했다.
노인은 아들에 대한 인사치레도 빼놓지는 않았다.
「자식놈을 측근에다 둬 두시기로 하셨다니 황송하옵니다.」
「진작 찾아뵈올 것을 차일피일 늦었습니다.」
대원군의 탯거리는 스승에 대한 제자의 그것이었다. 아니면 유비의 삼고초려(三顧草廬)와 흡사한 태도였다.
이인서 노인은 눈썹도 탐스럽고 수염도 탐스러웠다.
눈썹도 희고 수염도 희었다.

길고 흰 눈썹 속에 감춰진 그다지 크지 않은 두 눈은 노안이지만 푸른 빛을 발산하는 날카로운 광채를 가지고 있다.

그는 대원군을 위압하는 자세로 입을 열었다.

「국태공의 존엄으로 이 보잘것없는 늙은이를 찾아주시다니 욕되신 행동이십니다. 나는 원래 사무한신(事無閒身), 부르심을 받으면 의당 달려가 뵈올 것을 어찌 이 벽촌까지 행보를 옮기셨습니까?」

이인서 노인은 대원군을 지그시 쏘아보며 정중하게 물었다.

「선생은 내가 가장 불우하던 때의 내 장래 일을 예언하신 선견지명을 가지셨습니다. 내 그때의 말씀을 잊지 않고 있습니다.」

대원군은 정말 그에게 스승 대접으로 공손하게 말했다.

「내가 그때 무슨 허망한 입을 놀렸던가요?」

「선생께선 내게 준엄한 타이름을 주셨습니다. 그때 이런 말씀을 하셨지요. "대감은 과욕하신 성품, 큰일을 많이 하긴 하겠으나 그 공과에 대해선 반드시 후인들의 시비가 상반되리라고 봅니다. 바라건대 제도의 혁변이나 무한대의 힘의 과시보다는 민심의 맥류가 제 길을 찾아 흐르도록 백성의 갈길에다 빛을 밝혀 주는 게 치자의 근본임을 명심하소이다. 급한 마음으로 환부만 가려서 치료하는 것은 유의(幼醫)의 소행, 의술에 능한 사람은 오장의 병원(病源)을 더듬어 그 원인을 없이하는 것입지요. 대감, 집권하시거든 부디 백성한테 올바른 길을 밝히실 일이지 힘으로 습복시키면 그늘에서 자란 또 다른 힘에 의해서 망신하실 것을 잊지 마십시오" 선생님이 들려 주신 그때 그 말씀은 지금도 명심하고 있습니다.」

「허허허, 내가 어줍잖게 그런 말씀을 올렸던가요, 황송하옵니다.」

「선생께서 또 이런 말씀을 하셨습니다. "내가 보기엔 우리나라를 눈독들이는 외이(外夷)들이 너무 많습니다. 대국[淸]이야 말할 것도 없지만, 왜국을 위시해서 법국[佛]이니 영길리[英]니 아라사[露]니 하는 서양놈들의 마수가 우리 등덜미에서 어른거리고 있어요. 양이(洋夷)는 서학으로 그 촉수를 삼아 침입하고, 왜국은 수교(修交)라는 허울을 쓴 채 상권 침투로 이 나라를 괴롭힐 것이외다. 사람들의 지혜도 이제는 개화

해서 직접 총기나 병원(兵員)으로 판도를 넓히려 하지 않고, 그런 사교나 상술로 조급하지 않게 저들의 세력을 부식해서 실리를 얻으려는 움직임 같습네다" 선생님께선 또 이런 말씀도 하셨습니다. "대감, 집권하시거든 우선 파쟁을 없이하시고, 고리타분한 유생들 뱃속에 신선한 바람을 불어 넣으시고, 관기를 엄히 다스리고, 나태한 이 나라 백성들에게 근면의 기품을 소생시키고, 안목을 사해(四海) 밖으로 넓히시어 지구 위의 생존경쟁이 어떤 판국으로 돌아가나를 잘 관찰해서 이 나라의 명운을 타개하셔야 될 줄로 사뢰옵니다."

「허허허, 내가 그런 망언을 함부로 토했던가요? 송구합니다.」

「선생께선 또 준절히 말씀하셨지요.」

「뭐라구요?」

「"대감, 고래(古來)로 10년 세도가 없다 하온즉, 세도 잡아 10년 안에 썩지 않으면 선정(善政)이옵고, 만일 썩으면 그 치자의 말로란 참혹하리니, 바라옵건대 부디 명심합시오."」

대원군은 진지했고, 이인서 노인은 웃음을 터뜨렸다.

「허허허, 대감께서는 총기도 맑으십니다. 내 그런 소리를 지껄였습니까?」

「선생님!」

「예에.」

「사부로 모시고 자주 가르침을 받겠습니다.」

「무슨 그런 황공한 말씀을.」

이인서 노인은 그 탐스러운 수염을 쓰다듬었다.

대원군은 무릎을 당겨 앉았다.

「선생님!」

「예에.」

「되도록이면 피를 흘리게 하지 않으려고 진력했습니다.」

「장하신 일이십니다.」

「그런데 피를 봐야 할 듯싶습니다.」

「누구를?」

이인서 노인은 놀라는 표정이었고, 대원군은 차분하게 다음 말을 꺼냈다.
「경상도에서 싹터 삼남에 창궐하고 있는 동학은 관에의 협력을 거부하고 혹세무민(惑世誣民)하고, 세상을 어지럽혀 나랏일을 그르칠 조짐이 보입니다.」
그 말을 들은 이인서 노인은 눈을 감으며 고개를 끄덕거렸다.
「최수운을 죽일 작정이십니까?」
그는 대원군에게 날카로운 음성으로 물었다.
대원군은 망설이지 않고 대답했다.
「내 스스로 죽이지는 않겠으나, 공론이 그를 죽게 한다면 구태여 사면할 의사는 없습니다.」
이인서 노인은 고개를 옆으로 흔들었다.
「죽이는 것도 살리는 것도 국태공의 힘이지 어느 것 하나 대감의 힘이 아닌 것이 없습지요.」
「동학의 인내천(人乃天) 원리엔 나도 찬동하는 사람입니다.」
「그런데요?」
「그러나 현금의 제반 정세로 보아 그 무리의 창궐을 방임하고는 나라의 근본이 흔들릴 게고 종사조차 유지되기 어렵습니다.」
이인서 노인은 눈을 감은 채로 묵묵부답이다.
대원군은 좀더 자기 말투에다 힘을 준다.
「사색 당쟁과 유생의 횡포와 양반 관원의 주구(誅求)를 금제하고, 백성의 기풍을 진작(振作)하고, 기아선상에서 헤매는 농민 근로자를 구원하는 것은 구태여 동학이 개재할 일이 못 됩니다.」
「대감 단독의 힘으로 하시겠단 말씀이신가요?」
「왕도가 건재하고 왕권이 추상 같은즉, 의당 조정에서 본받아 해야 할 초미(焦眉)의 급무인 것을 동학이 쓸데없이 민중을 선동하며 국법을 희롱하고 있습니다.」
이인서 노인은 감은 눈을 뜨지 않고 말한다.
「조정과 동학이 협심협력하면 더욱 첩경이겠습니다.」

대원군은 수긍하지 않는다.
「동학은 순수한 민족 부흥운동이 아니라 서학과 명맥이 상통한 요언 농사(妖言弄辭)로 혹세무민하는 경향이 보입니다.」
「외로 가라면 바로 가고, 앞으로 끌면 뒤로 뛰려는 백성이올시다. 달래고 이끌려면 제자백가(諸子百家)의 도론(道論)보다도 학대받는 무리의 원망을 '지상천국'에 두는 것도 하나의 방법일 수 있지 않습니까?」
「선생님!」
「예에.」
「동학의 근본 원리엔 나도 수긍이 갑니다. 허나, 그 방법이 난폭해질 조짐이 보입니다. 무식한 군중은 꼭두각시처럼 춤을 추고 뒤에 도사린 수운은 자칫 궁궐의 용마루를 넘보게 될지 모릅니다.」
그래도 이인서 노인은 고개를 가로 저었다.
그는 위압적으로 결론했다.
「치자는 안목이 길어야 합니다. 조급해선 아니 되지요. 후세의 사필(史筆)을 두려워해야 합니다. 통촉하십시오!」
두 사람의 의견은 그대로 평행이었다.
그러나 대원군은 이인서 노인에게 정중히 제안했다.
「앞으로는 자주 운현에 드나드시며 가르침을 주십시오.」
이인서 노인은 비로소 고개를 숙인다.
「황송합니다. 허나 아무리 사생유명(死生有命)이라곤 하지만, 소인의 나이 칠십이 넘었습네다. 이제 흙내가 코에 구수합니다. 미거한 내 자식 놈이나 사람 구실 하도록 질책해 주십시오.」
이 말에 대원군은 뒤편에 꿇어앉아 있는 이상지를 돌아보고는 웃었다.
「허허, 자제는 내 목숨을 두 번씩이나 노렸던 자객이올시다. 나도 아마 단련을 좀 줄 겝니다. 하하하.」
노인도 아들을 돌아보고 웃었다.
「저놈은 그런 엉뚱한 짓을 잘합니다. 아마도 대감께 접근할 수 있는 가장 빠른 길이라고 생각한 듯싶습니다. 그러나 성정은 단순치가 않은 아이오. 혹여라도 벼슬일랑 주지 마시고 끝내 숨은 일꾼으로 길러 주시면 이 늙은이도 사불명목(死不瞑目)만은 면하오리다.」
 그는 또 말했다.
「대감께서는 투시안을 가지셨습니다. 그놈의 속셈을 알아보시고 용서하셨을 뿐 아니라 측근에다 둬 두시니 참 대단하십니다.」
 그러나 대원군은 고개를 가로저었다.
「아직 나는 이상지라는 젊은이를 자세히 모릅니다. 더 두고 봐야지요.」
 운현궁으로 돌아온 대원군은 사흘 동안을 두고 신중히 생각했다.
 그는 조의(朝議)엔 묻지도 않고, 포도대장 이경하에게 명령했다.
「대구감영에 갇혀 있는 동학교조 최제우에 대한 사문을 끝맺도록 하라!」
 2월 24일 아침나절이었다.
 그는 승지를 불러 명령했다.
「듣거라! 상주목사 조영화, 지례현감 정기화, 산청현감 이기재, 이상 세 사람은 경상감사를 도와 대구감영에 구금중인 동학교조 최제우 일당에 대한 사문을 끝맺도록 지시하라!」
 승지는 대원군의 명령을 복창했다.
「대원위대감 분부요. 상주목사 조영화, 지례현감 정기화, 산청현감 이기재 이상 세 사람은 경상감사를 도와 대구감영에 구금중인 동학교조 최제우 일당에 대한 사문을 끝맺도록 하라. 옳습니까?」
「사문 결과, 죄의 유무, 벌의 경중, 처형의 집행 등 일체의 권한을 그 현지 판관들에게 위임한다.」
 승지는 또 복창한다.
「대원위대감 분부요. 사문 결과, 죄의 유무, 벌의 경중, 처형의 집행 등 일체의 권한을 그 현지 판관들에게 위임한다. 옳습니까?」
「옳다!」
 어느틈에 대원군의 지시나 명령의 첫머리엔 반드시 '대원위대감 분부요'라는 일곱 자가 붙어다니게 마련이었다.

어명이오, 왕명이오 대신 대원위대감 분부요로 변해 있었던 것이다.
대원군은 포도대장 이경하에게 직접 대구로 내려가서 최제우에 대한 국문을 감찰하도록 했다.
이튿날 이경하는 포도대장 위의를 갖추고 서울을 떠났다.
포도대장은 붉은 동달이를 입는다. 붉은 안집을 받친 검은 전복을 겉에 걸친다. 허리엔 청색전대를 띠고, 신발은 비단 목화(木靴)를 신는다. 바른손엔 등채[指揮棒]를 들고, 장검은 허리에 곁들인다. 머리엔 군모, 안올림밀화벙거지다.
포도대장 이경하는 12명의 포교를 거느리고 오추마를 채찍질해 일로 경상도 대구를 향해 바람같이 달렸다. 동학교조 최제우를 국문하는 자리에 입회를 하려고.
모든 통신 수단 중에서 가장 빠른 것이 말이다.
국왕의 어명이건 대원위대감의 분부이건, 제아무리 급하더라도 바람을 타고 전해질 수 없는 일이다.
포도대장 이경하 일행이 대원위대감의 분부를 받들고 서울을 떠나 대구로 향했다 해서 그 소문이 이경하 일행보다 먼저 경상도 대구에 전해질 수는 없었다.
1864년 2월 26일 경상도 대구의 날씨는 아침부터 지분거리고 있었다.
그날 낮 대구감영에서는 동학교조 최제우에 대한 스무번째의 신문이 있었다.
이날도 최제우는 자기의 소신을 굽히지 않았으며, 자기의 죄상을 인정하지 않았다.
경상감사 서헌순의 단독 신문이었다.
그를 수감한 게 지난해 12월 21일이 분명하다.
경주에서 대구감영으로 이송돼 온 지 두 달이 넘는 동안에 무려 스무번째의 신문과 열여덟번째의 모진 장형(杖刑)을 받았는데도 최제우라는 사람은 끝내 자기의 의지를, 소신을 굽히지 않았다.
「저놈을 몹시 쳐라! 곤장 서른 대를 사정 두지 말고 쳐라!」

오늘도 지쳐 빠진 경상감사는 마지막 힘을 내서 고함을 질렀다.
그는 오히려 고문을 받는 최제우보다도 더 지쳐 있었다.
30대의 매질이 또 사정없이 다섯 자 네 치의 육신을 피투성이로 만들었는데도 최제우의 안정(眼睛)은 별빛처럼 초롱했다.
경상감사 서헌순은 손으로 자기 이마를 짚으면서 물었다.
「그래도 너는 네 죄를 인정 않느냐? 목숨이 경각에 있는데도 너는 동학이 사교가 아니며 혹세무민한 네 죄상을 뉘우치지 않겠단 말이냐? 이승에선 마지막 기회로 알고 이실직고 하라!」
그러나 최제우는 분명한 어조로 잘라 말했다.
「내 기위 한말 이외에 더 할말이 없소이다. 육신이란 언제 죽어도 죽는 것. 내, 내 한일에 한 점 회오도 없소이다.」
결국 이날의 고신(拷訊)도 허사였다.
경상감사 서헌순은 자기 자신이 지쳐서 수인을 다시 하옥시키고 내아(內衙)로 들어가 몸을 뉘었다.
그는 길게 한숨을 뽑으면서 헛소리처럼 혼자 뇌까렸다.
「수운은 인간이 아냐! 사람의 탈을 쓴 신인(神人)이야. 저네들은 그를 대신사(大神師)라고 한다지만, 과연 대신사다운 인격이야. 대명천지 밝은 날에 내놔서 한 점 허물도 없는 위인일지도 몰라. 죽이긴 아까운 인물인지도 몰라. 하나 하여튼 지독한 놈이야. 세상에 다시없는 고집불통이야. 저를 죽이지 않으면 내가 죽을 것이야.」
그는 장심이 좀 약했던가. 흡사 뭣에 씌운 사람처럼 헛소리를 중얼거리다가 홀연히 잠이 들어가고 있었다.
바로 그때였다.
사령(使令) 한 사람이 다급하게 내아로 뛰어들면서 소리치는 것이다.
「아뢰오. 방금 서울에서 내려온 포도대장 이경하영감의 행차가 밖에 도착했사옵니다.」
감사 서헌순은 그 소리를 듣자 공중제비를 하면서 일어났다.
「네 이놈, 지금 무슨 말을 했느냐?」
「서울서 포도대장 일행이 당도했습니다고 아뢰었습니다.」

서헌순은 눈이 휘둥그래졌다.

포도대장이 왜 별안간 대구감영엘 왔느냐, 다급하게 의관을 정제하고 외청(外廳)으로 달려나갔다.

정말이었다. 좌포장 이경하가 서울에서 내려닥친 것이다.

「대감, 원로에 별안간 웬일이시옵니까.」

서헌순은 이경하에게 깍듯이 허리를 굽히며 정중하게 그를 맞았다.

감사는 관찰사다. 경상감사는 경상도의 도백이며 종이품관이다.

그는 자기보다 젊은 좌포장 이경하에게 대감이라는 호칭을 쓰며 아첨을 하지 않을 수 없었다.

포도청은 좌청, 우청 두 개로 나뉘어져 있다.

좌포청은 서울의 중부(中部) 정선방(貞善坊)에 있고, 우포청은 서부(西部) 서린방(瑞麟坊)에 있다.

좌우 포도대장은 다 함께 역시 종이품관이다. 종이품이면 당상관이나 공식으로는 대감이 아니라 영감으로 호칭해야 한다.

그런데 경상감사 서헌순은 자기와 같은 종이품관인 좌포장 이경하에게 대감이라는 호칭을 써가며 마음에 없는 아첨을 하지 않을 수 없었다. 왜일까.

지금은 대원군의 세상이다.

이경하는 대원군이 자기 심복으로 임명한 사람이며, 아침저녁으로 대원군 측근에서 나랏일에 콩놔라 밤놔라 해 가며 대원군을 직접 보필하고 있는 사람이다. 그러나 자기는 어떠한가.

척족 김씨네의 사람이다. 김병기의 줄로 경상감사가 된 몸이니 척족이 몰락한 지금에는 그 자리가 가시방석인 처지다.

그렇잖아도 대원군은 벌써 운현궁의 끄나풀로서 서은로라는 사람을 대구감영에 붙여놓고는 정보를 수집하고 있다.

그런데 벌써 무슨 정보가 운현궁에 첩보됐단 말인가.

하필이면 포도대장 이경하가 왜 별안간 내통도 없이 들이닥쳤느냐 말이다.

경상감사 서헌순은 몸을 떨지 않을 수가 없었다.

대구감영이 발칵 뒤집히면서 술렁거리지 않을 수 없었다.
「대감, 이 원로에 갑자기 웬일이옵니까.」
빈청(賓廳)에 좌정하자 서헌순은 극도로 불안해서 다시 물었다.
그러자 포도대장 이경하는 오만한 태도로 대답한다.
「대원위대감의 분부를 받들고 급히 온 길이외다.」
순간 서헌순의 얼굴빛은 새파랗게 질리고 말았다.
(기어코 내게도 화가 미치는구나!)
그는 안면 근육을 일그러뜨렸다.
(내가 무슨 죄가 있다고.)
그는 안간힘을 써 보다가,
(털어서 먼지 안 날 놈 있는가!)
스스로 체념을 하면서 바짝 마른 입술에다 혀끝으로 침칠을 했다.
(그렇기로 어사가 아니고 포도대장을 보내다니 감사를 도둑으로 아나.)
그는 대원군의 처사가 비위에 틀려서 부지중에 토끼눈을 뜨고 이경하에게 잼처 물었다.
「대원위대감의 분부이시라니 무슨 분부신가요?」
「동학교조 최제우에 대한 신사(訊査)를 조속히 끝내 상신하랍시는 분부이시오.」
서헌순은 자기 귀를 의심했다.
이경하는 계속해서 말했다.
「이 사람은 입회만 할 것이외다. 사문관(査問官)으로는 상주목사 조영화, 지례현감 정기화, 산청현감 이기재 등을 배석시키라는 대원위대감의 분부이시오.」
서헌순의 얼굴빛은 그제서야 서서히 핏기를 회복해 가고 있었다.
그러자 이경하는 명령조로 또 말했다.
「그동안 공정한 사문이 거듭됐을 줄로 압니다. 결정된 배석 사문관들에게 속히 통보해서 늦어도 스무 아흐렛날까진 최종심판이 내려지도록 일을 서둘러 주십시오!」

서헌순은 이제 완전히 마음의 여유를 되찾았다.

그는 만면에 웃음을 띠고는 일대 일의 의젓한 자세로 말했다.

「최제우에 대해선 그동안 20차에 이르는 엄중한 문초를 거듭해 왔습니다. 그렇잖아도 이젠 결심(結審)을 보아 국태공저하께 전말을 상신할까 했는데 영감께서 이렇게 먼길을 오시게 됐군요. 허, 허, 허허.」

대감이 영감으로 격하돼 있었다. 웃음소리가 대청을 울릴만큼 호쾌스러웠다.

경상감사와 포도대장의 평등한 처지로 돌아가 있었다.

날씨는 저녁무렵이 돼도 계속해서 지분거렸다.

봄비였다. 소리없이 내리는 가랑비는 대지를 촉촉히 적시고 모든 초목의 뿌리와 가지를 축여주고 있었다.

상주목사, 지례현감, 산청현감에게는 지체없이 사령이 뛰었다.

관아 주변엔 소문이 쫙 돌았다.

─서울에서 포도대장이 내려왔다. 동학교조 최수운의 국문을 독려하려고 이경하가 내려왔다.

─마지막 국문이 스무 아흐렛날에 열린다더라.

정확한 소문이 대구감영 주변에 쫙 돌았다.

이날부터는 동학꾼들이 하나 둘씩 감영 언저리를 배회하는 게 보였다.

「누구를 막론하고 감영 500보 이내엔 잡인을 금하라!」

경상감사 서헌순의 엄중한 명령이 내려졌다.

수십 명의 옥졸들이 길목을 주야로 지키는 만만찮은 대비였다.

27일엔 새로 임명된 상주목을 비롯한 사문관 세 사람이 대구감영으로 헐레벌떡 참집했다.

그날 밤이었다. 달도 별도 없었다. 칠흑 같은 어둠이었다. 어둠은 침묵이었다. 바람소리, 쥐소리도 없는 침묵이 어둠과 융합된 채 밤이 깊어가고 있었다.

자시(子時)경이니까 열 한 시가 넘어서였다.

경상감사 서헌순은 뒷간에 가는 체 하고 뒷간 아닌 옥방으로 갔다.
옥문 앞에만은 관솔불이 타고 있었다.
관솔불 아래에는 옥졸이 졸고 있었다.
「이놈! 옥을 지키는 놈이 졸구 있음 되능교!」
감사의 호통엔 부지중에 사투리가 섞였다.
옥졸은 눈망울이 튀어나올 듯이 놀랐다. 느닷없이 나타난 사또 앞에 허리를 굽혔다.
「내 한 바퀴 돌아볼 것이니 네놈은 저쪽으로 가 있거라!」
서헌순은 최제우가 갇혀 있는 감방으로 접근해 갔다.
창살은 쇠붙이가 아니라 서까랫감의 나무토막이다.
수인은 감방 안에서도 팔다리를 묶어 놓았으니 나무창살조차도 무용지물이었다.
최제우는 묶여 있을망정 단정히 무릎을 꿇고 앉아 있었다. 고개도 반듯하게 가눈 채였다.
눈은 감고 있었지만 귀는 열어 놓고 있을텐데 사람이 접근해도, 인기척을 내도 미동조차 하지를 않았다.
「수운, 내가 왔소.」
서헌순이 창살 앞으로 다가서면서 나직하게 말했다.
「고개를 들라!」
숙이지도 않은 고개를 들라고 했다.
최제우는 조용히 눈을 떴다. 그리고 눈을 감았다. 등뒤에 밝힌 관솔불이 춤을 췄다.
감사도 죄수도 그 그림자는 똑같이 검었다.
그리고 불빛에 따라 춤을 췄다.
경상감사는 경상도민의 생살여탈권을 가진 무서운 존재다.
사문이나 국문 같은 거야 어차피 눈가리고 아웅 격의 절차가 아닌가.
백성 하나쯤 죽이고 살리는 것은 그의 그날 기분 하나로 좌우된다.
그 경상감사 서헌순이 감방에 갇힌 최제우를 찾아왔다.
그리고 그는 수인에게 타이르는 것이었다.

「수인 최수운은 내 말을 명심하고 들거라. 그대는 죄인으로 옥에 갇힌 몸, 나는 그대를 사문하는 수석판관, 그대 내 말을 명심해 들으라!」
 감사는 한껏 위엄을 가다듬고 엄숙하게 말했으나 수인 최제우는 미동도 하지 않을 뿐 아니라 거들떠보지도 않는다.
 감사 서헌순은 주위를 한 번 둘러본 다음 음성을 한껏 낮췄다.
「나 개인의 마음으론 최공에게 위해를 가하고 싶지 않소이다. 내 권고를 소홀히 흘려듣지 마시오!」
 서헌순은 손으로 나무창살을 잡으면서 불빛에 어른거리는 수인 최제우의 표정을 읽으려고 목을 길게 뽑았다.
 그러나 최제우는 두 눈을 감은 채로 여일하게 반응을 보이지 않는다.
「내 일찍이 최공의 선친이신 산림(山林)공의 고매한 인격과 높은 덕망을 흠모한 바 있소이다. 그리고 이제 또 그의 아드님인 최공의 덕성을 찬탄하는 사람으로서 차마 그 신상에 위해를 가하기엔 한줄기 연민의 정이 없을 수 없소이다. 하니 공은 내 말대로 하시오…….」
 최제우는 그제서야 감고 있던 눈을 떴다. 그러나 이내 감아 버렸다. 바위처럼 침묵을 고수했다.
 등뒤의 관솔불이 바람에 또 춤을 췄다.
 수인 최제우의, 경상감사 서헌순의 그 두 그림자는 함께 겹쳐지며 꺼불꺼불 흔들렸다.
 서헌순은 속삭이듯 더욱 목소리를 죽였다.
「서울서 포도대장이 내려왔소. 29일엔 아마 최공의 마지막 국문이 있을 게요. 그 자리에서 내가 묻거든 단지 한마디, 죄를 뉘우친다고 하시오. 회개하겠으니 용서하라고 하시오. 그러면 내 알아서 판결을 내릴 것이니. 사람은 한번 태어나고, 목숨은 오직 하나임을 명심하시오. 나는 가오.」
 경상감사 서헌순은 할말만 재빠르게 하고는 발길을 돌렸다.
 순간 최제우는 감았던 눈을 다시 뜨다가 이내 감아버렸다.
 관솔불은 또 춤을 췄다.
 서헌순의 그림자는 길게 뒤로 늘어났다.

찬바람이 썰렁하게 감방 속을 휩쓸었다.
서헌순은 쿨룩 하고 기침을 했다.
그는 별안간 감방 주변이 쩌렁 울리도록 고함을 쳤다.
「옥졸놈들은 다 어디 갔느냐?」
자리를 피했던 옥졸이 달려왔다.
「네 이놈, 눈깔을 화경같이 뜨고 저 중죄수를 감시하라! 네 이놈아!」
「야아.」
「너 이놈, 술 처먹었구나? 술내가 풍기는구나.」
「어디예, 처묵을 술이 어디 있습니껴.」
「네 이놈!」
「야아.」
「야아가 아니라 예에다!」
「야아.」
「잘 지켜야 한다!」
「야아. 예에.」
서헌순은 발소리를 죽이면서 도망치듯 내아로 돌아갔다.
감방 주변은 다시 괴괴해지고, 옥졸은 정말 술에 취했는지 하품 한 번을 또 늘어지게 하더니 갑자기 수인 최제우에게 이상한 수작을 걸어 오는 것이었다.
「대신사님요!」
옥졸이 수인 최제우를 보고 별안간 대신사님이라고 불렀다.
대신사란 동학교조 최제우에 대한 존칭이다. 옥졸이 교도가 아니고선 수인에게 그런 호칭을 쓸 리가 없다.
최제우는 그 소리를 듣자 감았던 눈을 번쩍 떴다. 그는 창살을 바라봤다.
눈총이 별빛처럼 빛났다.
그 반응은 경상감사에게 대한 그것과는 전연 딴판이었다.
그러나 옥졸의 다음 수작은 엉뚱했다.
그는 건들건들하는 태도로 말했다.

「보이소! 뱃속에서 밥 달라 안 캅니껴?」
최제우는 어리둥절했다.
그는 팔다리를 묶였으면서도 단정한 자세를 허물지 않고 옥졸을 지그시 쏘아봤다.
옥졸은 술이 거나한 모양이었다. 체머리를 흔들면서 뜻모를 혼잣소리를 지껄이는 것이다.
「대신사님인가 소신사님인가 모르겠십니더마는 굶어서야 우쨰 사능교? 밥 안 자시모 몬사는 게 아닙니껴.」
그는 혼자 씨부렁거리면서 비실비실 한쪽 구석으로 가더니 땅바닥에 털썩 주저앉았다.
그러자 어둠 속에서 새로운 발소리가 들려왔다.
마침 그 순간을 대기하고 있었던 것처럼 느닷없이 한 사람의 사나이가 감방 앞으로 접근해 오고 있었다.
그의 두 손엔 음식 목판이 들려져 있었다.
그는 옥졸의 존재 따위는 아랑곳도 하지 않고 감방 앞으로 접근해 갔다.
이때 수인 최제우는 다시 두 눈을 가볍게 감고는 명상에 잠겨 있었다.
관솔불은 또 꺼불꺼불 춤을 췄다. 그림자도 춤을 췄다.
최제우는 눈을 감았으나 귀는 열려 있을 것이었다.
귀가 열려 있었다면 그는 분명히 새로이 접근해오는 발소리를 들었을 것이지만 전혀 관심을 보이지 않았다. 아마 다른 옥리(獄吏)려니 하고 짐작했던 것 같다.
그러나 음식 목판을 들고 나타난 장한은 창살 앞에 이르자 조용히 두 무릎을 꿇고는 목이 멘 음성으로 부르짖었다.
「대신사님!」
이 한마디에 비로소 최제우는 어깨를 움칠하면서 놀랐다. 두 눈을 번쩍 떴다. 반갑게 마주 부르짖는다.
「오호, 해월신사(海月神師)! 해월신사!」
두 사람은 마주 손을 뻗쳤다. 그러나 두 사람의 손길은 마주 닿지를 않았다.

스승과 수제자의 극적인 해후였다.

해월은 최시형, 그의 두 눈에선 눈물이 펑펑펑 쏟아져 뺨으로 줄줄이 흘러내렸다.

「선생님!」

너무나 감정이 격해져서 그 이상의 말은 나오지 않는 성싶었다.

밤은 깊다. 옥졸은 매수했다. 달리는 보는 이도 듣는 이도 없다. 수제자와 스승은 무슨 말이든지 교환할 수가 있는 계기다.

그러나 제자도 스승도 묵묵히 마주 바라볼 뿐 말들을 까맣게 잊고 있었다.

이때 멀찍이 등을 돌리고 앉아 있던 옥졸이 컹컹하고 헛기침을 했다.

그 소리를 듣자 감방 안의 최제우는 묶인 다리를 버둥버둥 움직이기 시작했다.

그의 발끝에선 양철 간죽 긴 담뱃대 하나가 밀려나오고 있었다.

최시형은 팔을 뻗어 그 연죽을 집어들었다.

「해월신사, 가시오! 속히 가시오!」

최제우는 최후의 순간에 극적으로 찾아온 자기 도통(道統)을 물려 주기로 한 수제자에게 말 한마디 없이 돌아가라고 눈짓을 했다.

「대신사님!」

제자 최시형의 이 부르짖음은 그대로 통곡이다. 스승과의 마지막을 인식하는 통곡이었다.

앞으로 동학을 이끌 최시형은 스승에게 애원을 했다,

「선생님 한 말씀만 해 주십시오.」

그러나 최제우는 이미 눈을 감은 채 고개를 옆으로 저었다.

「캭! 어험!」

옥졸이 헛기침을 또 '캭 어험' 거듭하고는 비실비실 몸을 일으켰다.

최시형은 스승의 뜻을 알고 몸을 일으켰다.

그는 스승이 준 연죽을 손에 꼭 쥐고는 조용히 그곳을 뜨고 있었다.

그는 교조 최제우의 모습을 자기 망막에 고이 간직하려는지 뒤를 돌아보며 어둠 속으로 사라져 갔다.
 옥졸은 감방 앞으로 돌아와서 또 하품을 늘어지게 한바탕 하고는 쭈그리고 앉았다.
 관솔불은 마음없이 또 춤을 췄다.
 감방 주변은 아무 일도 없었던 것처럼 어둠과 적요 속으로 침전돼 갔다.
「보시이소!」
 옥졸이 창살 앞에 놓인 음식 목판을 보면서 감방에다 대고 소리쳤다.
 최제우는 아무런 반응도 보이지 않는다.
「이거 국수 아닝교. 자시이소.」
 옥졸은 침을 꿀꺽 삼키면서 말했다.
 그러나 최제우는 여일하게 반응을 보이지 않았다. 옥졸은 서슴지 않고 목판을 당겨 식지(食紙)를 벗기고는 국수 그릇을 집어들었다.
「안 자시면 내가 묵겠습니더.」
 그는 말보다 앞서서 벌써 국수를 한 입 듬뿍 물었다.
「살라카문 자주자주 자시이소!」
 옥졸은 국숫물을 후룩후룩 마시면서 허둥거리면서 지껄였다.
 이 무렵 스승과 마지막 대면을 한 최시형은 밖으로 무사히 빠져나왔다.
 잠시 후 그는 문경 출신의 접주 이필과 함께 여객집으로 들었다.
「대신사님은 뭐라꼬 하십디꺼!」
「암 말씀두 안 하시구 이 장죽을 주십디다요.」
 두 사람은 교조 최제우가 애용하던 연죽을 만지작거리다가 문득 깨달은 바가 있었던 것 같다.
 최시형은 별안간 연죽의 백통부리를 비비 틀어 쑥 뽑았다.
「하하!」
 그는 자기의 어림이 맞았다는 듯이 그 연죽 속에 꼬기꼬기 박혀 있는 종이쪽을 뽑아내면서 감탄했다.
「뭐꼬?」

두 사람은 꼬기꼬기된 종이쪽을 펼쳐선 등잔불 앞으로 가져갔다.
감방 속에 필묵(筆墨)이 있을 리 없다.
어디서 낸 편지, 피를 나뭇개비 끝에 묻혀서 깨알같이 쓴 글씨였다.
―등명수상 무혐극(燈明水上無嫌隙)
또 한 줄이 있다.
―주사고형 역유여(柱似枯形力有餘)
그리고 또 씌어 있다.
―오(吾)는 순수천명(順受天命)하니 여(汝)는 고비원주(高飛遠走)하라.
최시형은 눈을 감고 글귀를 해석해 보려고 했으나 그는 본래 정규교육을 받지 못해서 무식하다. 이필을 본다.
이필은 눈을 껌벅거리며 중얼거렸다.
「등명수상 무혐극하고 주사고형 역유여라?」
동학의 접주는 당당한 간부다. 면무식(免無識)은 한 사람이다.
최시형은 젊은 이필에게 물었다.
「무슨 말씀잉교?」
이필이 대답한다.
「등명수상 무혐극은 내 마음이 즉 네 마음(吾心即汝心)이란 뜻이고…….」
「주사고형 역유여는 뭐꼬?」
「죽음의 힘으로써, 즉 영력(靈力)으로써 천도(天道)를 지키시겠단 말씀 아닝교.」
최시형은 그 의젓하던 스승의 모습을 다시 한번 머릿속에 떠올리면서 주먹을 불끈 쥔다.
최시형은 스승 최제우의 덕력(德力)을 남달리 크게 입은 사람이다.
그는 교조 최제우와 같은 경주에서 태어났다.
서른 다섯 살에 동학에 입문해서 불과 2년 안팎인데 그는 대신사 최제우의 계승자다.
그래서 그에게 대한 존칭은 신사, 별명은 '최보따리'다.

무식은 하지만, 비상한 조직적인 두뇌를 가진 그는 동에 번쩍, 서에 가 번뜩, 한 곳에서 사흘을 서지 않고 변장, 피신을 잘 한대서 '최보따리'라고 한 것이다.

그는 접주 이필을 보고 침중하게 말했다.

「스승은 천명을 기다리신다는 말씀 아이가. '여는 고비원주하라', 나더러는 멀리 뛰란 말씀이쟤?」

그러자 이필은 그에게로 무릎을 당겼다.

「대신사님을 우짜든지 구출해 내입시더.」

최시형은 놀랐다.

「뭐라꼬?」

「옥을 뿌사뿌든가 불질러뿌든가 하모 안 됩니껴.」

이필은 과격한 성질, 일을 저지르자는 것이다.

최시형은 펄쩍 뛰었다.

「우째 그런 소릴 하노? 그건 스승님의 참뜻도 아이고, 동학의 근본정신도 아니잖능교, 이접주, 동학을 망치는 경거망동은 마이소!」

그 밤이 가고 새벽이 밝았다.

최시형과 이필은 해뜨기 전에 여객집을 나와 무서리를 밟고 대구 시가를 벗어났다.

또 낮이 가고 밤이 되고, 밤이 가고 아침이 됐다.

이날, 하늘엔 먹장구름이 무겁게 덮여 있었다. 당장 쏟아질 것 같은 날씨다.

1864년 2월 29일. 갑자(甲子).

대구감영 큰 뜰에선 드디어 역사적인 재판이 벌어졌다.

수석판관엔 경상감사 서헌순.

배석 사문관으론 상주목사 조영화, 지례현감 정기화, 산청현감 이기재, 예정대로였다. 입회 감찰관엔 중앙에서 파견된 좌포장 이경하.

감영 넓은 청마루에 모두들 기라성같이 좌정했다.

「죄인을 대죄시켜라!」

서헌순의 목청은 이날따라 우람하고 위엄이 있었다.

옥리들한테 이끌려 동학의 창도자인 최제우가 포박된 채 넓은 마루 중앙으로 나왔다.

연루자로 그와 함께 체포된 스물 세 명의 교도들도 등장했다.

수석판관 서헌순은 음성을 가다듬었다.

「네가 근래 동학이라는 사교를 창도하고 혹세무민을 일삼는 최제우냐?」

인정신문(人定訊問)인 것이다.

「내가 신의 계시를 받아 인내천의 천도를 대각오득(大覺悟得)한 바 있는 수운 최제우 아닝교?」

최제우의 음성은 부드럽고 여유가 있었다.

'아닝교'에, 입회한 이경하는 푸슥하고 가벼운 웃음을 터뜨렸다.

그러나 서헌순은 더욱 근엄해졌다.

「네가 신라 말엽의 대문장(大文章) 최치원 선생을 28대조로 하고, 인조조(仁祖朝) 병자호란 때 순절하여 충사(忠祠)에 배향(配享)되신 최진립선생이 7대조가 되며, 아호를 근암(近菴)이라 하여 경주 일대에 이름을 떨친 당대의 도학군자 최옥선생을 선친으로 해서 순조조(純組朝) 24년 갑신(甲申)에 이 세상에 태어났다는, 아명은 복술이고, 호는 수운인 최제우에 틀림이 없으렷다?」

배석한 사문관들조차 어리둥절할 만큼 서헌순의 신문 방법은 기묘했다.

(피의자를 봐 주려는 것인가?)

판관이 왜 피의자의 그런 훌륭한 가문을 먼저 들춰내야 하는지 그 의도를 다른 사람들은 짐작 못했다. 서헌순은 다시 근엄하게 물었다.

「그럼 네가 창도했다는 동학도 하나의 도교(道教)란 말이냐?」

이 말에 최제우는 비양거리듯 반문했다.

「경상감사는 우째 그리 무식합니껴?」

서헌순은 호통을 쳤다.

「이놈, 내가 무식하다니!」

최제우는 엄숙한 표정으로 돌아갔다.

「길은 천도(天道)라 카고, 학(學)은 동학(東學)이라는 게 아닙니껴.」
「좀더 소상하게 동학을 해설해 보라!」
「동학은 유(儒) 불(佛) 선(仙)의 삼교를 한데 합친 동방의 도교가 아닙니껴.」
「삼교를 어떻게 합쳤단 말인가?」
「오륜오상(五倫五常)을 세워 인(仁)에 살고 의를 행하고, 마음을 바르게 가지며, 몸을 닦아 세상에 미치게 함은 유교에서 따왔십니다.」
「불교에선 뭣을 따왔는고?」
「자비와 평등으로 세상의 혼돈을 구원하며, 도장(道場)을 정결히 하고, 신주(神呪)를 송(頌)하고, 염주를 손에 쥠은 불교와 같지 않십니껴?」
「선에선 어떻게 따왔단 말이냐?」
「영리(榮利)와 명문(名聞)을 버리고, 무욕청정(無慾淸淨)으로 몸을 깨끗이 하며, 심신을 수양하다가 승천하기를 바라는기 우에 선의 정신이 아닙니껴?」
「그럼 동학의 목적은 뭐란 말이냐?」
「개과자신(改過自新)하고 충군효친(忠君孝親)하며 보국안민(保國安民)하고, 제세창생(濟世蒼生)함이 포덕(布德)의 대원(大願)입니더.」
여기서 수석판관 서헌순은 입회한 포도대장 이경하의 눈치를 흘끔 살폈다.
이경하는 무표정하게 턱을 바짝 치키고 앉아 있다.
(판관이 죄수에게 유리한 발언을 유도하고 있다. 무슨 꿍꿍잇속이냐?)
이경하는 그런 생각을 하고 있을 것만 같아, 서헌순은 잠깐 그의 눈치를 살폈을는지도 모른다.
서헌순의 다음 질문이 그런 점을 증명한다.
「만일 네 말이 거짓이 아니라면 동학은 천주학을 모방한 사교가 아니란 말이야?」

최제우는 담담하게 대답한다.
「무슨 말씀인교? 우리 안심가(安心歌)에 이런 귀절이 있십니다. '어화 세상 사람들아…… 소위 서학[天主學]하는 사람, 암만 봐도 명인 없네. 서학이라 이름하고 내 몸 발전하였던가……' 서학의 발호를 막을라꼬 동학을 하능 거 아닙니껴.」
그러나 이때 서헌순은 고함을 버럭 질렀다. 그리고 눈알을 부라렸다.
「네 이놈, 내 네놈들이 부른다는 용담가(龍潭歌)의 한 귀절을 안다. 네 이놈!'국호는 조선이요, 읍호는 경주로다. 성호는 월성이요, 수명은 문수로다' 네 이놈, 그건 대역을 꿈꾸는 무도한 말이 아니고 뭣이냐?」
최제우가 대답한다.
「그건 내가 여섯 살에 모친을 여의고, 십육 세에 가친을 사별하고, 방랑으로 잔뼈가 굵었기로 내 고향 경주가 그리울 때마다 망향사(望鄕詞)로 부르기 시작한 것입니다.」
서헌순은 여기서 또 잠깐 신문을 쉬고는 포도대장 이경하를 돌아봤다.
이경하는 피로한지 지루한지 아니면 서헌순의 신문 방법이 마음에 안 드는지 미간을 잔뜩 찌푸리고 있었다. 그것을 본 서헌순은 눈을 부릅뜨면서 또 호통을 터뜨렸다.
「네 이놈 듣거라. 근자 이삼 년래엔 해괴하게도 민란이 도처에서 연발했다. 영남 진주에서 일어난 소요에도 동학이 작용했는지는 모르겠다만, 그 후 전라도 익산 지방으로 번진 소요는 걷잡을 새도 없이 경상도 개령으로, 다시 전라도 함평으로, 그러더니 충청도의 희덕, 공주, 은진, 연산, 청주를 더듬어 또다시 전라도의 여산, 부안, 금구, 장흥, 순천을 거쳐 이번엔 경상도의 달성, 함양, 성주, 선산, 상주, 거창, 울산, 군위, 비안, 인동 등지를 마구 휩쓸었으니 그것은 분명코 네놈의 점화식(點火式) 선동이 작용한 게 아니냐?」
서헌순의 언변은 막히는 데 없이 흘러나왔다.
최제우는 딴전을 보고 있을 뿐 대답을 하지 않았다.
그러자 서헌순은 기회라는 듯이 다그쳤다.

「듣거라! 내 들건대 네 이단(異端)의 도로써 무식한 도당을 만들고 그들을 선동해서 도처에서 민심을 소란케 했을 뿐 아니라, 후천개벽설(後天開闢說)을 주창하여 왕조를 번복할 목적으로 불평과 사설(邪說)을 조작, 민심을 선동해서 관의 징세까지도 방해하고 있다 하니 사실인가?」

순간, 뜰에 묶여 엎드려 있던 최제우는 불끈 하고 몸을 솟구쳤다.

그의 짙은 눈썹은 송충이처럼 꿈틀했으며 쭉 찢어진 부리한 두 눈이 한껏 부릅떠졌다가 스르르 맥을 잃었다. 그는 짤막하게 대답했다.

「지금 이 마당에서 귀공이 하는 말은 국법이 되지만, 내가 하는 말은 진립니다. 법은 진리를 꺾을 수 없을 것 아닙니꺼!」

낮게 가라앉은 하늘에선 굵은 빗방울이 하나 둘씩 떨어지기 시작했다.

서헌순이 하늘을 힐끗 쳐다보고는 소리쳤다.

「그러면 넌 사교를 만들어 혹세무민한 네 죄를 인정한단 말이구나?」

최제우는 피식 웃었다. 그러나 더할 수 없이 정색을 하면서 카랑하게 음성을 높였다.

「나라의 대관님들아, 들어 보라. 나는 신한테서 계시받은 천도로써 무지하고 불쌍한 사람들을 일깨워 왔다. 나는 이 어지러운 세상을 구원할라꼬 일신을 던진 사람이다. 내 천도를 세상에 창도한 건 한울님한테 계시받은 천명(天命)이지, 내 사사로운 뜻이 아니며, 나의 교리는 천성에서 나온기지 인위로 조작한기 아니며, 나 또한 한 몸을 던져 구도에 순(殉)하고 덕력을 후세 만대에 전할라카는 것 역시 내 사사로운 욕심이 아니라 오로지 천명에 따르는 길이니까, 이 이상 나한테서 다른 말을 들을라꼬 하지 말아라!」

이렇게 되면 경상감사 서헌순은 격노할 밖에 없다.

그가 격노하면 그의 입에서 무슨 말이 튀어나오겠는가.

그는 어깨를 들먹이면서 소리쳤다.

「에에이, 고얀! 저놈을 몹시 쳐라! 사정없이 쳐라! 이실직고할 때까지 몹시 쳐라!」

집장형리가 앞으로 나섰다.
최제우는 조용히 눈을 감았다. 23명의 교도들은 교조를 향해서 땅에 엎드렸다.
후두둑 툭탁, 빗방울이 마구 듣기 시작했다.
3월 이전인데 하늘에선 우르르 뇌성이 울렸다.
고신은 길게 끌지 않았다. 어느 쪽도 길게 끌기를 원치 않았다.
40년을 산 최제우가 죽으면 되는 것이다. 목이 잘려 나무기둥에 효수되면 이 재판의 사명은 다한다.
실제로 그렇게 판정이 내렸다. 강원보, 최백원 등 접주들은 원도유배(遠島流配), 그 밖에 도제(徒弟)들에겐 원도정배(遠島定配), 판정은 내려졌다.

사랑이란 독점獨占하고픈 집념執念

가야금에 시름을 싣고, 딩딩 당당.
봄비가 소리없이 내리고 있는 아침인데, 추선은 가야금 줄을 고르고 있었다.

어져(어찌) 내일이여 그릴 줄을 모르던가(몰랐던가)……딩딩 디딩.

이시라(있으라) 하더면(했더면) 가랴마는 제 구태여……떵당땅떵.

보내고 그리난(그리는) 정은 나도 몰라하노라!
다당당 딩딩.

추선은 황진이의 애정이 어찌 이리도 자기 가슴에 공명하는가 싶어 눈물이 글썽하다가 콜록 기침을 했다.

눈에 띄도록 여윈 모습이었다. 목이 더욱 길어진 것 같았다.

얼굴에 화색이 없으니까 눈썹은 더욱 짙어 보였다.

두문불출을 하고, 사람을 만나지 않고, 그리는 마음만으로 한겨울을 보냈으니, 다정은 병이 되고 젊음은 시들어만 갔다.

놓아 주지 않았다고 가지 않았을 그는 아니다.

그러나 보내면서 자주 찾아 주기를 애원했던들 이렇게도 못 보고 지내지는 않았을 것이다.

'이시라 하더면 가랴마는'은 아니지만, '못 보면 살지 못한다 했던들' 이리도 안 올 그 사람은 아니다.

놓친 사랑은 잊을 수도 있으나, 놓아 보낸 사랑은 회한만이 남는 것이던가.
영화가 그 얼마나 좋길래 사랑이 이처럼 무참하게 버려지는 건가.
추선의 그 어글한 눈마구리엔 이슬이 차츰 자라났다.
꽈르릉
순간 열 두 줄 금선(琴線)이 한꺼번에 꽈르렁 울렸다.
그것은 미녀의 울울한 심금이 폭발하는 음향이었다.
추선은 가야금을 밀어 버리고는 벌떡 일어섰다.
후르르 떨어지는 대접무늬 남갑사(藍甲紗) 치맛자락은, 명주 단속곳에 감싸인 토실한 복숭아 볼기를 살짝 가려 버렸다.
여자가 버선을 진솔로 갈아 신으면 외출이 분명하다.
추선은 백지를 쭉 찢어 발싸개로 대고는 진솔버선을 힘들여 신었다.
여자가 진솔버선을 신으면 삼간방을 헤맨다던가.
버선은 볼이 좁을수록 발모양이 아름답대서 하는 말이다. 풍덩 들어가는 버선을 신는 여자는 이미 젖통이 닷 치는 늘어졌다는 것이다.
추선은 죄어드는 발가락에 힘을 주면서 방 안을 서성대다가 횃대에 걸린 홑것 쓰개치마를 꺼내 겹으로 접어서 머리에 썼다.
「바람 좀 쐬고 올 테니까.」
오랜만의 외출이라 눈이 휘둥그래서 바라보는 늙은 찬모에게 추선은 한마디 더 남겼다.
「절에서 스님이 올지도 모르니 기다리라 해요.」
명주올보다 더 가는 이슬비가 소리없이 내리고 있었다.
「비가 오시는데······.」
찬모가 근심을 하자,
「봄비는 뛰어가 맞는다니까.」
추선은 하늘을 쳐다보고는 골목길로 나섰다.
추선의 걸음걸이는 이따금씩 허청거렸다. 길 가운데로 걷질 않고 되도록 남의 집 처마 밑으로 걷는 것은 어떠한 심리작용일까.
물론 비를 피하기 위해선 아니다.

바쁜 걸음도 아닌 성싶었다. 소풍삼아 나선 길은 더욱 아닌 게 분명하다.
 명주올보다도 더 가는 보슬비라 해서 여자의 비단옷이 젖지 않을까.
 추선의 어깨, 그리고 허리와 둔부의 부드러운 선은 차츰 두드러지기 시작했다.
 추선의 발길은 엉뚱하게도 대궐 쪽으로 향했다.
 그러나 한낱 여자로선, 돈화문이란 멀리서 바라봐야 하는 것, 가까이 접근할 수는 없다.
 추선은 어느 길모퉁이 남의 집 처마 밑에 서서 웅장한 돈화문을 넋없이 바라보고 있었다.
 혹시, 마침, 대원군의 출입이라도 있지 않을까 싶은 막연한 기대를 걸고 그곳에 온 것이 틀림없다.
 추선은 꽤 오래도록 한자리에 서 있었다, 몇 번인가 '행차'가 드나들긴 했다. 그러나 번번이 대원군의 거창한 그것은 아니었다.
 빗발은 차츰 굵어졌다. 바람기도 있었다. 하늘은 더욱 낮게 가라앉았다.
 추선은 소리없이 한숨을 뽑으면서 빗발 속으로 나섰다. 그리고 천천히 걸었다. 운현궁 쪽을 향하여 천천히 걷고 있었다.
 그립다는 것과 사랑한다는 것은 어떻게 다를까.
 미움과 그리움이 얽혀서 조바심을 이루면 여자의 안달일까, 사랑일까, 천박한 보챔일까, 숭고한 여정(女情)일까.
 추선의 지금 모습은 보는 이에 따라 다를 것이었다.
 ―어떤 젊은 계집이 비를 맞아가며 저렇게 거리를 싸대느냐?
 욕할 놈은 맘대로 욕을 해도 좋을 것이었다. 추선의 지금 모습은 실성한 여자와 다를 게 없으니 말이다.
 옷이야 젖건 말건, 버선발이 흙탕물에 빠지건 말건, 남의 눈에 신경을 쓰지 않고 얼빠진 사람처럼 거리를 헤매는 여자를 보고, 누가 욕을 하든 침을 뱉든 그것은 순전히 그 개인의 자유다.
 그러나 세상 사람들은 청맹과니다. 눈 멀쩡히 뜨고 남의 속은 못 보는 청맹과니다.
 그들은 추선의 가슴 속에서 타고 있는 심화(心火)를 볼 줄 모른다. 그 붉게 타고 있는 불꽃에 대해선 완전히 청맹과니다.
 그리움에 지쳐 빗속을 방황하는 여심을 보고 가슴에 부딪는 충격이 없는 사람들은 정에 무딘 족속, 더불어 인생을 이야기할 대상이 못 된다.
 거리는, 세상은, 사람들은 냉혹하다.
 추선은 몸을 후르르 떨었다. 뭇시선의 냉혹성이 피부에 스며들어 몸을 후르르 떨었다.
 추선은 운현궁의 용마루가 보이는 곳에 이르자 가슴이 꽉 막혀서 시계마저 흐려졌다.
 (그분은 지척에 계시다!)
 그러나 더는 접근해 갈 수 없는 지점에 섰다. 투시안을 가졌다면 얼마나 좋을까. 날개가 있다면, 변신술을 익혔다면 얼마나 좋을까.
 여자는 맹세를 잘한다.
 (지금 한번만 뵐 수 있다면 한평생 다시는 못 만나도 좋을걸!)
 사람과 사람의 거리엔 이정표를 세울 수가 없다.
 가까운 지점인데 너무나 먼 곳에 있는 '그이'였다.
 눈앞을 가리는 엄청나게 높고 두꺼운 벽, 그것이 사람과 사람 사이에 가로놓인 보이지 않는 벽일 때, 사랑을 앓는 사람은 가슴이 터질 듯이 답답한 것이다.
 (무엇을 하고 계실까?)
 그분은 지금 뭣을 하고 계실까? 이 평범한 문제가 견딜 수없이 궁금해서 안타깝다면 그게 바로 여자의 사랑이다.
 추선은 길 가운데에 서서 손으로 얼굴에 흘러내리는 빗물을 닦았다. 바로 그때였다.
 추선의 앞에 한 장한이 나타났다.
 추선은 비키면서 무심결에 그 사나이와 시선이 마주쳤다.
 순간 몸이 오싹해졌다.

추선은 본능적으로 몸을 돌려세우며 몇발짝 걸었으나 가슴이 마구 두근거렸다.

비정상(非正常)이라는 것처럼 눈에 선한 것은 없다.

사람 얼굴엔 똑같이 생긴 두 개의 눈이 똑같은 상태로 있어야 정상이다.

그런데 지금 추선의 앞을 지나간, 갓모에 도포에 유지(油紙)로 된 비옷을 걸치고 지나간 그 사람은 눈 한쪽이 애꾸, 비정상의 용모를 가진 사람이었던 것이다.

천인(賤人)이 아닌 성싶은데 눈 하나가 궂어서 더욱 서툴렀다.

그 한쪽 성한 눈은 나머지 한 개의 역할마저 하기 위해선지 무서우리만큼 사람을 쏘아보는 것이었다.

추선은 정말로 가슴이 섬쩍했었다.

도둑질하다가 들킨 순간처럼 당황한 것은 그의 그런 눈 때문만은 아니었겠지만, 하여튼 심장이 마구 뛰어서 쫓기듯이 발길을 옮겼던 것이다.

(저런 사람두 운현궁엘 드나드는데.)

추선 자신만이 들어갈 수 없는 곳이라니 기가 막힌다.

추선은 다시 몇발짝 걷다가 뒤를 돌아봤다.

추선은 또한번 당황하면서 팡 팡 팡 발길을 떼었다.

애꾸눈의 사나이가 길 가운데에 우뚝 서서 추선을 보고 있었던 것이다.

추선이 다동 집으로 돌아왔을 때엔 기진맥진해 있었다.

여승 운여가 와서 기다리고 있는 중이었다.

「비가 오셔서 스님 오늘 못 오실 줄 알구…….」

집 안에 들어선 추선이 기운이라곤 하나도 없이 말을 하자,

「수도하는 불승에게 비바람이 대숩니까. 아씨야말루 비를 흠뻑 맞으시구 어딜 이렇게?」

운여는 합장을 하고 섬돌 앞에서 허리를 굽혔다.

「오늘 절에서 떠나셨나요?」

「네에, 주지스님이 내려오셔서 고마운 인사라도 하시겠다는걸, 소승이 대신 또 왔어요. 그 많은 재화를 부처님한테 시주해 주셔서 절에선 어찌도 좋아들 하시는지, 꼭 모시구 오라구 소승을 대신 하산시켰습니다.」

추선은 정초의 언약을 지켰다.

매직과 아첨의 능수들이 추선과 대원군과의 관계를 알고 많은 금품을 추선에게 보내 온 것을 그대로 받아 뒀다가 몽땅 운여를 통해서 불암산 홍국사에 다시 시주를 해버린 것이다.

「그날 이후 우리 주지스님께선 조석으로 대원위대감께 부처님의 자비가 내리시도록 축원하고 계시지요. 주지스님은 아씨께도 매일같이 보살님의 복을 비시고 있사와요. 참, 아씨의 생년 월일을 안 적어가지구 왔다고 소승은 주지스님한테 호된 꾸지람을 들었답니다.」

운여는 예나 이제나, 강화에서 행자 노릇을 할 때나, 지금 홍극사에서 수좌 노릇을 할 때나, 남에게 착착 부니는 그 다정한 성품엔 변함이 없었다.

추선은 옷을 갈아입고 기침을 콜록콜록 뒤 차례하고, 맥이 하나도 없이 여승 운여와 대좌했다.

「왜 어디 편찮으세요? 얼굴이 퍽 수척하셨네요.」

운여의 말에,

「그래요? 아무데도 아픈 덴 없는데…….」

추선은 가을 저녁 낙엽의 표정보다도 더 쓸쓸하게 웃으면서, 그러나 솔직하게 말했다.

「나 좀 어지러워서 눕겠어요.」

쓰러지듯 보료 위에 몸을 뉘고 눈을 감았다.

「정말 얼굴이 핼쓱하셔. 나무관세음보살.」

운여가 그네의 이마를 짚으며 눈이 휘둥그래졌음은 물론이다.

「어머나, 열이 많으시네요. 나무관세음보살.」

여승 운여는 추선의 이마를 짚어 보다가 가벼운 호들갑을 떨었다.

미상불 추선의 이마는 몹시 뜨거웠다.

사랑이란 독점獨占하고픈 집념執念 83

잠깐 떴다가 다시 감는 그녀의 눈알도 벌겋게 충혈이 된 것을 보면 신열이 높은 모양이었다.
추선은 저도 모르게 신음소리를 냈다. 이상한 일이었다. 그리고 웬지 불길한 징조같이 여겨져서 입맛을 짝짝 다셨다.
추선은 눈을 감자 자꾸 그 애꾸눈이의 눈총이 망막에 되살아났다.
그 힐책하듯 쏘아보던 외눈, 결코 무심히 보는 눈은 아니었다. 마치 추선의 정체를 알고 호통을 치는 눈총이었다.
(누굴까?)
추선은 그가 까닭없이 궁금했다. 눈을 번쩍 떴다.
「의원을 부르게 할까요, 아씨?」
부처님의 제자는 의원을 불러오려고 하면서 추선의 얼굴을 들여다봤다.
「괜찮아요. 비를 맞아 그러니까 한잠 자고 나면 정신이 들걸 뭐.」
추선은 운여의 손등을 쓸어 주고는 혀끝으로 입술을 축이더니 옆으로 돌아눕는다. 숨이 고르지가 않았다.
한쪽으로 몰린 두 개의 젖무덤이 저고리 동정 사이로 들여다보였다.
「어떡하나. 신열이 이렇게 대단하신데.」
운여의 손길은 추선의 가슴을 더듬다가 꼭 죄어진 치마허리를 풀어 주었다.
「가슴이 뛰시네요!」
운여는 추선의 가슴을 쓸어 주다가 그 탄력적인 저항에 당황했다.
「나무관세음보살.」
그네는 신음과 같은 한마디를 흘리고 목청을 가다듬어 관음경의 호신진언을 외기 시작했다.

옴치림 관세음보살 본심미묘 육자 대명왕진언 옴마니 반메훔
준제진언
나무 사다남 삼먁삼못다구치남 다냐타
옴 자례주례 준제 사바하.

밖에는 빗소리가 한결같이 골랐다.

추선은 빗소리와 송경소리에 마음의 안정을 얻은 듯 조용히 잠드는 성싶었는데 별안간 한쪽 손으로 운여의 손을 찾았다.
 추선은 아쉬운 듯이 운여의 손을 다시 당겨다가 자기 속가슴 봉싯한 언덕에다 얹더니 장심(掌心)으로 가벼운 압력을 가했다.
 운여도 그 촉감과 체온에 취하면서 눈을 감았다.
 수도하는 불승이라고 해서 꽃봉오리 같은 그 유방의 감촉과 체온과 그리고 탄력있는 저항에 무감각일 수가 있을까.
 「관세음보살!」
 운여는 혼자서 얼굴을 붉혔다.
 「옴살바못쟈 모디 사다야 사바야.」
 참회진언이다.
 운여의 음성은 높고 낭랑했다.
 추선의 가슴은 크게 파도치면서 한숨을 뿜었다.
 「가슴이 허전해서 얻은 병 같군요?」
 운여가 송경을 중단하면서 생감한 소리를 했다.
 그 말에 추선은 서글픔도 아니고 미소도 아닌 야릇한 표정을 지으며 고개를 벽 쪽으로 돌렸다.
 추선의 감고 있는 두 눈에선 눈물이 왈칵 솟아나 주르르 베개 모서리로 흘러내렸다.
 추선은 호소하는 음성이었다.
 「스님!」
 「네.」
 「오늘 밤은 나하구 같이 자 줘요!」
 「재워 주시겠어요?」
 「불경이나 자꾸 외어 주세요, 스님!」
 저녁 무렵이 되자 봄비는 아주 소리치며 내리기 시작했다.
 가을비 소리는 듣기에 처량하다. 으스스 몸이 움츠러 든다.
 봄비 소리는 다정하게 소곤댄다. 가슴 속에서 꿈틀거리는 것이 있다.
 「이 비를 맞으면 모두 물이 오르겠지? 스님.」

추선이 오뇌하듯 뇌까리자,
「산에 엎드린 바위에도 물이 오를 겝니다, 아씨.」
운여는 눈을 껌벅거리며 대꾸했다.
「스님!」
「예.」
「스님은 못 견디게 보고 싶은 사람을 가져 보셨소?」
운여는 대답하지 않고, 추선의 고운 눈썹을 무명지로 살살 쓸어 줬다.
「스님!」
「예.」
「스님은 체념할 길 없는 욕망이 있을 땐 어찌 하오?」
운여는 대답하지 않고 반듯하게 누워 있는 추선의 풍요한 육신을 훑어봤다.
「스님!」
「예.」
「가사(袈裟)를 입으면, 염주를 손에 쥐면, 부처님 앞에 무릎을 꿇고 명목을 하면, 정말 속세의 잡념을 깨끗이 잊을 수가 있나요?」
추선은 눈을 뜨고 운여의 아름다운 아미를 빤히 쳐다봤다.
운여는 눈을 감으며 한손으로 염주알을 굴리며 보일락말락하게 턱을 끄덕였다. 그리고 대답했다.
「열심히 불경을 외면 되지요.」
추선은 여승 운여의 손을 더욱 꼬옥 쥐고는 물었다.
「스님! 남자를 사랑해 본 일이 있으시오?」
운여는 그런 화제에 공포를 느끼는지 당황하면서 부정했다.
「난 그런 일 없어요.」
고개까지 살래살래 흔들었다.
추선은 고개를 옆으로 돌리면서 야릇한 미소를 입가에 흘리더니 자탄처럼 중얼댔다.
「스님은 나보다두 더 불쌍한 여자군요. 바보군요. 가슴 속을 염불로만 채우고서 한평생을 허전해 어떻게 살아요? 관세음보살이 도사리고 앉은 스님의 가슴은 만져보잖아두 싸늘하게 차가울 거야. 남자의 구실은 머리가 하구, 여자의 구실은 가슴인데. 어디 만져 볼까.」

추선은 정말 손을 내밀어 여승 운여의 앞가슴을 더듬었다.

운여는 추선의 손을 잡아 자기의 가슴에다 대주면서 말했다.

「소승의 가슴은 더 뜨겁답니다!」

운여는 추선의 손으로 하여금 자기의 젖가슴에다 힘을 더하게 하면서 또 말했다.

「아씨는 속되고 변화 많은 인간 남자를 사랑하시지만, 소승은 대자대비하신 석가모니를, 관세음보살님을 사랑하고 있습지요. 보세요, 소승의 가슴이 더 뜨겁지요?」

운여는 안간힘 같은 오기가 그 표정에 역력히 나타났다. 습성인 양 뇌었다.

「나무관세음보살.」

밤이 됐는데도 빗소리는 여일하게 줄기찼다.

두 여인은 한 금침 속에 육신을 묻었다.

추선은 돌아 누운 운여의 까까머리 뒤통수를 바라보며 우악스런 남자를 연상했다.

두 여인은 서로 상대편의 체온을 경원해 가며 몸을 도사렸다.

「스님!」

「예?」

「스님은 잠잘 때 무슨 꿈을 꾸나요?」

「소승은 꿈을 안 꿉니다.」

「꿈두 없이 잠을 자요?」

「중은 꿈이 없지요.」

「스님!」

「예.」

「부처님의 영검으로 나 오늘밤만은 꿈없이 잠 좀 자게 해 줘요.」

여승 운여는 하품을 싸악 했다. 신경이 몹시 피로한 모양이다.

이튿날 아침 추선은 몸을 추슬러 일어나지를 못했다.

사랑이란 독점獨占하고픈 집념執念 87

어디가 어떻게 아픈 것도 아닌데 기운이 탈진해서 기동을 할 수 없었다.

밤새 내리던 비는 아침이 되자 그쳤다.

하늘은 맑게 개여 더할 수없이 청징(淸澄)하고, 햇살은 어린애 웃음처럼 티없이 밝았다. 그리고 따사로웠다.

뜰에 한 그루 서 있는 영산홍의 가지는 어제 그제보다 훨씬 부드럽게 보였다.

아침, 여승 운여는 가사에 바랑을 메고 맨 머리로 합장을 했다.

「절에선 오늘 소승이 아씨를 꼭 모시구 올 줄로 알구 기다릴 텐데, 혼자 돌아가게 됐군요. 부디 몸조리 잘하세요. 소승두 축원하겠어요. 아씨의 마음에 안정이 깃들이구 한시바삐 소원성취하시도록 여래보살님께 고축하겠어요. 나무관세음보살.」

여승을 보내고 나자, 추선은 이불을 들쓰고 다시 누워 버렸다.

나뭇가지에 물이 오르고, 햇볕이 따사롭고, 바람이 나긋거리고, 바뀐 세상에 민심은 아직 불안하고 했으나, 추선은 도통 관심 밖의 일이었다.

추선은 사흘 닷새를 두문불출 누워 있었다.

얼굴엔 병색이 완연하게 박혔다. 기운은 더욱 탈진해서 운신을 하기 힘들었다. 그리고 이따금씩 기침이 나왔다.

다동에서 구름재 운현궁이 거리로 따지면 얼마나 될까.

엎드러지면 코를 닿을 곳이었다.

운현궁의 담장이 높으면 얼마나 높고, 대문을 지키는 호위영 군사들의 경계가 엄하면 얼마나 엄할 것인가.

그러나 추선의 소식은 그곳에 전해지기 힘들었다.

그것은 거리의 탓도 담장이나 문지기의 탓도 아니었다.

오로지 한 사나이의 비정의 소치 때문일 것이다.

추선이 비를 맞아 가며 운현궁 근처를 배회하던 날 바로 그때, 대원군은 대구에서 돌아온 포도대장 이경하와 대좌하고 있었다.

대원군은 동학교조 최제우 일당 23명에 대한 사문 광경에 대해서 소상한 보고를 받고도 지극히 덤덤했다.

「경상감사 서헌순은 준엄하게 그들을 다루었습니다. 두령 최제우는 참형에 처하고, 나머지 도당들은 유배시키기로 일단 판정을 내렸습니다」.

대원군은 잘했다, 잘못했다는 반응을 일절 표시하지 않았다.

「경상감사는 이제 저하의 분부만 대기하고 있습니다. 저하의 한마디 분부면 곧 처형할 모양이옵니다.」

이경하는 성급한 사람이라 즉석에서 이른바 '대원위대감의 분부'를 얻어 내려고 했다.

그러나 대원군은 한동안 말을 하지 않고 담배만 빨아대고 있었다.

「어찌 하랍니까? 대감.」

이경하가 다시 그의 대답을 채근하자,

「현지의 사문이 엄격했다니, 경상감사의 소관사를 내 중앙에 앉아서 좌지우지하고 싶지 않네. 더구나 서헌순은 일찍이 공판(工判)까지 지낸 거물 관찰사, 그의 재량에 맡기지.」

이경하는 눈치가 빠른 사람이었다. 대원군의 속셈을 알아차렸다. 동학이 만만찮은 세력인만큼 최제우의 처형을 자기가 직접 책임질 필요가 없다는 그의 속셈을 눈치챈 것이다.

「저하의 말씀이 지당하시옵니다.」

이경하가 허리를 꺾자 하인이 뜰아래에 와서 고한다.

「아뢰옵니다. 애꾸눈이 박유붕이라는 사람이 저하를 뵙겠다고 버티면서 물러가질 않사오니 어찌 하오리까?」

대원군은 애꾸눈이라는 말과 박유붕이라는 이름을 대자 반가운 기색이 만면에 번졌다.

잊지 않고 있었다. 잊을 수 없는 사람이다. 그를 직접 만나 본 일은 없었지만, 자기가 그처럼 불우하던 시절에 둘째아들 명복이가 왕상(王相)이라는 말을, 멀지 않아 등극(登極)한다는 예언을 남겨 줌으로써 인생은 역시 오래 사는 데 뜻이 있다고 다짐하게 한 사람이다.

그 박유붕이 왔다 한다.

대원군은 하인에게 쩌렁하는 음성으로 호통을 쳤다.

「네 이놈! 귀한 손님이 나를 찾아왔거늘 네 어찌 멋대로 문전에서 실랑이를 벌였느냐!」

추상 같은 호통이었다. 운현궁 뜰이 넓다곤 하지만 그 호통소리는 바깥 뜰에까지 쩌렁 울렸을 것이다.

하인은 사지를 벌벌 떨었다. 죽을 죄를 진 것처럼 벌벌 떨고 있었다.

「네 이놈, 냉큼 나가서 그 손님을 정중히 내게로 모셔라!」

「예이.」

하인은 살아났다는 듯이 바깥으로 달려 나갔다.

잠시 후, 이번엔 젊은 청지기 이상지한테 인도되어 박유붕이 계하에서 읍했다.

「소인 박유붕 문안 드리옵니다.」

틀림없는 애꾸눈이었다. 기골이 장대했다. 갓과 도포가 낡아 있었다.

「오오, 귀공이 박유붕인가? 이리로 오르시오!」

박유붕은 허리를 펴고 영외(楹外)로 올랐다.

「이리로 가까이 오시오!」

대단한 파격이었다. 대원군은 일어나서 그를 영내(楹內)로 인도했다. 삼공(三公)이 아니면 영내에 그와 자리를 함께 할 수 없지 않은가.

「황공하옵니다.」

박유붕은 대원군 앞에 부복하며 사후(伺候) 문안을 했다.

「저하의 서운(瑞運)을 진심으로 경하하옵니다.」

대원군은 그의 사람됨을 세심히 뜯어보고는 말했다.

「귀공의 선견지명엔 일찍이 감탄한 바 있소이다. 그러잖아도 한번 만나 뵙고 싶었는데 이렇게 찾아 주시니 고맙소.」

「황감하옵니다. 소인 같은 백면서생이 언감 저하를 우러러 뵙기 황공해서 사후 문안이 늦었사옵니다.」

박유붕은 눈 한쪽이 굿었을 뿐, 그 기상과 태도는 범연치가 않다.

「무슨 말씀을. 그러잖아도 그 당시 그런 중대한 예언을 던져 준 기인이 누군가 싶어 귀공의 행방을 백방으로 탐색했으나 허사였소이다. 참 잘 오셨소.」

대원군은 진심으로 그를 반겼다. 그는 그가 은인처럼 여겨졌다. 물어 보고 싶은 말도 많았다. 일개 소년의 얼굴을 보고 제왕이 될 상이니 부디 누설 말라는 기괴한 한마디를 남기고 바람같이 사라졌던 박유붕이다.

「그 당시 귀공이 남기고 갔다는 그 한마디로 나는 세상을 좀더 살아 보자는 의욕을 되찾았었소. 사실 구우일모(九牛一毛) 같던 그 암담한 나날에 귀공의 그 허망한 한마디는 웬지 내게 활명수(活命水) 같은 의욕을 불어 넣었소. 참 잘 오셨소이다.」

대원군은 그를 십년지기처럼 진심으로 반겼다.

「앞으로도 나를 자주 일깨워 주시오.」

그러자 박유붕은 별안간 대원군의 얼굴을 세세히 살피더니, 기인답게, 은밀하게 한마디를 꺼내는 것이었다.

「대감, 외람된 말씀을 올려도 용서하여 주시겠습니까?」

「기탄없이 말해 보시게!」

외람된 말을 하겠다는 바람에 대원군은 다소 경계하는 눈초리로 박유붕을 쏘아봤다.

박유붕은 외눈으로 대원군의 얼굴을 면밀하게 관찰한 다음 서슴없이 말했다.

「대감의 서운은 10년이 고비로소이다.」

「그래?」

대원군은 완연히 유쾌하지 않은 낯빛이었다.

10년 세도를 운위하는 것은 인왕산 밑의 괴노(怪老) 이인서 노인과 일치한다.

「저하!」

「주저 말고 말해 보게!」

「그동안 저하께선 파란곡절이 그칠 사이가 없겠사옵니다.」

「그래?」

「우선 당장에 남의 사생(死生)을 결판 내셔야 할 처지에 계시군요?」

대원군은 말없이 고개를 끄덕였다.

어지간히 맞혀 내는 술객(術客)이라고 감탄했다.
 사실이다. 대구감영에서 참수형을 받은 동학교조 최제우의 형 집행 여부에 대한 초려(焦慮)가 상(相)에 나타나 있다는 말인가.
「그래 어찌 처결하면 좋겠나?」
 대원군은 솔직하게 물었다.
「피하실 길이 없는 줄 아옵니다. 저하께서 살생을 원하시든, 원치 않으시든, 피는 보셔야 할 처지이신 줄로 아옵니다.」
 대원군은 또 잠자코 고개를 끄덕였다.
 그는 끝내 불만이었던 것 같다.
「여보게!」
 그의 말투는 공대, 평교, 하대를 수시로 뛰어서 상대를 위압하는 게 특징이다.
 귀공이 여보게로 돼 있었다.
「예에.」
 박유붕은 대원군의 어세(語勢)에 허리를 굽혔다.
「안동 김가들은 60년을 세도했네. 그들의 60년 세도를 꺾어낸 내가 단 10년이라니 운이 그것밖엔 안 된단 말인가?」
「황공하옵니다.」
「하긴 모를 일이지. 10년 세월도 과히 짧지는 않을 게니까.」
「대감께선 여난(女難)의 상이 승(勝)하옵니다.」
「여난?」
 대원군은 턱을 바짝 치켰고, 박유붕은 그의 앞에 아주 부복을 했다.
 대원군은 어처구니가 없다는 듯이 날카롭게 반문했다.
「내가 계집한테 화를 입는단 말이냐?」
 박유붕은 고개를 들면서 대답한다.
「그럴 성싶사옵니다.」
「어떻게?」
「대권을 찬탈당할 조짐이 보입니다.」
「10년 후에?」

「황공하옵니다.」
「계집한테?」
「황공하옵니다.」
 대원군의 머리에는 조대비의 모습이 떠오르고 철종비 김씨의 모습도 떠올랐다.
 그러나 그는 그 두 여자쯤은 안중에도 없었다. 조대비가 만만한 여자는 아니지만, 어림없는 소리고, 김씨는 척신들을 배경하고는 있으나 가당치도 않다.
 대원군은 버럭 역정을 냈다.
「엥이, 허망한 소리로고!」
 그는 연죽을 입에 들었었다. 더불어 그 이상 대화할 상대가 못 된다고 단정했다.
 그러나 박유붕은 꺾이지 않고 또 자기 할말을 하고 있는 것이다.
「저하, 방금도 소인은 수상한 여인을 만났습니다. 우중에 궁 밖을 배회하고 있더이다.」
 이 말에 대원군은 입에 물었던 담뱃대를 쑥 뽑았다.
 눈빛이 빛났다.
「어떤 여자가? 궁 밖을 배회하던가?」
 대원군의 반응은 민감했다.
 박유붕은 손수건을 꺼내 한쪽 굳은 눈을 닦아 낸 다음 말했다.
「젊고 아름다운 여인이옵더이다. 비를 흠뻑 맞아가며 노상에서 운현궁의 용마루를 쳐다보고 있었습니다.」
「젊다면 아리땁다는 말이 따르게 마련, 어떻게 어떻게 생겼던가?」
「눈이 어글하게 선량하고 얼굴이 알맞게 갸름하옵니다. 옷 입은 게 기녀였습니다.」
「키는?」
「여자 키로는 늘씬한 편입니다.」
「그래서?」
「그래서 소인이 봤사옵니다.」

「으음…….」
대원군은 침착했으나 신음성을 흘렸다.
「저하!」
「또 얘기가 있소?」
「그 여인은 불쌍하게도 얼굴에 병색이 뚜렷하더군요.」
「병색이?」
「허공을 쳐다보는 그 눈총엔 원망이 깃들여 있더이다. 버려 두시면 폐인이 되기 쉽사옵니다.」
「원망이? 폐인이 된다?」
「여자의 함원(含怨)은 오뉴월 된서리가 된다지 않습니까.」
「자네가 보니까 어떠하던가.」
「도망치듯 달아났습니다.」
「그래?」
대원군은 또 잠시 침묵하고 있다가 불쑥 물었다.
「그게 귀공이 말하는 여난의 조짐이란 말이오?」
박유붕은 또 손수건으로 궂은 눈을 닦아내며 대답했다.
「아니올시다. 소인 보기엔 저하께서 그 여인에게 너무 가혹하신 듯싶사와…….」
대원군은 고개를 끄덕였다.
그는 그 여자가 분명히 추선일 것임을 짐작했다.
그러나 그는 박유붕에게 엉뚱한 말을 물었다.
「자네 그 한쪽 눈은 어쩌다가 궂었는가? 배냇병신이냐?」
「아니올시다. 제 애비 에미는 소인을 떳떳한 두눈박이로 낳아 줬습지요.」
「그럼?」
「소인 철들어 스스로의 상을 보오니 한눈이 궂어야 관운이 트일 듯싶사와서…….」
「제 손으로 한 눈을 궂혔다는 겐가?」
「화젓가락을 불에 달궈서 찔러사옵니다.」

대원군은 눈쌀을 찌푸렸다.
「잔인한 성정이로구나!」
「황공하옵니다.」
 뭐가 황공하다는 것인가. 제 눈을 제가 찔러 궂힌 게 대원군에 대해서 뭐가 황공한가. 그러나 그렇게 말해야 하는 것이다.
 대원군은 물었다.
「그래, 자네가 자네 관상을 보니 자네는 무슨 벼슬을 얻을 수 있겠던가?」
 박유붕은 또 넙죽 허리를 꺾었다.
「부사 한 자리쯤은 할까 하옵니다.」
 대원군은 그 소리를 듣고 미소했다. 놋재떨이에 딱 딱 딱 대통을 두드리고는 말했다.
「남양의 시임(時任)이 백성들한테 실인심(失人心)을 한 모양이더군!」
 현 남양부사가 시원찮아 갈아 치우겠다는 말이 된다.
「귀공이 도임하겠소?」
 너무나 즉결인데엔 박유붕도 어리둥절했다. 코끝이 방바닥에 닿았다.
「황공무지로소이다.」
「이도(吏道)를 쇄신하고 민심의 소재를 밝혀 선정을 베푸시오! 눈이 하나라 세상을 제대로 볼는지 모르겠군!」
 박유붕은 고개를 들고 대원군을 쏘아봤다.
「저하. 황감한 말씀이오나 눈이 하나라서 오히려 일목요연이옵니다.」
 대원군은 버려둔 추선에 대해서 전연 생각이 미치지 않진 않았었다.
 착하고 고고한 여자. 순정적이며 깔끔한 그 성품은 이른바 가인(佳人)의 표본이 될 만하다 해서가 아니다.
 변할 줄 모르는 그 신선하고 아릿한 정을 잊을 길 없는 것이다.
 다른 여자한테선 채워질 수 없는 덕성과 염색을 겸전한 추선, 어떻게 해 줘야겠다는 생각은 하여 본 일은 없다.
 그러나 지금 당장 어떻게 해줘야 하는가.

이수선불가어침(履雖鮮不加於枕)이란 말이 있음을 안다.
발에 끼는 신발이 제아무리 곱다 하더라도 베개로 쓸 수야 없잖으냐는 뜻이 되는가.
그렇다면 한껏 기첩으로 공연화(公然化)시켜 주는 방법밖에 없는데 추선은 그것을 원치 않는다고 했다.
「그 착하신 부대부인 가슴에다 어떻게 못을 박아 드립니까. 다른 여자는 다 해두 저는 못하겠어요.」
대원군이 되고 나서 처음으로 한번 잠행했던 그날 밤에 추선은 그런 말을 했다.
「저는 대감께 아무것도 바라지 않겠사옵니다. 간혹 한가로우실 때, 예전엔 추선이라는 애가 나를 극진히 사모했었다고 생각이나 해 주신다면 저는 그것을 평생의 즐거움으로 삼겠어요.」
그날 밤 추선은 눈물도 보이지 않고 호소를 했으나 속으로는 오열하고 있음을 눈치챘었다.
그날 밤 추선은 더할 길없이 행복한 듯 굴었지만 역시 당착되는 말을 입 밖에 냈던 것을 기억한다.
「원녀(怨女)의 넋은 소쩍새가 된다지요? 저는 소쩍새가 돼서 산으로 가겠어요.」
죽는다는 말로 들려서,
「그게 무슨 요사스러운 말이냐?」
하고 힐책하니까,
「산으로 들어가 부처님이나 모시겠다는 게 왜 요사스럽습니까, 대감.」
하는 바람에,
「산사람을 모시지, 왜 부처를 모시느냐?」
고 농쳐 보니까,
「산사람은 마음이 변하지만 차라리 돌로 깎은 부처님은 변하지 않아요. 돌부처를 대감으로 믿고 평생을 모시겠어요.」
이런 말을 하면서 품속으로 파고들기에 볼기를 다독거려 주면서,

「기다려 봐라, 내 너야 잊겠느냐.」
했더니,
「대감!」
차갑게 불러 놓고는,
「요미걸련(搖尾乞憐)이란 옛말은 좋은 뜻이 못 되지요?」
추선은 아리송한 문자를 꺼냈다.
「무슨 소리냐?」
하고 되물었다.
「강아지는 꼬리를 쳐서 주인의 동정을 받으려고 하지만, 그렇게 되면 추선이가 불쌍하지 않아요?」
추선은 그제서야 눈물을 보이며 제 설움이 복받치는지 한동안 흐느꼈다.
그 추선이 병색이 완연한 몰골로 오늘 우중을 배회하며, 운현궁 용마루를 지켜보고 있더라니 대원군은 충격을 받지 않을 수 없었다.
「버려 두시면 폐인이 되기 쉽사옵니다.」
박유붕의 말이었다. 정말 외눈이라 그토록 정확히 보는가. 일목요연하게 말이다.
오랜 침묵 끝에 대원군은 박유붕에게 불쑥 말했다.
「귀공의 그 밝은 외눈이 관에 나가 흐리지 않는다면 명관이 되겠네.」
이런 일이 있는 또 며칠 뒤에야 대원군은 추선을 그대로 버려 뒤선 안 되겠다고 서둘렀다.
그러나 그러한 대원군의 동정이 또한 다방골에 있는 추선한테 쉽게 전해질 수는 없다. 역시 지척이 천 리처럼 그 두 사람의 거리는 멀기만 했던 것이다.
이젠 춘삼월, 꽃시절이라 했다.
서울 장안의 시민들은 물론이고 온 나라의 백성들이 신화를 낳는 운현궁의 용마루를 응시하기에도 차츰 지쳐들 갔다.
「뭐가 달라졌느냐?」
사람들은 조급했다. 뭔가 하루빨리 달라져야 한다. 가려운 데를 긁어 주고 오랫동안의 체기를 뚫어 줄 정책적인 용단을 기다리다가 지쳐들 갔다.
「흥선이 뭘 할 수 있겠어. 술이나 마시구, 노름이나 하구, 계집 오입질이나 하램 신바람이 날까.」
그를 매도하기 시작하는 사람들도 있었다.
「아니다.」
「뭐가 아냐?」
「철종임금의 인산(因山)이 끝날 때를 기다리구 있는 게다.」
이것이 온당한 추측일는지도 몰랐다.
4월 초이레의 인산날이 아직도 먼 것을 사람들은 지루하게 여기기도 했다.
봄볕은 하루가 다르게 두터워진다.
꽃이 피었다. 온 백성이 국상 중이라서 복을 입었지만 꽃은 원색을 경염했다. 개나리가 집집 담장 안에서 노랗게 피었다.
진달래도 피기 시작했다. 개나리의 황금빛과 어울려서 진분홍을 더욱 화사하게 자랑했다.
목련도 봉오리에 살이 쪘다. 그 고고한 순백이 푸른 하늘에 전설처럼 열릴 날도 멀지 않았다. 그러한 어느 오후 다방골 추선의 집에 애꾸눈이 박유붕이 돌연히 나타났다.
그는 대문을 연 찬모가 완강히 거절을 하는데도 불구하고 추선을 만나야겠다면서 안뜰로 들어섰다.
늙은 찬모는 당황하면서 안방에 누워 있는 추선에게 고했다.
「어떤 애꾸눈이가 불문곡직하구 안뜰에꺼정 들어왔어요. 아씨를 꼭 만나 뵈야겠다구요.」
「애꾸눈이?」
추선은 상반신을 일으키다가 충격적인 기침을 콜록거렸다.
(애꾸눈이라면 운현궁 앞에서 만난 그 괴인가?)
그가 찾아왔다면 필시 무슨 곡절이 있음을 직감했다.
「만나야겠소.」

추선은 찬모의 도움을 얻어 매무새를 고치고 얼굴을 가다듬었다.
「박유붕이라 합니다.」
애꾸눈이는 자기 성명을 먼저 밝히고 추선의 수척한 몰골을 지그시 노려봤다.
추선은 눈으로 그에게 찾아온 연유를 물었다.
「내가 관상을 좀 볼 줄 압니다. 일찍이 척족 김씨네 몇몇 사람의 관상을 보고 그들의 몰락을 예언한 바 있었고, 직접은 아니지만서두 흥선대감이 이 나라의 대권을 잡으리라는 것도 다른 사람에겐 예언한 바 있습니다.」
박유붕은 추선의 반응을 세심하게 살피고는 조심스럽게 또 말을 이었다.
「실인즉슨 요전날 대원위대감을 만나 뵐까 해서 운현궁엘 찾아갔다가 문전축출을 당했지요. 그날 내 우연히 노상에서 아씨의 모습을 뵙고 너무나 귀하신 상이라 이렇게 수소문을 해서 왔습니다.」
뭔가 답답한 심정을 가진 여자에게 무꾸리나 관상처럼 마음을 끄는 것은 없다.
지금 추선의 심경으로 어떻게 이 박유붕의 유혹을 물리칠 수 있겠는가.
「기녀의 몸인데 귀한 상이라니 어이가 없습니다.」
추선의 이 한마디는 박유붕의 말에 깊은 관심을 표시한 것임에 틀림이 없다.
박유붕은 빙긋이 웃으면서 말했다.
「마치 사랑을 하기 위해서 이 세상에 태어나신 분입니다.」
그는 묘한 말을 했다.
「그리고 일전에 노상에서 힐끗 뵈온 바로는 더할 길 없을 만큼 영달한 얼굴이십니다. 단지 마음이 약하시어 자칫 어리석은 생각이라도 가지실까 해서 한마디 일깨워 드리려고 온 것입니다.」
추선은 아미를 다소곳하게 숙인 채 눈을 내리깔고 조신하게 앉아 있었으나 힘이 드는 것 같았다.

박유붕은 비록 외눈이긴 하지만 추선의 그 착하고 아름다운 얼굴에 취하기라도 한듯이 혼자 고개를 끄덕이며 계속해서 지껄인다.

「초년 고생도 이젠 끝이 나고 마치 승천을 앞둔 황룡이 여의주를 얻은 격이시오.」

관상장이라면 누구한테나 잘하는 판에 박은 감언이라고 추선은 속으로 생각한다.

「그 환한 인당(印堂)엔 귀인의 지극한 사랑이 깃들었으며, 심기가 몹시 울울하고 병색이 얼굴에 번졌는데도 눈언저리가 어둡질 않고 밝을 뿐 아니라 백반을 바른 것처럼 윤기를 스스로 발하니 금명간에 반가운 소식에 접할 것이며, 흰 눈동자 위에 검은 동자가 햇빛을 받은 토란 잎의 이슬처럼 반짝거리는 것은 스스로의 총기와 지혜와 덕성인즉 복을 아니 받고 어찌 하시겠소.」

박유붕은 엄지손 끝으로 네 손가락 열 두 마디를 차례로 짚어 보다가,

「가만 있자······이거 오매불망하는 반가운 소식이 모레도 아니고 바루 내일 저녁나절이면 이 댁의 대문을 뚫겠군요.」

그는 신명나게 떠들고는 손수건을 꺼내 자기의 굳은 눈을 닦아냈다.

그러나 추선은 끝내 다소곳했고, 입을 열지 않았고, 기쁨도 실망도 나타내지를 않는다.

박유붕은 그러한 추선의 태도를 보면서 어금니를 꾸욱 눌렀다.

칭찬해서 싫다는 여자란 없는 법, 어디 네가 얼마나 차가운가 보자, 그렇게 생각하는 눈치였다.

「내 오늘까지 많은 여인의 관상을 보아 왔지만 아씨 같으신 오관은 처음입니다. 본시 관상이란 면상이 중심이며, 얼굴에서 오형(五形) 오관(五官) 오악(五嶽) 삼부(三府) 삼정(三停) 삼재(三才) 오성(五星) 육요(六曜) 십이궁(十二宮) 사학당(四學堂) 팔학당(八學堂)을 관찰해서 그 사람의 심정 성격을 판단하고, 부귀 화복 빈부 요수(夭壽) 현우(賢愚) 등의 운명과 재수를 점침으로써 닥쳐올 재화를 예방하고 복을

비는 법술(法術)입지요.」

추선이 알아듣거나 말거나 박유붕은 자기의 전문적인 용어를 신바람 나게 늘어놓은 다음,

「그런데 아씨의 얼굴을 보니 범상이 아니십니다. 우선 그 반듯한 오형, 오형은 금목수화토 오행으로의 판단법이지요. 그리구 오관은, 귀 코 입 눈썹을 보는 것이며, 오악은 얼굴에다 동서남북, 그리고 중(中) 다섯개 산을 배치해서 뜯어보고, 육부는 얼굴을 좌우로 갈라서 상중하부(上中下府)로 관상하며, 삼재는 이마 코 턱을 천지인(天地人)으로 구분하고, 삼정은 상중하정(上中下停)으로 나누며, 오성과 육요는 금성을 왼쪽 귀, 토성을 코, 화성은 이마, 수성은 입, 목성은 오른쪽 귀에 배치하고 보는 법인데 아씨는 그 모두가 특출하십니다.」

이대로 부면 박유붕의 입심이 얼마나 더 계속될지 모를 일이었다.

추선은 얼굴을 쳐들며, 입맛을 짝 다시며, 날카로우나 짜증 어린 눈총으로, 그러나 표독스럽지는 않게 박유붕에게 쏘아붙이는 것이었다.

「제 관상을 봐 주시는 건 좋지만 관상보는 법까지 그렇게 늘어놓지 않아도 되잖아요? 이러나 저러나 몸이 괴롭구 하니 돌아가 주셨으면 좋겠어요.」

추선이 귀찮아하거나 말거나 박유붕은 자기 할말을 하고 가겠다는 것이었다.

「불청객이 자청해서 원하시지도 않는 장광설(長廣舌)을 늘어놓았소이다만 꼭 한마디만은 말씀드리고 가겠습니다. 아씨는 본시 사랑과 재덕을 위해서 태어나신 몸이올시다. 그러나 아씨의 사랑은 목석(木石)을 사랑하시는 그 마음으로 남을 사랑하셔야 할 운명이며, 아씨의 그 재덕 역시 아씨의 사랑처럼 스스로를 위한 재덕이올시다. 그러니까 아씨의 사랑과 재덕은 오로지 아씨 스스로를 위한 것이니 자중자애합시오. 필부범부의 그것처럼 종부종사(從夫從事)하는 사랑이 아니라 운학(雲鶴)의 경지를 본받아 외롭더라도 고고한 사랑을 하시란 말씀이외다.」

박유붕의 말은 결론인 것 같았다.

추선은 저도 모르게 배시시 웃었다.

하얀 이들을 약간 드러내고 배시시 웃으며 한마디 조용하게 말했다.
「그런 말씀 마시오. 사랑이란 항상 옆에 놔 둔 채 보고 또 보고, 만지고 또 만지고, 위하고 또 위하고 싶은 간절한 집념이 아니오니까. 이 세상 모든 남녀가, 산의 산짐승이, 하늘이 날짐승이, 어느 것 하나가 나 같은 그리는 사랑만을 하려다간 말라 죽을 것에요. 남의 집에 있는 보물을 나더러 사랑하라면 얼마만큼이나 사랑할 수가 있을까요? 역시 내가 가까이 가지고 애완을 할 수 있어야 진정으로 사랑스러울 것입니다.」
이것은 추선의 천성이며 신념이었다.
대원군을 못 본 지가 몇 해 몇십 년이 돼서 하는 소리는 아니다.
그것이 단 하루라도 추선으로선 그토록 안타까운 것이었다. 앞으로 평생을 이렇게 그리며 살아야 한다는 그 앞으로의 전망 때문에 하루가 10년처럼 긴 세월이었다.
박유붕은 물러가면서 이런 말을 남겼다.
「육례(六禮)는 이루지 않더라도 낭군으로 섬길 수는 있습니다. 사랑할 수 있는 길이라면, 길을 타박 마시지요.」
무슨 뜻인가. 첩이 되라는 말이 아닌가. 그를, 대원군을 사랑할 수만 있는 길이라면 처첩의 지체를 가려 뭣 하느냐는 뜻이 아닌가.
추선은 그의 말이 하도 수상해서 물었다.
「대감의 뜻이오니까?」
그것이 대원군의 뜻이고, 그런 뜻을 전해 달라는 대원군의 부탁을 받고 왔느냐고 물었다.
박유붕은 고개를 돌려 외눈으로 추선을 흘겨보고는,
「대원위대감의 뜻도 말씀도 아닙니다. 단지 나의 생각일 뿐이며, 왠지 그런 나의 생각을 아씨께 말씀드리고 싶었을 따름이지요. 부디 이 불청객의 말을 잊지 마시고 자기의 마음과 몸을 스스로 사랑하셔야 합니다.」
괴한은 괴이한 말을 남기고 사라져 갔다.
추선은 그날 밤도 잠을 이루지 못했다.
누워 있는 머리 위 영창(映窓)으로는 달빛이 쏟아져 들어왔다.
추선은 벌써 며칠째 그 영창에 어른거리는 환영을 봐 오면서 가슴이 덜커덜커 내려 앉았다.
 밤마다 나타나는 환각이었다. 낙척시절의 그 홍선군의 모습이 달빛어린 영창으로 고개를 쑤욱쑥 디미는 것이었다.
 환각인 줄을 번연히 알면서도 추선은 번번이 속았다. 누웠다가도 벌떡 일어나 앉기를 몇 번이나 거듭했는가. 자세히 보면 차가운 달빛 뿐인 것을 한두 차례가 아니게 속았다.
 날이 밝자 추선은 아침부터 초조하게 기다렸다. 운현궁의 소식을 말이다.
 추선은 관상장이의 예언을 믿어 본다. 어떻게 안 믿고 허전해서 견디겠는가.
 그는 말했다. 모레도 아니고 바로 내일 중엔 오매불망하던 반가운 소식이 이 집의 대문을 뚫을 것이라고 정말 반가운 장담을 했다. 비록 허언이라 치더라도 일단 믿어보는 게 즐거움이 아닌가.
 그 '모레도 아니고 내일'이 오늘이다.
 아침부터 초조했다. 신경이 대문께로 집중돼 있을 밖에 없다.
 추선은 찬모를 시켜 집을 깨끗이 정돈시켰다.
 주안상도 조촐하게 봐 놓도록 일렀다.
「누구 반가운 손님이라두 오시나요?」
 찬모가 주인의 눈치를 떠 보았다.
「글쎄, 혹시 오실지도 모르겠소.」
 추선은 손경대를 앞에 버팅겨 놓고 이마의 솜털을 뽑으며 모호하게 대꾸했다.
「대감께서 오시나요?」
「오신단 전갈은 없지만 혹시 모르니까.」
「간밤에 오셨대요.」
「누가? 누가 간밤에 오셨어요?」
 추선은 족집게 끝에 묻은 솜털을 헝겊에 닦아내면서 물었다.
「대원위대감님이 오셨지 뭐예요.」
「간밤에?」

「예에.」
 찬모는 어미(語尾)가 바짝 치켜지는 대답을 하고는 마루 끝에서 걸레를 쥐어 짰다.
「찬몬 무슨 허튼 소리를 하구 있수?」
 그러나 마루에 걸레질을 치기 시작한 찬모는 함지박만한 엉덩판을 하늘로 치켜댄 채 또 천연덕스런 대답이다.
「참 근감한 행차루 오셨더구먼요.」
 추선은 어이가 없었다.
 다시 체경을 들여다보며 왼쪽 살쩍에 하늘대는 솜털을 뽑기 시작하다가 거울 속에 비친 찬모의 엉덩판에 대고 물었다.
「꿈 얘기유?」
「예에.」
「그럼 꿈 얘기라구 먼저 그래야지!」
「그럼 꿈이 아닌 간밤에 대감님이 언제 오셨단 말예요?」
「찬모두 참!」
「아씨두 참!」
 아침 햇살도 싱그럽지만 추선의 심기도 어제와는 딴사람처럼 생동했다.
 찬모도 덩달아 신바람이 나는 것 같고, 담장에 날아와 조잘대는 참새떼도 오늘따라 더욱 즐거워 보였다.
 추선은 밀기름을 칠해 머리를 곱게곱게 빗기 시작했다. 그러나 이내 중단했다.
「찬모!」
「예에.」
「더운 물 있수?」
「뭣 하시게요?」
「많이 있수?」
 나이는 눈치와 비례하는 모양이다. 찬모는 빙그레 웃었다.
「큰 솥으로 하나에요.」

여자가 홀로 늙으면 능글맞기가 쉽다.
그것이 비록 선의라 하더라도 좀 능글맞다.
찬모는 큼직한 놋대야에 더운 물을 그득 떠서 건넌방으로 들여갔다. 나오면서 쓸데없는 말을 한마디 했다.
「등을 밀어 드릴까요?」
추선은 그네한테 가볍게 눈을 흘겼다.
「망칙해라!」
이때 닫아 건 대문이 찌그덕 소리를 냈다.
추선은 눈이 휘둥그래졌다. 안방으로 숨으면서 찬모한테 일렀다.
「얼른 나가 보우!」
찬모가 대문간으로 나가자 어이없는 아낙네의 소리가 방 안에까지 들려 왔다.
「햇조개 사시우. 제물포 대합조개 싸게 드릴 테니 사시우.」
대문이 다시 굳게 닫히자, 추선은 건넌방으로 가서 속옷을 벗었다.
「조개를 사라는구먼요.」
찬모는 뒤늦게 마루 끝으로 와서 그런 말을 흘렸다.
아침 햇살이 싱그럽게 비친 건넌방 창문 안에서는 물소리가 조용히 새어 나오고 있었다.
한 무리의 참새 떼는 아직도 담장 쪽에서 화사하게 지저귀고 있다.
봄날 아침의 새소리란 마냥 즐겁게만 들린다. 그리고 그 소리는 풋싹처럼 여리다.
같은 참새의 지저귐도 늦가을 저녁 무렵, 마당가 앙상한 은행나무 가지에 모여든 그것은 여물고 시끄럽기만 하다.
지금은 봄, 담장 켠에서의 새소리와 건넌방 안에서의 조용한 물소리는 간간이 조화되어 밝고 온습(溫濕)한 정밀(靜謐)을 낳았다.
「아씨, 물 갈아 드릴까요?」
찬모의 이런 제안은 주인 아씨에 대한 충실이었다.
「갈아 줘요.」
추선의 이 응낙은 그이에 대한 깔끔한 성의였다.

여자는 철 들면 반드시 한 사나이를 사랑할 것이다.
 그것이 진정한 사랑이라면 우선 몸이 깨끗해지고, 몸이 깨끗해지면 마음이 순결해진다.
 사랑을 하고 있는 여자의 피부를 보라. 늘 윤기가 돌고 반들거린다. 깨끗이 씻어서만이 아니다. 발랄한 의욕이 피부세포에까지 침윤돼서 탄력을 더하고 그리고 반들거린다. 거기에 깃들인 마음인들 어찌 추하겠는가. 여자는 사랑을 해야 착하고 아름답다.
 안방으로 돌아온 추선의 피부는 어제까지의 환자답지 않게 사뭇 이들이들했다. 한두 겹 옷을 걸쳤다고 해서 그것을 모를까.
 추선은 다시 경대 앞에 앉아서 유지(油紙)로 된 빗첩을 펼쳤다. 숱 많은 머리다. 얼레빗으로 애벌을 빗고 참빗으로 바꿔 두 번을 곱게곱게 빗었다. 밀기름을 칠해 가며 다시 빗었다. 기녀라고 해서 아무 때나 트레머릴까. 다리꼭지는 필요 없었다. 여염집의 새댁처럼 자주댕기를 들여 예쁘게 쪽을 찌고, 쪽에 비취 연봉을 꽂고, 은귀이개는 보이지 않게 속으로 묻었다.
 그리고 나서 기다리기 시작한 것이 저녁 무렵에 이르렀다.
 못 할 짓은 사람 기다리는 일, 가야금도 시간의 권태를 잊게 하지는 못했다.
 추선은 눈이 때꾼해졌다.
「안 오시는가 보죠?」
 찬모의 말에,
「누가 꼭 오실 거라구 했수!」
 추선의 언성엔 자연 짜증이 섞였다.
 사실 그렇다. 대원군이 오늘 자기를 찾아 주리라는 아무런 전갈도 받은 바 없다.
 단지 오다가다 들른 그 정체 모를 사나이의 허망한 소리를 듣고 이처럼 만반 준비를 하고 기다린 것을 생각하면 어리석은 것이다.
 언약도 없으면서 행여나 하고 기다려 보는 이 고통스런 심사가 사랑일는지는 모르지만 하여간 추선은 맥이 풀려서 보료 위에 몸을 뉘었다.

「아마 밤에나 몰래 오실는지도 모르죠?」
 찬모의 말이다. 그래도 더 기다려 보라는 것인가. 추선은 혼자 중얼댔다.
「그 바쁘신 어른께서 어떻게 여길 오실 수가 있겠어.」
 완전히 단념을 했는데 잠시 후에 대문소리가 나는 듯하더니 운현궁에서 사람이 왔다고 한다.
「사람이 와?」
 누워 있다가 공중제비로 일어선 추선의 이 한마디는 서릿발처럼 차가웠다. 사람이 오다니 운현궁에서 사람이 오다니, 추선은 더욱 맥이 풀렸다.
 대원군의 행차가 아니고 사람이 오다니, 그러나 추선은 대청으로 나섰다.
 운현궁에서 온 사자는 젊었다. 그리고 상스럽지가 않았다.
 이상지가 가령(家令)차림이 아니라 선비의 차림으로 왔다.
 추선의 눈총은 예사롭게 이상지의 그 해사한 얼굴을 주목했다.
 봄이다. 대청엔 저녁나절의 햇볕이 따스롭다. 근본이 기생의 집이다. 외간 남자라 해서 대청이고 안방이고 까다롭게 가릴 필요는 없다.
 추선은 그를 대청에서 맞이했다.
 그러나 대좌하자 이상지는 말했다.
「은밀한 말씀두 있고 하니 방으로 들어갔으면 좋겠습니다.」
 기생은 남의 남자한테 이렇게 깍듯한 존대를 받으면 오히려 어색하다.
「들어오십시오.」
 추선은 그를 안방으로 인도하지 않을 수 없었다.
「대원위대감 분부로 왔습니다. 이상지올시다.」
 이상지의 눈치도 만만치가 않았다. 사람을 꿰뚫을 듯 쏘면서 타는 것처럼 그 광채에 의기(義氣)가 깃들여 있다.
 추선은 자진해서 아무것도 묻지를 않았다. 사자라니까, 보내 온 뜻을 들으면 되는 것이라고 생각했다.

「병환 중이시란 말씀을 들으시고 대원위대감께선 몹시 심려를 하고 계십니다.」
 인사치레라고 추선은 가볍게 들어 넘긴다.
「대원위대감 분부로 기적에서 아씨 성명을 삭제했습니다. 제가 다니면서 삭제했습니다. 호조(戶曹)에도 갔었고 장악원(掌樂院)에도 들렀습니다.」
 추선은 그의 속삭이는 듯한 조용한 말투에 귀를 기울이면서 자기의 버선코를 손끝으로 따작거렸다.
 좋아서 기녀 노릇을 하는 여자는 없다.
 여자의 소망은 좋은 신랑한테 시집가서 아들딸 낳고 오순도순 살림을 하는 게 유일한 목표다. 그렇지가 못하더라도 기생 노릇을 진심으로 즐겨하고 있는 여자는 없다.
 만큼, 기생이 기적에서 벗어난다는 것은 당연한 소망이며, 더할 길 없는 기쁨이다.
 그런데 추선은 이상지의 그런 말을 듣고도 도통 기쁜 낯을 보이려 하지 않았다. 조용히 나긋한 아랫입술을 깨무는 것이었다. 그리고 좀더 자주자주 자기의 뾰족한 버선코를 손끝으로 꼬옥꼭 눌렀다.
 이상지는 또 말했다.
「대감 말씀이, 외로우시더라도 좀더 기다리시라 하십니다. 이건 제가 뵈온 대로의 말씀이오만, 대감께서는 아씨를 극진히 생각하고 계십니다.」
 여자는 하루에 백 번이라도 사랑하는 남자한테서 사랑한다는 말을 듣고 싶어하는 공통적인 심성을 지니고 있다.
 추선은 앞니로 아랫입술을 튀겼다.
 극진히 생각하고가 아니라, 극진히 사랑하고 계십디다라면 아무리 제삼자의 하기좋은 말이라 치더라도 흡족했을 것이다.
 추선은 싸늘하게 입을 열었다.
「대원위대감께오선 그동안 안녕하시온지요?」
「예에.」

「주야로 바쁘시겠지요?」
「이를 말씀이옵니까. 밤과 낮이 없으신 일정을 보내고 계십니다.」
「그렇게 바쁘신 어른이 일개 아녀자의 신상을 염두에 두실 필요까진 없는 줄로 압니다. 공연할 일을 하셨어요. 기녀가 대책없이 기적에서 이름을 빼면 그나마 의지할 마음의 지주(支柱)조차 없지 않습니까. 대감께서 불우하시던 시절에 한둘 노는 여잘 상관하신 일이 지금에와서 무슨 인연이 된다구요?」

추선은 어떤 생각에선지 자리에서 일어났다.
찬모를 부르더니 몇 마디 소곤거렸다.
추선은 정말 무슨 생각이었을까.
조촐하게 술상을 차려 들어오게 했다.
그것을 본 이상지는 벌떡 일어설 수밖에 없었다.
그는 추선에게 그만 돌아가 봐야겠다고 말했다.
추선과 대원군이 어떤 사이냐 말이다.
추선은 대원군의 여자인 것이다. 대원군의 여자와 마주앉아 술을 마시다니, 자기의 신분으로는 상상조차 할 수가 없는 것이다.
그러나 추선은 망설이는 그의 팔소매를 잡고 요염하게 눈웃음까지 쳤다. 그리고 말했다.

「누가 뭐래도 추선인 기녀예요. 기녀가 댁같은 호남과 술 한잔 한들 어떻겠어요. 앉으세요. 한량답게!」

어쩌겠는가, 이상지가 어리숭하고 만만한 사나인가. 그 이상 쭈뼛거리고 있을 그가 아니다.
그는 추선의 본심을 캐 보려고 앉았다. 그리고 말했다.

「아씨는 이제 기생이 아니십니다. 국태공의 둘도 없는 정인이십니다. 대감의 체면을 지켜드리기 위해서도 경솔히 처신을 하셔선 아니 됩니다.」

그는 근엄하게 타일렀으나, 추선은 배시시 웃음을 머금은 채 잔을 들어 술을 따르고 있다.
추선은 잔을 들어 그에게 권했다. 그리고 말한다.

「닭이 학이 됐단 소린 들어 보지 못했어요. 기생 추선이가 기적에서 이름이 지워졌다고 해서 양가의 규수가 될 수 있나요? 양가의 규수가 아니고서 대원위대감의 총애를 받은들 뭐가 될 수 있습니까. 첩 중에서도 기첩, 본집[本妻]의 승락없인 기껏해야 그 댁의 섬돌 아래서 대화를 해야 하는 기첩, 그분의 자녀들한테도 학대를 받아야 하는 기첩이 돼서 뭘 하자는 겁니까. 추선인 그런 걸 원치 않아요. 차라리 기생 노릇이 낫지요. 댁과 같은 호남자와 술도 마실 수 있구, 정담도 나눌 수 있구요. 대원위대감은 추선한테서 왜 이런 자유마저 박탈하려고 하신대요? 국태공이 되셨으면 국사에나 전념하실 일이지 일개 기생한테 정을 주신들 어쩌시겠다는 겁니까. 왜 본인의 말도 들어 보지 않구 남의 기적을 건드리셨습니까.」

추선의 말투는 몹시 쌀쌀했고 힐난조였다. 뜻있는 눈으로 이상지를 쏘아보면서 투정을 부렸다.

「여보십쇼, 보아하니 댁도 한량인 듯싶은데 기생한테 술 한잔 쯤은 따라 주셔야 하잖아요?」

추선은 완연히 지생티를 내는 것이었다. 그 맑고 큰 눈은 음란기마저 어렸다.

남자를 후려내겠다는 목적의식이 역연히 나타났다.

그것이 고의건 아니건 하여간 순수성을 잃고 있었다.

이상지는 어느 틈에 말려 들어가 있는 자신을 깨닫고 정신을 가다듬었다.

술을 따라 줘야 하는 것인가. 상을 밀어붙이고 결연히 일어나야 하는가, 그는 짧은 시간 안에 그것을 결정해야 했다.

그는 추선과의 대화가 더 필요하다고 생각했다.

그는 추선에게 술잔을 건네고, 주전자를 들어 술을 따라 주었다.

기방이라고 친다면 해묵은 송순주는 고급이다. 그 향기가 그윽했다.

추선은 단숨에 술잔을 비웠다. 억지로 마시는 게 눈에 보였다.

이상지는 물었다.

「천하의 뭇여인들이 국태공의 총애를 받을 수 있는 길이 있다면 물불을 가리지 않고 덤빌 것입니다. 아씨는 그런 뭇여인들의 소망인 국태공과의 연분을 스스로 끊으시렵니까?」
 중요한 질문이라고 생각하며 그는 물었는데, 추선의 대답은 더욱 생감했다.
 추선은 피식 웃는 기분으로 대답했다.
「이제 추선인 대원위대감을 사랑하고 있지 않습니다.」
 잠시 말을 끊었다가 잇는다.
「추선인 파락호(破落戶) 홍선을 사랑했어요.」
 쪼로록, 분원사기 술잔에 술을 따르면서,
「남에게 구박맞던 가난한 홍선을 진심으로 사모했습니다. 그때 그분에겐 기생일망정 추선이 필요했습니다. 이제 그분, 국태공에겐 추선이라는 기녀 따위가 필요 없으십니다.」
 이상지에게 술잔을 비우라고 채근하고는,
「사랑 거래엔 대역(代役)이 있을 수 없습니다. 외롭더라도 참으라고 사람을 보내셔야 할 만큼 그분은 국사에 골몰하신 몸이 되셨군요. 저는 그 어른께서 국태공이 되신 순간, 이미 그분과의 사이에 메울 수 없는 수렁이 가로 놓여진 것을 심안(心眼)으로 똑똑히 보았습니다. 그뿐입니다. 한량과 기녀의 인연이란 그 이상이 될 수 없습니다. 돌아가시거든 대감께 말씀 전해 주십시오. 추선인 이미 뭇사내들한테 술과 웃음을 팔고 있더라구 말예요. 댁두 기녀 추선이 따라 주는 술 한 잔 받아 마시고 왔노라고 사실대로 말씀을 드려야 합니다.」
 말을 마치자 고개를 옆으로 돌려 버리는 추선은 왈칵 쏟아지려는 눈물을 지그시 참고 있는 게 분명하다.
 실상 추선은 결심한 대로 말과 행동이 되지 않았다.
 찬모를 시켜 술상을 들여오게 할 때는 완전히 기생의 탈을 쓰고 수작을 해서 이상지를 쫓아 버릴 속셈이었다.
 그렇게 하면 이상지가 대원군한테로 가서 어떻게 보고를 할 것인가. 몹쓸 여자더라고 보고할 것이 뻔하다.
 그 소리를 듣고 대원군은 어떻게 나올까. 그래도 이상지의 보고를 믿지 않는다면, 죽여 주든지 살려 주든지 그분의 지시를 따를 결심이었다.
만일 자기 하인의 말에 다소라도 귀여린 분이라면 정말 머리라도 깎고 중이 되든지, 아니면 잡기(雜妓)로라도 전락해서 목숨이나 부지하는 길만이 남는다.
그런데 추선은 이상지와 수작을 걸다가 저도 모르게 본심을 내비친 것이다. 매몰진 여자가 못 돼서 그랬을까.
추선은 울먹이며 이상지에게 말했다.
「저는 죽어도 나합의 흉내는 못 낼 여자예요. 아닌게아니라 대감의 기첩으로 들어앉으면 부귀영화를 누릴 수 있겠죠. 하지만 저는 그런 영화가 싫단 말씀입니다. 저는 그저 한 남자를 사랑하고 싶었을 뿐이에요. 이젠 그 사랑두 끝나 버렸지만.」
이상지는 혼자 술잔을 비웠다. 그리고 동정어린 말투로 지껄였다.
「계속해서 그 어른을 사랑하심 되잖습니까? 안 될 게 뭡니까?」
추선은 손수건으로 눈물을 찍어 내다가 말고 고개를 가로저었다.
「그런데 그게 안 되는 군요. 이제 그분은 너무나 높은 곳에 계셔서 나 따위는 감히 쳐다보지도 못한다 생각하니, 자꾸 슬퍼만 져요. 추선이 아니더라두 그분에겐 수많은 여자들이 따르게 될 것 아녜요! 구차스럽게 비척비척 동정이나 의리에서 배급해 주시는 애정을 쳐다보고 있기가 싫어요. 투기겠죠? 투긴 줄은 알지만 그게 아녀자의 좁은 소갈머리 어쩌겠습니까.」
추선은 쓸쓸하게 웃었다. 지나치게 결벽한 성격에서 오는 자학이 아닐 수 없다.
「저처럼 완전한 사랑을 갈망하는 여잔 별수없이 불행하게 마련이에요.」
기침을 콜록 터뜨리는 추선은 미상불 더없이 불행해 보였다. 얼굴이 해쓱했다.
마당에는 땅거미가 기어들고 있었다.

죽은 자者엔 외면外面, 산 자者엔 충고忠告

    누가 뭐래도 사람은 저마다 자기 자신을 위해서 산다.
    핏줄이 연결된 어버이 자식 사이라 해서 자식이 반드시 어버이를 위해서 사는 것도 아니며, 고절(高節)한 스승의 교화를 입은 제자라고 해서 반드시 그 스승의 뜻대로 인생을 영위해 주는 것도 아니며, 간혹 어떤 남녀의 사랑이 제아무리 열띠어 일심동체를 구두선(口頭禪)처럼 왼다 하더라도 그 행동과 생활이 반드시 일치하는 것만은 아니다.
    누가 뭐래도 사람은 저마다 제 개성이 있으며, 제가 해야 할 일이 있으며, 저마다 목표하는 바가 다르며, 따라서 저마다 제 인생을 영위하는 가치기준에 일치될 수 없는 차질을 갖는다.
    인생은 콩이나 팥과는 다르다. 그리고 돌이나 쇠붙이와도 다르다.
    같은 종류의 콩이나 팥은 그 크기와 외양과 내용이 다 같다. 돌이나 쇠붙이도 역시 그렇다. 설사 크기나 빛깔이나 형태가 다른 놈이 있다 하더라도 같은 종류라면 그 속이 같다. 똑같은 분자의 집결체인 것이다.
    그러나 사람은, 인생은 백이면 백, 억이면 억이 제각기 다른 내용을 갖는다.
    이 세상 누가, 누구와도 동일인일 수는 없는 것이다. 억만 년을 통해서 단 한번도 그런 예는 없다.
    이것이 인간의 비극일까, 영광일까. 비극도 영광도 아닐까.
    인간은 하나의 개체 자체가 하나의 우주, 두 인간은 두 개의 우주, 열이면 열 개의 우주, 그 숫자대로 다른 내용을 갖는다.

비극도 영광도 아니잖을까.

추선이 이하응을 사랑한다. 지극히 사랑해서 나보다 그를 더 사랑한다.

대원군도 추선을 사랑한다. 눈에 넣고 다니고 싶도록 사랑한다.

그렇다고 그 두 사람의 인생이 같을 수 있을까. 그들의 사랑하는 내용이, 가치기준이 일치할 수 있을까. 안 된다. 왜? 두 개의 우주니까.

지금 시점에서, 추선의 당면한 인생은 처절하게 사랑을 잃는 데에 있었다.

운현궁의 주인은 대원군으로서의 일에 골몰하는 것이 당면한 인생이었다.

서로 사랑하는 점에선 일치하더라도 그 방법과 내용은 전연 달랐다.

추선은 그를 사랑하는 것만이 자기 인생이고, 생명이었다.

그러나 대원군 이하응은 추선도 사랑하고 자기 경륜도 사랑한다.

이것은 남자와 여자의 본성이다. 좀처럼 극복해지지 않는다.

따라서 추선은 혼자 노심초사 슬퍼하면 된다.

그리고 대원군은 저 할 일을 하면 된다.

사랑도 하고 국사도 돌보고 하면 된다.

며칠이 지났다.

대원군은 창덕궁 희정전에 있었다.

실로 오래간만에 중신들을 한자리에 모았다.

신구세력을 동석시킨 까닭에 참석한 사람들은 의아해 했다.

조두순, 정원용이 먼저 자리에 앉았다.

김좌근, 김병기도 참석했다.

시임(時任)들이 합석했다.

이경하와 이장렴 같은 무반도 보였고, 승지 조성하도 참여했다.

소년왕은 임석하지 않았다.

그러나 조대비가 직접 자리에 나왔다. 발[簾]을 내리고 좌정했다.

이례적인 회집이라 그런지 사람들은 긴장했고, 분위기는 무섭게 가라앉았다.

모두들 조대비와 대원군의 안색을 번갈아 살피면서 침묵하고 있었다.

(무슨 또 날벼락이 내릴 것인가?)

흔히 강자의 침묵은 위압이고 약자의 침묵은 불안이다.

대원군은 좌중이 숙연한 데도 한동안 침묵을 고수했다.

그는 숙연한 좌중을 흘겨보면서 사람들의 불안감이 절정에 이르기를 기다리다가 장중하게 입을 열었다.

「오늘 대비전마마의 임어(臨御) 아래 중신회의를 소집한 것은 몇 가지 중요한 안건에 대한 조신들의 의향을 묻기 위함이오.」

대원군은 용상 바로 앞 왼쪽에서 자리를 한 채 두 줄로 의자에 늘어 앉은 중신들을 완전히 제압하면서 선언했다.

그의 선언에 중신들은 일제히 허리를 굽히며 다음 말을 기다린다.

「여(余), 대비마마의 의지(懿旨)를 받들어 국사를 수임한 지 이미 수삭(數朔)이 되도록 이렇다 할 정령(政令)을 내리지 않았음은 대행대왕의 복상(服喪) 중임을 감안하여 스스로 근신자숙하려 함이었으나, 신왕의 민초들은 그 뜻을 짐작 못하고 초려(焦慮)하기 삼추(三秋)인 듯하며, 긴급한 국사 또한 때를 기다려 주지 않기로 이에 몇 가지 안건에 대해서 묘론(廟論)을 거쳐 처결할까 하는 것이오.」

단숨에 내리뽑는 대원군의 언변은 소나기처럼 중신들 머리 위에 쏟아져 내렸다.

그는 좌중의 긴장도를 훑어본 다음 일단 음성을 낮춘다.

「여(余), 생각컨대 위정의 근본은 기아선상에서 헤매는 백성들을 구원하는 것이며, 백성을 기아에서 구원하는 길은 그들에게 근면한 풍조를 심어 주는 길밖엔 도리가 없는 줄로 아오. 자고로 이 나라 백성들은 나태한 습성과 의타(依他)와 사대(事大)하는 마음이 승해서 더욱 그 생활이 가난한 것인즉 우선 그 게으름이 깃들 만한 유민적(遊民的)인 풍속을 시급히 개량하도록 영을 내리고 실천을 독려해야겠소.」

긴급한 국사를 의논한다던 허두에 비해선 지극히 추상적이고 핵심이 없는 의제라, 만당(滿堂)한 조신들은 긴장이 풀리면서 어리둥절했다.

(거창하게 나오더니 한껏 풍속 개량이라?)

그러나 대원군은 자기를 비웃는 듯한 그들에게 여유를 주지 않았다.

「경들은 그런 미미한 일이 무슨 초미(焦尾)의 급무인가 싶게 여기겠으나 여의 판단으로는 초미의 급무인 줄 아오!」

그가 초미의 급무라면 아무리 하잘 것 없는 일이라도 초미의 급무가 되는 수밖에 없다.

「우선 의복과 관모(冠帽)부터 고쳐야겠소. 지금 우리가 입고 있는 복식은 명나라의 그것을 따른 것이라 대체로 기장이 길고 통이 넓고 해서 옷감만 많이 들고 활동에 불편이 심하니 앞으로는 편첩(便捷)한 협복(狹服)으로 개량하되 남자는 바지통을 줄이고 웃옷의 소매는 손등을 덮지 않게 하고 특히 도포의 소매통도 줄여서 출입에 편하도록 고칠 것이며, 갓도 그 지나치게 넓은 테를 줄이고 호박이나 도리옥의 끈을 폐지하는 대신, 헝겊끈이나 세죽(細竹) 같은 것으로 대용토록 강력하게 권장함이 옳을까 하오.」

듣고 있던 조신들은 더욱 어이가 없는지 멍청했다.

그러나 대원군은 아랑곳없이 말을 이었다.

「생활 주변에서 불편한 물건을 편리하게 개량하는 것은 백성들에게 근면한 기풍을 진작(振作)하는 첩경이오.」

그러니 한 발도 넘는 긴 담뱃대도 짧게 만들어 휴대에 편리하게 할 것이며, 부채 같은 것도 소형으로 줄이고, 간지(簡紙)나 봉투도 작게 만들 것이며 한가롭게 통감(通鑑)이나 동몽(童蒙)만 읽고 앉았을 게 아니라 농가(農歌)와 관현(管絃)을 장려해서 백성들한테 활기와 희망을 불어넣어 줄 새로운 법을 제정 공포하라고 그는 강력히 외쳤다.

조신들은 너나없이 아연했다.

중신회의를 소집해서 국사를 의논하겠다더니, 이건 대원군 자신의 일방적인 영을 내리고 있는 게 아닌가.

그것도 때가 때니 만큼 큼직한 정령이라면 수긍하지 않을 수 없다.

그러나 한껏 한다는 소리가 뭐냐 말이다.

갓테를 줄여라, 바지통을 작게 하라, 담뱃대를 짧게 만들라, 농가를 부르라, 도무지 모두가 시시한 소리다.

명목뿐이긴 하지만 수렴청정한다는 조대비를 모셔놓고, 일국의 원로중신들을 모아 놓고, 국태공이라는 대원군이 정색을 하고 할 소리냐 말이다.

 만당의 조신들은 어안이 벙벙해서 눈들만 껌벅거렸다.

 정원용은 차라리 눈을 감고 있었다.

 조두순은 김좌근을 마주보며 수염끝을 쫑긋거렸다.

 김병학은 손끝으로 턱 밑을 긁적거렸다.

 이경하는 여러 사람의 반응과 눈치를 살폈다.

 그러나 오직 한 사람 김병기만은 무슨 뜻인지 고개를 끄덕거리며 대원군을 정면으로 쏘아보고 있었다.

 그밖의 다른 원임, 시임대신들은 고개를 숙인 채 꼼짝을 하지 않았다.

 이때, 대원군의 음성은 갑자기 높아진다.

「여(余)의 이 풍속 개량책에 대해서 조신들의 의견이 있으시면 주저 말고 개진(開陳)하시오!」

 그러나 대원군은 누가 입을 열기 전에 자신이 또 입을 열었다.

「이견이 없다면 이조는 조속한 시일 안에 이 문제를 연구 검토해서 제령(制令)하시오!」

 대원군은 누구에게도 생각할 여유, 발언할 기회를 주지 않았다.

 그는 턱수염을 한 번 쓰다듬고 제2 안건을 끄집어 냈다.

「근자 이 나라의 내정이 문란한 틈을 타서 외이(外夷)가 손찌검을 해왔소. 일전에 함경도 영흥에 아라사(러시아)인들이 나타나서 무엄하게도 전하라는 괴문서를 북병사 이남식에게 던지고 갔다 하오. 비록 국왕께 바치는 예물이 곁들었다고는 하나, 그리고 그 내용이 통상거래를 청한다는 일고의 가치조차 없는 것이긴 하나, 소위 북병사라는 자가 오랑캐의 그런 무엄한 행동을 응징하기에 앞서 그런 해괴한 문서를 접수하여 함경감사를 경유, 조정의 선후책을 품신해 온 것은 본말(本末)이 뒤바뀐 국가 위신에 관한 실책이라 생각하오. 따라서 여는 함경감사 이유원과 북병사 이남식을 문책할까 하는데 여러분들의 의향은 어떠시오?」

 이 말에는 모두 진지한 표정들을 했다.

조두순이 나섰다.

「마땅히 엄하게 다스려야 할 국치범들인 줄로 아뢰오.」

그러나 마주앉은 김좌근은 고개를 가로저었다.

「그 문제는 신중히 다뤄야 합니다. 강대국 아라사와 관련이 있을 뿐 아니라 저들이 멋대로 갖다 안긴 문서를 어떻게 처리하오리까, 조정에 품신해 온 함경감사에게 무슨 허물이 있겠습니까?」

그러나 조두순도 맞섰다.

「아무리 그렇더라도 함경감사쯤 되는 사람이면 자기 재량으로 그런 해괴한 문서는 퇴해 놓고 볼 일이오. 그만한 판단도 못하는 사람에게 북변의 안위를 맡겨 놓고는 안심이 될 수 없는 줄로 아옵니다.」

파면하자는 주장이었다.

그러자 이번에도 대원군은 조신들에게 그 이상의 여유를 주지 않고 선언했다.

정부로선 심리적으로 만만찮은 사건이었다.

러시아의 동방방문사절단이라는 것이 일본엘 가서 통상거래를 하고 돌아가는 길에 원산 영흥만에 이르러 조선을 건드려 본 것이다.

조정에선 종주국으로 섬기는 청(清)이 이른바 양인(洋人)들 때문에 얼마나 시달림을 받고 있으며, 그들 때문에 나라 안팎이 얼마나 혼돈을 일으키고 있는지를 짐작하고 있는 것이다.

아예 그런 오랑캐들을 상대해선 안 되는 것으로 알고 있다.

상대했다간 반드시 시끄러운 문제가 일어난다고 생각한다.

그런데 북병사 이남식은 그들의 서장(書狀)을 받았으며, 함경감사 이유원은 제가 맡아서 처결할 일이지 그 처리 방안을 조정에까지 품신해 오면, 그럼 조정에선 또 어떻게 하라는 것이냐 말이다.

대원군은 앞으로의 경계를 위해서도 하나의 본보기를 보여 줄 필요가 있었다.

대원군은 묵중하게 입을 열었다.

「도승지는 여의 말을 기록해서 승정원을 거쳐 이조로 통보하라.」

도승지는 이날 이 회집에 참여치 않았다.

우승지 조성하가 지필을 준비했다.

「함경도 관찰사 이유원과 북병사 이남식은 노국(露國)인의 서찰을 임의 접수한 죄목으로 다시 분부 있을 때까지 월봉처분(越俸處分)을 선고한다!」

월봉이란 감봉과 같다.

벌칙 중에선 가장 경미한 것이지만, 관찰사는 도백이다. 그런 높은 벼슬아치에겐 다시 없는 불명예인 것이다.

우승지 조성하가 형식에 따라 대원군의 명령을 복창한다.

「대원위 분부. 함경도 관찰사 이유원과 북병사 이남식은 노국인의 서찰을 임의 접수한 죄목으로 다시 분부 있을 때까지 월봉처분을 선고한다!」

역시 조정 대신들과의 의논이 아니라 대원군 개인의 분부이며, 명령이며, 선언이었다.

조신들은 이제 대원군의 일인연기(一人演技)를 구경하고 있으면 되는 것으로 마음먹은 것 같다.

아무도 입을 열어 자기 의견을 말하려 하지 않고 있었다.

용상 뒤에 발을 늘이고 앉아 있는 조대비라고 그 예외일 수는 없었다. 어차피 모든 정사를 대원군 재량에 맡기고 있지만, 그래도 너무 소외당하고 있는 자신을 깨달았다면 몹시 섭섭했을 것이 명백하다.

벽화처럼 그저 발 뒤에 앉아만 있으면 되는 것, 그래도 아직 수렴청정의 명분을 조대비 자기가 가지고 있으니 서글펐을는지 모른다.

무시된 존재, 지금 조신들의 눈엔 오로지 대원군만이 있다.

국왕도 조대비도 대원군의 그늘에 숨어서 보이지가 않을 것이었다.

조대비는 카 하고 밭은 기침을 했다. 그러나 그 기침소리는 때마침 또 입을 연 대원군의 우렁찬 음성 속으로 흡수되고 말았다.

「또 한 가지……」

대원군은 턱을 바짝 당기면서 원로 중신들을 훑어보았다.

정원용, 조두순의 탐스런 턱수염이 유난히 희다.

대원군은 두 손을 앞으로 깍지끼면서 말했다.

「경상감사 서헌순의 제보에 의하면 동학교조 최제우의 참수형을 이달 초열흘날로 작정했다 하오. 그러나…….」
그러나 할말이 있다 한다.
「동학으로 말할 것 같으면…….」
대원군은 좀 심각한 표정으로 고개를 숙였다가 번쩍 쳐들었다.
「그 주장하는 교리가 서민들을 선동할 수 있는 충분한 근거를 가지고 있는 줄로 아오.」
이 말에 원로 조신들은 일제히 대원군을 주목했다.
조정에서, 더구나 대원군 입에서 그런 말이 나올 수가 없는 것이다.
동학의 무리는 농민들을 교사해서 난동을 일삼는 엄연한 역도(逆徒)로 규정해 왔지 않은가.
그 주장하는 교리가 서민들을 선동할 수 있는 충분한 근거를 가지고 있다면 동학을 일단 정당한 민중운동으로 인정하는 말이 되는 것이다.
(어쩌자고 그런 무모한 말을 하는가?)
중신들은 어안이 벙벙하지 않을 수 없었다.
그러나 대원군은 태연히 말을 이었다.
「조상의 제사조차도 지내지 않고 천주(天主)인가 지주(地主)인가 하는 것만을 믿고 공경하라는 서학의 만연을 막기 위해서 동학을 창도하고, 도탄에 빠져 허덕이는 백성들에게 자주와 근면과 희망을 북돋워 줄 뿐 아니라 극도로 문란한 삼정(三政)과 극도로 부패한 오리(汚吏)의 횡포에 항거하도록 일깨우는 동학운동은 일견 세상을 혼란케 하는 무뢰도당(無賴徒黨)같기도 하나, 그 정신과 패기는 모름지기 이 나라의 중흥을 돕는 원동력이 될 수 있는 것이오.」
결국 동학운동은 민족중흥운동이라는 말이 되는 것인가.
조신들은 대원군이 마치 동학교조처럼 보일 지경이었다.
그러자 김좌근이 차마 듣고 있지 못하겠던지, 발언의 기회를 얻으려고 어험하고 헛기침을 했다.
「그러나…….」
그러나 대원군은 지체없이 이번에도 그러나를 전제했다.

「그러나 치자(治者)와 피치자(被治者)의 처지는 반드시 같지 않은 것, 같아서는 아니 되는 것, 어떠한 경우에 있어서도 국법을 어기고 민요(民擾)를 일으키는 무리는 엄한 제재를 받아서 마땅한 것이오.」

이제 조신들은 대원군한테 완전히 농락되고 있는 기분이었다.

멋대로 이렇게도 저렇게도 지껄이고 있는 그의 논법에 휘말려서 갈피를 잡지 못했다.

대원군은 가슴을 폈다.

그리고 또 말을 계속하였다.

「다행히 경상감사 서헌순은 안목이 있는 사람이라 동학교조 최제우에게 참수형을 선고해서 일벌백계의 실을 거두기로 했다는 소식이고 보면 여의 뜻 또한 그와 다를 리가 없소. 최제우는 마땅히 참형 효수돼야 들뜬 민심을 틀어잡을 수가 있는 것이오. 그러나…….」

또 그러나가 붙었다.

「그러나 지금은 대행대왕의 국상 중이라 조정은 물론 온 백성이 망극 근심하고 있는 터인데, 아무리 중죄인이라도 서둘러 그 피를 보게 하는 것은 도리가 아닐 것인즉 삼월 초열흘로 작정된 최제우의 처형은 인산(因山)이 끝날 때까지 당분간 연기하는 게 어떨는지 여러 원로 대신들의 의향을 묻고 싶소이다.」

이렇게 되면 누가 무슨 이유를 들어 최제우의 처형을 예정대로 결행할 것을 주장할 것인가.

모두들 묵묵부답이었고 한참만에 조두순이 혼자 입을 열었다.

「저하의 배려 지당한 말씀이신 줄로 아룁니다.」

그러자 대원군은 비로소 몸을 돌려 조대비를 쳐다보고 허리를 굽힌다.

「마마.」

조대비는 발 저쪽에서 허리를 쭉 폈다.

「말씀해 보시오.」

「마마아, 동학교조와 최제우의 처형은 원래 이달 초열흘날로 작정돼 있다 하오나 철종대왕의 인산을 모신 다음으로 미루는 게 대행왕께 대한 도리일까 생각하는데, 마마의 전지(傳旨)를 내려 주십시오.」
「태공의 의향대로 하시오.」
「예에.」
대원군이 허리를 굽히자,
「어차피 철종제의 상기(喪期) 중이라 험한 일을 아니한 태공이신데 이제 와서 그까짓 사학(邪學) 도당의 두령 하나쯤 급히 처형해서 뭣을 하겠소? 묘론(廟論)에 따라 대원위의 뜻대로 처결하시오.」
조대비의 말이었다.
이제는 대원군의 일인기가 아니라 조대비와의 공연(共演)이다.
이러한 그 두 사람의 연기는 손발이 척척 맞았다.
비교적 중요한 일은 희정전으로 중신들을 모아 놓고 묘의라는 형식을 거쳐 처결했다.
그러나 대원군은 '미운 놈'에 대한 보복은 별도로 쥐도 새도 모르게 결판을 냈다.
— 심의면, 그놈은 이미 죽어 없던가. 그놈의 아들 이택이 어디메의 수령이었것다? 애비 대신 경 좀 쳐 봐라.
— 팽경장, 네놈의 재산이 얼마나 되느냐. 일 전 반 푼도 안 남기고 토해 놓도록 하겠다.
— 규재란 녀석도 벌써 명부(冥府)의 객이 됐다지? 살았더면 찢어 죽일 놈인데.
— 나합, 네년도 내 손에 걸려 봐라. 발가벗겨서 서울 장안을 조리를 돌리겠다.
심의면은 누구보다도 낙척시절의 홍선을 멸시했었다.
팽경장은 꿔 달라는 용체 대신에 하인을 시켜 그를 대문 밖으로 밀어 던진 일이 있다.
규재는 남병철, 홍선이 큰아들 재면의 등과를 부탁하려고 김병기를 찾아갔을 때, 이하전 대역모의에 가담하지 않았느냐고 협박을 서슴지 않았다.
나합 양씨와는 한강 시반(施飯)놀이 때의 봉욕을 잊을 길이 없다.

그가 최근 김병국에게 한 말은 하기 좋아 지껄인 게 아니었다.
「한 잔의 술의 은혜라도 은혜는 반드시 갚는다. 발등 밟힌 원한이라도 원한은 반드시 보복할 것이다. 일찍이 나에게 한술밥이라도 나눠 준 놈은 오라고 하라. 소망을 들어 줄 것이다.」

그는 실로 복잡한 성격의 소유자였다.
대범할 때는 장자(長者)의 풍도가 약여했고, 세심할 때는 은장이 망치질 하듯 곰상스럽고, 급할 때는 섬돌에 놓인 신발조차 신을 사이가 없었고, 노했을 때 터지는 호통은 대들보가 울릴 만큼 쩌렁거렸다.
사람을 대할 때도 경우에 따라선 은근했고 친절했고 인정적이다가도, 또 때로는 지극히 고압적이고 독선적이라서 앞에만 가도 사람들은 벌벌 떨어야 했다.
「도대체 종잡을 수 없는 사람!」
사람들은 그를 그렇게 평했다. 그리고 경계하며 아첨하며 욕을 하며 접근해 보려고 온갖 방법들을 다 썼다.
결국 그는 '알 수 없는 사람'이었다. 그만큼 신비롭기도 해서 자연 우러러보는 사람들도 많아졌다.
그러는 동안에 3월이 가고 4월 초이레 철종왕의 인산 날이 밝았다.
왕의 장례날은 하늘도 슬퍼해서 눈물을 흘린다지만 1864년 음력 사월 초이렛날은 봄날치고도 유난히 맑은 하늘이었다.
아침부터 서울 장안은 인산인해를 이루었다.
모두 슬퍼 호곡하려는 신자(臣子)들일까. 인산 구경을 하려는 구경꾼들일까.
고양 산릉(山陵)으로 나가는 연도에도 사람들이 백절치듯 넘쳐 흘렀다.
임금이나 왕비의 장례는 백일장(百日葬)이라고 주장 말라.
돌아간 달부터 쳐서 다섯달째 되는 그 전날을 흔히 택한다.
만으로 따지면 4개월이 되는 건가.
지난해 12월 8일에 철종은 세상을 버렸었다.

오늘은 사월 초이렛날, 달수로는 다섯달째 날짜로는 만 4개월이 된다.

그동안 장례위원장 격인 총호사(摠護使)로 김좌근이 빈전, 국장, 산릉 세 도감을 지휘하며 소임을 다해 왔다.

이제부턴 국장도감(國葬都監) 김병기가 도제주로서 대여(大輿)를 모시고 산릉에까지 인산행렬을 지휘한다.

장지는 고양 땅, 예릉(睿陵)으로 이미 명명돼 있다.

근래의 왕릉은 서울에서 백 리를 벗어나지 않는 길지(吉地)를 고른다.

이른바 명당 자리가 결정되면 그곳을 중심해서 반경 오 리 안의 민간 분묘는 모조리 파내게 마련이다.

이번엔 또 몇 명의 지관(地官)이 누구 자손한테서 두둑한 뇌물을 먹었을까.

돈 있고 권력 있는 사람들은 지관을 미리 매수해서 자기네의 선영이 있는 근처는 아예 택지(擇地)를 말도록 손을 쓰니 말이다.

아침, 창덕궁 발인에 앞서 마지막 영결식인 견전의(遣奠儀)와 견례의(遣禮儀)가 문무백관, 내외명부들에 의해서 엄수됐다.

「대여가 뜨는가 보군?」

대궐 밖에 꿇어앉은 사람들도 술렁거렸다.

반차(班次) 선두에 서는 장악원 악사들이 낙양춘(洛陽春)의 구슬픈 가락을 드디어 울리기 시작한 것이다.

대여가 뜨고 반차가 움직이기 직전에 마지막으로 조의를 표하는 장송곡이다.

일단 반차가 움직이기 시작하면 음곡은 뚝 그친다. 벙어리가 된다.

앞으로 3년 동안은 일체의 공식적인 가무음곡을 삼간다는 뜻이다.

드디어 4개월 동안을 닫아 두었던 돈화문이 활짝 열렸다.

일곱 숫자는 불식(佛式)에서 나온 건가.

삼칠이 이십 일 벙어리악사 스물 한 명이 숙연히 대궐문을 나오자 반차는 이어진다.

신련(神輦)이 뒤를 따른다. 철종이 생전에 타던 덩이다.

바로 뒤에 지석(誌石)이 따른다. 곱게 다듬어진 돌이다. 능의 위치와 구도를 새긴 비석으로서 봉분 속에 묻을 것이다.

홍등(紅燈)이 나온다. 황등(黃燈)이 아니었다.

황색은 황해 바다의 용 즉 황룡, 용은 하늘, 하늘은 천자(天子)을 뜻한다. 황제가 아니고는 황등을 안 쓴다. 중국에 대한 겸양된 예절일까. 철종은 왕, 왕은 홍등을 썼다. 왕의 영구라는 뜻이다. 명정(銘旌)의 구실을 하는 것이다.

시책(諡册)이 나온다.

유세차 갑자 사월……(維歲次甲子四月……)로 시작되는 망왕(亡王)의 공로를 음각으로 새긴 옥돌이다.

그 다음에야 비로소 상여, 말하자면 대여가 여사대장(舁士大將)을 앞뒤에 거느린 대여가, 유복친(有服親)들과 문무백관을 뒤에 세운 대여가, 일천일백오 명의 상여꾼들을 감독하는 수많은 편수의 엄호 아래 돈화문을 근감하게 나서는 것이었다.

이날 대원군은 반차행렬에 끼이지 않았다.

그는 반차의 뒤끝이 완전히 돈화문을 나가자 인정전 앞 넓은 뜰에 홀로 서서 하늘을 쳐다봤다.

앙천입지(仰天立地)라는 말은 없을까.

그는 햇빛 찬란한 하늘을 쳐다보며 군건히 땅을 밟고 우뚝 서 있다.

거인이라고 해서 키가 육 척이라야 되는 것은 아니다.

다섯 자 두 치의 단구(短軀)지만 대지를 떡 버티고 서 있는 그 품은 거인의 풍모임에 틀림이 없다.

그는 하늘을 쳐다보며 혼자 다음 말을 했다.

(고양 땅 예릉이 어디메냐. 열 아홉 살까지 강화섬에서 지게목발을 두드리던 떠꺼머리 총각이 왕이랍시고 궁궐로 들어와 서른 살을 간신히 살았으니 그 재위가 14년이던가.)

죽은 자는 땅으로 가는 것, 그 무덤을 왕릉이라 부른다고 해서 죽은 자가 영광을 느낄까. 살아생전의 그 허수아비 생활에 회한이 없을까.

죽은 자에 대한 예의로 인산행렬이 장장 십 리를 이어지는 근감한 의식이라 해서, 그의 왕자로서의 생애가 보람찬 것이 될 수는 없다.

대원군은 일말의 허무의식에 사로잡히면서 인정전 앞뜰을 조용히 걷고 있었다.

(사람은 발자취를 남겨야 한다!)

그는 새삼스럽게 그런 당연한 생각을 해 본다.

착한 일만이 인생의 발자취는 아니다. 일을 하면 된다. 발자취가 된다.

비록 결과를 비판받는 일이 있더라도 보람찬 일은 있다.

필요하면 살인인들 어떠랴. 당위성이 있으면 어찌 피하랴.

파괴 또한 만부득이할 경우가 있다. 필요악일 수도 있다.

연산을 폭군의 표본으로 규정 말라. 그에겐 그대로의 신념이 있었다.

인생은 복잡한 것이다. 술망나니짓도 필요할 때가 있었다.

비루한 행동과 참을 수 없는 수모도 경우에 따라선 사나이의 할 만한 짓이었다.

외입도 그렇고, 가난도 그랬다.

필요하면 스스로 가난을 불러 오히려 의지하고, 할 수만 있다면 백 여자를 섭렵한들 어떠랴. 자기대로의 신념을 가진 행동이면 말이다.

대원군은 행보를 옮기다가 붉게 피어 흐트러진 목백일홍(木百日紅) 앞에서 손을 내밀었다.

꽃 한 송이를 따서 코에 대 본다. 향기는 짙은데 강렬하겐 코로 스며들지 않았다.

그는 갑자기 바닷속 같은 정적을 느꼈다.

그렇게도 들먹거리던 대궐 안이 죽은 시신 하나를 내가자 이렇게도 조용할 수가 있을까. 허탈인지 예의인지 너무나 조용했다.

(이제 이 대궐은 우리 부자가 주인이구나.)

대궐뿐이 아니다. 삼천리 강산의 주인이 됐다.

2천만 백성의 어버이가 됐다. 이제부터는 이 강토를 다스려야 하고 이 나라의 백성을 보살펴야 하는 게,

(우리 부자의 책임이다!)

그는 혼자 중얼거렸다.

그때다.

발소리도 없이 어느틈에 왔는지 모른다. 어떻게 단신으로 오게 돼 됐는가.

어린 지존(至尊)이 만면에 웃음을 머금은 채로 옆에 와 섰다.

「아버님!」

「예에.」

대원군은 부지중에 허리를 굽히려다가 말고 다시 만면에 웃음을 흘렸다.

피어 흐트러진 꽃 그늘 아래에 아버지와 아들이 정겨운 시선을 교환하며 마주섰다.

「전하, 어떻게 혼자?」

아무리 궁정이라도 어린 왕을 혼자 거닐게 해서는 안 된다.

대원군은 노한 눈으로 인정전 전각 쪽을 바라봤다.

궁인들이 멀찌감치에서 이쪽을 지켜보고 있었다. 근장군사들도 보고 있었다.

환관 이민화도 거기 있었고, 보모상궁 안씨도 거기 보였다.

「어찌된 일이시오?」

대원군은 다시 어린 왕에게 물었다.

「아버님과 단둘이 있구 싶어서 측근을 모두 물렸어요.」

대답하는 소년왕의 볼은 복숭아처럼 불그레했다.

어버이를 그리는 어린 소년의 쓸쓸해 하는 마음이 그 얼굴에 역연하다.

대원군은 남이 보거나 말거나 어린 아들의 손을 덥석 잡으며 한편 무릎을 땅바닥에 꿇었다. 가슴에 끌어안을 자세였다.

「전하, 참 그동안의 궁중 생활이 어떠신지요? 불편한 점은 없으시오?」

이 말에 소년왕은 기가 막힌 표정으로 대원군을 물끄러미 바라본다.

그 새카만 눈동자는 차츰 눈물로 흐려가기 시작했다.
 소년왕은 호소하듯 말했다.
「아버님, 이렇게 단둘만이 됐는데도 저더러 전하라구 부르셔야 되나요? 왜 명복이라구 불러 주질 못하세요? 왜 해라를 못하세요?」
 소년왕의 오동통한 두 뺨에 이슬같은 눈물이 주르르 흘러내렸다.
 그 소리를 듣자 대원군은 한편 무릎을 마저 꺾으면서 어린 아들을 품에 안았다.
「명복아! 참 너는 국왕이기 전에 내 아들이었구나. 명복아!」
 아버지의 음성도 울먹거렸다.
 그토록 위엄 있고, 담차고 모진 대원군도 혈육의 정 앞에선 자세를 허물어뜨리고 만 것이다.
 아들은 아버지에게 말했다.
「어머님이 보구 싶어요.」
 간절하게 호소하는 소년의 음성도 울먹였다.
「오오, 그렇겠지. 어머니가 보구 싶겠지. 내 내일이래두 입궐하시게 하겠다. 공체(公體)가 아니라 가인례(家人禮)로.」
 궁중의 공식적인 절차로가 아니라 사가의 모자로서 만나게 해 주겠다고 했다.
「어젯밤에두 그저께 밤에두 꿈에서 어머님을 뵈었어요. 아버님.」
「오호, 그렇겠지. 내일이면 뵙게 된다. 그러나 왕자는 그런 사가의 정은 참고 견디어야 해. 국왕은 누구 사인의 아들이 아니고, 바로 이 나라의 백성의 어버이니까. 알겠느냐?」
「아버님!」
「왜?」
「전 왕 노릇 하기 싫습니다. 귀찮아서 싫습니다. 잔소리하는 사람 많구, 일거일동에 모두 까다롭게만 굴어서 싫어요. 아버님, 저 대신 형아를 시키세요, 형아를 왕으로 시킴 되잖아요? 네, 아버님.」
 대원군은 기가 막혀서 할말을 잃었다.
 소년왕은 보챘다.

「형아가 안 됨 아버님이 하시면 되잖아요? 아버님은 저보다 왕 노릇 잘 하실 것 아녜요? 네, 아버님.」

소년의 진정이었다.

대원군은 일어섰다.

근엄한 표정으로 돌아갔다.

그는 잡고 있던 아들의 손을 놓았다. 야멸치게 놓아 버렸다.

「전하!」

그의 음성은 준엄했다.

그는 내시 이민화와 궁인들이 다가오고 있는 것을 곁눈으로 보면서 어금니를 주근주근 씹었다.

「전하, 이 나라의 제왕은 오직 전하 한 분뿐이오. 전하 말고는 누구도 국왕이 될 수 없소이다.」

아버지와 아들은 피어 흐트러진 목백일홍 밑으로 행보를 옮기기 시작했다.

「형이 백이 있어도 전하 대신 국왕이 될 수는 없는 게요. 물론 나도 안 되구. 전하, 그런 말씀 다시는 입밖에 내어선 아니 되오! 아시겠소?」

「알겠습니다.」

소년왕은 입을 딱 다물면서 곤룡포 소맷자락으로 눈물을 닦았다.

숲에선가, 어느 꽃나무에선가 삐리루삐룩 하고 산새가 울었다.

「아버님!」

「예에.」

「대구감영에 갇힌 동학교조 최제우에 대한 처형을 연기하셨다지요?」

「그런 일이 있지요.」

「이미 처형됐다는 말이 있어요!」

「그래요?」

대원군은 놀랐다. 최제우의 처형 자체가 놀라운 게 아니다. 자기의 명령인 '대원위 분부'가 허실이 됐다면 그게 놀라운 사실이다.

「어디서 그런 소리를 들으셨는지 좀 자세히.」

「내시 이민화에게 물어 보십시오.」

대원군은 좀더 가깝게 접근해 온 이민화를 돌아봤다.
그러자 소년왕이 또 말한다.
「아버님께선, 국상 중이라 백성들한테 피를 보이기가 싫으셔서 최제우의 처형을 연기하라고 분부하셨다지만, 법도엔 괜찮다 합니다.」
대원군은 비록 어린 왕이지만 정사에 대한 관심이 비범하다 싶어 가볍게 반문해 본다.
「그래서요?」
「공제(公除)라던가요?」
「공제란 나라의 법도지요. 사가에선 27개월을 상중례(喪中禮)로 지키지만 왕가에선 27일이지요.」
「그 27일 동안의 상중 행사가 끝난 뒤엔 무슨 정령(政令)이든지 내려도 괜찮다던데요?」
「그래서 최제우의 처형을 예정대로 집행했단 말인가요?」
대원군의 음성엔 노기가 섞였다.
이때 안상궁과 또 한 나인이 그들 옆으로 바짝 다가와서 어린 왕을 불렀다.
「상감마마!」
대원군은 발길을 멈추며 안상궁을 돌아봤다.
소년왕은 안상궁의 부름을 들은 체도 않고 혼자 앞을 걷는다.
대원군은 환관 이민화를 불러 세우고는 최제우의 처형을 물었다.
「저하의 분부가 대구감영에 이른 것은 삼월 초열흘날 신(申)시였다 하옵니다. 그런데 그 시각엔 이미 동학교조에 대한 처형이 끝나 있었다는군요.」
키가 휘청하게 큰 내시는 두 손을 앞으로 모으고 대답을 했다.
「그럼 그런 사실을 어째서 내게 회보하는 놈이 없었단 말이냐?」
「그런 소문이 서울에 들려온 것도 바로 어제의 일이라 하옵니다.」
「그래?」
「경상감사가 인산에 참여하러 상경하는 길에 직접 저하께 말씀드리기로 했던 모양이올시다.」

「그래?」

대원군은 노할 수도 없어서 고개를 끄덕였다.

이때 안상궁과 함께 소년왕에게로 접근하는 앳된 나인을 본 대원군은 놀랐다.

(청초한 아이가 있었구나!)

대원군의 시선은 그 앳된 나인에게서 떨어지질 않았다.

사람이란 첫눈에서 서투르지 않기가 어렵다.

하물며 첫눈에 썩 들기란 드문 예다.

특히 여자, 아름다운 게 여자라곤 하지만 어딘가 서투른 곳이 있게 마련이다.

그런데 지금 대원군의 눈앞에 있는 여자, 안상궁과 함께 어린 왕자를 부액하려고 온 궁인은 첫눈에도 어디 한 군데 서투른 곳이 없도록 쏙 빼낸 용모와 몸태를 가지고 있다.

아직 상옷들은 벗지 않고 있다. 그것이 오히려 무색옷보다도 청초하게 여자를 돋보이게 하는 이유라고 해서 첫인상이 그렇게 아름다울 수 있을까.

대원군은 황홀한 눈으로 앳된 궁녀를 한동안 응시하고 있었다.

대원군은 보모상궁 안씨에게 물었다.

「이 아이도 대전 시중인가?」

국왕 측근에 있는 나인이냐고 물었다.

「네에, 이나인이올시다.」

안상궁은 그 앳된 궁녀를 흘끔 보면서 대원군에게 허리를 굽혀 대답했다.

「너 몇 살이냐?」

대전 궁녀들에게 대신들은 흔히 이렇게 하댓말을 쓰지 않는다.

그러나 대원군은 그런 것엔 구애되지 않았다.

「열 여섯이옵니다.」

「열 여섯?」

「네에.」

얼굴을 붉히며 수줍어하는 그 탯거리가 대원군의 눈엔 더할 수 없이 귀엽게 보였다.
 (전하보다 세 살 윈가?)
 그는 자기의 아들과 그 이씨라는 소녀를 견주어 보면서,
「이름은?」
 예외의 관심을 표시했다.
「저희들끼린 향이라고 부르옵니다.」
 안상궁이 향이를 대신해서 대답한다.
 대원군은 고개를 끄덕이며 말했다.
「대전은 아직 어리시다. 일상 침식은 물론 모든 범절에 이르기까지 서투르시고 외로우실 게다. 충성껏 모시되 안상궁은 어머니의 정으로, 향이는 황공한 말이지만 오누이나 소꿉동무의 애틋한 정성으로, 전하의 일상을 즐거우시게 해 드려야 한다.」
 정말 파격적인 황공한 분부였다.
 임금을 육친의 정으로, 오누이처럼 소꿉동무 같이 모시라니 남이 들을까 두려운 분부다.
 안상궁은 감격했다.
「황공하옵니다.」
 향이는 두 눈을 살포시 내려깔며 말없이 허리를 굽혔다.
 두 여인은 소년왕을 양옆에서 부액했다. 대원군은 한마디 더했다.
「덩그런 침전에 혼자서 잠드시기 외로우실 게다. 항시 옆을 뜨지 말도록 해야 한다!」
 그는 어린 철부지가 궁궐 속 생활에 흥미를 잃고 있음을 알고 있다.
 왕 노릇을 다른 사람에게 대신하게 해 달라고 할 만큼 아들은 철부지였고, 오랫동안의 왕도 교육도 그의 동심을 완전히 휘어잡진 못했던가 싶어 가엾은 생각조차 들었다.
 (한참 뛰놀 나이였던가!)
 그러나 너는 왕이어야 한다. 어리더라도 왕 노릇을 해야 하고, 싫더라도 왕위에 있어야 하고 아직 정사는 모르더라도 너는 이 나라의 왕이어

야 한다. 나는 대원군, 너는 왕이어야 한다.
 너를 위해서도 왕이어야 하지만, 나를 위해서도 너는 왕이어야 한다.
 대원군은 서서히 그들의 뒤를 따르면서 감회가 착잡했다. 왕 노릇이 즐겁게 하라! 그가 즐기는 동안 나는 그를 위해 일을 할 것이다.
 그리고 그는 혼자 생각했다.
 (열 세 살, 어쩌면 여자를 즐길 수 있을지도 몰라!)

 그날 이후 소년왕이 거처하는 대조전 동온돌(東溫突) 주변엔 젊은 여자들의 시샘이 불똥을 튀기기 시작했다.
 「향이는 밤이나 낮이나 대전 곁에서 떠나질 않는다.」
 「고게 벌써 어린 상감을 홀려 놨나 보더라.」
 「대원위대감이 아주 허락을 해 줬대.」
 「글쎄 간밤엔 상감께서……」
 이십 안짝의 아기나인들이 경훈각 앞뜰에 모여 앉아 멋대로 조잘대고 들 있다.
 「상감께서 어쨌다는 게야?」
 「배가 아프시다구 말야…….」
 「그래서 어쨌단 말이냐?」
 「글쎄 향이가 상감의 배를 쓸어 드렸대지 뭐야.」
 「정말?」
 「정말 아니구.」
 「누가 봤대?」
 「아니 땐 굴뚝에 연기 날까.」
 까르르들 웃었다. 그만 화제에 까르르들 웃어대는 것을 보면 그네들의 상상의 날개는 엉뚱하게 구체적으로 펼쳐지는 모양이다.
 호기심과 시샘이 엇갈린 웃음들이었다.
 「아실까?」
 「뭘?」
 「여잘!」

죽은 者엔 외면外面, 산 者엔 충고忠告

「열 세 살이신데 왜 모르셔.」
「고게 아마 살살 가르쳐 드리구 있을지두 몰라. 배를 쓸어 드린다구.」
「그럼 아마 배가 자주 아프실 거야.」
「네 손이 약손이다. 내 배 좀 쓸어 다오!」
　또들 까르르. 그러나 그중엔 한데 어울려 웃지 않는 궁녀가 하나 있었다. 화제는 또 이어진다.
「아침에 봉질(바지) 입혀 드리는 것두 글쎄 향이래.」
「안상궁님은 뭘 하구?」
「안상궁 눈에 든 애니까 그렇게 시키구 있는 걸지두 모를걸.」
「그렇지만 아직은 그저 배 아프실 때 약손 노릇인가 봐.」
「왜?」
「얘 만약 시침(侍寢)이라두 했어 봐라. 그날루 향인 치마 뒤집어 입구 애햄했을 것 아냐.」
　왕의 밤동무를 한 궁녀는 이튿날 아침 치마를 뒤집어 입고 궁정을 달린다.
　하늘의 별을 땄다는 표시다. 단박 그 품계가 종사품 소원 이상으로 뛰어오른다.
　그런데 대전 나인 향이가 소문과는 달리 그러지를 않는 것을 보면 임금은 아직 처녀의 손길이 배를 쓸어 줘도 통정(通情)이 안 되는 어린애라는 것이었다.
　그러나 그랬을까.
　소년왕은 어리면서 엉뚱한 데가 있었다.
　아버지한테 어머니가 보고 싶다고 눈물을 보였고, 임금 노릇이 따분하니 형이나 아버지가 대신하라고 호소하는 반면엔, 동학교조 최제우에 대한 처형 소식에 관심을 가질 만큼 숙성한 일면도 있는 줄을 궁녀들은 알 까닭이 없다.
　그러나 사내 나이 열 세 살이면 장가가서 아들딸 뽑아 놓는 사람이 많은데,
　(그럼, 상감마마는 벌써 향이와?)

종잘대는 아기나인들 틈에서 말도 없고 웃지도 않았으나 왕과 향이의 사이를 가장 궁금해하는 궁녀가 있었다. 선이, 천희연의 누이동생 말이다.
 역시 대전 주변에서 시중을 들고 있으면서도 그 풍문의 진상을 캐낼 수 없는 게 남달리 초조했다.
 안상궁은 소년왕 침소엔 향이 이외의 여자는 접근을 엄중히 경계하고 있는 것이다.
 선이는 그것이 못마땅했다. 골똘히 생각한 끝에 하나의 꾀를 냈다.
 선이는 그날 밤 특히 허락을 얻어 운현궁으로 달려왔다.
 곧장 내실로 들어 부대부인 민씨에게 날아갈 듯이 인사를 했다.
「네가 웬 일이냐? 갑자기, 낮도 아닌데.」
 부대부인은 아들인 왕에게 무슨 변고라도 생겼나 싶어 가슴이 섬뜩했던 것 같다.
「조용히 말씀드릴 일이 있어서 나왔사와요.」
 선이의 심상찮은 말에 손님으로 와 있던 몇몇 귀부인들은 자리를 피하노라고 대청으로 나갔다.
「대전마마께선 안녕하신가?」
 민부인은 우선 물었다.
「네에, 안녕하시구 말구요.」
 선이는 태평스럽게 대답했다.
「그럼 어쩐 일로 늦은 시각에 궁밖 출입을 했느냐?」
「좀 은밀히 말씀드릴 게 있어서요.」
「나한테?」
「네에.」
「무슨 일이냐? 대전마마께 대한 일인가?」
「네에.」
 아들인 왕에 대한 일이라는 바람에 민부인은 긴장했다.
「어서 말해 보게나, 무슨 일인데?」
「좀 황공한 말씀이에요.」

「무슨?」
「아시는지 모르지만 향이라는 대전나인이 있어요.」
「내 인사는 받은 사람이겠지?」
「받으셨을 거예요.」
「그래서?」
「대궐 안 나인들 사이엔 황감한 뒷말이 퍼졌어요.」
「무슨?」
「향이가 대전마마 침소에서 밤 늦도록 시중을 들어 드린다구요.」
 민부인은 선이의 말 뜻을 알아들었다.
 그러나 반문했다.
「그게 무슨 뒷공론거리가 된단 말이냐? 상감께선 아직 어리신데.」
 그러나 선이의 다음 말은 당돌했다.
「대원위대감께선 춘추가 몇에 대방마님과 혼인을 하셨어요?」
 물론 알고 묻는 말은 아니다. 불쑥 나온 말인지도 모른다.
 그러나 부대부인 민씨는 대답할 말을 잃었다.
 남편은 지금도 체수가 남달리 작다. 그가 열 세 살이었으니, 말이 신랑이지 어린애 같지 않았던가.
 신부는 열 네 살이었다.
 그러나 아무도 지나치게 어린 신랑 신부라고 하지 않았다.
 신방을 어떻게 치러냈던가.
 여자는 늙어도 첫날밤의 일을 소상히 기억한다.
 한마디로 그날 밤 그는 맹랑한 사내 꼬투리였다.
 한 살 위인 신부는 떨리고 망측해서 눈물이 났다.
「대방마님께선 몇 살 적에 시집 오셨어요?」
 선이가 대답을 채근하듯 다시 묻는 바람에,
「열 네 살!」
 부대부인 민씨는 무심결에 지껄였다.
「향이는 열 여섯두 올찬 나이래요.」
 선이는 약았다. 부대부인이 지금 뭣을 생각하고 있는가를 짐작한 말이다.
「그래?」
「아침엔 대전마마의 봉지두 향이가 입혀 드린다구 쑥덕거리니, 듣기에 민망스럽지 뭡니까.」
「똑똑한 애냐?」
「향이오? 네에, 이만저만이 아니와요.」
「인물두?」
「인물은 그저 그렇지만요…….」
시샘하는 여자가 상대의 인물을 그저 그런 정도라고 표현한다면 잘생겼다고 봐야 한다.
(상감은 벌써 어린애가 아니었던가?)
민부인은 신기한 발견을 한 것 같았으나, 한편 섭섭했다.
어떤 어머니나 그 심정은 같다.
정을 함빡 쏟던 아들이 자라 이성에의 사랑에 눈이 뜨는 것을 보면 어머니는 섭섭하다.
아들을 남에게 빼앗기게 된 것처럼 허전해 한다.
배신을 당한 것 같아 맥이 빠진다.
정성을 기울여 기르던 새가 창공을 향해 날아간 것처럼 허무감에 사로잡힌다.
(상감은 벌써 여자를 알 나이였던가!)
부대부인 민씨의 눈은 차츰 흐려져 갔다. 소리없이 한숨을 토했다.
(이젠 아주 내 아들이 아니구나. 그 몸은 나라에 빼앗기고, 이젠 내게서 떠날 어른인가?)
민부인이 생각에 잠긴 것을 본 선이가 또 말했다.
「대방마님, 보모상궁의 농간 같아요. 보모상궁은 향이만을 끼구 돈다구 모두들 시샘이 대단하와요.」
「그래?」
「보모상궁은 글쎄 다른 나인들은 대전마마 앞에 얼씬두 못하게 하구 향이만을 들여보내는 걸요.」

「그래? 그럼 너를 들여보내라구 이를까?」
「아이 마님두. 저 같은 거야 아직.」
선이도 인물은 과히 빠지지 않는다.
그러나 궁중에서 보면 아직 촌닭 서울 구경 간 격이 아닐 수 없다.
「알았다. 밤이 깊었는데 어서 들어가 봐라.」
부대부인이 먼저 자리에서 일어났다.
선이도 따라 일어났다.
부대부인은 선이의 동정깃을 여며 주면서 말했다.
「아직 진상두 모르고 경솔하게 대전마마를 너희들 입초시에 올려서는 안 된다. 상감이 하시는 일에 대해서 뜬소문을 퍼뜨리는 건 신하된 도리가 아냐. 불충이다. 너희들은 너희들 할 일이나 충성껏 하면 돼요. 알겠니?」
「네에.」
선이가 대궐로 돌아가자 부대부인 민씨는 하인을 불렀다.
수백이가 뜰아래 대령했다.
「부르셨습니까? 대방마님.」
「너 사랑에 나가 대감께 여쭤라, 잠시 내실에 듭시라구.」
잠시 후에 대원군이 내실로 들었다.
민부인은 남편 옆으로 바짝 다가앉았다.
밤이 꽤 늦었다. 윗목에 켜 놓은 쌍가래 황촛불은 그들 부처의 그림자를 수복 병풍 위에서 춤추게 했다.
「대감!」
민부인의 음성은 나직하고 은근했다.
「부인, 오늘은 유난히 젊어 보이는구려.」
대원군은 주기(酒氣)가 있었다.
「무슨 그런 말씀을, 대감두.」
여자다. 나이 먹었는데 젊어 보인다고 해서 좋아 안 하는 여자는 없다.
대원군은 민부인의 손을 끌어다가 자기 무릎에 얹었다.

「아니 오늘은 유난히 젊어 보여.」
 남편이 자기 아내가 젊고 아름다워 보일 때는 축적된 욕망이 발산을 원하는 경우이기 쉽다.
「조용히 말씀 드릴 일이 있어요.」
「그래? 오래간만에 오늘은 여기서 쉴까?」
「대궐에서 선이가 다녀 갔어요.」
「선이가 누구요?」
 남편은 아내의 손등을 쓸어 준다.
「대전나인으로 들여 보낸 천희연의 누이 아닙니까?」
「그 애가 왜 다녀 갔소?」
 대원군은 사방침에 팔꿈치를 괴고는 몸을 비스듬히 보료 위에 누인다.
「왜 다녀갔소? 이리로 오구려!」
「믿을 수 있는 얘긴진 모르지만, 글쎄 상감이 벌써 궁인을 가까이 하신다는 군요.」
「그래? 그런 소리가 들립디까?」
 대원군은 비스듬히 뉘었던 몸을 벌떡 일으켰다.
 부인을 마주 본다.
 촛불이 또 꺼불꺼불 춤을 추다가 정지했다.
 대원군은 연죽에 담배를 담으면서 혼잣말처럼 뇌까렸다.
「그녀석이 벌써 그렇게 장성했던가!」
 그 말에 민부인은 펄쩍 뛰었다.
「대감, 그게 무슨 말씀이세요? 상감보구 그녀석이라니 누가 들을까 송구해요.」
 대원군은 부싯돌을 쳤다. 쇠와 돌이 맞부딪쳐 불이 번쩍번쩍 튀다가 손톱끝에 박힌 부싯깃에 붙었다.
 그는 불 붙은 부싯깃을 담배통에 꼭꼭 눌러 박고는 뻑뻑뻑 빨아 대다가 또 혼잣소리를 했다.
「그녀석이 벌써 그럴 나이였던가?」

민부인은 담배통에 번지는 빨간 불씨의 연소를 바라보며 남편의 표정을 살폈다.
「대감께서 저와 혼인하신 게 몇 살이셨지요?」
남편은 아내의 말뜻을 알아들었다.
느릿느릿 빨던 담배 물부리를 입에서 쑥 뽑으면서 말했다.
「당신이 열 네 살이었지?」
「대감께선 한 살 아래셨죠.」
남편은 아내를 뜻있는 눈으로 바라보면서 미소를 머금었다.
「우린 첫날밤을 어떻게 치렀던가?」
아내도 잔자로운 미소를 흘렸다.
「대감께선 다 아셨어요. 난 무섭기만 했구.」
「허허, 그랬던가? 세월은 흘렀소 그려. 30년 전 얘기로구려.」
「상감이 벌써 그때 당신 나이예요.」
「그렇군. 여자를 다룰 수 있는 나이구려.」
「더군다나 부전자전이실 거구요.」
부부는 한동안 말이 없었다.
한참만에 남편이 입을 열었다.
「금침을 펴구려!」
아내는 조용히 일어나서 비단 금침을 펼쳤다.
남편은 감투를 벗고, 상투끝에서 은동곳을 뽑고, 대님을 풀고, 발에서 버선을 뽑았다. 허리띠를 끌러 머리맡에 놓고는 금침 속으로 짤막한 몸을 묻었다.
「잡시다!」
아내는 가리마에서 은첩지를 뽑고 치마를 끌러 횃대에 걸었다.
저고리도 벗어서 차곡차곡 개켜 역시 횃대에 얹었다.
「불 끌까요?」
「아직.」
부부는 함께 누워서도 한식경이나 말이 없었다.
「대감, 몸이 야위셨어요. 과로하시는가 보죠?」

아내는 천장을 쳐다보고 있다가 한참만에 그런 말을 했다.
「당신은 살이 오른 것 같구려.」
남편은 대견해하는 표정으로 그런 말을 했다.
「향이라는 대전나인이 있다는군요.」
「있지.」
「상감은 그 사람을 가까이 하신대요.」
「그래?」
「보셨어요? 그 사람을.」
「그렇다면 상감두 여자 보는 눈이 있으신걸!」
「그래요?」
「깔끔하게 생긴 아입디다.」
「보셨군요?」
「덕성은 어떨는지 모르지만.」
「여잔 얼굴보다는 덕성을 봐야죠.」
「덕성 있는 여잔 아기자기한 재미가 부족하지.」
「그것두 부전자전의 취미시군요?」
「어떻겠소, 비빈을 삼으실 것도 아닐 바에야. 당신 여기두 살이 꽤 올랐는걸.」
「그래두 상감은 아직 어리셔요. 예궐하시거든 조용히 뵙구 넌지시 충고해 드리세요. 옥체에 해로우시다구.」
「그래야겠군.」
밤은 조용히 깊어 가고 있었다.
쌍촛대의 불은 밝았다. 그러나 촛농이 녹아 흘러내리고 있다.

공功을 세우라 출세出世할 게다

누가 세월을 흐르는 물과 같다고 했는가.

흐르는 물은 언덕에 부딪쳐 멈출 때도 있다.

굽이굽이 돌다가 제자리로 돌아오는 수도 있는 게 물의 흐름이다.

경우에 따라선 쉬어도 가고 장애에 부딪치면 포말을 일으키며 역류도 한다.

세(勢) 급하면 급류(急流)도 되고, 길이 넓으면 한가로이 졸며도 간다.

백릿길을 하루에도 가고 십릿길을 백 일 걸려서 가는 수도 있다.

날이 차면 멈춰서 얼음이 되었다가 꽃이 피면 풀뿌리 나무뿌리를 적셔 가며 땅 속으로 잦아드는 수도 있다.

누가 세월을 흐르는 물과 같다고 했는가.

세월은 그저 흐를 뿐이다.

봄 여름 가을 겨울을 합하면 일 년. 춥다고 멈추지 않고 덥다고 쉬지 않고 부른다고 뒤돌아보지 않고 겨울 가을, 여름 봄 사시절절 가면 한 해로서, 태고의 한 해나 지금의 한 해가 다르지 않다. 난세라고 해서 빨리 가지 않고 태평연월이라 해서 더디 가지도 않는 게 세월이다.

백화난만했던 사라벌의 세월이나, 질풍광란했던 여말(麗末)의 그것이나, 연산 광해조나, 철종은 가고 장김(壯金)은 몰락하고 이하응의 '대원위 분부'가 조선팔도 360 주를 호령하는 이 시점에서나, 세월은 아랑곳없이 그 흐름을 한결같이 한다.

한 해가 갔다. 회의와 기대와 혼돈의 눈총들이 운현궁을 응시하는 가운데 한 해가 흘렀다. 1865년 3월 9일, 그러니까 을축(乙丑)년 춘삼월이다.

한동안 침묵에 싸여 있던 운현궁은 세상이 깜짝 놀랄 정령을 발포했다.

―만동묘를 철폐하라!

서원철폐령을 내린 것이다.

전국의 유림은 경악했다.

만동묘(萬東廟)라면 청주 화양서원(華陽書院)에 있는 전국 서원의 총본산이다. 거유(巨儒) 송시열의 영백(靈魄)을 받들고 있다.

그것을 없애란다.

유림뿐이 아니라 조정대신들조차 깜짝 놀랐다.

대원군은 느닷없이 묘의를 소집하고 영상 조두순을 향해서 말했다.

「서원을 나라가 보호해 온 본의는 선비들의 수양과 국학의 연마를 꾀하고 널리 구현(求賢) 구재(求材)하는 도장(道場)이 될 것을 그 의의로 삼았는데 이제 전국 근 7백의 서원들은 본래의 사명을 잃고 유생들의 방자한 독천장이 되어 지방행정의 문란은 물론, 서민들 함원의 대상이 되었으니 이 이상 존치할 가치가 없을 줄로 아오. 따라서 여(余)는 대왕대비의 교명을 받자와 사액서원(賜額書院)을 제외한 전국의 사설 서원 전부를 철폐할 것을 정령으로 발포하는 것이니 만난(萬難)을 배제하고 즉각 시행하도록 하시오!」

그의 이 청천벽력과 같은 교서는 만천하를 진감(震撼)시켰다.

서원을 소굴로 하고 성곽으로 삼고 온갖 비행을 자행하던 전국의 서생(書生) 처사(處士) 유림(儒林)은 이 무슨 미친놈의 허튼 수작인가 싶어 경악과 분개로 몸을 떨었으나 그러나 그것이 '대원위 분부'이고 보면 속수무책이었다.

이 교서를 발포하기까지 대원군은 침사묵고(沈思默考)했다.

과거 누구도 해내지 못한 이 난제에 대해서 그는 오랜 궁리끝에 비장한 각오로 임했던 것이다.

대원군은 그날 고개를 갸우뚱거리며 반대의 의사를 표시하는 원임 영의정 김좌근을 보고 침착하게 자기의 결의를 털어놓았다.

「물론 잡음이 비등할 것이오. 그러나 역대의 왕정을 궁지에 몰아넣었고, 몇백 년 동안을 두고 세상을 혼탁하게 만들었으며, 몇천 몇만의 생령(生靈)을 억울하게 죽였고, 천이나 백으로 헤아릴 수 없는 무고한 가문을 피로 물들인 서원의 횡포와 숙폐(宿弊)를 소탕하는 것은 금상(今上) 왕조의 피할 수 없는 목표이며, 여의 확고한 신념이니 개론들을 마시오!」

대원군의 태도는 의연하기 거암(巨巖)의 그것과 같았다. 그의 이 교서에 대해서는 의정부 안의 누구도 감히 비평을 못했고, 시비를 가리려 하지 않았다.

그는 예조로 하여금 즉각 전국 각도의 수목(守牧) 군수와 현감들에게 다음과 같이 명령하라고 지시했다.

모름지기 이 교서의 참뜻을 곡해하고, 그 실천을 주저하는 관원이 있다면 조정은 단연코 그 죄과를 용서치 않을 것이다.

이날 대원군은 지극히 침착한 음성으로 어리둥절 입을 벌리고 있는 대신들에게 말했다.

「여를 동방의 진시황이라고 매도하지들 마시오! 여는 여의 권력이 영속되기를 원해서 갱유분서(坑儒焚書)를 감행하려는 치자는 아니니까.」

그는 껄껄 웃으면서 자기의 설계를 명백히 밝혔다.

「선유(先儒) 한 사람에 대해서 두 개 이상 첩설된 서원이나 향사(鄕祠)는 비록 사액이라 하더라도 그 하나는 철폐한다. 선유라 하더라도 도학과 절의가 탁월하여 문묘(文廟)에 배향(配享)된 거유에 한해서 하나의 서원이나 아니면 향사를 인정한다. 그렇게 되면 전국에서 남는 서원이 47개소이고 나머지 6백 여는 철폐된다. 여의 이 설계는 백난을 무릅쓰고 강행하리니 앞으로는 누구의 항소도 인정치 않을 것이다.」

명령이 엄하다고 해서 비판의 소리가 없을 수는 없다.

선비들의 여론은 비등했다.
이른바 여론을 조성하는 전국의 지식계급은 아우성들을 치기 시작한 것이다.
―대원군은 동방의 진시황이다.
그들은 소리를 모아 외치기 시작했다.
「사기(士氣)는 저상하고, 학풍은 쇠이되고, 예절은 소멸하고, 양속(良俗)은 부박해질 것이니, 이 민족의 화려한 기풍은 하루아침에 대원군으로 해서 박살이 나는구나!」
전국의 유생들은 궐기했다.
유통(儒通)은 유생들의 격문이다.
비화처럼 전국으로 날았다.
「서울로 가자!」
함성은 메아리치고 그들의 대표들은 서울로 서울로 모여들었다.
돈화문 앞에는 수천의 유생들이 꿇어앉아 탄원들을 했다.
「서원철폐령을 거두어 주시오!」
도폿자락을 걷어 젖히고 시위로 들어갔다.
「우리는 서원을 사수할 것이다. 누구도 신성한 서원에 손을 못댈 것이다!」
운현궁도 그들에게 포위됐다.
「대원군은 무식한 폭거를 철폐하라!」
그들은 주먹을 휘두르며 소리높이 외쳤다.
군중심리는 극도로 자극돼서 불온한 형세가 운현궁을 에워쌌다.
조정대신들이 황급히 운현궁으로 모여들기 시작했다.
이례적으로 흥인군 이최응도 나타났다. 대원군의 형 말이다.
좌의정 김병학이 뒤미처 운현궁의 큰대문으로 사라져 들어갔다.
포도대장 이경하 무부(武夫)의 위풍을 과시함인지 말을 타고 달려왔다.
대원군은 그들을 부르지 않았다.
그는 말없이 담배만 피우고 앉아 있다가 갑자기 모여든 현관들에게 물었다.
「바같이 왜들 저리 소란한가?」
모를 리가 없건만 그는 시치미를 떼고 그런 말을 물었다.
김병학이 대답했다.
「유생들의 움직임이 심상치가 않습니다.」
이최응이 나섰다.
「운현궁 주변을 에워싼 무리들도 5백이 넘을 듯싶소.」
형이지만, 아우에게 하댓말을 쓰지 않았다.
「어쩌라는 게요?」
대원군은 김병학을 보고 물었다.
김병학은 한 손으로 방바닥을 짚고는 대답한다.
「서원철폐령이 부당하다고 아우성들입니다.」
영의정 조두순이 부연을 단다.
「일시에 6백 여의 서원 향사를 없앤다 하심은 좀 과격하신 교서라 해서 묘당 안에서도 이론들이 있는가 합니다.」
이최응이 또 한마디 거든다.
「몇백 년씩이나 내려 오는 서원 세도를 하루아침에 꺾으려니까 반발이 없을 수 없지요.」
이때 우승지 조성하가 들어와 말석에 자리를 잡는다.
그러자 이최응이 그에게 커다란 목소리로 물었다.
「바같 형세가 어떻던가?」
조성하는 대원군의 눈치를 홀끔 훔쳐보고는 대답했다.
「자못 험악하옵니다.」
이최응이 대원군의 눈치를 살피면서 또 묻는다.
「대궐 앞의 유생들은 해산했던가?」
「해산이 뭡니까? 점점 더 그 수효가 불어나고 있는 중입니다.」
김병학이 조성하에게 묻는다.
「소란이 궐내에까지 들리던가?」
「들리구말구요. 대왕대비께서도 불안하신 안색이옵니다.」

조성하는 아무도 묻지 않는 말까지 했다.
「대전마마께옵서도 소인에게 하문이 계셨사옵니다.」
「뭐라구?」
이최응이 좀 올차지 못한 얼굴을 앞으로 내밀면서 조성하에게 묻는다.
「소란을 피우는 유생들의 수효가 얼마나 되느냐는 하문이 계셨습니다.」
「그래서?」
「한 오륙백 명은 되는가 싶다고 주상(奏上)했습니다.」
「허어, 오륙백 명이 뭐요? 수천 명이 와글거리고 있는데.」
이때 대원군은 서서히 자세를 바로 가누면서 재떨이에다 담배통을 딱딱딱 두드렸다.
그는 침착하게 자기의 중백(仲伯)인 이최응을 쏘아보다가 착 가라앉은 음성으로 입을 열었다.
「형님!」
「어?」
홍인군 이최응은 동생의 위압에 어깨를 움츠리면서 입언저리를 가볍게 경련시켰다.
「그래, 형님 생각엔 어떻게 처리했으면 좋겠습니까?」
대원군이 싸늘한 표정으로 묻는 바람에 이최응은 당황하면서 좌중을 둘러봤다.
본시 두드러지게 올차지는 못한 사람, 대원군은 형 홍인군한테서 무슨 기발한 방략(方略)을 들으려고 그렇게 물은 것은 아니다.
남보다도 더 눈앞에서 허둥거리고 있는 꼴이 비위에 상해서 한마디 쏘아 준 것에 지나지 않는다.
그런데 홍인군 이최응은 곧이곧대로 자기의 탁견(卓見)을 토로하고 있다.
「내 생각에도 일시에 전국 6백 여 서원을 없애라는 것은 좀 가혹한 처사 같구면. 유생들이 저렇게 들고 일어나면 아무래도 만만찮은 사태이고 본즉 대왕대비께 아뢰어 교령을 좀 누그러뜨림이 현책인 줄로 아오.」
 그는 자기가 여러 조신의 중의를 대변하고 있음을 시사했다.
 대원군은 왼턱에 왼손을 괴고 앉아서 자기 형의 발언을 신중하게 경청하는 듯하더니, 별안간 허리를 쭉 폈다.
 그는 영의정 조두순을 돌아봤다.
「영상 의견은 어떠십니까?」
 노재상 조두순은 허리를 굽혔다.
「글쎄올시다. 유림의 반발도 무시할 수 없는 일이긴 합니다.」
 요령부득의 대답이다.
 대원군은 좌의정 김병학에게 물었다.
「좌상 의견은 어떠시오?」
 김병학은 마침 몸을 좌우로 흔들고 있다가 뚝 멈추면서,
「서원의 적폐는 비단 어제 오늘에 비롯된 것이 아니고, 또 저하께서도 이미 지난해 8월부터 그에 대한 대책을 강구해 오신 바 있습니다. 그러나 다시 생각하면 서원이란 우리나라 국교(國敎)의 본영이며, 가령 사원향사(私院鄕祠)라 할지라도 거기 봉안된 사현(士賢)들은 안유 선생을 비롯해서 우암, 퇴계, 율곡 등의 거유와 충무공, 충렬공 같은 누구나가 추앙하는 분들의 영위(靈位)이고 본즉, 유생들의 반발도 전연 예상 못한 바는 아니올시다.」
 그는 결론을 보류하면서 대원군의 과격한 처사를 은근히 지적했다.
 일종의 불만이며 항변이다.
 좌중은 극도로 긴장하지 않을 수 없다.
 모두들 숨소리를 죽이고는 무엇인가를 기다리는 자세였다.
 밖에서는 이따금씩 유생들의 방자한 호통소리가 터졌다.
「서원철폐령을 철폐하시오! 아니면 차라리 우리들을 모조리 죽이고 모든 서책을 불사르시오!」
 그들의 고함소리는 사랑에까지 똑똑히 들려 왔다.
 조정 대신들은 궁지에 몰리고 있는 대원군의 처지를 조소하듯 바라보

고들 있었다.
「허허, 일촉즉발의 형세로군!」
잠자코 눈치나 보면 오죽 좋겠는가.
그러나 홍인군 이최응은 대원군의 친형이라는 자기의 자세를 보이려고 그런 말을 흘렸다.
순간 대원군의 눈총은 푸른빛을 발산했다.
그는 그 날카로운 음성으로 물었다.
「포도대장, 예 와 있소?」
이경하가 와 있는 줄 뻔히 알면서도 그는 그렇게 물었다.
「예에, 이경하 여기 대령하고 있사옵니다.」
이경하가 한 손을 방바닥에 짚고 허리를 굽히자 대원군은 소리쳤다.
「포도대장 듣거라! 만일 이 나라 백성에게 해를 입히고 괴로움을 주는 자가 있다면 그가 비록 공자의 환생이라 하더라도 여는 단연 용서치 않으리라. 하물며 서원이란 이 나라의 어진 선비를 제사하는 곳이거늘 어찌 도둑들의 소굴로 버려둘까 보냐. 포도대장 명심해 듣거라!」
모인 조신들은 차라리 눈들을 감았다.
대원군은 허리를 쭈욱 폈다.
그는 별안간 앞에 놓인 담뱃대를 번쩍 쳐들고 허공을 휘저었다.
「포도대장 듣거라!」
그의 음성은 방 안을 쩌렁 울렸다.
이제까지 말마디나 하던 사람들은 일제히 목을 움츠렸다.
포도대장 이경하가 벌떡 일어서면서 두 손을 앞으로 모으고 허리를 굽혔다.
「포도대장 이경하, 저하의 분부를 대령하고 있습니다.」
순간 김좌근은 이경하를 멀거니 바라봤다. 무슨 연극 같은 수작들인가 싶어서였다.
(저하의 분부를 대령하고 있습니다.)
그로서는 일찍이 들어 보지 못한 수하 사람의 대거리다.
손발이 척척 맞는 수작들이구나 싶었다. 그러자 드디어 대원군의 명령이 쏟아지기 시작했다.

「포도대장 이경하는 즉각 수하 군졸들을 거느리고 출동하여, 거리에서 함부로 소란을 피우고 있는 양반 선비님들을 모조리 한강 건너로 쓸어 내도록 하라!」

지체, 대원군으로서의 말투가 아니라 무뢰한의 두목이 부하에게 내뱉는 품격없는 상소리였다.

그러나 이른바 '대원위 분부'다. 만좌한 현관은 어이가 없으면서도 입술을 떨지 않는 사람이 없었다.

대원군은 계속해서 지시한다.

「만일 항거하는 자가 있으면 추호의 용서도 없이 포박해서 엄중문초할 것이며, 그중에서도 수령이라고 인정되는 자는 왕명을 거역한 중죄인이니 일벌백계의 실을 거두도록 엄히 다스리라! 알겠는가?」

「알겠습니다. 즉각 출동하겠습니다.」

「그들에게 이르라. 여는 천 사람의 양반 선비를 보호하기 전에 천만 명의 백성을 보호할 것이며, 6백의 서원을 철폐해서 6대(六代)에 걸친 적폐(積弊)를 소탕하는데 결코 가차가 없을 것임을 명명백백하게 선포하라! 알겠는가?」

「저하, 분부대로 거행하오리다.」

「그들에게 여가 묻더라고 이르라. 선유의 가르침 중에 어디, 선비는 서원에 모여 무위도식과 불평불만에만 포만하고 무법과 횡포로 불쌍한 백성을 괴롭히는 것을 능사로 삼을 뿐 아니라 병역을 기피하고 세금을 포탈하고 기부행위를 강요하며 무고한 백성들을 잡아다가 사형을 마음대로 하라 했는가를 여가 묻더라고 이르라. 알겠는가? 포도대장!」

「알겠습니다, 저하.」

「알았으면, 지체 말고 도성을 소란케 하는 유생들의 무리를 내 눈앞에서 썩 없어지게 하라!」

실로 추상 같은 명령이었다.

만좌한 대관들은 그제서야 고개를 들어 대원군의 눈치를 살피기에 급급했다.

툭 불거진 대원군의 두 눈망울, 거기엔 산천을 떨게 하는 패기와 독재가 서려 있음을 사람들은 보았다.

홍인군 이최응은 목을 쑥 뽑아 위로 꼬고는 입맛을 쩍쩍 다시면서 속으로 생각했다.

(동생은 너무 거드럭댄단 말야!)

영의정 조두순은 두 눈을 지그시 감으면서 속으로 생각했다.

(저 사람 손에 이 나라가 망할 것인가, 흥할 것인가?)

원임재상 김좌근은 턱을 쳐들고 천장을 쳐다보며 생각했다.

(김씨 문중은 이젠 영영 재기할 날이 없겠구나! 저자가 이 나라에 군림하고 있는 이상.)

그러나 그런 좌중의 침묵은 순간적인 것이었다. 갑자기 대원군이 껄껄거리고 웃어젖혔기 때문이다.

대원군은 웃음조차도, 쏟아지는 폭포소리 같았다.

「왓핫하하하, 핫하.」

마구 쏟아지다가 뚝 그치는 그의 호탕한 웃음소리는 역시 위축돼 있는 사람들의 가슴을 서늘케 하는 위엄을 가졌다.

그는 대뜰로 내려서는 포도대장 이경하의 건장한 뒷모습을 보면서 만좌한 대관들에게 말했다.

「내 듣자니 근자 바람의 명칭이 새로 하나 생겼다지요?」

잠시 전의 그 광풍과 같던 불호령과 폭포소리 같던 웃음과는 달리 그의 음성은 봄바람처럼 온화했다.

사람들은 그가 또 무슨 말을 하려고 능청을 부리는가 싶어 조심스럽게 그를 주목했다.

「낙동바람이라는 질풍이 자주 분다는 소문, 사실인가요?」

사람들은 그제야 그의 말뜻을 알아 듣고 눈들을 껌벅거렸다.

좌의정 김병학이 응대했다.

「아닌게 아니라 낙동바람이란 속어가 생겨났습니다. 이 포장의 행동이 너무 과격해 놔서……」

포도대장 이경하는 남산 밑 낙동에 살고 있었다.

그는 포도대장으로서 한번 지목한 정적(政敵)과 불법자는 가혹하게 가차없이 처단해 버리는 무서운 사람이었다.
포도청 군사들은 지난 1년 동안에 서울을 비롯한 전국 도처에서 바람을 일으켰다.
돌풍과 같이 악의 근원을, 미움의 대상을 휩쓸어 버렸다.
그래 사람들은 이경하의 행동을 가리켜 '낙동바람'이라 부른다.
포도청 군사들이 몰려가는 것을 보면,
「오늘은 낙동바람이 또 어디를 휩쓸려는 건가?」
공포의 눈초리로 지켜보면서 수근들 댔다.
지금 그는 대원군의 불호령을 듣고 운현궁을 나섰다. 아마도 태풍과 같은 '낙동바람'이 거리를 휩쓸 것이다.

전국에서 모여든 수천 유림의 대표들이 휘몰아치는 낙동바람에 가랑잎 신세가 될 것을 상상하면서 요로 대관들은 전전긍긍했다.
김좌근이 조심스럽게 입을 열었다.
「대감을 위해서 드리는 말씀입니다만…….」
그는 원임재상으로서, 낫살이나 먹은 사람으로서 한마디 충고한다는 듯이 말했다.
「뭐니뭐니 해도 유림은 이 나라의 지도계급입니다. 그들은 백성들에게 영향력을 가졌고, 지모와 언변과 학식을 가진 이 나라 국민의 정수(精髓)입니다. 그들을 지나치게 홀대하시면 아니됩니다. 대감, 유림의 조직은 관의 조직보다도 씻날이 질깁니다. 과격한 수단으로 억압하시는 것보다는 온건한 유화정책을 쓰시는 게 좋을까 합니다. 늙은 사람의 기력 없는 말로 듣지 마시고 통촉합시오.」
참석한 모든 사람들은 김좌근의 의견이 지당하다고 생각하는 눈치였으나, 아무도 그 말이 옳습니다 하지는 못했다.
대원군은 빙그레 웃었다. 역시 온화하게 말을 꺼냈다.
「충고의 말씀 고맙소이다. 그러나 혼란할 때의 치자는 득인심(得人心)에 연연해선 아니됩니다. 일단 정책을 세우면 다소 파란이 있더라도 과감하게 밀고 나가야 열매를 맺을 수 있는 게지, 벽에 부딪쳤다고 주저하고 후퇴하고 하다간 아무 일도 못하는 게 아니겠소? 나는 나대로의 생각이 있소이다.」

말을 마치고 입을 꽉 다무는 대원군의 얼굴은 그대로 신념의 응결이었다.

사람들은 자리에서 일어났다.

(낙동바람, 또 많은 사람을 다칠 겐가?)

모두 바깥 동정이 근심스럽고 궁금했다.

명령이라 해도 좋다. 정령이라 해도 또한 좋다.

명령이고 정령이고 간에 일단 발(發)해지면 어김없이 실천이 돼야 명령권자의 위엄이 서는 것이다.

위에선 땅땅 명령이나 하고, 아래에선 코웃음이나 치고 한다면 명령권자의 위신은 땅에 떨어져서 그 명맥을 유지 못한다.

실천될 가망이 없는 명령은 아예 처음부터 내리지 않는 게 상책이다.

따라서 치자는 두 가지의 술수에 능해야 할 것이다.

통수계통이 엄격해서 일단 발해진 명령은 일사불란 실천될 수 있도록 지휘능력이 탁월해야 한다.

아니면 심리신경전에 능해서 다중(多衆)을 꼼짝없이 자기 의도대로 따르게 하는 치밀한 두뇌의 소유자이어야 할 것이다.

그러나 전자는 독재, 후자는 교활로 떨어지기 쉽다.

어느 경우든 위정자는 덕치가 그 근본이어야 한다.

사욕을 떠나서 백성을 사랑하고, 힘으로보다는 슬기로, 슬기보다는 성의와 덕으로 다스려야 비로소 민심을 얻는다.

대원군은 우선 강력한 명령이 철저하게 실천되는 정치를 하고 싶었다.

그는 우선 쇠락한 왕권을 반석 위에 올려놓는 게 당면한 목표였다.

극도로 문란한 삼정(三政)을 바로잡고, 발호하는 양반 선비들의 횡포를 뿌리뽑고, 실의에 허덕이는 백성한테 발랄한 기풍을 진작시켜 주는 게 자기의 할일이라고 생각했다.

그는 오랫동안 궁리 끝에 서원철폐령을 내렸고, 철폐령을 내린 이상 자기의 의도대로 그것이 실천돼야 한다는 굳은 신념을 가졌다.
—시끄러운 반대여론이 일어나겠지. 그러나 그것을 극복해야 한다.
오늘 그가 원로대신들 앞에서 포도대장 이경하에게 그런 폭탄적인 명령을 내린 것은 단순한 즉흥이 아니었다.
그는 이미 이경하로 하여금 만반대책을 세우게 한 다음 예정된 순서대로 그런 명령을 내린 것이다.
따라서 포도대장 이경하가 '대원위 분부'를 받고 운현궁을 나서자 삽시간에 '낙동바람'은 무서운 기세로 서울의 거리를 휩쓸기 시작했다.
형조를 비롯한 좌우 포도청 군사 1천여 명이 대기하고 있다가 거리로 쏟아져 나온 것이다.
돈화문 앞엔 7백여 명이 몰려 들어 수천의 유생군중을 에워싸고, 육모방망이를 어깨 위로 높이 치켜들었다.
운현궁 주변엔 3백여의 포교들이 나타나 아우성치는 유생들을 제압했다.
그것이 거의 같은 시각에 일어난 '낙동바람'의 풍세였다.
포도대장 이경하는 우선 돈화문 쪽으로 달려가 군중 앞에 섰다.
그는 주먹을 불끈 쥐고, 동요하기 시작한 유생들에게 소리쳤다.
「여러분, 내가 포도대장 이경하외다!」
음성 크기로 이름있는 그였다. 꽹과리소리같이 갈라지며 울리는 그의 음성은 궁궐 앞 넓은 마당에 메아리쳤다.
「존경하는 양반님들, 명심해 들으시오. 서원철폐령은 대왕대비의 교명을 받든 대원위대감의 지엄한 분부요. 이 나라 백성 중의 누구도 대원위 분부엔 거역 못하오. 여러분이 만일 체면을 중히 여기는 선비들이라면 도둑을 잡는 포졸들한테 수모를 당하지 말고 자진해서 해산하시오. 다시 말합니다. 대원위 분부는 왕명과 같이 지엄하외다. 만일 해산하길 주저하다간 여러분 머리 위엔 육모방망이가 사정없이 덮칠 것이니 알아서들 하시오.」
선비들이란 폭력적인 힘 앞에선 형편없이 약한 것, 어떻게 이 과시하는 힘 앞에서 그들이 항거할 것인가.

대궐 앞에 진쳤던 유생들의 무리는 어쩔 길 없이 후퇴하기 시작했다.

이경하는 후퇴하는 그들에게 다시 한번 소리쳤다.

「여러분은 앞으로 두 시간 안에 한 사람도 빠짐없이 한강을 건너야 합니다. 만일 두 시간이 넘도록 도성 안에서 우왕좌왕하다간 머리통에서 피가 흐를 것을 각오하시오.」

이경하의 호통은 등을 돌린 유생들의 덜미를 마구 후려쳤다.

「존경하는 선비님들은 귀담아 들어 두시오. 대원위대감은 오늘 이런 말씀을 내리셨소이다. 대원위대감께선 천 사람의 양반 선비를 보호하기 전에 천만 명의 백성을 보호할 것이며 6백의 서원을 철폐해서 6대에 걸친 적폐를 소탕하는데 결코 가차가 없을 것임을 명백히 선언하셨소이다.」

이경하는 흩어지기 시작한 유생들의 무리를 포졸들과 더불어 서서히 밀어내면서 계속 외쳐대고 있었다.

「여러분 선비님들에게 대원위대감께서 하문하고 계십니다. 선유의 가르침 중에 어디, 선비는 서원을 근거삼아 무위도식과 불평불만에만 포만하고 무법과 횡포로 불쌍한 백성을 괴롭히는 것을 능사로 삼을 뿐 아니라, 병역을 기피하고, 세금을 포탈하고, 기부행위를 강요하여 무고한 백성들을 잡아다가 사형을 마음대로 하라 했는가를.」

그의 협박은 밀려가는 유생들에게 항거할 여유를 주지 않았다.

「존경해 마지않는 여러 선비님들. 대원위 분부를 다시 한번 일러 드립니다. 만일 항거하는 자가 있으면 추호의 용서도 없이 포박해서 엄중 문초할 것이며, 그 중에서도 수령이라고 인정되는 자는 왕명을 거역한 중죄인이니 대역죄로 다스리라는 지엄한 분부이십니다.」

그는 또 일반 구경꾼들에게 소리높이 외쳤다.

「포도대장 이경하, 서울 도민에게 알려 드립니다. 여러분 중에 만약 시골서 올라온 양반 선비님들을 감추거나 숙식시키는 일이 있다가 발각되는 날엔 역시 중죄인으로 몰릴 것이니 명심들 하시오. 아무도 그들을 집에 들여서는 아니됩니다.」

어떻게 할 텐가. 이경하의 이 위협 앞에서 유생들은 어떻게 항거할 것이며, 서울의 백성들은 어떻게 처신해야 할 것인가.

목숨을 내걸고 대원군의 서원철폐령을 철폐시키자고 서울에 몰려 들었던 수천 명의 전국 유생 대표들은 찍소리도 못하고 뿔뿔이 헤어져 도망치기에 바빴다.

이날 이후 전국의 유생들은 숨도 크게 못 쉬고 쥐죽은 듯이 조용했다. 그들은 이구동성으로 개탄했다.

「나라는 망했다. 대원군은 무지막지한 놈이다.」

그러나 일반 백성들은 이구동성으로 찬탄했다.

「대원군은 영웅이다! 쥐구멍을 찾는 유생들의 꼬라지를 봐라!」

며칠 후 전국 방방곡곡엔 방(榜)이 붙었다.

사액(賜額)이 아닌 모든 서원은 대원위 분부대로 철폐됐다. 모든 백성들은 서원이나 유생들의 불법한 요구를 거절하라. 백성은 누구도 자기 생명과 재물을 남에게 수탈당해서는 아니된다. 횡포를 부리는 유생이 있으면 서슴없이 관에 고변하라. 무고한 백성은 보호받을 것이며, 횡포하는 자는 벌을 받을 것이다.

이런 방을 읽은 백성들은 길길이 뛰며 좋아했다.

「운현대감 우리네 대감, 불세출의 영웅일세!」

「어허야 얼럴러 상사디야…….」

대원군에 의해서 전국의 서원이 서리를 맞고, 유생들이 숨을 죽이게 되자 얼씨구나 하고 기뻐한 것은 지하에서 선교하던 천주교도들이었다.

유교는 이 나라의 국교다.

다른 어떤 종교도 학파도 세력을 꺾을 수는 없다.

불교가 있고, 동학이 있고, 천주교가 있어서 그 세 파(三波)에 흡수된 사람들의 수효가 적지는 않지만, 유교의 세력 앞에는 보잘 것 없는 것이다.

그런데 그 유교가 서리를 맞았다. 그리고 동학도 꺾였다.

천주교도들은 좋아했다. 활발한 선교의 기회라고 생각했다.
어느날이던가, 밤이었다.
하늘에는 달도 별도 없었다. 몹시 어두운 밤이었다.
갑자기 운현궁 안팎이 술렁거리기 시작했다.
「저 무슨 해괴한 일이냐?」
먼저 하인들이 떠들어댔다.
「어허, 괴이한 일도 다 보겠구나.」
온 집안 사람들이 안뜰로 나와서 달도 별도 없는 캄캄한 허공을 쳐다보며 한마디씩 했다.
「오오 주여, 천주님이시어.」
마침 운현궁에 와 묵고 있던 유모 박씨가 마당 가운데 무릎을 꿇으면서 외마디 소리로 부르짖었다.
「전능하시고 자비하신 천주여, 우리의 죄과를 용서하시고, 풀으시고 사하소서. 아멘.」
부대부인 민씨도 내실에서 달려 나왔다. 역시 달도 별도 없는 캄캄한 허공을 일별하자 대청에서 무릎을 꿇고 두 손을 모아 기구(祈求)했다.
「천주 예수 그리스도여, 나 중죄인이 우리 천주께 죄를 얻은지라 이제 네 지선하심을 위하고 또 너를 만유 위에 사랑함을 인하여 일심으로 내 죄과를 통회하고 마음을 정하여 다시 감히 네게 죄를 얻지 않으려 하오니 바라건대 천주는 내 죄를 사하소서. 아멘.」
경건하게 기구하는 민부인의 손엔 묵주가 들려 있었다.
마당에선 유모 박씨가, 대청에선 부대부인 민씨가 죄를 사하라고 천주한테 기도를 드리고 있는 동안에 운현궁의 다른 모든 사람들은 만만찮은 공포에 사로잡혔다.
(길조냐, 흉조냐, 아닌밤중에 저 무슨 괴변이냐?)
그들은 불안했다. 부지중에 합장을 하고 허공에다 비는 사람도 있었다.
그러나 천희연은 침을 퉤 퉤 뱉었다. 그리고 씨부렁거렸다.
「퉤, 퉤! 너두 먹구 물러가고, 너두 먹구 물러나라, 퉤, 퉤!」

공功을 세우라 출세出世할 게다 157

그는 자기가 서 있는 전후좌우에다 침을 퉤퉤 뱉어 대면서 허깨비라도 쫓아내듯이 씨부렁거렸다.
「이 근체 시집 못 간 손각시 귀신이 있나. 오밤중에 무슨 허깨비불야! 퉤 퉤.」
자기 담보를 과시하려는 것 같았다.
그러면서 손등으로 눈을 씻었다. 그리고 다시 달도 별도 없는 어둠의 허공을 쳐다봤다.
이때 부대부인 민씨가 몸을 일으키면서 누구를 지목 않고 말했다.
「사랑에 나가 대감마님께 여쭤라. 좀 나와 보시라구.」
하정일이 그 말을 듣고 후당탕탕 사랑 쪽으로 달려가서 소리쳤다.
「대감마님께 아뢰오.」
장지문에 대원군의 그림자가 비쳤다.
「야심한데 무슨 일이냐?」
「대감마님, 밖에 좀 나와 보십쇼.」
「왜?」
「글쎄 좀 나와 보세요.」
그러자 장지문이 드르륵 열리면서 장죽을 손에 든 대원군이 누마루로 선뜻 나섰다.
「무슨 일이냐?」
하정일은 몸을 돌려 동남쪽 담장 밖을 가리켰다. 담장 밖 캄캄한 허공에다 손가락질을 했다.
「대감마님, 저걸 좀 보십시오.」
과히 높지 않은 위치였다. 담장에서 한 길쯤 위의 허공이었다.
칠흑의 공간에 십자가의 형체가 솟아 있다. 어렴풋이 푸른빛을 발산하며 솟아 있다.
얼른 보면 그저 어두운 허공, 그러나 자세히 보면 열십자의 형국이 훤히 보인다.
「으음.」
대원군은 입에 물었던 담뱃대를 쑥 뽑았다.

분명히 열십자의 형체다.
달빛도 별빛도 없으니 무슨 빛에 반사된 것이 아니다. 그 자체가 희끄무레한 빛이었다. 이따금씩 움직이는 것 같았다. 흘러가는 성싶기도 했다.
「천주학쟁이들이 말하는 십자가의 형국입니다.」
하정일이 말했다.
「그렇구나.」
대원군이 수긍했다.
「언제부터 있느냐?」
대원군이 물었다.
「간밤엔 없었습니다.」
하정일이 대답했다.
집안 사람들이 모두 사랑뜰로 몰려들었다.
「가까운 곳이구나.」
대원군이 지껄였다.
「밤하늘은 가까워 뵈두 멀답니다.」
하정일이 또 대꾸했다.
「나가서 어디쯤인가 보구 올갑쇼?」
장순규의 음성이었다.
「글쎄.」
대원군도 심상찮은 관심을 표시했다.
「하늘에 뜬 별이 어디쯤인가 보구 오겠단 말과 같습니다, 저하.」
안필주가 장순규를 타박했다.
「아뭏든 나가 보구 오겠습니다, 대감마님.」
장순규의 말에,
「버려 둬라!」
대원군은 잘라 말하면서 대뜰로 내려섰다.
그는 내궁 대청 앞으로 왔다.
부인 민씨와 나란히 서서 허공을 쳐다보고는 물었다.

「부인도 보이오?」
민부인은 합장했다.
「어찌 안 보이겠습니까, 대감.」
「서학이 말하는 십자가요?」
부인 민씨는 대답하지 않았다.
오직 기도하고 기구하기에 골몰했다.
그러자 유모 박씨가 그들에게로 접근해 왔다. 감탄 어린 음성으로 뇌까렸다.
「천주님은 전지전능하십니다, 대감마님.」
대원군은 피식 웃었다.
「나보다두?」
유모 박씨는 방자한 대원군의 말이 천주에게 송구해서인지 입 속으로 기도했다.
「오, 전지전능하신 주여, 성총을 가득히 입으신 마리아여, 우매한 우리의 죄를 불쌍히 여기시고, 사하시고, 우리에게 은총을 베푸소서. 아멘.」
그러나 대원군은 유모 박씨를 또 놀렸다.
「유모는 천당에 가기로 약속이 돼 있다면서? 그래 그리스도라는 사람이 나보다 더 위대하다고 생각하나?」
「대감마님?」
「나보다도 더 위대해, 그 서양 사람이?」
「그리스도는 사해 만민의 그리스도입니다. 저런 이적(異蹟)두 이룩하실 수 있습니다. 십자가로 어두운 밤에 빛을 내리시고 계십니다. 대감마님.」
대원군은 그제서야 할말을 잃고 침묵했다.
(저건 정말 기적이 아닌가?)
그로서는 아무래도 알 수 없는 노릇이었다.
이튿날, 대원군은 아침 일찍 눈을 떴다.
그는 눈이 뜨이자 벌떡 일어나 방문을 열어 젖혔다.

「없구나!」
 간밤에 십자가가 솟아 있던 위치를 어림으로 더듬었으나 거기엔 맑게 갠 하늘뿐이었다.
「과연 해괴하구나!」
 그는 생각했다. 귀신은 있다. 서학의 천주라는 것은 귀신이었던가. 그래서 교도들은 천주를 실감하며 광신하는 게다.
 (서양 귀신?)
 서학을 숭상하는 나라, 법국과 영국은 청국을 하루 아침에 석권했다. 법국의 선교사 한 사람을 청인이 때려 죽였다고 해서라던가.
 함풍제(咸豊帝)는 변경인 열하(熱河)로 쫓기는 신세가 됐고, 북경성은 그들 두 나라 군사들이 점령했다.
 조약이라는 것을 맺었다던가.
 청국은 배상금을 자그마치 일천 육백만 냥씩이나 물었다.
 한구(漢口), 구강(九江), 경주(瓊州), 등주(登州), 대만(臺湾), 또 조주(潮州), 오장(午庄) 등의 나루를 저들에게 개방했다.
 (그럼 그게 모두 서학이 떠받드는 천주나 그리스도의 힘이며, 그의 힘을 입은 기적의 소치란 말이냐?)
 대원군은 주청사(奏請使) 이경재와의 문답을 되새기지 않을 수 없었다.
「청국의 남비(南匪)는 토평(討平)됐던가?」
 남비란 이른바 장발적(長髮賊)이다.
「자취를 감춘 듯싶사오나 그들이 섣불리 서양 선교사를 건드렸기 때문에 대국의 체면은 땅에 떨어졌습니다.」
「북경성엔 아직 그 양이가 많던가?」
「많진 않더이다. 불과 100여 명이라는데 그들은 북경 천하를 멋대로 주름잡고 있다 하옵니다.」
「불과 100여 명이?」
「교역을 핑계삼아 재화를 강탈하고, 공공연히 서학을 포교하고, 심지어는 꾸냥[姑娘]을 납치해서 튀기를 낳게 하는 등 그 횡포가 우심하더이다.」
「꾸냥이 뭔고?」
「낭자(娘子)라는 청어(請語)올시다.」

왕위의 계승 같은 중대한 일은 청국황제의 승인이 필요하다.
신왕의 즉위를 청국에 보고하고, 그 승인을 얻기 위해 조정은 정사(正使)에 이경재, 부사에 임긍수 등 일행을 주청사로 북경에 파견했었다. 그들의 보고였다.
「양인은 누구나 천주학을 믿는다던가?」
「그런가 봅니다.」
「북경의 천주학도 마리아니, 그리스도니, 천당이니, 아멘이니 하면서 열십자에다 대고 기도를 하던가?」
「북경에선 당이라고 해서 지붕끝에다 커다란 십자가를 달아 놓고 남녀 교인들이 한데 섞여 노래를 부르고, 주문을 외고 하는 것을 보았습니다.」
이런 말들을 이경재에게 들었는데, 그럼 그들은 소위 천주학의 힘으로 그토록 강한 것인가 싶기도 했다.
대원군은 설렁줄을 흔들었다.
안필주가 팽이처럼 달려왔다.
「필주, 대령했사옵니다.」
「너 밖에 나가 이웃을 염탐해 봐라!」
「무엇을 염탐합니까?」
「간밤에 보이던 것이 안 보이는구나.」
「십자가라는 것 말씀인가요?」
「아무래도 좀 해괴하구나.」
「대감마님!」
「샅샅이 뒤져 봐라!」
「오늘 새벽에 저희들 천하장안 네 녀석이 벌써 뒤져 봤습니다.」
「그래?」

싱그러운 아침 햇살이 마루 위에, 방문살에 그 찬란한 빛을 던져 왔다.
「그래서?」
대원군의 질문은 날카롭다.
「이웃을 샅샅이 뒤져 봤으나 아무것도 발견된 게 없습니다.」
하정일의 대답은 기가 꺾여 있었다. 자진해서 이웃을 조사해 본 것은 약삭빠른 짓이라 자랑스럽지만, 아무런 단서도 찾아내지 못한 것은 죄송스럽다는 투였다.
「그래?」
대원군은 부지중에 담장 밖 하늘을 쳐다봤다. 지금은 푸른 하늘, 앞집의 용마루가 그 밑에 깔려 있을 뿐이다. 간밤에 보이던 십자가는 간데온데 없는 것이다.
「대감마님! 아무래도 헛것이 보였던 것 같사옵니다. 요새 하두 그 천주학이 창궐하는 듯하더니 이젠 허깨비루 나타난 모양입니다.」
역시 바깥 하늘을 보면서 장순규가 그런 말을 했다.
「이놈아!」
대원군은 소리를 빽 질렀다.
「도깨비가 눈깔이 멀었다더냐? 눈깔이 멀지 않구야 감히 운현궁을 넘겨다 볼 도깨비가 어디 있느냐?」
「지당한 말씀이옵니다. 눈깔 먼 도깨비가 길을 잘못 들었던 듯싶습니다. 허 헤.」
「이놈아 웃을램 똑똑히 웃어! 허 헤가 뭐야! 하하지.」
「죄송합니다. 대감마님. 허 헤 하하.」
「야, 이놈아!」
「예이.」
「오늘 밤엔 이웃에 군사를 풀어 지켜보도록 하라!」
「예이, 분부대로 거행하오리다.」
「야, 이놈아!」
「예이.」

「간밤엔 밤새껏 술 처먹었구나? 아직두 두꺼비눈을 하구 있는 걸 보니.」
「대감마님, 황감하옵니다. 허헤, 참 하하하.」
이때, 마침 다른 하인이 나타나서 손님이 왔다고 전한다.
「누구냐?」
「남승지가 오셨습니다.」
「남승지?」
「남종삼 승지 말씀이올시다.」
「드시라구 해라!」
대원군은 고개를 갸우뚱했다.
아침이 이른데 남종삼이 찾아 왔다면 무슨 곡절이 있는가 싶었다.
그는 천주교의 전도사다.
그로 해서 유모 박씨의 이름이 '말타 박'으로 둔갑을 했고, 부대부인 민씨의 손목에도 가끔 묵주가 걸려 있는 것을 본다.
(간밤의 허깨비와 관련이 있는가?)
그래서 대원군은 고개를 갸우뚱해 본 것이다.
대원군은 방으로 들어와 보료 위에 좌정했다.
「시생 남종삼, 대감께 문안 아뢰오.」
「들어 오게나!」
남종삼의 인사는 정중했고 대원군의 대거리는 간단했다.
남종삼의 절을 받은 대원군은 지그시 그를 노려보면서 느닷없이 물었다.
「남오가스틴도 안녕하신가?」
남종삼은 고개를 번쩍 쳐들었다.
그는 별안간 허를 찔린 것이다.
「예에.」
대답은 했으나, 신기하다는 표정이었다. 그리고 슬며시 겁이 나는 모양이다.
'남오가스틴'은 남상교의 세례명으로서 몇몇 교도들이나 알고 있다.

남상교는 남종삼의 아버지로서 대원군과 친교가 두텁다.
「제 아버님의 본명까지 저하께서 어떻게 아십니까?」
「다 아는 수가 있지. 자네는 '남요안'이라구 그런다지?」
남종삼은 기가 질려서 대원군을 멀거니 쳐다볼 수밖에 없었다.
대원군은 놋쇠 재떨이에다 담배통을 딱딱딱 두드렸다.
그 금속성의 음향이 유난히 남종삼의 신경을 자극했다.
남종삼은 얼른 대원군의 양철 간죽 담뱃대를 빼앗아 자기가 담배를 담아 바쳤다. 그리고 부싯돌을 쳤다. 그러면서 침착성을 회복했다.
「그래, 오늘은 어떻게 왔나?」
대원군은 자연(紫煙)을 길게 내뿜으면서 대수롭잖게 그러나 뜻있게 물었다.
「예에, 아침 문안차로 왔습니다.」
「별 볼일은 없구?」
「간밤엔 이 근처에서 묵었기로 문안을 드리고 갈까 해서.」
대원군의 눈초리는 날카로워졌다.
「이 근처에서 묵었어?」
「예에.」
「이 근처 어디?」
「바루 담장 밖 민가에서 묵었습지요.」
「전도를 했나?」
「예에.」
「자네 혼자?」
「베르뇌 주교가 왔었습니다.」
「베르뇌라면 장경일이라는 조선명을 가진 법국인가?」
「그렇습니다.」
대원군은 잠시 침묵했다.
간밤에 본 그 십자가의 광채를 생각했다. 인위적인 빛이 아니라, 십자가 스스로가 하나의 발광체(發光體)였다.
(아무래도 신기하지 않은가?)

그렇게 생각했다.

남종삼도 침묵했다.

대원군은 무서운 사람이라고 감탄했다.

무슨 이유로 해서 교인들의 세례명을 낱낱이 조사했고, 소상히 외고 있는지 모르겠다.

(부대부인을 통해서 천주님의 은총을 입기 시작했다.)

그렇게 생각했다.

「여보게?」

「예.」

「베르뉘는 도통한 사람인가? 아니면 신접을 했는지.」

도통이니 신접이니 하는 말은 천주교와는 인연이 멀다.

「어떻게 하시는 말씀이시온지요? 그분은 주님의 뜻을 성실하게 받드는 목자(牧者)일 뿐입니다.」

남종삼의 말에 대원군이 묻는다.

「도대체 자네들이 말하는 주님이란 뭔가?」

「주님이란 천주, 천주는 만선만덕(萬善萬德)을 갖추신 순전한 신이며, 삼라만상을 창조하신 하나님이십니다.」

「사람이 아닌가?」

「사람을 만든 전능하신 조물주이십니다.」

「사람을 만들어, 천주가? 어떻게?」

「사람의 조상은 아담과 에와의 두 남녀입니다. 천주 아담을 만드실 때 그 육신을 진흙으로 반죽했고, 에와의 육신은 아담의 한쪽 갈빗대를 뽑아 만드시고, 그들의 영혼은 아무 재료도 없이 즉, 무(無)에서 창조하셨습니다.」

「그거 희한한 재주로구나. 예수 그리스도라는 사람의 재준가?」

「예수 그리스도는 그후 천주 성자로서 사람이 되는 분입니다.」

「그래 천주 성자가 어떻게 사람이 됐단 말인가?」

「천주 성자 영혼과 육신을 취하자 동정녀(童貞女) 마리아의 몸에서 나심으로 사람이 되셨습니다.」

「동정녀라니? 처녀 말인가?」
「예에.」
「처녀가 아이를 낳았단 말인가? 속담엔 그래두 할말이 있다더군.」
「동정녀 마리아는 성신의 전능으로 예수를 잉태하셨습니다. 그래서 성모라고 부릅니다.」
남종삼은 경건하게 설명했다.
그러나 대원군은 별안간 그 폭포 같은 웃음을 터뜨렸다.
그리고 이내 뚝 그치면서 정색을 하고 남종삼을 쏘아봤다.
대원군은 말했다.
「성자의 행적이란 때로는 불가사의일 수가 있지. 나도 아네. 사람 누구나 자신의 구령(救靈)을 위해서 마음 속에 믿음을 갖는다는 것은 소중한 일이야. 유불선(儒佛仙)인들 다 그런 게 아닌가. 착하고 덕 있는 사람의 행적을 거울삼아 나를 수양함에 있어서 만일 천주학이 길잡이가 된다면, 그 또한 무방은 할 게고.」
그는 의외로 진지한 언투를 썼다. 전부터 생각한 바 있는 자기의 주장 같다.
「그러나…….」
그러나 그는 그러나를 전제했다.
「자고로 학파건 종교건 성(盛)하면 자칫 타락하기가 쉽더군. 생각해 보게나. 불가의 자비, 좋은 게지. 허나, 여말(麗末) 이래의 불제들은 타락했어. 유교의 인은 또 오죽 좋은가. 허나, 서원은 복마전이 됐고, 유생들은 탈선하고 말세. 내 듣기에 천주학의 구령운동 또한 좋을세. 타락하기 쉬운 영혼을 어떤 절대의 힘에 의지해서 정화하자는 것일 게니까. 그러나 그 포교를 위해서 만일 혹세무민하는 일이 있다면 그 또한 타락을 모면 못할 것일세.」
남종삼은 숙이고 있던 고개를 번쩍 들었다.
「저하!」
그는 두 손으로 방바닥을 짚었다.
「말해 보게나!」

대원군은 다시 담담하게 담배를 피워 물었다.
남종삼은 또 부싯돌을 쳤다. 그리고 말했다.
「저하, 천주교의 계율은 엄하기 그지없습니다. 만일 포교를 위해서 옳지 않은 방법을 쓰는 자가 있다면 필경 스스로를 파문한 것이니까 이미 그는 천주교 신자가 아니올시다.」
「그럴까?」
「그렇습니다.」
대원군은 허리를 쭈욱 폈다.
싸늘하게 말했다.
「간밤에 십자가라는 것을 봤네.」
「보셨습니까?」
「지붕 처마에다 꽂았던가?」
「예에. 장주교가 집전하는 미사여서요. 비록 공공연한 행사는 아니더라두.」
「그 십자가가 혹세무민을 하더군!」
「예?」
남종삼은 말뜻을 못 알아 듣고 놀란다.
대원군은 더욱 싸늘한 말투로 물었다.
「그 십자간 뭣으로 만들었나?」
「나무로 만들었습니다.」
「그래? 환한 빛을 내더군, 캄캄한 밤하늘에서 말야. 무슨 묘한 칠을 했나?」
남종삼은 더욱 얼떨떨한 모양이다.
(환한 빛을 내다니 캄캄한 밤하늘에서…….)
그는 오히려 대원군에게 반문했다.
「십자가에서 환한 빛이 났습니까, 저하? 캄캄한 밤하늘인데요.」
이번에 대원군이 반문했다.
「자넨 몰랐는가?」
「몰랐사옵니다. 그럼 영적(靈蹟)이 일었습니까, 저하?」

대원군은 침묵했다. 눈을 감았다.
남종삼은 흥분했다.
신도로서는 놀라운 소식이다. 대원군의 태도를 지켜보고 있었다.
대원군은 한동안 생각하는 눈치였다.
그는 눈을 감은 채로 물었다.
「그 십자가는 늘 가지고 다니는 겐가?」
「아니올시다. 간밤에 부랴사랴 헌 재목으로 만들었습니다. 바로 시생의 손으로 만들었사와요.」
「그래? 아직도 있나?」
「있을 겝니다.」
대원군은 감고 있던 눈을 번쩍 뜨면서 이번엔 지극히 카랑하게 말했다.
「그걸 내게 갖다 보여 주게, 지금.」
남종삼은 일어섰다.
잠시 후에 그는 커다란 십자가를 앞에 받들어 들고 운현궁으로 돌아왔다.
대원군은 마루끝으로 나왔다.
그는 남종삼이 들고 온 커다란 십자가를 유심히 들여다 봤다.
운현궁의 가령들도 삥 둘러서서 들여다 봤다.
십자가는 남종삼의 말과 같이 헌 재목으로 두드려 맞춘 것이었다. 대패질도 하지않은 쭉쭉 삐뚤어진 통나무였다.
대원군은 그것을 손가락으로 꾹꾹 눌러 봤다.
그러고는 고개를 끄덕였다.
「썩었구나!」
남종삼이 물었다.
「썩다뇨?」
대원군은 돌아섰다.
「나무가 썩었구나. 오리나무구나. 물에 잠겨 썩은 오리나무였구나!」
대원군은 여러 사람들을 둘러보면서 웃었다.

「난 기적이라는 것을 믿고 싶지 않았네.」

그의 의아해 하는 남종삼을 보고 그런 말을 했다. 또 말했다.

「칠야 허공에서 광채를 발하는 십자가. 사실이면 괴이하고, 이유를 모르면 기적이지. 천주학은 기적을 낳는다는 소문이 나 보게. 이 나라의 민심은 또 묘하게 엉뚱한 곳으로 쏠려.」

그는 특히 남종삼을 지목하면서 결론지었다.

「양인 선교자가 대원군보다 위대해질 수도 있어. 허나, 기적은 없었군. 저 십자가는 썩은 오리나무야. 썩은 오리나무는 어둔 데서 보면 훤히 보이는 게지. 그것 뿐이야!」

대원군은 자기가 할말만 하고는 방으로 들어가더니 미닫이를 차라락 닫아 버렸다.

그리고,

「남승지 좀 들어오시오!」

그의 음성은 별안간 더할 수 없이 준엄했다.

남종삼은 무슨 죄라도 진 사람처럼 위축된 마음으로 대원군 앞에 머리를 숙였다.

이런 순간의 침묵이란 위압이며 불안이다.

대원군은 한동안 말이 없었다.

남종삼은 흡사 대죄(待罪)하고 있는 심경이었다.

「남승지!」

한참만에 대원군이 입을 열었다.

「예에.」

남종삼은 저도 모르게 이마가 방바닥에 닿을 지경이었다.

「나는 이런 생각을 가지고 있네. 나라를 다스리려면 큼직큼직한 집단을 손아귀에 넣고 이용을 해야 하는 걸세. 서학은 앞으로 창궐할 기세야. 말하자면 큰 집단이 될거야.」

그의 어조는 야무졌다.

남종삼은 조용히 듣고만 있었다.

「나는 유생들을 탄압했어. 그 집단의 횡포가 왕권을 뒤흔들고 백성들을 괴롭혔기 때문에 단안을 내린 거야. 나는 천주학을 좋아는 않네. 좋아는 않지만 무시할 수도 없군 그래. 그럴 바엔 내편으로 만들어서 국론을 통일하는데 이용하고 싶네. 자네 의향은 어떤가?」

「무슨 말씀이시온지?」

「앞으로 이 나라는 내외 정세가 다사다난해. 서학도 천주도 중요하지만, 우선 내 나라가, 내 겨레가 먼저야. 지금은 신도가 불과 2만에 불과하지만 앞으론 2십만으로 불어날 수도 있잖은가.」

「그야 그렇습지요. 세계인의 신앙이며 종교니까요.」

「남승지! 나를 도와 국론을 통일하고 국력을 배양하는데 서학의 힘을 이용해 주게나. 악용이 아니라 선의의 이용이야.」

남종삼은 머릿속에 혼란을 일으켰다.

대원군은 결론으로 그에게 못을 박았다.

「공을 세우게. 공을 세우면 보람은 있는 법이니까.」

출세시키겠다는 것인가, 공을 세우면.

남종삼은 손바닥으로 얼굴을 가리고 심각한 상념에 잠겨 버렸다.

아무도 보지 않았다

비가 쏟아졌다. 한식경은 쏟아지더니 뚝 그쳤다.
구름은 북녘 산마루로 흐르고, 하늘이 열리면서 석양 햇살이 빛났다.
바람이 휘익 불어오자, 참나무, 소나무 그리고 오리나무 가지 끝에서 물방울들이 후루루 떨어졌다.
계곡이 깊다.
신록은 더할 수 없이 싱그러웠다.
산은 수락산, 절은 흥국사, 덕절이라고들 부른다.
창건 역사는 아스라하게 멀다.
신라 진평왕 22년이라면 흐른 세월이 얼마나 되는가.
1300년이 가깝다.
원광법사가 지었다고 하니 기호(畿湖)에서도 손꼽히는 고찰에 속하지 않을까.
정조(正祖)는 문란한 승풍(僧風)을 바로 잡아 볼 뜻에서 칠규정소(七糾正所)의 하나로 이곳에다 규정소를 설치한 일이 있다니, 근세의 불승들 중엔 속인보다 더욱 속되면서 나무아미타불을 부른 자가 많았던 것 같다.
옷은 육신을 가린다. 가릴 것은 가리는 게 좋다. 가사가 마음을 가리기 위해 입은 옷일 수는 없다. 마음의 부끄러움을 가사로 가리는 불제가 많았음은 석가모니한테 미안한 일이다.
규정소가 설치됐던 이 덕절은 봉선사의 말사(末寺)였다.

수락산은 암산(巖山), 바로 앞산도 불암산이라고 부른다.

동으로도 10리, 서쪽으로도 10리를 내려가야 마을이 있으니까 주변엔 초부(樵夫)들의 내왕도 드물었다.

뻐꾸기가 자주 울었다.

주지는 아니더라도 허암(虛巖)은 고승이라 했다. 강화 전등사에 있던 그 허암선사 말이다.

일정한 곳에 승적을 두지 않고 떠돌아 다니는 탁발(托鉢)이라면 망발일까.

그 허암이 법당 앞으로 나왔다. 눈 위의 눈썹이 희고 길었다.

그의 옆으로 젊은 중 하상(何祥)이 지나면서 한마디 흘렸다.

「비 뒤끝이라 날씨가 쌀랑합니다.」

사월이 낼모레지만 정말 몸이 으스스 떨리는 석양 무렵이다.

「운여가 아직도 안 돌아오는데……옷이 함빡 젖었겠는걸.」

「어딜 갔습니까?」

「산채(山菜)가 떨어졌다구 나갔는데, 낼 서울서 손님이 오실 테니까.」

고비, 고사리, 취. 절에서 그런 산나물을 떨어뜨릴 수는 없다. 더구나 손님이 온다는데.

「어떤 쪽으로 갔나요?」

「용굴 쪽으로 가 보겠다구 했는걸.」

용굴 쪽이라면 서녘으로 큰 산마루를 둘이나 넘어야 한다.

「그럼 비를 맞았겠는걸요.」

「맞았을걸.」

두 사람은 똑같이 하늘을 쳐다봤다.

법당 추녀 끝에선 풍경이 뎅그렁 뗑 울었다.

「최행자를 못 봤나?」

노승 허담이 물었다.

「못 봤는걸요.」

젊은 중 하상이 대답했다.

하상이 물었다.
「최행잔 왜요?」
「왜라니. 운여를 어서 찾아 보래야지, 갈아입을 옷을 가지구.」
노승의 손엔 마른 옷이 들려 있었다.
하상은 그것을 보면서 좀 근심스럽게 말했다.
「아닌게아니라 옷이 젖었음 감기 걸리겠는걸요. 제가 가지구 나가 볼까요?」
「자네가?」
허암은 달갑잖게 반문했다.
「용굴 쪽으로 갔음 멀 텐데 제가 나가 찾아보죠.」
젊음이 싱싱하게 팽창한 둥근 얼굴을 가진 하상은 나이 스물 하나였다.
「아무려나!」
노승은 하상에게 운여니(雲如尼)가 갈아입을 옷을 내줬다.
하상은 옷을 받아 들고는 또 하늘을 쳐다봤다.
「그럼 다녀오죠.」
「해도 곧 떨어지겠네, 속히 찾아 보게나!」
또 어디선가 뻐꾸기가 뻐꾹 뻐뻐꾹 울었다.
젊은 중 하상은 부지런히 경내를 벗어났다.
「저녁 예불이 곧 시작되네!」
노승이 소리쳤다. 빨리 돌아오라는 것이다.
「염려 마세요.」
하상은 다람쥐처럼 등성이를 타고 있었다.
「보이지 않으면 군호를 해봐!」
노승은 웬지 불안한가 싶다.
운여가 보이지 않으면 우우우 하고 고함을 쳐 보라고 일렀다.
「염려 마시라니까요. 우우우.」
젊은 중은, 그러진 않겠지만 늙은 중을 놀리는 것 같기도 했다.
길은 가면 길이다. 젊은 중은 구태여 길을 찾아서 가는 게 아니었다.

무성한 풀숲은 아니지만 그의 아랫도리는 비 뒤끝이라서 이내 젖어 버렸다.

그는 경내를 벗어날 때처럼 서둘러서 산을 타지는 않았다.

여승 운여가 갈아입을 마른 옷을 어깨에다 턱 걸친 그는 조금도 급하지가 않았다.

그는 바위틈에서 나오는 약수터로 먼저 갔다.

그는 떡갈나무 이파리를 하나 뚝 따서 세모로 오므려 국자를 만들었다.

약수를 떠서 한모금 마시고는 그 잎새를 흐르는 물줄기에 띄웠다.

그는 소년처럼 사면 팔방을 둘러보면서 노래라도 하듯이 흥얼거렸다.

「내 어찌 상서(祥瑞)로운 사람이 아니겠느냐, 그 이름 하상(何祥).」

하상은 솔잎을 쑥 뽑아 질겅질겅 씹다가 퉤 뱉어 버리며 또 흥얼거렸다.

「네 어찌 뜬구름 같은 인생이 아니겠느냐, 운여(雲如).」

그는 키가 작았다. 얼굴은 둥글고 태깔이 고왔다. 그래서 언뜻 보기엔 십 칠팔 세의 소년 같은 인상이었다. 덕절에서 잔뼈가 굵었다.

두리번거리며 사람을 찾지는 않더라도 그는 주변에 운여가 없는 것을 육감으로 안다.

그리고 운여가 용굴 쪽에 있으리라는 것도 그는 알고 있다.

그가 등성이를 둘이나 넘어서 용굴 근처에 이르렀을 때엔 멀리 노원(蘆院) 들판을 건너 삼각산 만경봉에서 뿜는 낙조의 붉은빛이 아름다웠다.

(운여는 저기 있구나!)

하상은 용굴 안에서 연기가 새어나오는 것을 보고 직감했다.

옛날에 용이 들어 앉았다가 승천을 한 굴이래서 용굴, 지름이 간 반쯤이나 되는 석굴이다.

오백 나한(五百羅漢)의 크고 작은 석상이 굴 안 돌벽에 석순(石筍)처럼 붙어있으나 지키는 사람은 없다고 했다.

(추위서 모닥불을 피웠는가?)

젊은 중 하상은 슬금슬금 굴 어귀로 접근해 갔다.
그리고 그는 몸을 석벽에 붙인 채 목을 길게 빼서 굴 속을 들여다봤다.
그러나 젊은 중 하상은 실망했다.
굴 속에는 아무도 없었던 것이다.
그는 긴장을 풀면서 어슬렁어슬렁 어둑신한 굴 안으로 들어갔다.
(누가 옷을 말려 입고 나갔구나, 운여겠지.)
굴 바닥에는 타다 남은 모닥불이 아직 가냘픈 연기를 뿜고 있었다.
하상은 그 꺼져가는 불씨를 발길로 툭 차 보고는 굴 안을 둘러봤다.
그는 석벽에 양각(陽刻)된 오백 나한을 훑어 보다가 불현듯 합장을 하고는 뇌까렸다.
「나무사만다 못다남 옴도로도로 지미사바하.」
모든 신(神)을 안위하는 진언이다.
그는 생각없이 문득 입에서 나오는 대로 뇌어 보다가 어깨를 움츠렸다.
천정에서 물방울이 마구 떨어지고 있었다. 그것이 목덜미에 떨어지자 어깨를 움츠린 것이다.
바로 그 순간이었다.
「어머나, 하상스님이 여기 웬일이야?」
굴 어귀에서 여자의 음성이 들려 왔다.
운여가 나타났다. 물에 젖은 삭정이를 한아름 안고 나타났다.
「아아, 그게 탈까?」
하상은 운여의 젖어 있는 옷을 바라보며 늘어지게 그런 말을 했다. 또 말했다.
「옷이 함빡 젖었군. 허암스님이 갈아입을 걸 주시길래 갖구 왔어.」
그는 들고 있던 운여의 옷을 번쩍 쳐들어 보였다. 또 말했다.
「춥지? 이리 와, 내 불 살릴게.」
그는 운여가 주워 온 삭정이를 받아서 불씨 위에다 얼기설기 얹고는 입으로 후우후 불어댔다.

파아란 연기가 치솟았다.
 두 남녀가 마주 앉아서 한동안 불어댔다. 냇내로 눈물들을 흘리면서 열심히 불어대고 있었다.
「감기 걸려요. 얼른 옷 갈아입어.」
 불길이 살아나자 하상이 운여의 푸른 입술을 보면서 말했다.
「정말 옷이 젖으니까 춥데요. 온몸이 덜덜덜 떨었지 뭐야.」
 운여는 아직도 덜덜덜 떨면서 그런 소리를 했다. 또 말했다.
「불에 말리면 될 거야.」
 갈아입을 필요없이 말려 입겠다는 것이다.
「그래두 갈아입어, 어서!」
「괜찮다니까.」
 여자는 얼굴을 붉히면서 불을 쬐었다.
「내 나가 있을까.」
「괜찮다니까.」
 밖에서는 솔새가 삐리루 삐삐 하고 울었다. 해는 이미 져 있었다.
「어떻게 불을 피웠어?」
 하상이 물었다.
「나무꾼이 피운 거야.」
 웬지 운여는 또 얼굴을 붉혔다.
「그럼 나무꾼하구 같이 불을 쬤단 말야?」
「아니!」
 운여는 당황하면서 더욱 얼굴을 붉혔다.
「그럼?」
 젊은 중은 더욱 궁금했다.
「그네들이 가구 나서.」
 운여의 옷에서는 김이 무럭무럭 오르기 시작했다.
「그네들이라니? 여러 사람이야?」
「둘.」
 운여는 입가에 뜻 모를 웃음을 띠면서 하상을 흘끔 훔쳐봤다.

하상은 막대기로 불을 헤치다 말고 운여를 마주 보면서 씨익 웃었다.
 운여는 두드러지게 볼록한 앞가슴께를 손으로 가리면서 또 얼굴을 붉혔다.
「그런데 말야, 하나는 아낙이었어.」
 하나는 아낙네였다는 바람에 젊은 중 하상은 심상찮은 관심을 표시했다.
 그들은 잠시동안 침묵했다.
「그럼 봤군 그래?」
 한참만에 하상도 얼굴을 붉히며 그런 말을 했다.
 남녀의 정사를 봤잖느냐는 말이다.
 여승 운여는 대답하지 않았다.
 삐리루, 어디선가 솔새가 또 울었다.
 모닥불이 확 일어나다가 스러지면서 푸른 연기가 쏟아졌다.
「아무두 없는 줄 알구 뛰어들었다가 민망해서 혼이 났어.」
 운여는 얼굴을 숙인 채 그런 말을 하면서, 자기가 목도한 광경을 연상하는지 눈을 내리깔았다.
「민망했던 건 저쪽이었겠지. 나무꾼하구 나물꾼 아낙네였던가 보지?」
「이내 도망을 쳤어요.」
 모닥불은 이제 스러져 가고 있었다.
 두 남녀는 다시 엎드려 후우후 입으로 불어대보다가 단념했다.
「안 되겠는 걸! 어서 마른 옷으로 갈아입어!」
「그럴까 봐.」
「내 나가 있을까.」
「그래요.」
 그러나 하상은 나가려고 하지 않았다. 오히려 뜨거운 눈길로 여승 운여를 쏘아보면서 엉뚱한 말을 꺼냈다.
「왕은 무치(無恥)란 말이 있듯이 중에겐 탈속(脫俗)이란 말이 있잖아? 육신을 부끄러워하는 건 아직 사심(邪心)이 남아 있는 증좌야.」
 이 말에 여승 운여는 입가에 신비로운 미소를 머금었다.

운여가 물었다.
「그럼 하상이 보는 앞에서 옷을 갈아입으란 말야?」
하상이 대답했다.
「내 합장하구 있을께.」
하상은 정말 합장을 했다.
「그럼 눈을 감아요!」
「알았어!」
어린이들의 소꿉장난 같았다.
그러나 순수했다. 꾸밈이 없는 행동들이었으니 순수했다.
여승 운여는 젖은 옷을 벗었다. 그리고 날쌔게 하상이 가지고 온 마른 옷으로 바꿔 입었다.
「됐어요! 눈 떠두 괜찮아요.」
하상은 눈을 뜨고 여자를 바라봤다.
빙그레 웃었다.
운여도 웃었다. 가슴을 여미며 웃었다.
「눈만 감으램 뭘 하누. 사람에겐 심안(心眼)이라는 게 있잖은가. 마음 속으로 보는 눈이 더 무서운 거 아냐?」
하상이 운여에게로 다가서며 그런 말을 했다.
운여는 뒤로 물러서며 물었다.
「심안으루 뭘 봤길래?」
「운여의 가슴 속을 봤지.」
「내 가슴 속이 어떻길래.」
「운여두 나두 젊음을 주체 못하구 있어. 안 그래?」
하상은 자연스럽게 운여의 손을 잡으려고 했다.
그러나 운여는 암사슴처럼 굴 밖으로 강동강동 달려 나갔다.
「어머나, 벌써 날이 어둬 오네!」
밖으로 튀어나간 운여의 음성은 더할 수 없이 해맑았다.
어느틈에 손엔 나물 바구니.
두 사람은 땅거미가 기어오르는 골짜기를 날렵한 동작으로 더듬어 내려갔다. 멀리 본사(本寺) 쪽에서 법고소리가 들려오기 시작했다. 저녁 예불이 시작된 모양이다.
「참, 낼 서울서 월담(月譚)마님이 애기를 보러 오신대요.」
운여의 말이었다.
절과 중과 아기, 평범히 들어 넘길 수가 없는 화제가 아닌가.
정말 그들 젊은 남녀에게 있어선 신기로운 얘깃거리였다.
「참, 난 아무래두 이상해.」
앞을 가던 하상이 바위로 올라서면서 운여의 손을 잡아 이끌어 줬다. 그러면서 한 말이다.
「뭐가? 뭐가 이상해.」
운여는 사나이의 체온을 온몸에 느끼고는 당황해서 반문했다.
「남편하군 몇십 년을 살았어두 아이가 없었다면서 과부가 되자 아이를 낳았으니 이상하지 뭐야?」
하상의 말이다.
「그럴 수도 있겠지 뭐.」
운여의 대꾸다.
「주지스님하군 단 하룻밤 인연이었다는데 말야.」
「그럴 수도 있지 뭐.」
「그거 봄, 주지스님두 아주 엉큼해.」
「그럴 수도 있지 뭐.」
하상은 놀랐다. 걸음을 멈추고는 운여를 돌아다봤다. 운여도 놀랐다. 그럴 수도 있다고 한 자기의 말에 놀랐다. 부인 신도가 주지승과 통정을 해서 아이를 낳은 것을 해괴한 사건으로 보지 않는 여승 운여는 그만큼 순수한 것인가, 아니면 피가 뜨거운 여자일까.
비탈이 가파랐다. 풀이 우거지고 바위가 험했다.
운여는 숨을 할딱거리면서, 그러나 하고 싶은 말이 있었다.
「월담마님은 내가 잘 알아요. 그 어른은 너무너무 착한 분예요. 그 어른은 세상이 바뀌자, 억울하게 사약을 받은 영감님 생각으로 자기 혼을 잃었었어요.」

운여의 발이 찌익 미끄러졌다.
운여는 엉덩방아를 찧고 주저앉았다. 앉은 김에 쉬어 가고 싶었다.
운여는 개암나무 이파리 하나를 뚝 따서 코끝에 대 보다가 쪽쪽 찢었다.
하상도 옆에 앉았다. 그는 어린 나무에서 솔잎을 쑥 뽑아 입에 넣고 잘근잘근 씹어보다가 퉤 뱉었다.
쾡! 하고 본사 쪽에서 종소리가 들려 왔다.
운여는 화제를 이었다.
「첨 일년 동안은 죄인의 마누라루 강화 전등사에 숨어서 일구월심 망인의 명복을 빌었어요. 거기선 허암스님이 그분을 보호해 드렸죠. 어느 날 전등사엔 먼첫 임금님을 위한 행선축원(行禪祝願)의 축전(祝典)이 들었어요. 월담마님은 그전날 저녁 무렵에 그 절을 뜨더군요.」
「왜?」
하상이 물었다.
「그 임금님이 내린 사약을 받고 남편이 죽어갔는데 그 임금님을 위한 축전 구경을 하구 있겠어요?」
「그렇군!」
「월담마님이 이 절로 오신 건 그 후일 거예요. 그때는 아직두 죄인의 예펜네라는 생각에서 얼도 혼도 다 빠진 등신인 데다가 그 어른이 예쁘긴 좀 예뻐요? 본인은 자포자기 했을 거구, 주지스님은 남자였으니까……」
그후 대원군이 집정을 하게 되자 첫 정령으로 이하전의 누명을 벗겨 주었다.
월담마님이란 지금은 도정궁의 대방마님.
이 근처 어떤 농가에다 맡겨 기르고 있는 비극의 열매를 보려고 내일 남의 눈을 피해서 오기로 돼 있으니까 모정에 과거가 없다.
「아들이라지?」
하상이 운여의 아름다운 옆 얼굴을 보면서 물었다.
「벌써 두 살이야. 귀엽게 잘 생겼어요. 아이 춥다. 가요! 고만.」

운여는 몸을 으스스 떨면서 일어서려고 하다가 깜짝 놀랐다. 하상의 숨소리가 거칠어진 것을 발견했기 때문이다.
 누군들 모를까. 하상의 숨소리가 거칠어진 이유를 누군들 모를까.
 중이기 전에 그는 남자, 중이기 전에 이쪽은 여자. 인간 본성의 육정을 참고 견디는 것은 신심의 힘이지만, 그 발현(發顯)이야 젊음의 순수한 표징(表徵)인 것을 그는 어이하고, 운여인들 또한 어찌할 것인가.
 더구나, 더구나 말이다. 그는 밉지 않은 사나이였다. 생김새가 단아하고, 살갗이 희고, 행동거지에 남자다운 믿음성이 있다.
 말하자면, 오늘날까지 친근해질 수 있는 기회가 없었을 뿐이지, 기회만 있었다면 얼마든지 친밀하게 지내고 싶어지는 사람이다.
 운여는 자기 가슴 속에서도 파도와 같은 동계(動悸)가 일고 있음을 직감하면서 얼굴을 붉혔다. 관세음보살, 속으로 뇌까렸다.
「고만 가요!」
 운여는 발길을 떼 놓으면서 애원하듯 말했다.
 그 순간이다. 하상은 느닷없이 운여의 어깨를 잡더니 여자의 몸을 홱 돌려 세웠다.
「운여!」
 그의 음성은 떨렸고, 눈길은 어둠 속에서도 빛을 발산했다.
「왜요? 왜 그래요?」
 물어서 뭣 하겠는가. 그러나 운여가 할 수 있는 말은 그것뿐이었다.
 운여는 사나이 품에서 몸을 바들바들 떨었다. 떨면서 애원을 했다.
「제발 부탁이야. 이러면 안 돼요. 우리는 수도하는 중인걸.」
 그러나 운여의 온 신경은 무엇인가 자극을 갈망했다. 법열(法悅)을 갈망하는 뜨거운 입김이 경련을 일으키며 입술 사이로 조용히 새어 나오고 있었다. 그것은 일종의 고뇌였음이 분명하다.

 종교적인 죄의식과 순수한 젊음의 욕정이 일단은 대결해 보는 것이지만, 그러나 금제(禁制)라는 도덕적인 규범(規範)이란 파괴하고픈 것이 인간의 상정(常情)이다.

운여는 하상을 뿌리치지 못했다. 운명을 기다리는 손아귀의 참새처럼 마음과 몸을 바들바들 떨고 있을 뿐이었다.

하상의 뺨이 운여의 볼에 닿았다.

차가운 감촉이었으나 더할 수 없이 뜨거운 체온을 느꼈다. 완전히 그에게 지배된 것을 알았고, 그 지배에서 벗어나기란 파계하는 것보다도 어려운 노릇임을 직감하지 않을 수 없었다.

겁이 났다. 혈관을 흐르는 피, 사고(思考)의 편린조차도 그가 지켜보고 있는 것 같았고, 지금 자기의 의지가 낙숫물로 부풀어진 물방울보다도 허무하게 팍삭 꺼져 버릴 것을 그가 빤히 알고 있는 것만 같아서 운여는 겁이 났다.

「놔요! 나를 노란 말야!」

그러나 운여는 그의 가슴을 힘줘서 마구 떠밀지는 않았다.

비바람 앞에서 떨어지기를 기다리는 꽃잎처럼 하나의 순간을 초조하게 기다리는 심경이다.

하상의 속삭임이 들려 왔다.

「운여는 떨구 있군. 걱정 말아요. 우리는 불안에 떨어 가면서 탐욕의 화신이 될 만큼 강한 인간들이 못되니까. 나는 지금 부처님과 눈씨름을 하구 있었어. 내가 졌지. 내가 졌단 말이야.」

하상의 음성은 울먹였다. 그의 손은 운여의 등에서 허리에서 갈 곳을 잃은 채 방황하고 있었다.

운여는 항거하듯 말했다.

「내가 왜 떨어. 떨긴 왜 떨어. 나보다두 자기가 떨구 있으면서.」

운여의 손에 들렸던 산나물 바구니가 바위 아래로 굴러 떨어졌다.

운여는 입을 벌렸다. 온 하늘이 그 입으로 내려앉는 듯한 착란에 사로잡혔다.

운여의 크게 벌린 입은 애정을 갈구하는 간절한 호소였다.

입은 먹기 위해서만 있는 게 아니다. 말을 하기 위해서만도 물론 아니다.

그 두 가지 역능(役能)도 중요한 사명이긴 하지만 애정의 요람(搖藍)

으로도 한 몫을 본다.

그렇잖은가. 입 속에 있는 혀는 분명 맛을 분별하는 미각의 촉수다.

혀끝은 단맛에 예민하다. 혀의 중심은 짠맛에 예민하다. 혀의 뒤켠은 쓴맛이다. 신맛은 양쪽 옆이 특히 예민하다.

사랑은 무슨 맛에 속할까.

정감(情感)이 혈관에 팽창하면 입 속의 혀는 자기의 기능을 발휘해 보려고 자세를 취한다.

입이 벌어지는 것이다.

입맞춤은 원시적이고 본능적인 애정의 표현이다. 입은 감각의 동문(洞門)으로서 음양(陰陽)의 교류를 돕는 데 영광을 느낀다.

사랑은 정말 무슨 맛일까. 욕정이 고개를 들면 입술이라는 정감대(情感帶)는 접촉을 원한다. 그러나 불행히도 미각은 모른다. 문을 활짝 열어 혀한테 미각 분별을 일임한다.

혀는 알고 있다. 사랑의 미각은 달지도 않고 쓰지도 않다. 시지도 않고 짜지도 않다.

그 미각의 정체는 황홀이다.

그 황홀은 혀를 통해서 온몸으로 번진다.

그것은 욕망의 내음이며 유혹의 물보라다. 이성과 수양을 조소하는 방종이며 관능이다.

운여, 불도를 닦는 여승이라고 해서 여자의 그런 본능이 없겠는가.

그네의 크게 벌린 입은 우주를 흡수할 만한 인력(引力)을 가졌다.

항상 손목에 염주가 걸려 있다고 해서 여자의 그런 본능적인 유혹에 목석일 수가 있겠는가.

그의 입술은 체념되지 않는 망설임 끝에 운여의 아랫입술을 가볍게 얼렀다.

순간 그는 온몸을 떨었다. 과즙의 맛과 같은 향기는 사랑의 내음일까, 여자의 내음일까.

그는 눈을 감고 나무아미타불을 두뇌로 뇌까리며 법열의 절벽 아래로 비명도 없이 떨어져 내려갔다.

그러나 그들은 절벽으로 떨어지면서 하나의 엄숙한 소리를 듣고 있었다.

본사 쪽에서 저녁예불의 법고소리가 또다시 둥 둥 둥 들려 오고 있었다.

운여는 그 소리를 듣자 비로소 사나이의 가슴을 손으로 밀어 버릴 수 있었다. 한동안 흥분을 가라앉혔다.

운여는 부드럽게 말했다.

「우린 서로 미워질 거예요. 미워지지 않기 위해서, 이만!」

하상은 시무룩했다. 그러나 담담했다.

「알았어. 알았다니까!」

볼멘소리가 어린애 같아서 운여는 가슴이 아팠다. 눈물이 왈칵 쏟아졌다.

그들은 어둠 속을 더듬어 잃어 버렸던 나물 바구니를 찾아냈다.

그리고 걷기 시작했다.

「누가 봤음 어떡해?」

운여가 근심스럽게 말했다.

「아무도 보진 않았어.」

하상은 진회색 하늘을 향해 열기를 뿜어 내면서 대꾸했다.

이제는 삐리루 솔새도 울지 않았다.

만산(滿山)은 어둠과 정적에 휩싸인 채 두 젊은이의 고뇌를 함께 안타까워하는 것인지 끝내 침묵 일관이었다.

그들은 골짜기를 건너 덕절이 내려다보이는 등성이에 올라서다가 소스라치게 놀랐다.

눈앞에 짐승같이 서 있는 사람이 있었던 것이다.

순간 그들은 몸이 움츠러들었다.

수치감과 공포의식에 사로잡혔다.

(봤으면 어떡하나?)

운여는 고개를 땅으로 떨어뜨렸다.

(아무도 보지는 않았을 게다.)

하상은 애써서 그런 생각을 했으나 전연 자신이 없었다.
「노스님, 어떻게 여길 오셨어요?」
결정적인 순간에 당돌해질 수 있는 것은 남자가 아니라 여자다. 운여가 고개를 번쩍 들면서 그렇게 물었을 때,
「궁금해서 나왔다!」
노승 허암은 짤막하게 말했다.
「내려가시죠!」
하상은 그를 피하는 듯 앞장을 서면서 말했다.
「왜들 이렇게 늦었느냐?」
노승은 당연히 그러한 한마디는 그들에게 물어 왔어야 한다.
그러나 그는 아무런 말이 없었다. 젊은이들의 뒤를 따르기 시작하며 아무런 말이 없었다.
(보고 있었구나!)」
운여도 하상도 그렇게 생각했다. 어디로 도망치고 싶은 심정들이었다.
「언제 오셨어요, 노스님?」
운여는 일부러 밝은 눈으로 조잘대 봤다.
「오래 됐다.」
허암의 이 대답은 뭣을 뜻하는가. 너희들의 수작을 다 보고 있었다는 암시 같았다.
(봤다면 어떻게 되는 것인가?)
하상도 운여도 그런 생각을 했다.
(파문돼서 쫓겨나겠지.)
두 젊은이는 곁눈질로 서로 상대편의 표정을 살피려고 했다.
그러나 이미 날이 어두워서 상대의 표정을 읽을 수는 없었다.
「노스님, 비를 함빡 맞았더니 춰서 혼이 났어요.」
운여가 또 노승 허암의 눈치를 떠 보느라고 그런 말을 했다.
「췄겠지!」
허암의 대꾸는 역시 간단했다. 그리고 몹시 싸늘했다.

「비가 와서 나물두 많인 못했어요. 추선아씬 취나물을 좋아한다구 하셨는데.」
 내일 이 절에 올 손님은 두 여인이었다. 월담과 추선이 함께 오기로 돼 있는 것이다.
「취는 나물꾼들이 다 도려갔는지 퍽 귀하데요.」
 운여는 나물꾼이라는 말을 하다가 저도 모르게 얼굴을 붉혔다.
 굴 속에서 있었던 나무꾼 사내와 나물꾼 아낙네의 그 기막힌 광경이 머리에 떠올랐던 것이다.
 그네들은 어쩌면 그럴 수가 있었을까.
 처음엔 무서운 범죄행위를 목격한 줄로 알았다. 남자가 여자를 죽이려고 덤벼든 것으로 알았었다. 아낙네의 비명은 숨이 막혀서 지르는 단말마의 외침인 줄 알았는데, 글쎄 그게 아니었다. 나무꾼의 폭력에 도취해 버린 얼굴이었다. 어쩌면 그럴 수가 있을까.
 아주 짧은 동안에 한눈으로 목격한 광경이지만 너무나 많은 생각을 하게 하는 인간의 단면이었다.
「노스님!」
 운여는 마지막 시도라고 속으로 다짐하면서 허암을 돌아봤다.
 이번에도 허암의 반응이 시원찮으면 그는 다 보고 있었던 게 분명하다.
「내일은 마중을 나가야죠? 노스님도 함께 나가시겠어요?」
 운여가 발길을 멈추고 물어 보는데도 허암은 고개나 끄덕거리는 것인지 도통 대답이 없다.
 순간 운여는 울고 싶었다.
(스님도 다 보고 있었다!)
 절망과 수치감으로 해서 두 다리가 후들후들 떨렸다.
(나무관세음보살!)
 그러자 허암이 비로소 입을 열었다.
「참 죄행자가 내 앞서 나왔는데 못 봤느냐?」
 허암은 발길을 멈추면서, 뒤를 돌아보면서 그런 말을 하는 것이었다.

운여는 기가 막혔다. 갈수록 태산이란다지만 이젠 절벽 끝에 선 심정이라서 반문했다.
「최행자요.」
「이 근처 어디 있을 텐데.」
찾아 볼 필요도, 기다릴 필요도 없었다.
노승의 말이 끝나기도 전에 최행자가 그들 앞에 나타난 것이다.
(그럼 최행자도 봤다는 것인가?)
운여는 자연 최행자의 동정을 살피기에 급급해야 했다.
「너 어디 있었니?」
물어 봤다.
「약물터에.」
약물터라면 바로 그 골짜기다. 운여와 하상이 자기 자신과 갈등을 벌였던 바로 그 골짜기다.
(관세음보살!)
운여는 또 부지중에 관세음보살을 찾았다. 순간적이나마 눈을 감고 관세음보살께 용서를 빌었다.
그날 밤, 운여는 삼경(三更)이 가까운 시각에 자기 처소에서 몰래 빠져 나왔다.
달이 휘영청 밝았다.
운여는 자기의 그림자를 밟으면서 법당으로 갔다.
푸드득, 날짐승의 깃 치는 소리가 밤의 정적을 깨뜨렸다. 부엉이일 것이었다.
운여는 조심스럽게 법당문을 열었다. 달빛이 법당 안으로 쏟아져 들었다.
운여는 여래상 앞에 경건히 꿇어앉았다.
넓은 법당 안엔 분향 내음이 짙었다.
운여는 본존불(本尊佛)의 자비로운 미소를 바라보며 심혼(心魂)의 안정을 얻으려고 명목했다.
목탁소리는 내지 않았다.

운여는 〈참회계〉를 외기 시작했다.
　내가 지은 모든 악업
　탐진치로 생기었소
　몸과 입과 뜻이 한 일
　모두 함께 참회하오.
운여는 열심히 송경(誦經)하고 진심으로 참회했다.
시각이 얼마나 흘렀을까.
운여는 소스라치게 놀라면서 옆을 돌아봤다.
노승 허암이 옆에 와 꿇어앉는 것이었다.
운여는 할아버지처럼 섬기는 노승 허암을 말없이 쳐다봤다. 허암은 부처님한테 합장을 하면서 덤덤하게 말했다.
「〈예경편〉을 외자!」
굵고 안정된 음성과, 불안하고 가냘픈 음성이 흔연히 조화를 이루며 썰렁한 법당 안에 울려 퍼지기 시작했다.
　　깨끗하온 맑은 물 감로수로 변하여
　　삼보께 받잡노니 굽어 살펴 주옵소서
　　삼계의 도사시고 사생의 자부이신
　　석가모니 부처님께 지성 귀의하나이다.
운여의 눈엔 눈물이 맺혔다.
허암은 기침을 쿨룩 했다.
그들의 음성은 좀더 청정하게 억양있게 울려 퍼졌다.
　지혜 크신 문수보살
　행이 크신 보현보살
　자비 크신 관세음보살
　서원 크신 지장보살 마하살께 지성 귀의하나이다.
　영산에서 부처님 부촉 받으오신 열 분 크신 제자 십륙 아라한, 오백 아라한, 나반존자 천 이백 아라한들께 지성 귀의하나이다.
운여의 송경엔 오열이 섞였고, 허암의 송경엔 자애가 깃들였다. 그리고 부처님의 얼굴엔 달빛이 차가웠다.

「부처님께선 오늘 너의 신심을 시험해 보셨다. 그리고 네가 젊었기 때문에 관대하시다.」
 허암의 커다란 손이 별안간 운여의 어깨에 얹혔다.

 이튿날, 한낮이 겨워서야 서울 손님들이 나타났다.
 덕절에서 서울은 서남쪽 30리 길이라 했다.
 덕절에서 보면 오직 서울 쪽만이 앞이 틔어 있고 그 밖의 삼면은 산이다. 북녘으로 30리를 가면 양주읍, 동쪽으로 산마루를 넘어 시오 리엔 광릉이 있다.
 노승 허암과 젊은 여승 운여는 서울 쪽을 향해서 아침 느지막하게 산을 내려갔다.
 산 아래 외딴 집이 있는 곳은 동막골이다. 동막골을 지나면 미륵이 있대서 미륵댕이, 미륵댕이를 지나면 당고개라고 했다. 서낭[城隍堂]이 있는 고개라서 당고개라 부른다.
 허암과 운여는 그 당고개 마루턱에서 서울 손님들을 맞이했다.
 서울 손님들은 보행으로 왔다.
「어서들 오십시오. 관세음보살.」
 중들은 합장하고 인사를 했다.
 추선은 보따리를 묵직하게 들고 있었다. 콧등에 땀방울이 송알거렸다. 운여의 손을 덥석 잡으며 반가워하다가, 허암에게 목례를 보냈다.
 이하전 부인 월담은 옥양목 치마저고리가 눈이 부시게 희었다. 허암한테 역시 합장례를 하고는 말없이 웃으며 운여에게 목례를 보냈다.
「다리 아프심 좀 쉬어 가실까요?」
 운여가 추선의 보따리를 받아 들면서 말하자,
「그냥 가지 뭐..」
 앞장을 서는 월담이 그런 대답을 했다.
 일행은 서낭고개를 오르기 시작하며 이야기가 많을 것 같았으나 대화들이 없었다.
 월담은 길가에서 돌멩이 하나를 집어 서낭에다 던지고는 가볍게 명목하고 뭣인가 빌었다.
　추선도 돌을 던졌다. 그리고 역시 뭣인가 빌었다.
　두 여인은 제각기 다른 회포와 소망을 가지고 있는 것이다.
「마님을 위해서 소승도 돌을 얹어 드리겠습니다.」
　허암은 월담마님을 위해서 서낭에다 돌을 얹었다.
「아씨를 위해서 저두요.」
　운여는 추선을 위해서 서낭에다 돌을 얹었다.
「절이 퍽 멀군. 아직 멀었다면서?」
　추선이 운여의 손을 잡은 채로 걸으면서 좀 피로한 듯이 말했다.
「초행이시라 더 멀 거예요. 이런 산 속엔 안 와 보셨죠?」
「월담마님이 어떻게 빨리 걸으시는지 따라오느라구 혼이 났어.」
　두 여인은 월담의 걸음이 왜 그리도 급했는가를 짐작하기 때문에 그 이상 화제삼지는 않았다.
　마을 아낙들이 그들 일행을 구경했다. 너무나 아름다운 두 여인이라 마을 아낙네들은 정신을 잃고 그네들을 구경했다. 미륵댕이엔 늦되는 감나무의 신록이 눈에 어렸다.
　동막골로 접어 들면서는 밤나무가 많고, 돌이 많고, 흙이 검붉었다.
　그네들 일행이 산밑 동막골 외딴집 앞에 이르렀을 때였다.
　젊은 아낙네 하나가 돌담 사립문을 열고 쪼르르 달려 나왔다.
　아낙네는 특히 월담마님한테 허리를 굽히며 반갑게 인사를 했다.
「어서 오세요, 마님.」
　월담의 얼굴에도 반가운 웃음이 감돌았다.
「잘 있었나, 그동안?」
　젊은 아낙네는 어린애를 안고 있었다.
　월담은 그 어린애를 받아 안았다. 그러고는 미친듯이 볼을 비비는데 그네의 눈에는 단박 눈물이 핑 돌았다.
「누추하지만 안으로 들어가시죠, 마님.」
　말하는 시골 아낙네의 앞니는 몹시 뻐드러졌다.
　일행은 사립문 안으로 들어갔다.

돌담 밑에는 대추나무의 신록이 싱그러웠다.
씨암탉 한 마리가 그 밑에서 흙을 버르집고 있었다.
「유모, 애기 감기 들었잖아?」
월담은 어린애의 코 밑을 닦아 주면서 그런 말을 했다.
「글쎄, 고뿔 기운이 좀 있나 봐요. 마님.」
유모라고 불린 시골 아낙네는 송구한 듯이 그렇게 대답했다.
그들은 한동안 그 집에서 지체했다.
월담의 태도는 시종 어린애한테 경건했다. 그리고 정에 겨웠다.
월담은 독실한 불교신자로서 분명하게 알고 있는 것이다. 낳게 된 동기야 어떻든 일단 세상에 태어난 생명은 존엄한 것임을 알고 있다.
불륜의 결정이라고 해서, 승려의 씨라고 해서 태어난 생명에게 추호의 책임이 있는 것은 아니다. 어버이의 정이나 의무가 다를 수도 없다.
(내게는 전생에 죄업이 많았을지도 모른다. 부처님께선 내게 그 죄업을 풀게 하시노라고…….)
이 아기를 제수(除授)하셨다. 부처님이 낳게 하시고 기르게 하신 불심인신(佛心人身)의 아기, 어찌 이 존엄한 생명에 대해서 어미로서의 정이 소홀할 것인가. 월담은 그런 생각을 가지고 있다.
월담은 여자로서 이 아기가 잉태하던 그날 밤의 일을 잊지 못한다. 결코 불륜이었다고는 생각지 않는다.
그날 밤 월담은 별안간 심한 신열과 두통으로 신음을 했다. 밤이 아니라 참 새벽녘이었던가.
마침 새벽 일찍 절 주변을 돌아 보던 주지승이 그 신음소리를 듣고 방으로 들어 왔다.
월담은 그가 꼭 부처님으로 보였다.
부처님의 손을 잡고 자기의 아픔을 진정시키려는 안간힘을 썼다. 모든 죄를 용서하고 자비를 베풀어 달라고 마음 속으로 빌었다.
정말 신묘한 영험이 나타났다. 아픔은 씻은 듯이 가시고 마음은 연당(蓮堂)에 오른 것처럼 안온해졌다.
주지의 미소는 그대로 불타의 자비로 보였다.

억울하게 세상을 떠나 부처님 곁으로 간 남편의 환신(換身)이라고 생각했다. 자연스럽게 기꺼운 마음으로 황홀한 열반세계(涅槃世界)에 몰입할 수 있었다.

중고(衆苦)에서 벗어나, 백팔번뇌의 누화(累火)를 끄고, 불생불멸(不生不滅)의 법성을 중험한 해탈의 경지가 불법에서 말하는 열반세계라고 알고 있었다.

그날 새벽, 정말 월담은 한 여자로서 단순한 육욕에 탐닉했던 것은 아니라고 지금도 믿는다.

심신이 더할 수 없이 황홀경에 몰입했을 때, 월담은 문득 어디선가 본 일이 있는 석가모니 열반도가 상상세계에 떠올랐음을 기억한다.

불타가 사라쌍수(沙羅雙樹) 밑에서 입적하는 모양을 그린 그림이다. 다시 말하면 머리는 북으로, 얼굴은 서쪽으로, 오른팔을 밑으로, 누워있는 자세가 아니었던가,

두북(頭北) 면서(面西) 우협(右脇)의 그 경건한 자세 말이다. 주위에 선 수많은 제자들과 천룡(天龍) 귀축(鬼畜)들이 통곡을 하고 있었다.

그것은 불타가 이 세상에서 마지막 숨을 거두던 순간의 광경이었는데, 월담은 그 순간 왜 그런 정경이 머리에 떠올랐는지 모른다.

(한 여자의 새로운 전기가 비롯된 것을 뜻함이었을까.)

월담은 지금도 그것을 외설된 불측한 망상이었다고는 생각지 않는다. 그만큼 그때의 월담은 그 일을 하나의 성행위(聖行爲)로 믿고 있다.

잠시 후 그 집을 뜨면서 월담은 유모에게 말했다.

「곧 이 애긴 서울루 데려다가 기르겠네. 이만큼 키워 줬으니 오죽 고마운가.」

일행은 절로 올라 갔다.

중로에서 월담은 거리낌없이 허암에게 물을 수 있었다.

「그래, 주지스님은 지금 어디루 가 계신지 소식이나 들으셨나요?」

운여에게 일찍이 들은 바가 있었던 것이다.

월담과 그런 인연을 가진 주지는 대원군이 이하전의 역모사건을 사면했다는 소식을 듣자 이 절에서 홀연히 자취를 감췄다고 했다.

「글쎄올시다. 풍문에 들리기로는 금강산 유점사에 봤다는 사람도 있긴 합니다만.」
 허암은 쓸쓸한 어조로 대답하면서 해수 기침을 쿨룩거렸다.
 그날, 덕절에서는 불공이 크게 올려졌다.
 불공의 성격은 복잡했다.
 월담은 망부의 명복을 빌고, 행운유수(行雲流水)의 길을 헤매고 있을 '아기 아버지'의 불복(佛福)을 빌었다. 그리고 아기의 장수를 발원했다.
 그러나 추선의 발원은 처음부터 끝까지 오로지 대원군에 대해서였다.
 「그 분은 성정이 좀 과격하오는데 대자대비하신 부처님께오서 보살펴 주옵소서.」
 월담과 나란히 앉아 합장발원을 하고 있는 추선의 모습은 성스러울 만큼 아름다웠다.
 추선은 최근의 정정(政情)도 근심을 했다.
 「그분은 서원철폐령을 내리셨습니다. 과격한 처사라구 해서 전국의 유생들이 물끓듯 그분을 비난하고 있사오니 보살펴 주옵소서. 그분은 소신이 있어서 하신 일로 알고 있습니다. 유생을 미워해서가 아니라, 그들의 소행이 나라에 해를 끼쳐 왔기로 그것을 금하기 위한 방편으로 알고 있습니다.」
 추선은 왕에 대해서도 빌었다.
 「상감님은 그분의 아드님이십니다. 만백성이 우러러뵈는 어지신 임금이 되시도록 부처님께, 관세음보살님께 발원 축수하나이다.」
 추선은 또 여자로서의 간절한 소망이 있었다.
 「보살님, 저로 하여금 그분의 애기를 하나 낳게 하여 주옵소서. 저는 아무런 욕망도 없사옵니다. 그분의 살과 피와 마음을 나눈 애기나 하나 점지해 주시면 평생토록 그분을 섬기듯 애지중지 키우는 것으로 낙을 삼으렵니다. 저는 재물도 권세도 싫습니다. 그분의 분신 하나면 이 세상을 가장 행복하게 살아갈 수 있는 여잡니다.」
 불경은 아는 게 없으니 욀 수가 없었다. 오직 소망을 빌기에 경건했다.

너무나 간절한 소망을 너무나 경건하게 빌고 있는 탓일까.

추선의 두 눈마구리엔 이슬방울이 영롱하게 맺혔다. 그리고 이따금씩 마룻바닥에 떨어졌다.

염량세태다. 승려들은 누구나 월담보다도 추선을 위해서 발원했다.

대원군의 소실이 아닌가. 이 조그마한 절로서는 일찍이 없었던 큰 손님이 아닐 수 없다.

허암선사의 발원 소리가 갑자기 두드러졌다.

「부처님께 향과 등불 조석으로 받드옵고 삼보 전에 귀의하여 공경예배하옵나니, 해동(海東) 대한국 국왕전하와 대원위대감께오서 만수무강하옵시고 나라 백성 태평하며 흉년 난리 소멸되길 시방삼세 부처님과 팔만 사천 큰 법도와 보살성문 스님네께 지성 귀의하옵니다. 나무아미타불, 나무아미타불, 나무아미타불.」

그날 밤, 산사의 한적한 처소에는 여자 셋이서 자리를 함께 했다.

비밀이 없는 사이들이었다.

월담은 누워 있었다. 추선과 운여는 마주 앉아서 소곤소곤 이야기를 나누고 있었다.

누워 있는 월담은 하룻밤이라도 어머니 품에서 잠들라고 데려 온 어린애를 품에 품고 있는 중이었다.

앉아 있는 추선은 누워 있는 모자의 정겨워하는 모습을 애상의 눈총으로 이따금씩 바라봤다. 어린애는 잠들었다.

추선이 들어 앉으면서 월담에게 말을 걸었다.

「마님, 아기가 귀여우시죠?」

월담은 잠든 어린애의 볼에다 입을 맞추면서, 좀 빗나간 대답을 했다.

「이 아이는 부처님이 주신 업둥이라구 믿어요.」

추선은 고개를 끄덕거렸다.

그러다가 한마디 또 툭 던졌다.

「아기 아버지가 원망스럽진 않으세요?」

월담은 고개를 가로저었다. 그러고는 또 좀 빗나간 대답을 했다.

「나는 그때 내 정신이 아니었어요. 부처님과 동품하는 줄 알았으니까요. 나중엔 크낙한 죄를 진 줄을 깨닫구 열심히 불경을 외었어요. 아무도 보지 않았구, 아무도 모르는 일이니까 한번만 용서해 달라구 부처님께 떼를 썼지요.」
「그래 용서를 하시겠다던가요?」
추선은 서글픈 웃음을 웃어 보이면서 물었다.
월담도 쓸쓸하게 웃으면서 대답했다.
「그런데 부처님께선 요것을 점지하셨군요. 아마 비밀은 반드시 드러나는 것이고, 드러나야 한다는 진리를 가르쳐 주시느라고 요것을 내게 보내 주신 것 같아요.」
「보살님의 자비일까요?」
「그렇다구 생각해요. 인과응보래두 좋을 게구.」
이때, 그네들의 대화를 듣고 있던 운여의 입술은 가냘프게 경련했다. 운여는 얼굴을 붉히며 조심스럽게 한마디 참견을 해 봤다.
「마님, 아무도 보지 않았고, 아무도 모르는 일이라구 생각하는 건 부처님을 속이려는 마음이군요?」
운여의 뜻있는 물음에 월담은 생각없이 대꾸했다.
「그렇지. 허지만 부처님을 속일 수는 없는 거야.」
그러자 이번엔 추선이 한마디 했다.
「마님, 사실은 나두 아까 부처님께 빌었어요. 나두 아기를 하나 갖게 해 달라구요.」
그런 실토를 듣고 있던 운여는 추선을 뜻있는 눈총으로 쏘아봤다.
그러자 이번엔 월담이 말했다.
「뭐가 걱정이세요? 아씬 부처님께 빌 게 아니라 대원위대감님께 매달리심 될걸.」
추선은 천장을 쳐다보며 대거리한다.
「마님처럼 우린 아무도 모르는 비밀이 아니라구해서 부처님은 오히려 모르는 체 하시나 봐요.」
그 말을 듣자, 운여는 소리없이 한숨을 뽑아냈다.
「아씨!」

추선을 서슴없이 불러 놓고 운여는 잠깐 망설이다가 입을 열었다.
「그럼 비밀이 있음 누군가에겐 고백해야 되겠네요.」
「그래야 아기두 안 생기구.」
이 말을 들은 두 여인은 눈길을 마주 보내고는 운여한테 주목했다. 운여는 고개를 푹 숙였다.
「왜, 운여스님한테두 비밀이 있어? 있는가 보군?」
추선이 다그쳐 물으니까 운여는 추선의 무릎에 엎드러지며 별안간 어깨를 들먹거리기 시작했다.
산사의 밤은 조용히 깊어 가고 있었다.

궐기하라 왕부王府가 초라하다

　봄은 3월, 4월인들 봄이 아닐까.
　운현궁 뜰엔 분홍빛 영산홍이 아침 햇살을 받아 찬란하게 피어 흐드러졌다.
　「대감께선 오늘 기침(起寢)이 늦으시니까 좀 기다리슈!」
　운현궁의 청지기들은 오늘 아침도 예외없이 거만하고 무례했다.
　그것은 이미 정평이 나 있었다. 당상관이 찾아와도 '좀 기다리슈!' 정도의 말투니까 그들의 오만한 태도는 더 설명이 필요 없다.
　해가 마악 떴을 무렵인데 많은 사람들이 모여들어 대원군의 기침을 대기하고 있었다.
　「아닌게아니라 오늘은 유난히 늦으시는걸!」
　하인 하나가 무심히 중얼거리면서 싸리비를 든 채 사랑 뜰 앞으로 다가가다가 깜짝 놀랐다.
　때마침 대원군이 미닫이를 드르륵 열어 붙이면서 소리쳤던 것이다.
　「오늘 날씨는 풍우(風雨)냐?」
　하인은 본능적으로 허리를 꺾었으나 어떻게 대답해야 좋은 것인지 막연했다.
　햇빛이 찬란한 아침인데 오늘 날씨는 풍우냐고 묻는다. 더구나 대원군은 찬란한 아침 햇빛에 눈살을 찌푸리면서 그렇게 묻는다.
　당황한 하인은 펴려던 허리를 좀더 꾸부리면서,
　「예에..」

하여간 그렇게 대답해 놓고 하회를 기다려 보는 것이었다.
 순간, 대원군은 또한번 호통을 쳤다.
「이놈아, 햇빛이 쨍쨍한데 뭐가 예에야!」
 좀더 당황해진 하인은 하여간 또 허리를 꺾으며,
「예에.」
하는 도리밖에 없다.
 그러자 대원군은 열었던 미닫이를 화닥닥 요란스럽게 닫아 버렸다. 그리고는 잠잠했다.
 하인은 빗자루를 질질 끌면서 외사 쪽으로 달아나듯 사라지고, 뜰에 핀 영산홍 화관엔 아침 햇살이 좀더 화사하게 부서졌다.
 하인들은 뜰에 모여서 수군댔다.
「대감께선 아침 심기가 좋잖으셔.」
「그래?」
「글쎄 오늘 날씨는 풍우냐구 하시는데 무슨 뜻일까?」
 아무도 까닭을 알 수는 없다. 손님들은 자꾸 밀려들었다.
 평교자가 왔다. 남여도 왔다. 사린교도 밀렸다. 걸어 오는 사람들도 많았다.
 평교자에서 내린 도리옥관자짜리가,
「대감께선 기침하셨느냐?」
 위신을 세우며 점잖게 물었을 때도,
「대감 오셨소? 좀 기다리슈!」
 하인들의 응대는 역시 무지막지한 언투였다.
 남여에서 내린 금관자짜리가,
「대감 뵈오려고 왔네, 손님이 많으신가?」
했을 때도 하인은,
「우리 대감 뵈오려구 오신 분이 대감뿐인 줄 아슈? 저리루 들어가 기다리시구려!」
하는 식이지만, 아무도 그들에게 호통을 치진 못했다.
 (운현궁 하인놈들은 모조리 무지막지한 패들만 모아다 놨으니 아마

대원군의 속 있는 짓일 게야!)
 이것이 중론(衆論)이었던 것이다.
 그러나저러나 오늘 아침은 이상했다.
 대원군은 한식경이나 지나도록 손님을 들이라는 분부를 내리지 않는다.
 (몸이 편찮으신가?)
 큰아들 재면이 아침 문안을 드리려고 들어가자 사람들은 궁금하게 그 하회를 기다렸다.
 거실의 이름치고는 크기도 하다.
 대원군이 거처하는 방에는 아재당(我在堂)이라는 현판이 붙어 있다.
 아재당에 다녀 나온 재면은 여러 사람에게 말했다.
 「오늘은 아무도 만나지 않으시겠다는 분부요.」
 그 말에 손님은 술렁거렸다.
 「왜 어디 편찮으시던가?」
 영의정 조두순이 흰 수염을 치키면서 물었다.
 「글쎄올시다. 그렇진 않으신 것 같은데요.」
 그렇지 않으면서 아침 방문객들을 면접 않겠다면 뭣인가 꼬단이 있다.
 오늘따라 이례적으로 조조(早朝) 방문을 한 조두순은 여느 사람들처럼 그대로 돌아갈 수가 없다.
 일국의 영의정이 아닌가. 국태공의 심기에 중대한 변화가 있음을 보고 그대로 발길을 돌릴 수는 없다.
 「그래두 이 사람은 들어가 문안이라도 드려야 하네.」
 그러나 그때였다. 설렁줄이 요란하게 흔들렸다. 사람들이 깜짝 놀랄 만큼 요란하게 흔들리는 것을 보면 대원군의 심기가 평상과 다르다는 것을 알 수가 있다.
 모두들 더할 수 없이 긴장했다.
 젊은 청지기 이승업이 황급하게 아재당으로 달려갔다.
 「대감마님, 이승업이 대령했사옵니다.」

순간, 미닫이도 열리지 않고 대원군의 그 쩌렁거리는 음성만이 튀어 나왔다.
「너 곧 영상 조대감댁에 가 여쭤라. 내가 기다린다구.」
이승업이 지체없이 대답했다.
「영상 조대감은 지금 사랑 협실에서 대감마님께옵서 기침하시기만 기다리구 계십니다.」
「그래? 곧 드시라구 여쭤라!」
조두순이 아재당으로 들자, 운현궁 안팎이 모두 긴장된 분위기에 휩싸였다.
(또 무슨 태산이 진동할 영이라두 내릴 것인가?)
대원군 앞에 사후한 조두순도 일말의 불안감을 떼칠 수가 없었다.
「저하, 혹시 옥체라도 미령하시온지?」
눈치를 살폈으나 의외로 그의 안색은 밝았다.
「아뇨, 왜 내가 앓는다고 하던가요?」
그가 오히려 반문하는 바람에,
「아니올시다. 오늘 아침엔 내객 접견을 퇴하신다는 분부시라고 하기에…….」
조두순은 얼버무릴밖에 없었다.
그러자 대원군은 두 손으로 얼굴을 문대더니 엉뚱한 말을 물었다.
「오늘이 며칠이던가요?」
조두순은 즉각 대답했다.
「사월 초하루올시다.」
「벌써 사월이라?」
「농번기에 접어들었습니다.」
「백성들이 바빠지겠군.」
「시화연풍으로 온 백성이 저하의 홍은을 칭송하게 될 것입니다.」
화제는 겉돌고 있음이 분명했다.
대원군은 잠깐 생각에 잠기는 듯하더니,
「새벽녘엔 범연치 않은 꿈을 꾸었소이다.」

꿈얘기를 꺼냈다.
「내 혼자 경복궁 경내를 배회하고 있었소이다.」
꿈얘기다. 꿈얘기 쳐놓고는 심각한 언투였다.
「황폐할 대로 황폐한 궁적(宮跡)에 풍우가 대작하는데 난데없는 왜인(倭人) 일군(一群)이 나타나더니 남아 있는 건물마저 마구 헐어 제낍디다.」
대원군의 안면 근육은 차마 바로 볼 수가 없도록 일그러지고 있었다.
잠시 무거운 침묵이 흘렀다.
「영상대감!」
그는 갑자기 조두순을 불러놓고 한동안 말이 없다.
「예에.」
영의정 조두순이 잊었던 듯 대답하며 머리를 조아리자,
「대감 의향은 어떠시오?」
대원군은 밑도 끝도 없이 조두순의 의향을 물어왔다.
「무슨 말씀이시온지?」
「왕부의 존엄은 무엇으로 상징이 되오?」
「성군(聖君)이 나시어 어지신 치적(治績)으로 백성들의 칭송이 자자해야 합니다.」
「못지않게 궁궐도 장엄해야죠!」
「장엄한 궁궐로 왕부의 존엄이 사해만민한테 떨쳐야 되는 줄로 아룁니다.」
「그런데 경복궁이 임진왜란으로 회신, 폐허가 된 지 3백 년이 가깝잖소?」
「30년 부족한 3백 년이오라 왕조를 창업하신 태조대왕께 신하된 도리로 송구하기 그지없습니다.」
「열성조(列聖祖)의 숙원이 경복궁의 재건이었으나 나라가 태평하면 태평해서, 어지러우면 어지러워서, 오늘날에 이르기까지 저대로 뒤두고 있었으니 어찌 종사(宗社)의 체통인들 반석 위에 있었겠소.」
「지당하신 말씀이십니다.」

「대감!」
「예에.」
「경복궁을 중수해야겠소!」
「허나…….」
「너무나 큰 역사란 말이오?」
「국력을 기울여야 할…….」
「국력을 기울이지 않고 궁궐이 이룩되오?」
「허나 지금의 나라 재정으로는…….」
「일천만 백성의 힘과 충성이 있음 되지 않소?」
「서원철폐령으로 민심이 소요스러운 이 마당에 또 그런 큰 역사를 일으키시렵니까, 저하.」
「서원철폐령에 대해선 온 백성이 쾌재를 부르고 있소. 대감!」
「예에.」
「중원(中原)의 북경성은 어지간히 장엄광대하다지요?」
「이를 말씀이겠습니까, 저하.」
「내 눈으로 한번 보지 못한 게 한이오!」
대원군은 말을 마치자 느닷없이 또 설렁줄을 흔들어 댔다.
청지기 이승업이 득달같이 또 대령했다.
「너, 속히 주청사로 북경성에 갔던 이경재댁에 가서 곧 사후하라고 이르라! 알았느냐?」
대원군은 음성을 좀 낮추면서 다시 한마디 덧붙였다.
「또 누가 있거든 이르라! 그때 부사로 갔던 임…….」
「임긍수올시다.」
조두순이 임긍수의 이름을 귀띔해 주자,
「그래, 임긍수에게도 기별해서 지체없이 사후토록 하라!」
대원군의 분부는 죄인을 잡아 들이라는 그것처럼 추상같았다.
대원군은 몹시 흥분하고 있음이 분명했다.
그는 담배를 피워 물다가 마침 아침 자리끼로 들여온 잣죽을 영의정과 함께 들고 난 다음 다른 청지기를 불러, 외사에서 기다리고 있는 주요한 내객의 명단을 호명케 했다.
그는 몇몇 이름이 호명되자 분부했다.
「개성유수를 먼저 들라고 하여라!」
「예이.」
청지기는 신바람이 나서 발뒤꿈치를 돌리기가 무섭게 소리쳤다.
「개성유수 이인응 들라 하옵시오…….」
이인응이 먼저 지명을 받고 대원군 앞으로 나아가 상경 인사를 올렸다.
그러나 대원군은 그를 지그시 쏘아볼 뿐, 먼저 입을 열지 않았다.
대원군의 위엄은 무언(無言)에서 비롯된다.
그가 말없이 사람을 쏘아보면 누구나 죄없이 벌벌 떤다. 개성유수 이인응은 영외에 꿇어앉은 채 방바닥만 내려다봤다.
대원군은 한참만에 입을 열었다.
「송도는 길이 먼데 어쩐 일로 이리 일찍 왔는가?」
이인응은 두 손으로 방바닥을 짚고서 떨리는 음성으로 말했다.
「황공하오나 아뢰올 말씀이 있사와서…….」
「무슨 얘긴가?」
「저하 분부대로 서원을 철훼(撤毀)코자 했사옵니다.」
「그래서?」
「개성에 있는 숭양서원(崇陽書院)을 철훼코자 했더니…….」
「금은보화라도 나왔단 말인가?」
「졸지에 풍우가 대작하고 절목발옥(折木拔屋) 비사주석(飛砂走石)의 괴변이 일어 일꾼들이 눈코를 뜨지 못하고 쫓기는 바람에 민심이 흉흉하기로 일단 중단하고 저하의 분부를 받잡고자 상경한 길이옵니다.」
「그래?」
대원군은 눈을 감고 잠시 생각에 잠겼다.
동석하고 있는 영의정 조두순은 고개를 끄덕거리며 대원군의 태도를 주시했다.
이인응이 다시 말했다.

「뿐 아니라, 유생들이 서원 주변에 모여 들어 한사항거(限死抗拒)를 시도하오니 일이 매우 난처하옵니다.」

그러자 대원군은 감았던 눈을 번쩍 뜨면서 물었다.

「숭양서원이라면 포은인가?」

「예에.」

포은(圃隱) 정몽주를 제사한 서원이다.

조두순이 몸을 움직이며 한마디 했다.

「숭양서원이라면 연전(年前)에 시생도 한번 가 본 일이 있습니다. 포은선생의 화상(畫像), 지팡이, 필적, 의상 등이 있더군요.」

대원군은 묵묵히 담배를 피우기 시작했다.

아침 햇살이 방 안에 가득히 쏟아져 들어오고 있었다.

한참만에 대원군은 별안간 이인응을 쏘아보면서 말했다.

「듣게나! 서원철폐령은 왕명을 받든 대비전의 분부이니 지엄하다. 지방의 수령된 자는 모름지기 맡은 바 책무를 다할 뿐이다. 난관이 있는데 어찌하오리까 묻는 것은 스스로 자격 없음을 고백함이다. 알아서 처리하게나!」

이 말에, 이인응은 입술이 새파랗게 질렸다. 대원군은 조두순을 돌아보며 말했다.

「포은이 그렇게 심술궂은 사람은 아니었을 텐데요.」

그는 여담(餘談)처럼 이번엔 이인응에게 또 말했다.

「어느 지방에선 서원을 철폐하려니까 갑자기 호환(虎患)이 심해졌다네. 그곳 현감은 똑똑했던가 보지? 쇠고기 개고기를 푸짐하게 장만해서 산천제(山川祭)를 지냈더니 호랑이들이 포식을 하고 돌아가더라더군. 귀신이구 짐승이구, 먹이면 돼.」

개성유수가 비실비실 물러나가자, 대원군은 청지기를 불러 물었다.

「주청사 이경재는 아직 안 왔느냐?」

「아직 소식이 없사옵니다.」

그는 또 분부했다.

「낙동에도 사람을 보내라. 포도대장에게 내가 곧 보잔다고.」

다음에, 그가 내객 중에서 접견을 허락한 사람은 일찍이 금영대장을 지낸 바 있는 신헌이다.

대원군은 신헌의 문안 인사를 받자 그가 전임금에게 총애를 받은 사실을 빙자해서 곯려주고 싶은 생각이 들었다.

그는 그가 집권한 이래 처음으로 찾아온 신헌에게 가시돋친 첫마디를 던졌다.

「영감은 선왕(철종) 생각이 나서 어찌 살고 계시오?」

보통 사람 같으면 대원군의 이 한마디로 기가 죽을 것이었다. 그러나 신헌은 명무(名武)의 후예로서 그 인격이 출중한 장신(將臣)이다.

언변이 능하고 시율(詩律) 또한 오경(悟境)에 이르렀으며 문장과 금도(襟度)가 뛰어나서 그 기개로 철종의 총애를 후히 받은 사람이다.

따라서 그는 서슴없이 대답했다.

「예에, 저하 말씀대로 선왕의 은총을 잊을 길이 없사옵니다. 저하, 원컨대 시생으로 하여금 추선보은(追善報恩)토록 하여 주십시오.」

대원군은 할말을 잃었다.

전왕한테서 입은 은혜를 금상왕(今上王)에게 갚도록 해 달라는 데엔 할말이 있을 수 없었다.

그러나 대원군은 껄껄 웃으면서 말했다.

「아하, 영감. 왕은 바뀌었으나 민(民)은 민이로구려!」

신하는 어떤 임금에게나 충성을 다해야 마땅하다는 뜻이 되는가.

(신헌은 머잖아 중용되겠구나!」

그들의 말거래를 보고 있던 영의정 조두순은 속으로 그렇게 단정했다.

그때였다. 급히 부름을 받고 달려온 전 주청사 이경재와 부사 임긍수가 특별 예우로 대원군의 처소인 아재당에 들어 합석을 했다.

막간(幕間)은 지나고 이제 본막(本幕)이 오른 것이다.

대원군은 이경재를 보고 물었다.

「영감은 이번 주청사로 북경에 가서 자금성(紫禁城)을 잘 구경하셨겠소.」
 이경재는 잠깐 어리둥절하다가 대답했다.
「예에, 자금성의 화려 웅대함은 필설로 표현키가 어렵사옵니다.」
「내 한번 보기가 원이었는데 영감의 얘기나 들어 보고 싶어서 불렀소.」
 긴장했던 이경재는 말문이 열렸다.
「예에, 관덕전(觀德殿) 의좌루(倚座樓) 수성전(壽星殿)을 바라보는 경산(景山)은 토공(土工)의 힘이었고, 북해의 경도춘음(瓊島春陰)이 팔경의 하나이고, 남단의 승광전(承光殿) 적취문(積翠門)을 지나 벽교(碧橋)를 건너면 경화도(瓊華道)의 절경이 뛰어납니다.」
「으음.」
 대원군은 이경재의 설명을 들으며 웅대 화려한 북경성의 면모를 머릿속에 그려 보는 눈치였다.
「서원(西院)엔 이른바 대액지(大液池)가 있습지요. 대액추풍(大液秋風)은 연경팔경(燕京八景)의 하나로서 여름엔 수면 가득히 연꽃이 덮이고, 아름다운 비빈들이 능라(綾羅)의 소맷자락을 펄럭이면서 더위를 쫓는가 하면, 엄동소설(嚴冬素雪)의 아침에는 팔기(八旗) 창검을 든 호반들이 무술을 닦기에 여념이 없고 경수지중(鏡水池中)에는 제빈(帝嬪)이 어울려 청유를 즐기는 정자가 물 위에 떠서 그 현란한 경승이란 가히 자금성만의 자랑이 아닐 수 없사옵니다.」
「우리의 경회루 같겠구려? 물론 더 크고 화려하겠지만. 참 경복궁 경회루도 화강석 석주로 만들면 장관일 게야. 연지(蓮池)에 뜬 대석전(大石殿), 그래, 경회루를 돌기둥으로 만들면 장관일걸!」
「지당한 말씀이십니다. 아마 연경에도 물에 뜬 석전(石殿)은 없는 줄로 아룁니다. 저하, 하긴 만수산 청의원(淸漪園)엔 저 유명한 돌배[石舫]가 떠 있긴 합니다만.」
「돌배라?」
 이때 밖에선 또 청지기가,
「아뢰오!」

하고 외쳤다.
 대원군은 이야기를 중단하고,
「무슨 일이냐?」
 대단한 일은 아니었다. 청지기는 포도대장 이경하가 왔다고 고했던 것이다.
 부름을 받고 달려온 이경하가 아재당으로 들자, 대원군은 그를 지그시 쏘아보다가 엉뚱한 질문을 했다.
「좌포장은 뭣을 타고 다니오?」
 무슨 뜻일까. 몰라서 묻는 것은 아닐 텐데 무슨 뜻일까 싶어 이경하 어리둥절 좌중의 면면을 둘러 봤으나 다른 사람들도 매한가지로 대원군의 말뜻을 짐작 못하는 눈치들이다.
「남여를 타고 다닙니다.」
 이경하는 우선 대답해 놓고 대원군의 다음 말을 기다려 본다.
 대원군은 비로소 알았다는 듯이 한동안 고개를 끄덕이고 있다가 불쑥 묻는 것이었다.
「남여밖엔 탈것이 없는가?」
 이경하는 반문했다.
「저하, 무슨 말씀이신지요? 탈것이란 남여 아니면 사린교가 아닙니까?」
 그러나 대원군을 고개를 가로저었다.
「포도대장이 남여를 타는 것은 좀 생각해 볼 문제요. 무신은 문신과 달라 항시 급한 걸음이 잦을 텐데 차비가 문신과 같아서야 쓰겠소!」
 그는 즉석에서 하나의 영을 내렸다.
「정원(正院)에 일러 정령을 내리도록 하겠지만 앞으로 장신(將臣)은 누구를 막론하고 남여를 폐지하도록 하시오!」
 남여를 폐지하라면 걸으란 말인가, 뜀박질을 하란 말인가, 이경하는 대원군을 멀거니 쳐다보다가 물었다.
「그럼 뭣을 탑니까?」
「말, 말이 있잖소! 무관은 역시 사람 어깨 위에 올라앉아 꺼덕꺼덕 늘어지게 다니는 것보다는 말발굽소리 요란하게 거리를 달려야만 위풍도 서고 맡은 바 소임도 다 할 것이야!」

그는 영의정 조두순을 돌아 보고 지시했다.

「대감, 앞으로는 사복시(司僕寺)를 확충해서 말을 대량으로 증식시키고 민간에게도 말을 많이 기르게 해서 일조유사시엔 군마로도 이용할 수 있도록 하는 게 좋겠소이다.」

그는 부름을 받고도 늦게 나타난 포도대장을 보자, 무관은 말을 타라는 '대원위 분부'를 즉석에서 내린 것이다.

잠시 후 그들의 화제는 다시 북경성으로 옮겨졌다.

이번엔 임긍수의 유창한 화술이 마치 북경성을 소요하듯 펼쳐졌다.

「북경성 밖에는 원명원(圓明園), 남원(南園), 창춘원(暢春園), 정명원(淨明園) 등이 그 화려 정교함을 자랑하고 있습니다만, 그중 원명원은 저번 영불(英佛) 연합군의 침공으로 아깝게 폐허가 되고 말았습니다. 그러나 역시 옥천산의 정명원과 만수산의 청의원이 조종입지요. 주위가 수십 리에 이르는 곤명호는 흡사 망망한 대해와 같습니다. 만수산은 그 곤명호를 파헤친 흙더미올시다. 지심(池心)에는 용왕묘(龍王廟)가 있고, 옥대교(玉帶橋)가 놓였고, 호(湖)에서 만수산 수산으로 이르는 사이에 패루(牌樓), 전당(殿堂), 각우(閣宇)가 무수히 산재해 있는가 하면, 산정(山頂)에는 유리개와다 불신(佛身)을 양각한 불향각(佛香閣), 불향각의 배후에는 만불각(萬佛閣)이 창궁에 높이 솟아 그 경관은 실로 오 보에 일 누(一樓), 십 보에 일 각이었다는 아방궁이 무색할 지경이옵니다.」

「으음…….」

대원군은 임긍수의 화술에 휘말려서 자신도 모르게 신음소리를 내고 있었다.

언변 좋은 임긍수는 대원군의 감탄소리를 귀에 담자 더욱 신명이 나서 엮어댔다.

「저하, 백문이 불여일견(百聞不如一見)이란 말은 그곳을 두고 이른 말인가 하옵니다. 취백(翠柏)이 울울한 사이에다 태산석(泰山石)을 적소정치(適所定置)에 박아 놓은 수많은 전각의 아름다움이란 말할 것도 없고, 오른쪽으로는 누각, 왼편으로는 곤명호를 비예하며 장장일직(長長一直)의 통로를 가노라면 천국에의 길인 양 가도가도 끝이 없습지요. 저하, 그것이 모두 인공입니다. 암굴과 동문을 지나면 순전히 동(銅)으로 만든 보운각(寶雲閣)이 또 한번 사람들을 경탄케 합니다. 그뿐인 줄 아십니까. 불향각(佛香閣) 돌난간에 기대어 안하(眼下)를 전망하면, 봄에는 기화요초, 여름에는 만록세류(萬綠細柳)의 늘어진 가지가 호면을 쓰다듬고 서산(西山)의 아름다운 산색(山色)이 호심에 가득히 잠겨 이른바 호광산색공일루(湖光山色共一樓)의 절승이옵니다.」

대원군은 차라리 두 눈을 감고 고개만 연방 끄덕이고 있었다.

이번엔 이경재가 다시 화제를 이어받았다.

「사실 장관이옵니다. 배운각(排雲閣)에서 긴 통로를 지나 추수정(秋水亭), 청요정(淸遙亭) 등을 구경하면 그 다음엔 기란당(寄欄堂)에 이르게 됩니다. 그 기란당 옆에는 저 유명한 청안방(淸晏舫)이 물 위에 떠 있는데 놀랍게도 그건 순 대리석으로 만든 누선(樓船)이올시다.」

「그래? 대리석으로 배를 만들었다?」

대원군은 감고 있던 눈을 번쩍 뜨고는 담뱃대를 집어 들었다.

「과시 대국의 궁원이라 대단한 모양이군!」

대원군이 더욱 감탄하는 것을 보자 이번에는 영의정 조두순이 한마디 했다.

「나라가 크니까 모든 것의 규모도 큰가 봅니다. 건륭(乾隆) 16년, 황태후 60세의 만수절(萬壽節)을 축하하기 위해서 만든 것이라니까 이미 일백여 년 전의 일로서, 실로 제업(帝業)의 홍대무변(鴻大無邊)함을 일러 주는 대토역(大土役)이었으니 장관일 겝니다.」

대원군은 묵묵히 담배만 빨아대고 있었다.

그러자 이제까지 도통 발언을 삼가고 있던 신헌이 육중한 입을 열었다. 그는 딱 잘라 말했다.

「그런 것 다 부러워할 것 못 됩니다.」

사람들은 일제히 신헌을 바라봤다.

신헌은 뜨문뜨문 입을 열어 지껄였다.

「경궁요대(瓊宮瑤臺)를 만들어 민(民)의 재물을 짜고 육(肉)으로써 조제(糟堤)를, 포(脯)로써 다리를, 주지(酒池)로써 배가 가게 하여 조제십리를 즐기니 궁녀는 3천 명이라 하던 하(夏)나라의 악정과 다를 게 없는 것을 부러워할 일이 못 됩니다.」

신헌의 말에 좌중은 일제히 대원군의 눈치를 살폈다.

대원군은 신헌의 그 말에 분명히 비위가 상한 모양이다. 미간을 찌푸린 채 여일하게 담배만 빨아대고 있었다.

그러나 신헌은 눈치 코치도 모르는 우둔한 사람일까.

그는 또 입을 열어 띄엄띄엄 지껄였으나 아무도 말리지 않았다.

「녹대와 경궁옥문을 만들어 그 크기 30리고 높이가 1천 척, 7년을 걸려 완공을 본 다음 주지육림으로 밤낮없이 호유하여 백성의 원성이 천하에 차고 종당엔 제후의 모반으로 끝장이 난 주(紂)의 학정을 사서에서 읽은 바 있습니다만 자금성도 대단한가 보군요.」

그는 어쩌자고 거리낌없이 이런 말을 하고 있는 것인지 모른다.

조두순도 그렇게 생각했다.

이경하도 그렇게 생각했다.

자금성이 자기네 집이나 되는 것처럼 자랑삼아 떠들어대던 이경재와 임긍수도 그렇게 생각했다.

(신헌이란 자는 눈치 코치도 모르는 우둔하고 미련한 인물이었던가?)

신헌의 박식이 아니더라도 누가 모를까. 그네들도 다 그런 고사쯤은 익히 알고 있는 것이다.

주는 은나라 최후의 제왕이었다.

그는 하나라의 걸왕과 함께 걸주(桀紂)로 통칭되면서 악명이 높은 사람임을 누가 모를까.

그가 사랑하던 미녀가 달기였고, 달기의 말이라면 심복 충신조차도 파리를 잡듯 죽여버린 그의 소행을 누가 모를까.

주지육림 속에서 밤을 낮삼아 온갖 음탕한 짓을 다했고 눈앞에서 구경거리로 동남동녀(童男童女)를 성교시키면서 자신들의 욕정을 돋우던 유명한 그의 색희(色戱)를 누가 모를까.

금모구미(金毛九尾)의 여우가 여자로 둔갑해서 달기라는 요부가 됐다던가.

달기의 요신으로 구신(舊臣)은 모조리 멀리하고 조세와 형벌을 가혹하게 해서 백성을 괴롭힐대로 괴롭힌 주왕이 하의 걸왕과 함께 중국 고대사에 찬연히 빛나는 악덕제왕임을 누가 모를까.

그러고도 늘 천명은 자기를 보살핀다고 장담하다가 드디어는 인망을 잃고, 신하한테 모반을 당하고 주나라 무왕에게 목숨마저 뺏긴 주왕의 말로를 누가 모를까 봐서 지금 대원군의 복심(腹心)도 헤아리지 않고 저 혼자 저렇게 함부로 열변을 토하느냐 말이다.

영의정 조두순은 듣다 못해서 한마디 타일렀다.

「영감, 종주국에 대해서 그렇게 너무 헐뜯지 마시오. 듣기에 매우 송구하외다그려.」

이경재도 대원군의 눈치를 슬금 훔쳐보고는 한마디 했다.

「역사란 누가 어떤 큰일을 했는가가 중요합니다. 큰일을 함에 있어서 인심을 얻고 하기란 불가능하지 않습니까. 북경성을 말씀 드리는데 걸이 왜 나오고, 주가 왜 인용되는 겝니까. 그네들은 다 패망한 제왕이거늘 송구하게도 대원위대감 앞에서 그 무슨 당치 않은 말씀이시오.」

힐책이었다. 대원군에게 들으라는 듯한 힐책이었다.

그러나 신헌은 빙그레 웃었다. 웃으면서 대원군에게 머리를 조아렸다.

그는 대원군을 보고 또 서슴없이 말했다.

「저하, 시생은 일개 호반이라 그런지 말을 가려할 줄을 몰라서 탈이옵니다. 북경성의 화려 웅장한 경관을 듣고 있다 보니 왕부의 권위를 위해서 얼마나 큰 국력이 허비됐는가에 생각이 미쳤기로 감히 세 치 혓바닥을 함부로 놀렸사옵니다. 황공무지로소이다, 저하.」

말하는 신헌은 그러나 태연했고, 듣고 있는 좌중의 인물들은 긴장했다. 그리고 대원군은 침묵했다.

조두순이 연장자답게 또 입을 열었다.

「궁궐의 위풍은 왕부의 권위고 왕부의 권위는 나라의 위신이며, 그 나라의 국력의 상징이오이다. 우리나라도 어서 경복궁을 다시 크게 이룩해서 왕부의 권위를 만방에 자랑해야 할 때가 온 것 같소.」
 대원군의 의중을 대변하는 영의정의 말투는 극히 조심스럽기도 했다. 그러자 대원군은 신헌의 얼굴을 무서운 눈초리로 흘겨보더니 영의정에게 딱 잘라서 말했다.
「내일 원임 시임대신들을 희정당으로 소집하시오..」
 대원군은 매사에 착안이 즉 실천이다. 그날 운현궁에 여러 사람이 대원군의 부름을 받고 달려 왔다. 그리고 제각기 위임된 소임을 위해서 동분서주했다.

 이튿날 아침, 대원군은 위의를 갖추고 운현궁을 나섰다.
 운현궁엔 특례로 금위영이 설치돼 있었다. 수십 명의 금위영 군사들이 앞뒤에서 대원군의 견여(肩輿)를 시위(寺衛)했다.
 쌍파초선이 푸른 하늘을 물살 가르듯 가는데 구경꾼들은 연도에 운집해서 그를 우러러봤다.
 운현궁의 금위영과 창덕궁 사이에는 대원군만이 출입할 수 있는 통용문이 생겨 있었지만, 이날따라 그는 그런 첩경(捷徑)을 이용하지 않고 돈화문으로 대내(大內)에 들었다.
 희정당엔 원임 시임대신들이 기라성 같이 모여서 대원군의 동가를 대기하고 있었다.
 대원군이 희정당 앞에 이르러 견여에서 내리자 시종들은 재빨리 그를 부액하려고 했다.
 그러자 별안간 대원군은 필요 이상의 큰소리로 시종을 꾸짖었다.
「내가 병자인 줄 아느냐? 내 발로 걸을 수 있거늘 왜 병신스럽게 너희들의 부액을 받는단 말이냐!」
 시종들이 찔끔하고 그에게서 물러서자 대원군은 민첩한 걸음걸이로 중신들을 헤치면서 지정된 자기의 자리로 갔다.
 그는 자기의 자리로 가자 혼잣말처럼 그러나 여러 사람에게 들리도록 지껄였다.

「도대체 부액이란 거추장스런 풍습이란 말야. 늙거나 병신이 아닌데 왜 겨드랑이를 부축해야 하는가!」

참집한 고관들은 서로 얼굴들을 돌아 봤다.

부액하는 풍습을 없애라는 '대원위 분부'로 알아들었기 때문이다.

대감 칭호를 받는 신분이면 공식적인 자리에서 부액을 받는 게 상식이었다. 양쪽에서 곁받침을 해 줘야만 행보를 옮기는 그들의 습성이었다.

그런데 대원군이 부액을 안 받겠다고 선언했으니 앞으로 누가 감히 부액을 받을 것이냐 말이다.

대원군은 자기 좌석에 정좌했다.

그의 표정은 지극히 근엄했다. 우선 부액제도에 대한 간접적인 일침으로 기라성 같은 현관들의 마음을 위축시킨 자기의 기지에 가벼운 만족을 느끼는 눈치였다.

그는 숨돌릴 여유도 없이 자신이 먼저 입을 열었다.

「오늘 원임 시임 여러 대신들을 여기 모이게 한 것은 한 가지 중대한 의논이 있어서요.」

그는 형형히 빛나는 눈초리로 좌중을 한번 훑어본 다음 또 여유를 주지 않고 선언했다.

「태조대왕께서 아조(我朝)를 창건하시자 천도(遷都)하실 뜻을 굳히신 다음 제신을 거느리시고 기호(畿湖) 산천을 답사하시다가 이곳 한양을 신도(新都)로 책정, 정도전으로 하여금 왕궁을 짓게 하신 것은 여러분이 알다시피 태조 3년의 일이며, 같은 해 10월에 궁궐이 완성되자 축연을 성대하게 베푸신 자리에서 역시 개국공신 정도전에게 신궁제전(新宮諸殿)의 명칭을 제진케 하신 바 『시전(詩傳)』 중의 개이경복이란 귀절을 인용 경복궁으로 명명한 것 또한 여러분이 익히 알고 있는 사실이오.」

그의 언설은 도도히 흐르는 물처럼 끊기는 법 없이 쏟아져 나왔다.

어떤 목적을 위해서 고의로 그렇게 숨쉴 새도 없이 쏟아 놓은 게 분명하다.
 그 다음이 무슨 말이냐. 만당(滿堂)한 중신들은 묵묵히 귀를 기울였다.
 대원군의 언설은 다시 쏟아지는 물처럼 줄기차게 계속됐다.
「그후 변천무쌍한 사세와 거듭되는 길흉화복의 왕궁사가 세월 200 년을 산(算)하더니 저 철천의 임진왜란으로 열성조의 얼이 깃들인 궁궐을 하루아침에 회신시킨 것은 이 겨레의 통한이며 신자의 불충임을 뼈아프게 기리는 바 뉘라서 뒤졌겠소만 그 후 국력이 워낙 피폐하고, 왕권이 너무나 취약하고, 당파가 사색에서 십이색으로 갈려 서로 물고 뜯기에 영일(寧日)이 없었던지라 왕궁의 중건은 언감생심조차 못하였고, 겨우 순조조(純祖朝) 말엽에 이르러서야 세자께서 문소전(文昭殿) 구기(舊基)에 전배(展拜)하시다가 어시호 경복궁의 중건을 꾀하신 바 있으나, 불행히도 세자가 아깝게 요절하시니 그 뜻 좌절되고, 그 후 헌종 대왕께옵서 다시 중수를 도모하신 일이 있지만 역시 시운이 그 어른 뜻과 같지 못하여 생심불리(生心不履)의 유한을 남긴 채 오늘에 이르렀음은 제공들이 익히 지실(知悉)하는 사실인즉, 익종대왕의 대통을 이은 금상(今上)께오서는 300 년래의 열성조와 선왕의 유지를 반드시 구현하셔야 할 중책을 계승하신 줄로 여(余)는 믿어 의심치 않는데, 제공들의 의향은 어떠한지 이 자리에서 솔직히 개진해 주기 바라는 바이오!」
 줄기찬 말을 마치고 입을 꽉 다문 대원군의 얼굴엔 냉랭한 기운마저 감돈다. 뉘 있어 경솔히 입을 열 수 있겠는가. 자기의 의견이랍시고 선불리 혀를 놀릴 것인가. 모두들 물벼락을 맞은 것처럼 조용했다. 그러자 대원군은 또 그 이상의 여유를 주지 않고 선언하는 것이었다.
「모름지기 제공들의 의견도 여와 다를 바 없을 줄로 아오..」
 대원군의 의견과 다른지 같은지 그들은 미처 판별할 만한 여유도 없었다.
 그리고 설사 의견이 다르다 하더라도 즉석에서 이견(異見)을 제출하기엔 처음부터 짓눌린 분위기라 대단한 용기가 필요했다.
 그들이 이렇게 우물쭈물하고 있는 동안에 대원군의 그 고압적인 말은 다시 이어지고 있었다.

「여는 분명히 알고 있소. 무사안일하게 백성의 눈치나 보면서, 제가백관(諸家百官)의 환심이나 사면서, 자기 지위에 안주하면 득인심(得人心)하고, 세월도 즐길 수 있는 줄을 여는 분명히 알고 있소. 허나, 여는 무사안일로 여 자신의 인생이나 즐기기 위해서 대권의 보필을 맡은 게 아닌 이상, 웬만한 무리와 잡음쯤에는 구애됨이 없이 이 나라의 앞날을 위해서 자손만대에 기릴 만한 일이라고 단정하면 과감하게 밀고 나가는 것이 여에게 맡겨진 소임으로 알고 있소. 따라서 제공은 왕명을 받든 대비전의 의지를 충실히 보필할 것이며, 지체없이 시작될 궁궐 중건에 적극 협력하기 바라오.」

대원군의 할말은 끝난 듯싶었다.

그는 날카로운 눈초리로 특히 이론을 가질 만한 김좌근을 지그시 노려봤다.

그러나 김좌근은 입을 꽉 다문 채로 침묵을 지킬 뿐 가타부타 도통 의견을 표시하려 하지 않는다. 아마 의견을 이야기할 기회는 이미 지난 것으로 체념했을지도 모른다.

그러자 대원군은 허리를 쭉 펴면서,

「우승지 게 있소?」

별안간 무슨 생각에서인지 조성하를 찾는 것이다.

조성하는 대기하고 있었던 것처럼 즉각 대원군 앞으로 나섰다.

「우승지 조성하 대령하였소.」

조신들은 일제히 손발이 맞는 그들에게 주목했다.

대원군의 분부가 떨어진다.

「내일 4월 3일 사시(巳時) 정각에 이곳 희정당에서 원로 중신을 비롯한 원임 시임대신들과 경복궁 중건 확대회의를 열 것이며, 우승지는 만유감 없도록 그 준비 절차를 서두르시오. 내일은 대왕대비전께오서 임어하실 게요.」

회의는 일단 끝났다.

조신들은 대원군이 퇴장하기를 기다렸다. 삼삼오오 희정당을 물러나 대궐 안뜰로 흩어졌다.
 모두들 서로 할 얘기는 많았으나 함부로 입을 열지 않았다.
 말려야 하느냐 무조건 따라야 하느냐.
 따라야 하는 게 국왕과 대원군을 위한 충성이냐, 말려야 하는 게 충성이냐.
 모두 그 갈피를 잡지 못하고 어리벙벙했다.
 이때 대원군은 조대비의 거처인 낙선재 쪽으로 걸어가고 있었다.
 조성하만이 그를 따를 뿐 측근을 멀리한 채 낙선재를 향해 그는 대궐 뜰을 가고 있었다.
 먼발치에선 근장(近杖) 군사들이 서성대고 있었으나 비교적 한가롭게 보이는 궁정 풍경이었다.
 그러나 대원군에게 그토록 한가로운 시간이 허용될 리가 없다.
 대전내시 이민화가 성정각 옆 벽오동 뒤에 서 있다가 대원군 앞으로 선뜻 나서면서 그 늘씬한 허리를 굽신 꺾었다.
 「저하, 어디로 행차하시는 길이시옵니까.」
 대원군은 자기의 심복인 이민화를 보자 걸음을 멈추면서 한마디 했다.
 「자네는 봄이 되더니 키가 많이 자랐군그래!」
 대원군에 비하면 꼭 한 자 남짓하게 이민화의 키가 더 컸다.
 「그만 자라야겠는데 자꾸 자랍니다.」
 「왜 그만 자라나, 자꾸 자라야지!」
 「저하 뵙기에 죄송해서 소인의 키는 그만 자라야겠습니다.」
 「자네가 대신 내 키까지 자라 주거나. 난 바빠서 키가 자랄 사이도 없네그려!」
 대원군은 내시 이민화가 한적한 곳에서 말을 걸어 온 것을 보고는 그가 자기에게 은밀히 할 이야기가 있어서 그러는 것이라고 짐작했다.
 대원군은 조성하를 돌아보고는 말했다.
 「조공은 먼저 대비전 공사청으로 가서 내가 대비전께 알현코자 한다고 통해 놓게.」

조성하가 낙선재 쪽으로 사라져 버리자 대원군은 이민화에게 물었다.
「내게 할 얘기가 있나?」
이민화는 주위를 두리번거리고는 대답했다.
「예에.」
대원군은 행보(行步)를 더할 수 없이 늘어지게 옮겨 놓기 시작했다.
「얘기해 보게나.」
「예에.」
「노상이니 할말이 있으면 속히 해! 상감께선 요새 일상이 여일하신가?」
「예에, 지극히.」
대원군도 조심스럽게 묻는다.
「상감께 대한 얘긴가?」
「황공하옵니다.」
「여자에 관한?」
「저하껜 말씀 드려야 할 듯싶어서.」
「묻고 싶었었네. 이나인에 대한 얘긴가?」
「황공하옵니다, 저하.」
「귀애하시나?」
「소인의 눈엔…….」
이민화는 또 주위를 한번 둘러보더니 음성을 한껏 낮췄다.
대원군은 눈을 가늘게 뜨고는 아들에 대한 신상문제에 귀를 기울였다.
「상감께오선 총각을 면하신 듯싶사옵니다.」
「그래?」
대원군은 놀라지 않았고, 충격을 받지도 않았다.
「황공한 말씀이오나 전하께오선 이나인을 밤늦게 자주 침전에 부르시는 줄로 알고 있습니다.」
「그래?」
「보모상궁 안씨의 말에 의하면…….」

「뭐라던가?」
「전하께오선 첫정에 흠뻑 빠진 듯하답니다. 그리고 또 안상궁의 말에 의하면······.」
「얘기해 봐.」
「이나인이 범상한 솜씨가 아닌 여인이라고 합니다.」
「어떤 점에서?」
「인물도 출중할 뿐 아니오라······.」
「또 뭐가 출중한가?」
「몸에 밴 예의범절과 여자로서의 마음씨가 더할 수 없이 곱다고 합니다.」
「그래?」
「그래 이나인은 대전마마를······.」
「대전마마를?」
「황공한 말씀이오나 대전마마의 첫정을 꼼짝없이 사로잡았다 합니다.」
「그래?」
「그리고 또 안상궁 말에 의하면······.」
「또 뭐라던가?」
「대전마마를 모시는 보모상궁으로서······.」
「보모상궁으로서?」
「이 일을 수수방관해야 옳을지, 아니면······.」
「아니면?」
「아버님 되시는 저하께 말씀드려 어떤 분부를 받아야 옳을지 안상궁의 처지로선 갈피를 잡기 어려워 노심하고 있는 듯싶사옵니다.」

대원군은 잠자코 몇 행보를 옮겨 놓았다.

(아들을 어린애로 알고 있었는데 벌써 여색에 눈을 떴구나.)

왕과 이나인에 관한 이야기는 이미 있었으나 막상 대전내시 이민화한 테서 그런 보고를 받고 보니 궁녀들의 시샘에서 비롯된 입초시만은 아닌 게 분명했다.

궐기하라 왕부王府가 초라하다 219

(왕비 간택을 서둘러야 하겠구나!)
아들인 왕의 나이로 봐도 그렇고, 나라의 체모로 봐도 왕비 간택은 서둘러야 할 계제에 있음을 깨달았다.
「저하.」
이민화가 뒤를 따르며 또 할말이 있다 한다.
「또 얘기가 있나?」
「대전마마의 보령을 생각하셔야 합니다.」
대원군은 이민화의 말을 듣고 고개를 끄덕거렸다.
「저하.」
「……..」
「국모 안 계신 대궐은 어머니 없는 사가보다 더욱 허전한 것이올시다.」
「알았네.」
「황공하옵니다. 소인이 용훼할 일이 아닌 것을.」
「알았네. 그것도 충성이겠지!」
「더구나 안상궁 말에 의하면 상감께오선 첫정에 눈을 뜨신 터이라, 혹 절도를 잃으셔서 옥체에 해로우실까 염려가 된다고 하옵니다.」
「이나인을 가까이 하시는 빈도가 그토록 잦으신가?」
「이젠 안상궁의 시중을 달갑게 여기시지 않고 웬만한 일은 다 이나인에게 분부하실 뿐 아니오라 듣자옵건대 사흘이 멀다 하고 이나인에게 성총(聖寵)을 베푸신다 하옵니다.」
이때 조성하가 다시 그들 앞으로 접근해 왔다.
그들은 이야기를 중단했다.
접근해 온 승지 조성하는 대원군에게 읍하고는 말했다.
「대비마마께서 기다리고 계십니다. 가인례(家人禮)로 듭시라는 분부이십니다.」
공식을 떠난 집안끼리의 접촉이 가인례, 대원군은 알았다는 듯이 고개를 끄덕였다.
그는 내시 이민화를 돌아보고 새삼스럽게 말했다.

「대전내시들과 대전상궁들은 더욱 충성을 다해서 상감을 모시도록 하게.」
무슨 뜻일까. 조성하는 모르지만 이민화는 알아들을 수 있었다.
「예에, 명심하겠사옵니다.」
그들의 이 한마디씩의 대화는 중대한 뜻을 갖는다.
왕과 이나인과의 풋사랑을 아는 체 하지 말라는 게 아닐까.
잠시 후 낙선재의 큰방에는 대원군과 조대비가 마주앉았다. 조성하도 배석했다.
「마마!」
대원군은 전보다 훨씬 안색이 좋아진 조대비의 얼굴을 바라보면서,
「오늘 중신들을 모아 놓고 경복궁 중건을 의논해 봤습니다.」
우선 그 문제를 화제삼았다.
「그래, 묘의가 어찌 되었소?」
조대비는 기품있는 어조로 물었다.
「이구동성으로 궁궐의 중건을 찬동했습니다.」
「그것 잘 됐군요.」
「내일 대비마마의 임어 아래 교령(教令)을 반포하기로 했습니다.」
그러나 조대비는 좀 의아해 하는 표정이었다.
「그렇게 서둘러야 합니까?」
「오늘 중엔 영건도감(營建都監)의 부서를 작성하고 내일 어전회의에선 그것도 발표하기로 했습니다.」
「내일 회의에서 반대할 사람은 없을까요?」
「전원의 찬의(贊意)를 바라기란 힘드는 일이옵니다. 밀고 나가야 하지 않겠습니까?」
「국력을 기울여야 할 크낙한 역사(役事)이니, 너무 급하게만 서두를 게 아니라 신중하게 일을 꾸미시오. 대감께서 어련히 잘 알아서 하시겠소만.」
「명심하겠습니다, 마마.」
조대비는 잠깐 말을 끊었다가 새삼스럽게 음성을 낮췄다.

「대감……」
「예에.」
「경복궁 중건도 급하고 막중한 일이긴 하오만 더 중대하고 급한 일이 있어요.」
「무슨 일이온지요?」
대원군은 조대비를 쳐다보면서 물었다.
「왕비 간택이 시급한 일인 것 같아요. 국모 자리가 비어 있어서야 백성이 허전해 쓰겠소?」
「지당하옵신 진념이시옵니다.」
「대감!」
「예에.」
「궁인에게 이야길 들으셨다지요?」
「들은 바 있습니다.」
「본시 남녀 간의 첫정이란 물불을 가리지 않는 법, 정비(正妃)가 있고 후궁이라면 몰라도 정비없이 궁인을 가까이 하시고 있으니 순서가 아닌 줄로 알아요.」
대원군은 침묵했다.
조대비는 대원군에게 묻는다.
「대감, 경복궁 중건과 왕비 책립과 어느 쪽이 더 시급한지 생각해 보셨소?」
왕비 책립이 더 시급하다는 말이 아닌가.
대비는 경복궁 중건을 탐탁하게 여기지 않는단 말인가.
대원군은 벽에 부딪친 심경이었다.
고집과 의지는 어떻게 다른 것일까.
의지가 굳은 사람에겐 고집이 있고, 고집이 많은 사람은 의지가 굳은 게 아닐까.
대원군이 마음 속으로 결정한 일에 대해서 다른 사람이 섣불리 반대 의사를 표명하는 것은 결국 그의 결심을 더욱 굳혀 주는 것에 불과하다.
한참만에 조대비가 알쏭달쏭한 말로 화제를 바꿔본다.

「대감, 아무래도 부전자전인 성싶어요.」
무슨 뜻인지 몰라 대원군은 조대비를 쳐다보며 반문했다.
「마마, 무슨 말씀이오니까?」
조대비는 눈꼬리에 잔주름을 잡으며 조카인 조성하에게 시선을 보냈다.
「대감 닮아서 상감두…….」
조성하는 웃었다.
대원군도 웃었다.
조대비 자신은 웃음과 함께 얼굴을 붉혔다.
대원군이 말했다.
「마마, 실상 저는 그만 나이에 여자를 몰랐사옵니다.」
그러자 조대비는 웃음을 거뒀다.
「대감께선 그 나이엔 이미 혼인을 하셨잖아요?」
「허나, 어른이 정해 주신 부부의 사이와, 혼인 전에 외간 여자를 보는 것은 다릅지요.」
이것은 대원군의 실언이었다.
조대비의 다음 말을 듣고 실언이었음을 깨달았다.
「그럼 아드님이 아버님보다 한술 더 뜨는 셈이군요?」
세 사람은 와자하게 웃었다.
조대비는 다시 정색을 했다.
「대감께서 잘 알아서 하시오. 왕비 책봉과 경복궁 중수와 어느 일이 더 앞서야 하는가를. 내 생각으론 300년 동안이나 그대로 지내온 경복궁인데 그토록 서두를 것까진 없는 줄로 압네다.」
그렇다고 대원군이 이미 발표한 자기의 의사를 철회할 사람인가.
그는 결연히 말했다.
「마마, 왕비 책봉은 왕가에서 스스로 할 집안 일이옵고, 왕궁의 중건은 만백성들이 스스로 나서서 해야 할 나라의 일이옵니다. 반드시 선후를 가릴 일이 못 될까 싶습니다.」
이렇게 되면 조대비로서 할 수 있는 말은 정해져 있다.

「내야 궁궐 깊숙이 들어앉아 있는 여자의 몸이니 뭘 알겠소. 대감이 알아서 할일이지.」

그러자 대원군은 솔직히 자기의 심경을 털어놓았다.

「제 생각에도 다소의 무리는 있을 줄로 압니다. 그러나 구태여 서두르는 까닭은 더할 수 없이 쇠미(衰微)해진 왕실의 존엄과 이 나라 중흥의 기백을 사해(四海)에 떨치도록 하기 위해서는 경복궁의 중건이 시급합니다. 마마, 그뿐이 아닙지요. 금상이 익종대왕의 대통을 이으셨으니 선왕의 유지를 구현하기 위해서도 이 사업은 곧 착수해야 합니다.」

이튿날은 4월 초사흘.

하늘은 청명하고 훈풍은 향기로웠다.

이날 아침 창덕궁 희정당엔 문무백관이 앞을 다퉈 모여 들었고, 임석한 조대비는 전교(傳敎)를 내려,

「이번의 대역사는 왕실 300년래의 숙원을 이룩하는 것이며, 대소제반사를 대원위대감께서 총괄할 것인즉, 백관은 충성을 다해 힘을 모으라!」

미리 위압적이고 결정적인 선언을 했다.

그러나 이 날의 정세는 전날과는 달리 이론이 분분했다. 전날 찬의를 표한 사람 중에서도 반론을 들고 나오는 이가 있었던 것이다.

영돈령 김좌근, 그의 반론은 예상한 바 있었지만 의외로 강경했다.

「이 일은 너무나 중대해서 간단히 찬성할 수 없습니다. 나라의 재력이 탕진돼 있는 이 마당에 그런 큰 공사를 창졸간에 시작한다는 것은 무모하기 이를데 없고 백성들의 원성을 사서 오히려 왕실의 존엄을 잃을 우려가 있는 줄로 아룁니다.」

대원군은 눈 한번 깜짝하지 않고 김좌근의 말을 듣고 있었다.

영부사 정원용이 발언했다.

「제 생각엔 그렇게 어려운 일은 아닌 줄로 압니다. 먼저 회신된 전각의 기지(基址)를 조사한 후 우선 쉽게 세울 수 있는 전각부터 세워가면서 재력과 공력을 참작, 조영(造營)해 가면 그리 어려운 일은 아닐까 짐

작됩니다.」

대원군은 이번에도 눈썹하나 움직이지 않고 정원용의 말을 듣고 있었다.

그러자 이번엔 판돈령 이경재가 전날 신바람이 나서 북경성의 화려웅장함을 설명하던 것과는 딴판으로 반론을 들고 나섰다.

「한 백성으로서 제 나라의 궁궐이 크고 화려함을 바라지 않을 자 누구이겠습니까. 현재 이 나라의 국력은 그런 대역(大役)을 일으킬 만한 처지에 있지 못하니 딱한 노릇인가 합니다. 만일 착공했다가 중단하는 일이라도 생긴다면 처음부터 시작 아니함과 같지 못하니 신중을 기하시기 바랍니다.」

대원군은 여일하게 입을 꽉 다문 채로 이경재의 표변한 태도를 주시하고 있었다.

판부사 이유원이 나섰다.

「구궐(舊闕)의 영건(營建)은 이 나라 대업이 될 것입니다. 만백성은 반드시 자래(自來)해서 역공(役工)을 도울 것이며, 유사(有司)의 신(臣)들은 반드시 그 재정의 궁핍을 다투어 메울 것으로 압니다.」

대원군은 허리를 펴면서 좌의정 김병학을 바라봤다.

김병학이 발언했다.

「경복궁의 중건은 분명히 유신의 대업일 수 있습니다. 태평성세의 기틀은 경복궁 중건사업으로부터 비롯될 수 있으며 관민은 다투어 그 노자(勞資)를 조달할 것이 분명한즉슨 신은 그 시급한 착공에 찬의를 표하는 바입니다.」

대원군의 눈총은 영의정 조두순에게로 옮겨졌다.

조두순은 해소기침을 쿨룩 하고는 말했다.

「좌상대감의 말씀이 옳은 줄로 압니다. 궁궐이 초라한데 민이 어찌 궐기하기를 주저한단 말씀이오.」

대원군의 날카로운 눈총은 호조판서 이돈영에게로 쏠렸다.

이돈영이 발언했다.

「이 일은 너무나 중대해서 대원위께선 여러분의 기탄 없는 의견을 소상히 들으셨습니다. 미상불 경복궁의 중건은 300년래 현안인 만큼 대원위께오서도 신중을 기하실 줄로 믿고 이제 저하의 말씀을 듣기로 합시다.」

만당은 숙연히 대원군의 선언을 기다렸다.

돈과 힘이 없는데 어떻게 그런 큰 역사를 시작할 것인가. 대원군의 뜻은 좌절될 것이라고 모두들 기대했다.

그러나 그때였다. 대전내시 이민화가 황급하게 희정당으로 들어 오더니 승지 조성하의 귀에다 대고 무엇인가 소곤거리는 것이었다.

보니, 이민화의 손엔 흙 묻은 돌 하나가 들려 있다.

그는 그 돌덩이를 조성하에게 전했고, 조성하는 의아한 눈초리로 그것을 세심하게 들여다 본다.

만당한 조신들은 더할 수 없이 긴장했다. 그리고 수군거렸다.

「뭐야? 저 돌멩인.」

모두들 궁금해 하면서 목을 길게 뽑는다. 조성하는 그 돌덩이를 영의정 조두순에게로 갖다 바치면서 또 속삭인다.

그러자 영의정 조두순도 그 흙 묻은 돌을 이모저모 들여다 보면서 고개를 기우뚱거렸다.

모두들 답답했다.

드디어 대원군이 그 쩌렁거리는 음성으로 호통을 친다.

「대왕대비께서 임어하신 이 막중한 회집에 그 무슨 무엄한 짓들이오. 대관절 그게 뭐란 말씀이오?」

조두순이 일어섰다. 더듬거리는 어조로 입을 열었다.

「저하. 실로 괴이한 일입니다.」

그는 탁자 위에 놓인 흙 묻은 돌덩이를 다시 한번 들여다 본 다음 말했다.

「이것은 옥돌이군요. 오늘 형조 아문(衙門)의 터를 닦던 도편수가 땅속에서 나온 이 옥돌을 얻었답니다. 그런데 여기 새겨져 있는 글귀가 심상찮습니다.」

육조(六曹) 아문의 건물들은 바로 경복궁 앞에 있다. 건물들이 낡고 헐어서 지난 겨울부터 고쳐 짓고 있는 중이다. 그 공사장에서 돌덩이가 나왔고, 그 돌에는 이상한 글귀가 새겨져 있다는 것이다.

「대관절 뭐라고 새겨져 있는지 영상께서 읽어 보시오!」

대원군이 조두순에게 읽기를 재촉하자 늙은 재상은 목청을 가다듬었다.

계말갑원(癸末甲元), 신왕수등(新王雖登), 가불구재(可不懼哉), 경복궁전(景福宮殿), 갱위창건(更爲創建), 보좌이정(寶座移定), 성자신손(聖子神孫), 계계승승(繼繼承承), 국조갱연(國祚更延), 인민부성(人民富盛)······.

「자세히 새겨 보시오!」

대원군의 채근은 좀더 성급했다.

조두순은 다시 그 뜻을 풀어 나간다.

「계해년 말이나 갑자년 초엔 비록 새로운 임금이 등극은 할 것이나 역시 또 후사가 끊어지리니 두렵지 아니한가. 모름지기 경복궁을 다시 지어 옥좌를 옮길진댄 성자신손이 내내 이어져서 이 나라의 운수가 다시 이어지고 만백성이 부성하리라······.」

「으음! 기이한 일이로고!」

대원군은 고개를 끄덕이며 탄성을 발했다.

만당한 백관은 믿어지지가 않아 어리벙벙했다.

조두순은 믿어지지 않는지 자꾸 돌덩이를 뒤적여 보다가 또 외친다.

「어허, 이 뒤에도 글귀가 있군요. 동방노인비결(東方老人秘訣)이라? 또 있소이다. 간차불고(看此不告)하면 동국역적(東國逆賊)이라? 이 돌을 보고도 관에 고하지 않으면 이 나라의 역적이라는 뜻입니다.」

엄청난 협박이다.

옥돌은 대원군에게 바쳐졌다.

대원군은 그것을 발[簾] 뒤에 도사리고 앉아 있는 조대비에게 바쳤다.

그러는 동안 김좌근은 두 눈을 지그시 감고 곰곰히 생각하는 모습이었다. 어떻게 생각했을까.
(너무나 공교롭다! 그런 해괴한 일이 있을 수 있을까.)
그 순간이었다. 대원군의 날카로운 눈총이 호조판서 이돈영에게로 쏟아졌다.
이돈영이 지체없이 발언했다.
「자아, 그럼 경복궁 중건사업에 대해서 끝까지 반론을 가지신 분은 기탄없이 말씀하십시오!」
역시 엄청난 협박이다. 누가 이 마당에서 기탄없이 반론을 제기할 수 있겠는가.
모두들 묵묵부답이었다.
그러자 이돈영이 날쌔게 선언했다.
「그럼 경복궁의 중건은 여러분이 만장일치로 찬동하셨으니 이제 대왕대비전의 전지를 받들어 영건도감의 각 부서를 정하겠습니다.」
이돈영은 만장일치라고 했다.
반론을 제기했던 김좌근은 눈만 껌벅대고 있었다.
이경재는 코끝을 만지작거리면서 만장일치라는 게 뭣을 뜻하는지조차 생각하지 않았다.
사람들은 한결같이 그 옥돌에 새겨져 있다는 간차불고하면 동국역적이라는 무서운 말에 혼비백산이 돼 있는 것 같았다.
대원군이 영을 내렸다.
「그 괴이한 옥돌을 여러 대신들에게 보이도록 하오. 선현 중엔 간혹 후세를 투시하듯 예언한 분들이 있으니 물시(勿視)할 수 없는 조짐인 것 같소.」
흙 묻은 돌멩이가 좌중을 돌아다녔다.
누구의 눈에도 음각으로 또렷또렷 새겨진 그 글귀들이 역력히 보였다.
공람(供覽)시킨 옥돌이 다시 대원군 앞으로 돌아가자 승지 조성하가 미리 준비된 듯싶은 명단을 발표하기 시작했다.

「자, 그럼 영건도감의 부서를 발표하겠습니다.」

도제조는 총지휘자다. 영의정 조두순과 좌의정 김병학이 임명됐다.

열 한 명의 제조도 호명됐다. 대원군의 형인 이최응을 비롯해서 김병기 김병국 이돈영 이경하 박규수 등의 면면이 들어 있었다.

세 명의 부제조엔 대원군의 큰아들인 이재면을 비롯해서 조성하 형제들이 임명됐다.

희정당에 모였던 당대의 기라성들은 뒤통수를 얻어맞은 기분이었다.

의심들을 했다. 경복궁 중건을 강행하기 위한 대원군의 위계가 아닐까 의심들을 했다.

그렇지 않고서야 하필이면 그 순간에 그런 석명이 희정당으로 뛰어들 까닭이 없다.

선현의 예언이란 대개 코에 대면 코걸이식의 비유적인 글귀임을 안다.

족집게 무당처럼 경복궁을 다시 짓고 옮기라 했으니 그럴 수가 있을까.

여론의 방향을 틀어 잡지 않고서는, 민의를 조작하지 않고서는, 반론을 자연스럽게 누르지 않고서는, 그런 큰 역사를 해내지 못할 것을 짐작한 그의 위계가 아닐까.

모두들 알면서 속아 넘어가지 않을 수 없었다.

그러자 대원군은 명청해 하는 현관조신들을 향해 부드러운 언투로 마지막 쐐기를 박았다.

「아마도 하늘의 계시인 것 같소. 정감록에 이르기를…….」

그는 정감록을 역설적인 면으로 인용했다.

「정감록에, 왕(王)씨는 송도(松都)에 2백 년, 이(李)씨는 한양(漢陽)에 5백 년, 정(鄭)씨는 계룡산에 1천 년이라는 귀절이 있소이다. 허나…….」

하나, 그는 이번에 경복궁을 중건해서 왕의 거처를 그리로 옮긴다면 이씨 왕조의 한양 5백 년설이 수정돼서 아마도 무궁토록 연장될 수 있다는 뜻이 아니겠느냐고 했다.

급하기도 했다.

이튿날인 사월 초나흘엔 벌써 종묘에서 경복궁 중건에 대한 고유제(告由祭)가 집행됐다.

그리고 같은 날 한성판윤은 경복궁터 귀신에게 요란스런 고사를 지냈다. 이름있는 당주 무당들이 한데 어울려서 뚱땅거렸다.

남산 궁사당, 노들 할미당, 무악재 원앙당의 세 당주무당이 신이 나게 뚱땅거리며 지진(地鎭) 굿을 놀았다.

치마를 둘렀거든 질투를 하라

 신록이 싱그러운 남산에서는 이따금씩 지화자 소리가 요란하게 터졌다.
 날은 저물어 석양인데 사정(射亭)에서 활쏘기 대회를 하고 있던 한량들이 기생들과 더불어 세월을 즐기고 있는 것이다.
 기녀 초월의 집은 그 남산 밑 묵동 언덕배기가 아니던가.
 그 초월의 집 안팎이 떠들썩하고 있었다.
 이웃 아낙네들이 모였고 몇몇 장정네가 골목길에 비질을 하노라고 부산을 떨었다.
 음식 준비가 한창인 것 같다. 지짐질의 냄새와 토닥거리는 도마소리가 지나가는 행인들까지 고개를 기웃거리게 했다.
 「누구 큰 손님이 드는가?」
 초월의 집을 알 만한 행인 하나가 비질을 하고 있는 실팍한 총각에게 물었다.
 총각은 젊은 행인을 흘끔 쳐다보고는 퉁명스럽게 대답한다.
 「하늘과 땅 사이에서 둘째가는 어른이 오신다우.」
 두루마기에 테 좁은 갓을 쓴 젊은 행인은 의아한 표정으로 반문했다.
 「누군가? 하늘땅 사이에 둘째가는 어른이.」
 그러자 길을 쓸고 있던 총각은 귀찮다는 듯이 먼지를 행인 쪽으로 획획 일구면서 오히려 반문을 한다.
 「누군지 몰라서 묻소? 하늘땅 사이에 첫째가는 어른이 누구신 걸 모르시우?」

「그야 임금님이 첫째겠지?」

「둘째는요?」

「글쎄, 둘째로 지체 높은 분은 대원위대감 아닐까.」

「그 대원위대감이 행차하신단 말씀이오.」

「뭐?」

행인은 놀라고, 비질하던 총각은 고개를 발랑 젖히면서 코를 힝 풀었다.

남산의 사정은 여기서 그다지 멀지가 않은 모양이다. 또 풍악소리가 바람을 타고 골목길을 흘렀다.

그 소리를 들은 총각이 또 씹어 뱉는다.

「쳇, 저 양반님네들 혼줄이 날라구 저렇게 떠드나. 좋은 일 삼아 내가서 쫓아 버려야겠군.」

그는 싸리빗자루를 담장 밑으로 팽개치더니 남산으로 통한 언덕길을 향해서 발길을 돌린다.

「여보게!」

젊은 행인이 다급하게 그의 소매를 잡았다.

「여보게! 대관절 그게 정말인가? 대원위대감께서 여길 오신단 말인가?」

행인은 도저히 믿어지지가 않는 모양이었다.

그러나 기생집 더부살이인 성싶은 떠꺼머리 총각은 더욱 콧대가 세어졌다.

「여보슈! 양반임 젤이오? 말조심하시지! 혀가 짤린 분은 아닐 텐데 말마다 향기가 나네, 헤헤이 참!」

반말이 듣기 싫다는 것이다. 당연히 학대를 받아 가며 잔뼈가 굵어진 총각일 텐데 반말이 듣기 싫다는 것이다.

젊은 행인은 웃었다.

「허어 미안하오, 그래 정말 대원위대감이 오늘 저녁 초월네 집엘 오신단 말씀이오?」

「하하아, 이 양반이 속아만 보셨나, 몰래 오시는 게니까 입 봉하구 썩 썩 물러가시우. 좀 있음 아마 금위영 군사들이 쭉 깔려겨 이 근천 개미새끼 하나 얼씬 못하게 될 게요.」
 젊은 행인은 더 할말이 없는가 싶었다. 기생집 대문 안을 기웃해 보고는 언덕 쪽을 향해 느릿느릿 발길을 옮기면서 뇌까렸다.
 (그럴 수가 있을까. 대원군의 지체로 아직도 기방 출입을 한다?)
 젊은 행인이 남산 쪽으로 사라져 가자 초월의 집은 더한층 부산을 떨었다.
 이웃 아낙네들도 더 많이 모여 들었고, 간혹 도포 차림의 선비도 한두 사람, 이 집을 찾아드는데 아마도 무슨 내통을 받고 온 손님 같았다.
 풍문은 삽시간에 번져나갔다. 남산골 일대엔 대단한 화제였다.
 ─초월의 집에 대원위대감이 오신다오. 오늘 밤에 말씀야.
 ─인제 초월이 제2의 나합이 되지 않으리. 대원군 낙백시절에도 초월이 그 양반을 모셨다니까.
 ─이제부턴 초월마마야. 초월의 치마끈만 잡으면 당상벼슬도 굴러 떨어질 걸세.
 근동 선비들의 화제였다. 약삭빠른 사람은 어떻게 하면 초월과 접근할 수 있는가를 골똘히 궁리하기 시작했다.
 이웃 술청의 화제는 잡스러웠다.
 ─초월의 밤자리가 얼마나 좋길래 그럴까.
 ─보통이 아닌가 보지. 대원위대감 같은 오입장이가 하룻밤을 데리고 논 여자를 지금까지 못 잊을 정도라면 말야.
 ─여우 뭐를 찼다네. 내 다 알지. 사실인즉슨 이 사람이 촌수로 따지면 대원위대감의 선배라는 걸 알아야 되네.
 하여간, 소문을 퍼뜨린 것인지 저절로 퍼진 것인지 몰라도 묵동 일대는 이런 화제가 파다했다.
 ─언제 오나?
 ─밤이겠지.
 ─땅거미가 질 무렵에 당도하기로 돼 있다네.

인근에서 구경꾼들이 계속 모여 들었다. '대원위대감'의 모습이라도 한번 보기 위한 호기심들이었다.
그러나 어찌된 일일까.
날이 어두워 왔는데도, 묵동 일대의 상황은 별반 달라지는 게 없었다. 그럴 수가 없다. 아무리 남의 눈을 피하는 기방출입이라 할지라도 미리 소문이 퍼졌을 정도라면 반은 공공연한 행차다. 당연히 길목 요소에 금위영 군사들이 지켜서서 잡인을 금해야 하는데 도통 그런 기맥이 보이질 않았다.
아무래도 늦어질 게다. 상대가 누구인가. 당연히 늦어질 게다. 초저녁부터 기방을 출입을 할 수 있겠는가.
구경꾼들은 흩어지지 않았다.
초월의 집 대청엔 황촛불이 휘황하게 켜졌다.
─정말 대원위대감의 행차가 올까.
─음식 준비를 저렇게 하는 걸 보면 미리 내통돼 있지 않는가베.
기다리는 시간이란 언제나 지루한 것이다.
구경꾼 중엔 기다림에 지쳐서 하나둘씩 발꿈치를 돌리는 사람도 있었다.
초저녁에 골목길을 쓸던 총각이 밖으로 나왔다. 옹기종기 모여선 사람들을 향해서 호통을 치는 것이다.
「이젠 제발 돌아들 가슈. 남의 눈 피해서 오시는 행찬데 이렇게 이웃이 술렁거려서야 송구스러워 쓰겠소!」
구경꾼들을 쫓기 시작했다.
그러나 구경꾼 아낙네들은 흩어지지 않았다. 오히려,
─인제 행차가 오려나 부다, 사람을 쫓는 걸 보면 곧 들이닥칠 모양이다.
그리고도 한식경이나 지난 뒤였다.
어둠을 뚫고 달려 오는 말굽소리가 골목길을 흥분시켰다.
집집마다 여기저기서 방문을 열어젖히는 소리가 들렸다. 삐거덕거리는 대문소리가 연이었다.

(대원위대감의 행차다!)

골목 안은 아연 활기를 띠었다.

초월의 집 대문이 활짝 열렸다.

서울 바닥에서 말을 탄 군사란 흔히 목격되지 않는다.

그런데 말을 탄 군관 하나가 묵동 골목으로 들어섰다. 단기(單騎)였다.

― 대원위대감 행차의 길잡이다.

누구나 그렇게 생각했다.

호반은 남여나 가마를 버리고 말을 타라는 '대원위 분부', 사람들은 그것을 알고 있는 것이다.

― 포도대장 이경하가 아닐까.

사람들은 수군댔으나 막상 골목 안을 가는 마상(馬上)의 인물은 어둠 속에서 봐도 그렇게 지체 높은 사람은 아닌 게 분명했다.

― 금위영 군산가 보다.

동달이에 전복을 걸쳐 입은 군관 하나가 초월의 집 앞에 당도하자 말에서 내렸다.

여러 사람의 영접을 받으며 집 안으로 사라져 들어갔다. 그러고는 대문이 닫혀 버렸다.

그러자 그때를 맞춰서 남산 쪽에서 젊은 행인이 내려왔다.

저녁 무렵에 이 골목 앞을 지나다가 비질하던 총각과 수작을 한 바 있는 그 젊은 행인이 어슬렁어슬렁 내려왔다.

그는 대문 앞에 세워 둔 말 앞으로 다가가서 손바닥으로 말 엉덩이를 철썩 때렸다.

「그 말 어지간히 말랐구나!」

그는 한마디 하고는 갈기를 뒤 번 쓸어 주더니,

「대원위대감께서 오셨단 말인가?」

혼자 중얼거리면서 대문 틈으로 초월네 집 내정(內庭)을 엿보았다.

그 순간이었다. 이번엔 그 젊은이의 등을 철썩 때리는 손바닥이 있었다. 그리고 우람하게 터지는 호통이었다.

「여보슈! 노형이 뭐길래 무엄하게두 초월마마댁의 내정을 함부로 기웃거린단 말씀야!」
 초저녁에 골목길을 쓸던 총각이었다. 밖에서 서성대고 있었던 것 같다.
 덜미를 잡힌 젊은 행인은 돌아서면서 껄껄 웃었다.
「하하하, 총각, 내 실수를 했소이다. 저 말이 눈에 익은 말이길래 누가 왔나 싶어서 잠깐 실수를 했소이다. 대관절 대원위대감께선 초월마마댁에 행차를 하셨소?」
「아직 안 오셨지만 아마 곧 오실 거요.」
「저 말을 타고 온 분은 누구시오?」
「운현궁에서 오신 분이지요.」
「그래요?」
「그렇소!」
 젊은 행인은 마당가를 잠깐 서성거려 보다가 총각 앞으로 다가갔다.
「여보슈, 총각!」
「왜 그러슈?」
「그 운현궁에서 오신 분과 잠깐 만나구 싶은데 만나게 해 주려오?」
 총각은 그 소리를 듣자 젊은 행인의 아래위를 새삼스럽게 한번 훑어보더니 퉁명스럽게 대답했다.
「그 당찮은 소리 작작하구 어서 꺼지슈! 노형이 뉘길래 운현궁 분을 만나겠다는 게요?」
 젊은 행인의 태도는 유들유들했다.
「만나면 알 만한 분일 것 같아서 그러오.」
 이런 말을 한 젊은이는 대문 앞으로 가서 외쳤다.
「이리 오너라!」
 대문이 열렸다.
 젊은 행인은 민첩한 행동으로 대문 안으로 들어섰다.
「어디서 오셨소?」
 주인 초월이 대청으로 나와서 젊은 행인의 행색을 살피며 물었다.

등뒤에선 황촛불이 꺼불꺼불 춤을 추고 있다. 젊은 행인이 지극히 침착하게 말했다.
「운현궁에서 오신 분이 있다기에 그분을 좀 만날까 해서요.」
분단장을 한 초월의 얼굴엔 분명히 경계하는 빛이 떠올랐다.
「댁은 뉘신데요?」
「운현궁 분을 알 만한 사람이지요.」
그러자 옆방의 쌍바라지가 드르륵 열리더니 군복차림의 장한 하나가 안마루로 나섰다.
젊은 행인은 그가 운현궁에서 왔다는 사람임을 직감하면서 물었다.
「노형이 운현궁에서 오셨소?」
「그렇소이다!」
서슴없이 대답하는 장한의 얼굴을 젊은 행인은 뚫어지도록 쏘아봤다.
(저런 호박 같은 얼굴이 운현궁 금위영에 있었던가?)
젊은 행인은 아니라고 생각했다. 금위영 군사 중엔 그런 사람이 없다고 생각했다.
그런데 오히려 장한이 큰소리를 치는 것이다.
「대관절 댁은 뉘시오? 나한테 볼일이 있단 말이오?」
젊은 행인은 어이가 없는지 뒤통수를 긁었다.
「아니올시다. 난 혹 내 알 만한 분인가 했더니…….」
이번엔 장한이 기세를 죽이고 음성을 낮추면서 묻는다.
「운현궁에 아는 분이라두 계시우?」
「예, 몇 분 계시지요.」
「누구를 아시오?」
장한은 그런 말을 물으면서 웬지 당황하는 빛이 역연하다.
젊은 행인은 대답했다.
「좀 있지요, '천하장안' 네 분도 잘 알구요.」
「그래요?」
장한은 좀더 낭패하는 눈치다. 허리가 저절로 꾸부정해지고 두 손이 앞으로 모아졌다.

젊은 행인은 장한의 그런 기색을 늦추지 않고 관찰했다.

그는 혼잣말처럼 중얼댔다.

「청지기들도 대강은 알구요.」

그는 또 덧붙였다.

「운현대감도 나를 귀여워해 주시구요.」

이 한마디에 장한의 손끝과 두 다리가 후들후들 떨리고 있음을 젊은 행인은 확인했다.

그러나 젊은 행인은 또 장한을 노려보고 말한다.

「그러구 보니, 운현궁에서 노형을 뵌 것 같군요.」

사실이었다. 그는 천희연을 한두 번 찾아 온 일이 있다고 젊은 행인은 생각했다.

대원군과 초월과 천희연.

대원군이 낙백시절에 초월과 그 기괴한 인연을 맺은 동기가 바로 천희연 때문임을 젊은 행인은 알 까닭이 없지만, 하여간 무슨 줄은 대어져 있다고 생각했다.

젊은 행인은 짓궂게 물었다.

「참 운현대감께서 오늘 밤 여기에 행차하시기로 됐다죠?」

이 물음에 대답한 것은 초월이었다.

「네, 그래요.」

몹시도 싸늘한 음성이었다. 그리고 자랑스런 표정이었다. 그리고 도도한 탯거리다.

바로 그때였다. 선비차림의 한 중늙은이가 이집 안마당에 불쑥 뛰어들었다.

그 중늙은이는 안마당으로 들어서자마자 느닷없이 초월에게 말하는 것이었다.

「대원위대감께선 오늘 밤 갑자기 다른 데루 행차하시는가 보오.」

순간, 장한은 젊은 행인을 쏘아봤다.

초월은 그 중늙은이한테 물었다.

「어디루 행차하신다던가요?」

중늙은이가 대답한다.
「추선의 집이라던가요.」
(모두 다 협잡이로구나!)
젊은 행인은 단정했다.
그는 운현궁의 이상지였던 것이다. 우연히 그날 저녁 무렵 그곳을 지나다가 그런 복잡한 광경을 목도한 것이다.
(목적이 뭔가?)
아마도 초월이 대원군의 총애를 받는다고 인근에 소문을 퍼뜨려서 한몫 보려는 교묘한 수작이겠지만, 초월은 일단 몇몇 사기한에게 속고 있음이 분명하지 않을까.
이상지는 부랴사랴 운현궁으로 돌아왔다.
그의 추적은 적중했다. 모두가 거짓말인 것이다.
대원군은 마침 아재당에서 천하장안을 불러 놓고 뭣인가 지시를 하고 있는 중이었다.
이상지가 그곳으로 접근해 갔을 때, 대원군의 음성은 밖에까지 새어 나왔다.
「너희들은 우선 장안에서 이름 있는 집안의 살림 형편을 샅샅이 살펴 놔라.」
이상지는 무심결에 귀를 기울였다.
「경복궁 중건 비용은 우선 백성들의 원납전으로 충당해 볼 작정이다.」
원납전, 자진 기부의 명목이다.
성금의 형식으로 염출하겠다는 것이다.
「그러니까 누구는 얼마, 누구는 얼마 가량을 낼 수 있는가에 대해서 밑조사를 해 놔야 한다.」
재산 형편을 미리 조사해서 강제 징수가 아니라 원납의 형식으로 고지서를 발행할 작정이라는 말이 된다.
그렇잖아도 천하장안은 장안 모모한 집안의 은숟가락 수효까지 알고 있다는 패거리가 아닌가.

그들에게 있어서 가장 신바람이 나는 역할이다.
 그렇잖아도 천하장안은 높은 곳에서 남의 집 용마루만 봐도 그집 주인의 이름과 가족의 수효까지 알아낸다는 패거리가 아닌가.
 대원군의 그런 분부라면 비교적 공평하게 원납전의 액수를 미리 책정해서 통고하고 거둬들일 자신이 있다.
 천희연의 대답이 아재당 바깥에까지 크게 들려왔다.
 「대감마님, 그런 방법이라면 경복궁은 중건된거나 같사옵니다. 저희들은 누가 얼마를 낼 수 있는가를 눈 감고도 환히 알 수 있으니깝쇼.」
 대원군의 음성이 또 들렸다.
 「너희 네 녀석은 도감차지(都監差知)를 시키겠다.」
 차지라는 감투까지 내렸다.
 「황감하옵니다.」
 천하장안 네 사람의 음성이 동시에 일제히 터져 나왔다.
 대원군은 또 다짐해서 분부한다.
 「위로는 세도집에서부터 아래로는 중인에 이르기까지 그 사는 형편에 따라 공정하게 원납부(願納簿)를 꾸미도록 하라. 알겠느냐?」
 그러자 장순규가 의견이 있다고 했다.
 「세도집이나 중인도 중하지만 뭐니뭐니 해도 시정 상민의 수효를 업신여길 수는 없는 줄로 아룁니다. 노돌강의 모래알 수효보다두 많으니깝쇼.」
 모조리 긁어 모으자는 제안이다.
 대원군은 고개를 가로 저었다.
 「허나, 불쌍한 백성들을 마구 괴롭혀선 못 쓴다. 민심이 이반되면 큰일을 못하는 법이야.」
 이때, 하정일이 한마디 했다.
 「지당한 말씀이옵니다. 그네들에겐 재물 대신 노력(勞力)을 바치도록 하면 됩지요.」
 초생달이 서천에 있었다.

이날 밤 이상지는 기회를 만들어 대원군과 면대했다.
그리고 솔직담백하게 대원군의 불의(不意)를 찔렀다.
청년 이상지는 대원군 앞에서도 항상 담대했다. 위축되지 않는다.
「저하, 묵동 기생 초월의 집에 행차하지 않으십니까?」
불쑥 꺼낸 엉뚱한 말이라, 대원군은 화제의 초점을 포착하지 못하고 어리둥절했다.
「자네 그게 무슨 말인가? 아닌밤중에 홍두깨격으로.」
담대하고 대쪽 같은 성격이기 때문에 그를 사랑하는 대원군이다. 써 먹을 기회가 있을 것이라고 운현궁에 둬 두고 있다. 버릇없이 굴어도 한 수 접어 주는 이상지, 지금 불쑥 꺼내는 말엔 또 무슨 꼬단이 있는가 싶어서 그렇게 물었다.
「저하.」
「왜?」
「오늘 밤 묵동 초월아씨네 집에선 진수성찬을 장만해 놓고 저하께서 행차하시기만 고대하고 있는 중이올시다.」
「초월이가?」
「미리 내통을 하셨다면서요?」
「내가?」
「저하께서.」
「미친 소리!」
대원군의 눈망울이 불거졌다. 비위가 상했다는 증좌다.
대원군은 연죽을 찾았다.
이상지는 재빨리 연죽에다 담배를 담아 대원군에게 바쳤다. 부싯돌을 쳐서 불을 댕겨 줬다.
「저하!」
이상지는 대원군이 뿜어 내는 파란 담배연기의 움직임을 바라보면서,
「오랜만에 밤공기라도 쐬어 보시지요.」
은근히 떠보는 것이다.
「너 무엄한 놈이구나!」

「저하, 아무리 높은 권좌에 앉아 계시더라도 때로는 하나의 인간으로 돌아가실 줄 아는 여유를 가지셔야 됩니다. 황감한 말씀이오나 경복궁도 중건하셔야지만 여자의 소망도 풀어 주셔야 되는 줄로 아룁니다.」
　이상지는 눈썹 하나도 까딱 않고 자기 상전에게 그런 말을 했다.
　대원군의 입가엔 미소가 감돌았다.
「초월의 교사를 받았나 보구나?」
　이상지는 대답했다.
「예에, 소인이 초월아씨에게 장담을 했사옵니다.」
「뭐라구 장담을 했나?」
「오늘 밤 안으로 저하를 모시구 가겠다는 장담을 했사옵니다.」
「그렇게 해 주면 초월에게서 자네가 얻는 게 뭔가?」
「저하의 근엄과 긴장을 잠시 풀어 드리고자 하는 게 소인의 뜻하는 바올시다.」
「하필이면 왜 초월이냐? 그애는 천기다.」
「듣잡건댄 초월아씬 저하를 모신 일이 있다 해서 그후 매우 근신을 하고 있다는 풍문입니다.」
「그래?」
　대원군의 눈꼬리엔 잔주름이 잡혔다. 안정(眼睛)이 허공을 방황하는 것은 무슨 까닭일까.
　초월과의 정사를, 초월의 꾀에 넘어가 버선발로 바지 괴춤을 움켜잡고 뛰던 그날 밤의 일을 회상하는 게 아닐까.
「저하, 소인이 앞장을 서겠습니다. 평복하고 납시지요.」
　이상지의 제안에 대원군은 갑자기 호통을 쳤다.
「이놈아! 썩 물러가거라! 듣자듣자하니까 점점 더 무엄해지는구나!」
　호통이 터졌는데 어쩌겠는가. 이상지는 일어났다. 밖으로 나왔다.
　그러나 그때였다.
　별안간 대원군의 음성이 밖으로 튀어나왔다.
「여보게, 상지! 나 출입하겠네!」
　외출(外出)이 출입(出入)이다.

잠시 후 대원군은 평복을 하고 갓을 쓰고 나갔다.
「자네가 앞장을 서게나!」
대원군은 이상지의 어깨를 철썩 때리며 또 말했다.
「다른 아무도 따르지 말게 하구!」
단둘이서 밤외출을 하겠다고 한다면 이상지의 꾐대로 묵동 초월의 집엘 가겠다는 것인가.
「자비는 어떤 걸로 하시렵니까?」
「걸어가자!」
대원군이 걷는단다. 타지도 않고 종자도 없이 밤출입을 하겠단다.
「그래도 보행으로야……」
「오랜만에 좀 걷고 싶으이.」
초생달은 빛이 없다. 있어도 별빛만 같지 못하다. 하늘엔 별빛이 밝았다.
대원군은 하늘을 쳐다보며 갓끈을 죄었다.
「아무도 몰래 궁 밖으로 나갈 수는 없느냐?」
「아무도 몰래야 어찌 대문을 열고 나가시겠습니까?」
그것은 불가능한 노릇이다. 옛처럼 홍선군 이하응의 집이 아니라, 대원군의 운현궁이 아닌가.
「영로당 뒤로 돌자!」
영로당은 운현궁 안 북녘에 있다.
대원군은 왜 늙을 놋(老)자를 즐겨 쓰는 것인지 모른다.
대원군의 거실로서 아재당(我在堂) 말고는 모두 늙을 놋자가 들어가 있다.
노안당(老安堂)이 있다. 큰사랑이다.
노락당(老樂堂)이 있고 이로당(二老堂)이 있다.
여기다 영로당(永老堂)까지 있으니, 모두 합하면 사로당(四老堂)인가. 집권 이후에 증축한 운현 사랑들인 것이다.
대원군은 갑자기 생래(生來)의 그 장난기가 회동한 모양이다.
참외서리를 하러 남의 밭으로 기어드는 소년처럼 발소리를 죽이고는 살금살금 영로당 뒤뜰로 돌아섰다.
어정어정 그 뒤를 따르고 있는 이상지는 저절로 웃음이 터졌다.
(이런 일면이 있어서 대원군은 역시 거인이구나!)
이상지는 물어 봤다.
「후문 열쇠를 달래 올까요?」
「열쇠?」
대원군은 가볍게 반문했을 뿐 걸음을 멈추지 않는다.
그들은 이윽고 앞을 가로막는 벽에 부딪쳤다. 운현궁의 담장인 것이다.
대원군은 담장 밑에서 발길을 멈추고는 담장 지붕을 쳐다봤다. 고개를 발랑 젖힌 그의 뒷모습은 어른의 갓을 훔쳐 쓴 소년처럼 앙증했다.
「어쩌시렵니까?」
이상지가 옆으로 서면서 묻자,
「앉아라!」
그는 무동을 서겠다는 것이다. 이상지가 쭈그리고 앉았다. 대원군은 그의 어깨 위로 올라 탔다.
「일어서라!」
「괜찮으시겠습니까?」
「일어서!」
이상지가 일어서고, 이상지 어깨 위에서 대원군이 일어섰다. 그러나 대원군의 손목은 간신히 담장 지붕의 서까래를 잡을 수 있었다.
「발돋움을 하게!」
이상지가 발돋움을 한다고 해서 대원군이 담장 위로 올라설 수 있을까. 밑의 사람의 두 다리가 후들후들 떨리기 시작했다.
(상전이란 곯려 주고 싶은 것…….)
이상지의 입가엔 장난스러운 미소가 감돌았다.
그는 몸을 앞뒤로 움직여 일렁일렁하다가 힘에 겨운 듯이 말했다.
「대감, 하늘이 왔다갔다 합니다. 서까래끝을 꽉 잡으십쇼!」
서까래끝을 잡으라면서, 이상지는 대원군의 손끝이 서까래끝에 닿는 듯 하면 꽁무니를 뒤로 뽑곤 했다.
「이놈아, 흔들지 말아야지. 한 발 앞으로 다가서라!」
그러나 다음 순간이었다. 이상지의 몸이 한켠으로 기우뚱하자 그의 어깨에 올라 갔던 대원위대감은 공중제비로 땅바닥에 쿵 소리를 내며 떨어지고 말았다.
「대감마님, 황공하옵니다.」
사죄가 무슨 소용이 있겠는가.
이상지는 소리높여 웃을 수도 없었고, 대원군은 아픈 엉덩이를 움켜잡은 채 분명히 무례한 녀석을 성미대로 호통쳐 줄 수도 없었다.
설상가상이라던가. 그때,
「누구냐! 게 누가 있느냐!」
운현궁을 지키던 군사가 영로당 쪽에서 소리를 치는 것이었다. 그리고 그들이 있는 방향으로 달려오는 기색이었다.
이렇게 되면,
「내다, 이놈」
하고 나설 수가 없다.
「대감마님, 그 나무 뒤로 엎드리십쇼! 들키시면 봉변이십니다.」
이상지가 수선을 피는 바람에 대원군은 어쩔길 없이 몸을 숨기고 숨을 죽였다.
두 사람의 금위영 군사가 중얼대며 앞으로 지나갔다.
「어떤 쓸개 빠진 놈이 운현궁 담을 뛰어넘을 리도 없구. 뭐가 분명히 쿵! 했는데.」
그들이 멀리 사라져 가자 이상지는 옷을 털고 일어서며 말했다.
「죽일 놈들이 말을 함부로 합니다그려.」
대원군은 씁쓸하게 웃고, 하늘의 별은 더욱 빛나고 있었다.
잠시 후, 대원군은 다시 이상지의 어깨를 밟고 담장 위로 기어오르는 데 성공했다. 그는 담장 위에 엎드려서 아래에 있는 이상지를 보고 말했다.
「너는 어떻게 넘어올 테냐?」

이상지는 손을 털면서 대답했다.
「소인 혼자야 어떻게 넘습니까. 대감 혼자서 다녀오십시오.」
「이놈아, 전엔 너 혼자도 곧잘 이 담을 넘나들었잖으냐?」
「그때보다 담을 더 높였잖습니까. 그리고 그때는 소인에게도 목적이 있었굽쇼.」
「내 팔을 내밀어 주랴?」
「대감마님껜 지금 이 담을 뛰어넘어야 할 목적이 있으시지만 소인에겐 그게 없습니다. 사람은 누구나 긴요한 목적 앞에선 기적적인 행동이 가능한 겁니다.」
「죽일 놈, 나를 훈계하는 것 같구나!」
대원군은 이 말을 남기고는 담장 저쪽으로 훌쩍 내려 뛰었다.
(혼자라도 행동할 작정인가?)
이상지는 어둠 속에서 싱긋 웃었다.
그는 뒷걸음질을 치더니 쏜살같이 앞으로 돌진해서 몸을 날렸다.
그의 손끝에 서까래끝이 닿는 순간 그의 몸은 공중에서 한번 뒤쳐지고는 담장 위에 올라앉았다. 실로 날쌘 행동이었다.
잠시 후, 그들은 함께 밤거리를 걷고 있었다.
「묵동으로 가시려면 이쪽으로 빠지셔야 합니다.」
그러나 대원군은 대답했다.
「계동으로 가겠다!」
계동이라면 추선의 이사간 집인가.
월여전(月餘前)에 추선을 강제로 이사시켰다.
계동 초입에다 아담한 집을 장만해서 대원군의 소실답게 체모를 갖춰 준 것이다.
그것은 이상지의 자발적인 주선이었다. 대원군에겐 사후에 보고를 했을 뿐, 이상지가 정원(政院)에 부탁해서 그 계동집을 마련한 것이다.
추선은 처음에 이사하기를 완강히 거부했다.
「대원위대감께선 나랏일이나 하실 일이지 일개 아녀자에게까지 신경을 쓰실 일은 못 됩니다.」

이사하기를 권하는 윤여인에게 고개를 가로저으며 거부했다고 한다.
「혼자 사는 몸, 집은 덩그러니 커서 뭘하느냐고 하면서, 더구나 다방골 집은 대감과의 인연이 얽혀 있는 만큼 뜨기가 싫다고 하는 거예요.」
윤여인은 추선의 심경이라고 하면서,
「삭발입산(削髮入山)해서 부처님이나 섬기구 싶은 모양이에요. 너무도 욕심이 없는 여자더군요.」
그러나 계동으로 이사를 시켜 놓은 지가 한 달이 넘치는데 아직 대원군은 그네를 찾을 기회가 없었던 것이다.
실상 오늘 밤 이상지가 묵동 초월을 끌고 들어간 것은 결과가 이렇게 되리라는 것을 전제한 계략이었다.
큰 한길로 빠져 나오는 데에 성공하자 이상지는 추선에 대한 이야기를 꺼냈다.
「추선아씬 불교에 뜻을 둔 것 같습니다.」
대원군의 반응은 민감했다.
「불교에?」
「삭발입산까질 생각하고 계시단 말을 들었사와요.」
「그래?」
두 사람은 한동안 말없이 걸었다.
거리의 행인들은 아무도 그들의 정체를 알아보지 못했다.
「여자들이란 본시가 뭘 믿는 것을 좋아하게 마련이니까.」
한참만에 대원군이 그런 말을 중얼거렸다.
「오죽 외로우심 그러겠습니까.」
이 말에 대원군은 약간 음성을 높였다.
「부대부인은 외로워서 천주학에 혹해 있단 말인가?」
「여자는 늘 불안한 게 아닙니까? 남자가 세상 경륜에 골몰하고 있는 동안에 여자는 안방에서 불안에 떨고 허전과 씨름을 하고 있는 게 아닙니까. 그러니까 자연 보이지 않는 뭣엔가 의지하려고 드는지도 모릅지요.」
「하긴 여자란 밤낮없이 쓰다듬어 주면 좋아하게 마련이지. 여자란 남자의 귀염이나 받는 게 인생의 전부니까. 그런 점에선 왕후에서부터 초부의 아내에 이르기까지 다름이 없는 법이야. 추선도 내가 자주 찾아 주면 부처님이고 나발이고 다 잊어버릴 걸세. 부처님은 여자의 피부를 애무해 주지 못하니까 말야.」
 대원군은 추선에게만은 그런 말을 하는 게 죄스런 생각도 없지 않았으나, 그러나 여자에 대한 그의 철학이니 할 수 없었다.
 계동 초입에 있는 추선의 집은 과히 크진 않지만 아담한 솟을대문이었다.
 추선은 어느 틈엔가 신분이 달라져 있었던 것이다.
 일각대문의 상사람이 솟을대문 안에서 살게 됐으면 그 신분이 분명히 달라진 것이다.
 대문을 열어 찬모에게 이상지가,
「대원위대감의 행차시오!」
했을 땐 벌써 대뜰을 허둥거리며 내려서는 추선의 모습이 보였다.
 대뜰 앞에서 대원군과 마주선 추선의 눈엔 눈물이 핑 돌아 있었으며, 닭을 치는지 마당가에선 암탉이 꼭꼭꼭 기척과 함께 푸드덕거리는 소리가 밤의 정적을 깨뜨렸다.

 대원군은 추선의 영접을 받으면서 안방으로 들었다. 도배반자를 새로 해서 방 안에선 종이 냄새가 강렬했다.
 대원군이 보료 위에 좌정하자 추선은 날아갈 듯이 정성어린 절을 했다.
 살포시 숙였던 아미를 쳐드는 순간 추선의 두 눈엔 눈물이 철철 넘쳤다.
「적조했다. 이사를 했다는 데도 와 보질 못해서 마음에 걸렸었네.」
 대원군은 오랜만에 추선의 그 선량한 눈을 보자 가슴이 뭉클해서 그런 말을 했다. 그리고 추선의 손을 끌어당겼다.
 그러나 추선의 손엔 반항의 힘이 작용했다. 만만찮게 작용했다. 추선은 몸을 도사리면서 뜻않은 말을 하는 것이었다.

「대감, 초월의 집엘 가시다가 길을 잘못 드셨나요?」
 그 어질고 착하기만한 추선의 눈매엔 고즈넉한 투긴(妬忌)가 서렸다. 대원군은 무슨 소린지 영문을 몰라 되물었다.
「초월이라니? 내가 초월의 집엘 다녔단 말이냐?」
 오늘 밤엔 왜 초월의 이야기가 거듭 여기저기서 등장하는 것인지 대원군은 그 까닭을 알 수가 없었다.
 초월은 벌써 지난해 정월이었던가, 김좌근의 집에서 잠깐 본 일이 있을 뿐 안중에도 없는 여잔데 갑자기 오늘 밤엔 왜 이상지의 입에서도 추선의 입에서도 초월의 이야기가 나오는 것인가.
 대원군은 불쾌해서 짜증스럽게 말했다.
「천기 초월이란 년이 나와 무슨 상관이 있관데 그런 소리들을 하는지 모르겠구나. 내일 내 그 진상을 조사해 보겠거니와 대관절 너는 무슨 뜬 소문을 듣고 그런 말을 함부로 하느냐?」
 추선은 여전히 뾰로통해서 입술로 튀기듯 말했다.
「벌써 두세 달째 대감께선 초월의 집엘 드나드신다는데 시치미를 떼시옵니까?」
「어허, 내가?」
「네.」
「대관절 누가 그러더냐?」
「제 집에 드나드는 방물장수도 대감께서 묵동 초월네 집에 계신 것을 목도했다 하더이다.」
「방물장수가? 왓하하하, 아마 대원군이 나 말고 또 하나가 있나 보구나.」
「아니 땐 굴뚝에 연기나겠습니까?」
 추선은 여일하게 새침했다.
 대원군은 기가 막혀서 더욱 크게 웃었다.
「하하하, 설혹 이따금 간들 또 어떻겠느냐? 아무려면 내가 너 말고 또 다른 계집한테 정을 주겠느냐. 이나라 360주 1천 200만의 백성을 다스리고 있는 내게 그렇게 남아 돌아가는 여자가 있을 것 같으냐?」

그러자 추선의 입가엔 조소 비슷한 웃음이 감돌았다.
「대감, 아무리 국사에 분망하시더라도 여자에게 정을 줄 만한 여유도 없는 분이 어떻게 만백성을 다스립니까. 그런 분은 융통성이 없어서 나라살림 못하십니다.」
「아하하하, 그럴까?」
「그렇사옵니다. 아침부터 밤까지 근엄하시기만 하고 일에만 열중하는 사람은 쇠털 뽑아 제구멍에 박는 격으로 빡빡하고 답답해서 큰일은 못하는 법입니다. 낮이 있으면 밤이 있고, 해가 지면 달이 뜨듯이 생활에도 변화가 있어야 호담할 수 있고, 깊이와 폭과 여유가 있어서 큰일을 할 수 있는 큰 사람이 아니겠습니까.」
추선이 이렇게 말이 많을 수는 없었다. 오랜만에 만난, 죽도록 그리워하던 정인 앞에서 이처럼 쌀쌀하게 말이 많을 추선이 아닌데, 웬일일까.
대원군은 너무도 변해 있는 추선의 태도를 보자 저절로 말이 빗나갔다.
「참 이렇게 와서 자네를 보니 여러 가지로 사과를 해야겠네. 그동안 초월이한텐 몇 번 드나들었으면서도 정작 우리 추선아씨한텐 들르질 못했으니 내 허물이 크이.」
대원군이 이런 말을 하면서 손을 내미는데도 추선이 여일하게 몸을 도사린 채 쌀쌀하니까,
「하하하, 너두 치마 두른 여자라 질투가 만만찮구나?」
그는 추선의 팔을 잡아 낚아서 품에 안아 버렸다.
그리고 온 천하가 정적의 심연으로 화한 것 같은 오랜 입맞춤 끝에 잠재우듯 여자의 볼기를 다독거려 줬다.
이렇게 되면 여자는 꿈얘기라도 하듯 자기의 심경을 털어놓는 법,
「부대부인께만은 질투를 안 해요. 허지만 다른 모든 여자한텐 질투를 느낍니다. 대감께 접근하는 여자든지, 대감께서 낚으시는 여자든지, 부대부인 말고는 다 질투가 납니다. 치마 두른 여잔 어차피 그런 것 아니겠어요, 대감?」

추선은 슬픈 표정이었고, 대원군은 흡족한 얼굴이었다.
　이날 밤 대원군은 오랜만에 인간 이하응으로 돌아갔다.
　술도 많이 마셨다. 추선의 애상적인 노래도, 가야금도 감회 있게 들었다.
　나랏일도 완전히 잊을 수가 있었고, 여체에 대한 의욕도 전에 없이 강해서 오직 그 야성적인 탐닉에 정신을 잃었다.
　밤이 어느 때나 됐을까.
　대원군은 강렬한 갈증을 느끼고 눈을 번쩍 떴다. 머리맡 촛대에선 황초가 밝게 타고 있었다.
　대원군은 잠에서 깨자, 옆에 단정히 앉아 있는 추선을 발견하고 손을 내밀었다.
「왜 자지 않구?」
　무심결에 지껄이다 보니 추선의 눈엔 또 눈물이 그득 괴어 있었다.
「왜 자꾸 눈물을 보이느냐?」
　대원군은 추선을 끌어안았다.
　오늘따라 눈에 눈물이 마를 새가 없는 것을 보면 추선은 엉뚱한 생각을 하고 있는지도 모른다.
「왜? 왜 그래?」
「주무시는 모습을 보구 있었어요.」
「왜?」
「주무실 때나마 저 혼자 실컷 보구 싶어서요. 이 아까운 시간에 어떻게 잠을 잘 수 있겠어요?」
「나 목이 타는구나.」
　추선은 머리맡에 준비돼 있는 자리끼를 대접에 따라 대원군 입에 대줬다.
「인생은 길다. 그렇게 조바심을 할 필요가 있니?」
　대원군은 목을 축이고 난 다음 추선을 이불 속에 뉘면서 말했다.
　그러나 추선의 대답은 쓸쓸했다.
「대감께서두 지루한 세월을 보내셨잖아요? 그때도 인생은 길다구 생각하셨어요? 조바심을 안 하셨어요?」
 여자는 아무리 작은 남자한테라도 안겨야 하는 것. 추선은 짤막한 대원군의 품에 답삭 안기면서 선량하게 눈을 껌벅거렸다.
 대원군의 손끝은 바빴다. 그는 속삭이듯 말했다.
「내 분명히 말해 주마. 이 세상에서 나의 총애를 받는 여자는 너뿐이다. 초조할 게 없잖으냐.」
 그러나 그의 품에서 추선은 애원하는 것이었다.
「대감, 아기나 하나 낳게 해 주세요.」
 머릿맡 황촛불에서 치지직 소리가 났다. 촛농이 타고 있었다.
 (아기를 낳게 해 달라?)
 대원군은 추선의 소망을 이해할 수 있었다.
 여자는 사랑하는 남자의 아기를 갖고 싶어하는 게 상정이다.
 더구나 추선은 외롭다. 아기나 길러 가며 외로움을 씻어 보려는 그 소박한 욕망은 이해가 가고도 남는다.
 그러나 대원군은,
「네가 아이를 낳으면 서출이다. 서출은 자칫 낳아 준 부모를 원망하게 마련이다. 구태여 낳기를 원할 것까지야 없잖으냐?」
 그는 추선의 진실된 소망을 그런 말로 떠봤다.
 그러자 추선은 남자의 손으로 하여금 자기의 가슴을 지그시 누르게 하고는 담담하게 대꾸하는 것이었다.
「대감, 저는 대감의 소실이 아니와요.」
 엉뚱한 말이다.
「그럼 뭐냐?」
「한 사내를 사모하고 있는 한 계집입니다.」
 무례하다고 호통을 칠 수는 없다.
 추선은 그 다음 말이 있어야 한다. 고개를 옆으로 돌리며 담담하게 말했다.
「서출이고, 적출이고를 생각하기 전에 늘 옆에다 둬 두고 정을 쏟을 수 있는 그이의 분신을 갖고 싶을 뿐이에요. 그것도 이룰 수 없는 소망일까요?」
「못 이룰 소망도 아니구나.」
「저는 세도가의 소실 노릇을 하긴 싫습니다. 꼭 그 세도 때문에 소실이 된 것 같아 싫습니다. 더구나 그 세도의 그늘에서 세도를 부리긴 죽기보다 싫습니다.」
「내, 네 그런 성미는 안다.」
「이제 다신 저를 찾지 않으셔도 좋아요.」
「그대신 오늘 밤에 아들이나 하나 잉태시켜 달라는 게냐?」
「부처님한테두 그렇게 빌었어요.」
추선은 솔직하게 대답하면서 쓸쓸하게 웃었다.
대원군은 그러한 추선이 더할 수 없이 가련해서, 그리고 사랑스러워서, 두 손으로 그 볼을 감싸쥐고 흔들어 줬다.
방 안이 그렇게 더웠을까?
추선은 삼팔수건으로 대원군의 가슴께를 연방 닦아 냈다. 땀이 자꾸 흘렀던 것 같다.
「대감!」
한참만에 추선이 일어나 앉았다.
「이제 고만 자자꾸나.」
「발톱이 퍽 길게 자랐군요? 아무도 깎아 드리질 않다니.」
「왜 네 몸에 생채기라두 났느냐?」
「이 아릿한 아픔, 길이 기억하겠어요.」
추선의 허벅지 안쪽에는 한뼘 가까운 생채기가 나 있었다. 빨갛게 피가 맺혀 있었다.
추선은 가위를 들고 사랑하는 이의 발톱을 깎아 주면서 지극히 행복스런 얼굴이었다.
「대감!」
「왜!」
「민심을 한번 긁어모으기란 천하를 얻는 것보다두 더 어렵습니다.」
「그렇겠지.」

치마를 둘렀거든 질투를 하라 253

「지금 이 나라 백성의 마음은 대감께로 쏠렸습니다.」

대원군은 추선이 무슨 말을 하려는가 싶어 그 옆얼굴을 물끄러미 지켜봤다.

「대감, 대감께 한번 쏠렸던 백성의 마음이 흩어지기 시작하면 다시는 수습되지 않습니다.」

대원군의 발톱을 깎아 주며 이런 맹랑한 말을 하고 있는 추선의 옆모습은 경건하리만큼 성스러웠다.

일개 여자의 말이라고 해서 흘려 버리기엔 아깝지가 않은가.

추선의 말은 다시 도란도란 이어지고 있었다.

「대감, 민심이란 물과 같은 것으로 알고 있사옵니다.」

대원군은 천장을 쳐다보고 있었다.

「한번 한곬으로 모여들기 시작하면 큰 호수를 이루지만, 한번 흩어지기 시작하면 다시는 그 방향을 되돌리지 않습니다. 물이 출렁이던 호수 자리는 순식간에 갯바닥으로 변하지요. 보기 흉한 몰골이 드러납니다.」

틀린 말이 아니다.

대원군은 침묵을 견지할 수밖에 없다.

정인의 발톱을 다 다듬고 난 추선은 그의 다리를 주근주근 주무르기 시작했다.

「대감, 평상시에 나라를 이룩하고 왕실을 보호하는 것은 백성의 힘입니다. 위급할 때에 나라를 지키고 왕실을 보호하는 것도 백성의 힘입니다.」

추선은 정인의 팔을, 어깨를 주무르기 시작했다.

「그러하오나 대감, 나라를 망치고 왕실을 해치는 것도 또한 백성입니다. 나라를 사랑하지 않고 왕실을 존경하지 않는 백성은 거꾸로 흐르는 물처럼, 있는 질서를 파괴해 버려야 직성이 풀리는 것으로 알고 있사옵니다.」

무서운 말이 아닌가. 어쩌자고 추선은 대원군에게 이런 말을 하고 있는 것인지 모른다.

대원군은 추선의 옆얼굴에서 석상과 같은 차가움을 느꼈다. 가슴이 섬뜩했다.
　본론인가. 추선의 음성은 더욱 차가웠다.
「이번에 크낙한 역사를 시작하신다죠?」
「경복궁을 새로 짓기로 했다.」
「너무 조급한 욕심이 아니옵니까?」
「이 백성 300년래의 숙망(宿望)이다.」
「대감의 숙망이 곧 만백성의 숙망은 아닐지도 모릅니다.」
「나라엔 치자가 있어 백성을 이끌어 가게 마련이다. 흩어져 있는 민심을 외곬으로 모아서 나라의 힘과 위신을 세우게 하는 것은 치자의 길이 아니겠느냐?」
「대감.」
「궁궐이 외적에게 밟혀 폐허가 된 지 300년인데 아직껏 저 꼴로 버려두고 있음은 이 나라 이 백성의 수치다. 그리고 몰락한 왕권의 잔해만 같아서 단 하루도 버려 두고 볼 수 없었다.」
「대감, 백성은 너무나 오랫동안 관의 시달림을 받아왔습니다. 지금 이 나라 백성의 소망은 관의 시달림에서 해방되는 일입니다. 대감, 그런 큰 역사를 하려면 또 백성은 관원의 시달림을 받아야 하지 않겠습니까.」
「하는 일이 보람이 있을 땐, 다소의 시달림은 기꺼이 받아들일 것이다.」
「대감, 대감의 보람이 반드시 백성 개개인의 보람이라고 단정하시진 마세요. 저 같은 아녀자가 어찌 대감의 크신 뜻을 짐작인들 하겠습니까만 단지, 서원철폐령으로 얻어 놓으신 민심을 경복궁 역사로 해서 헤쳐 버리시지나 않을까 염려가 되기로, 외람한 말씀을 드려 본 것이옵니다.」
　하고 싶은 말을 다 해 버린 모양이다.
　석상처럼 차갑기만 하던 추선의 얼굴엔 배시시 웃음의 물결이 번져 나갔다.
「고만 자자. 잠을 자야 날이 밝을 게 아니냐.」
　대원군은 이 사랑스러운 여자를 소중한 보물인 양 품에 안아들었다.
　그러나 추선은 말했다.

이 아쉬운 시각을 어떻게 잠으로 흘려 버립니까. 눈을 똑바로 뜨고 이 아쉬움을 지켜봐두 날은 밝아옵니다.」

추선의 두 눈은 별빛처럼 초롱거렸다.

그네의 보드라운 손길은 웅대한 포부를 감추고 있는 이 나라 실권자의 도톰한 가슴패기를 정겹게 쓸어 주고 있었다.

「대감, 독불장군이 되시지 마십시오.」

어머니의 타이름같이 준엄하면서 정성이 깃들인 추선의 충고다.

「백성이란 권력에 반발하고, 세도가를 미워하기 쉽습니다. 김씨네가 세도를 부릴 때 대감께서도 그들을 미워하지 않으셨습니까. 김씨네라고 모조리 나빴을까요. 그렇진 않았을 텐데, 대감은 몰라도 백성은 그들을 구별없이 미워했습니다. 대감, 근심이 돼서 그럽니다. 경복궁을 짓다가 민심을 잃으실까 근심이 됩니다.」

그 순간이다. 대원군은 자리를 박차고 일어나 앉으며 방 안이 쩌렁거리는 호통을 쳤다.

「계집은 계집답게 굴어라!」

노하면 두 눈망울이 툭 불거지는 게 대원군의 습성이다.

그는 지금 격노했다. 충혈된 두 눈망울이 불룩 튀어나왔다.

「계집은 사내의 잠자리나 만족시켜 주면 되는 게다. 자고로 계집의 존재는 그런 것이었다. 뭘 안다고 나랏일을 운위하고 내 처사에 대해서 콩 놔라 밤 놔라 함부로 입을 놀리느냐 말이다. 듣자듣자 하니 진실로 무엄하다!」

대원군은 두 손으로 자기의 얼굴을 문댔다. 몹시 비위가 상한 모양이다.

「엥이! 모처럼 머리를 쉬려고 왔더니 비위를 건드리는구나.」

그는 담뱃대를 집어들었다.

그러나 추선은 재빨리 움직였다. 대원군의 손에서 담뱃대를 빼앗아서 담배를 담아 바쳤다.

날벼락을 맞았으면서도 추선은 낭패하는 기색을 보이지 않고 침착성을 유지했다.

「대감, 일개 아녀자가 함부로 혀끝을 놀려대서 황공하옵니다.」
추선은 으레 이렇게 나올 법한데 그러지를 않았다.
오히려 입가엔 가냘픈 웃음을 띠었다. 그리고 서글픈 표정으로 부드럽게 말하는 것이었다.
「말씀대로 저를 찾으신 것은 피로하신 신경을 쉬시기 위해서였을 줄로 압니다. 어차피 계집이란 그런 노리개에 불과하니까요. 허지만…….」
「허지만 어쨌다는 게냐?」
「아무리 일개 아녀자일망정 이 나라의 백성이옵니다.」
「그래서 어쨌다는 게냐?」
「저도 나랏님과 대원위대감께옵서 보살펴 주시는 이 나라의 민초이옵니다.」
「…….」
「대감께선 아무리 보잘 것 없는 아녀자의 군소리라 하더라도 귀를 기울이셔야 합니다. 그래서…….」
「그래서?」
「미련한 백성들이 뭘 생각하고 있는가를 아셔야 합니다.」
대원군은 담배만 뻑뻑 빨고 있었다.
한밤중이라 촛불은 유난히 밝고, 사위는 죽은 듯이 고요했다.
추선은 당돌하리만큼 침착했다.
「민심이란 다른 게 아니에요. 어리석고 무지할망정 그런 백성의 마음이 하나하나 모인 게 아니겠어요?」
이 말에 대원군은 다시 한번 노기를 폭발시키고 말았다.
「아하하 너 정말 발칙하구나! 네 생각이 백성의 생각이며 그리고 민심이란 말이냐?」
묻는 게 아니라 호통이었지만, 추선은 여일하게 부드러운 말씨로 할 말을 한다.
「대감, 이 추선이의 심장은 대감만을 위해서 지금도 뛰놀고 있습니다. 제 귀는 대감에 대한 뭇사람들의 중론을 듣기 위해서 두 개씩이나 달려

치마를 둘렀거든 질투를 하라 257

있습니다. 제 입은 그들의 중론을 대감께 전해 드리기 위해서 있습니다. 모두 다 대감을 위해서 있습니다. 그렇지 않고서야 뭣때문에 제가 이 세상에 태어났으며, 뭣때문에 살고 있어야 합니까.」

추선은 대원군의 무릎 위에 엎드러지고 말았다.

야속해서일까, 자기 설움에서일까. 조용히 흐느끼기 시작했다.

그러나 대원군은 눈만 껌뻑거리며 눈썹 하나 움직이지 않았다. 담배만 빨아 대고 있었다.

「대감, 계집이란 남자의 잠자리만을 위해서 태어난 것으론 생각하지 마십시오. 그토록 계집을 얕보시다간 계집한테 크게 다치십니다. 대감께선 여난(女難)을 크게 경계하셔야 한다고 하셨었잖아요?」

추선은 간절하게 애원을 했고 대원군은 입을 크게 벌려 하품을 길게 했다.

장단長短을 쳐라 춤을 출 게다

  국왕의 근감한 거둥이 창덕궁의 정문인 돈화문을 나섰다.
  4월 12일 아침나절이었다.
  하늘은 맑게 개고 나긋한 봄바람은 국왕이 탄 보련(寶輦) 위의 푸른 차일(遮日)을 물결처럼 하늘거리게 했다. 시원임(時原任)을 막론한 문무백관이 국왕 거둥에 배행하고 있었다.
  기치창검(旗幟槍劍)을 비껴 든 수많은 군사들이 앞뒤에서 보련을 옹위하고, 마흔 여덟 명의 장악원 악사들이 묵묵히 제각기의 악기를 든 채 길을 인도했다.
  문관은 지체에 알맞은 자비에 탔다.
  당상(堂上) 무관들은 말을 탔다. 그리고 호위군사들은 걸었다.
  빽빽이 들어선 것을 임립(林立)이라고 하던가. 국왕 거둥 때에 거리를 흐르는 기치창검은 그야말로 움직이는 임립, 기치창검의 움직이는 임립이었다.
  「어디로 거둥하시는가?」
  연도의 백성들은 수군거렸다.
  「경복궁으로 가신다오.」
  미리 이 거둥길을 알고 있는 백성들도 많았다.
  「대원위대감도 뒤를 따르는군!」
  쌍초선을 앞세운 대원군의 자비는 보련 바로 뒤에 바짝 따르고 있었다.

「그 양반 앉은 키나 선 키나 같네그려!」
「큰 사람은 본시 그렇다더군요.」
연도에 꿇어앉은 백성의 무리도 움직이고 있었다. 거둥길 따라 움직였다.
연도 민가의 담장 안도 법석이었다.
무동을 선 아이들과 발돋움한 아낙네와 치맛단을 끌어잡는 처녀들로 법석을 떨고 있었다.
「그 임금님 귀엽게 생겼구나. 한번 안아 봤음 좋겠다.」
불경(不敬)스러워 이런 말은 차마 하지 못했으나 과년한 처녀들은 홍안의 미소년인 국왕의 모습을 보면서 부푼 가슴을 설레기도 했다.
「열 네 살이시래. 장가드실 나이지 뭐냐.」
이런 말쯤은 서슴없이 했다.
「돌아가신 철종 임금님의 삼년상이 내년 아냐? 내년엔 왕비를 맞아들이겠지 뭐.」
「어떤 처녀가 간택에 뽑힐까?」
「왕비로 뽑힐 여자야 하늘이 낸 사람이겠지 뭐.」
선망과 시새움은 여자의 본질이다. 쳐다볼 수 있는 나무도 아니지만 처녀들의 말투엔 부러움과 시새움이 깃들이기 쉬웠다.
거둥 행차는 안동(安洞) 네거리를 가고 있었다. 이제 경복궁은 지척에 있다.
북녘으로는 깎아 세운 듯한 백악(白岳)이 한성 장안을 굽어보고 있다.
그 백악을 보면 사람들은 명승(名僧) 무학(無學)을 연상한다.
태조 이성계가 다시없이 신임하던 무학은 왕명을 받고 새로운 도읍지를 정하기 위해 북한산 줄기를 더듬어 내려왔다.
백운대에 서서 지세를 살폈다. 지맥(地脈)을 더듬어 만경대의 서남쪽으로 길을 잡다가 비봉(碑峰)에 이르렀다. 비석 하나를 발견했다.
무학은 그 비문(碑文)을 보고 놀랐다.
─무학 길을 잘못 들어 이곳에 오다.

선인(先人) 중에서 누가 이런 예언을 할 수 있었는가. 신라말의 고승(高僧)이며 예언가 도선(道詵)이 세운 비석이라니 놀라운 일이 아닐 수 없다.

무학은 길을 바꿨다. 만경대의 정남맥(正南脈)을 따라 내려와 보니 백악이 맺혀 있고, 거기 세 개의 지맥이 합쳐 하나의 평지가 돼 있는 곳을 발견하자 무릎을 탁 쳤다.

「아하, 여기로구나! 바로 여기가 새로운 도읍지로다!」

예언서인 도선비기를 실제로 본 일이 없지만, 중 무학은 구전돼 오는 도선의 예언으로,

― 왕(王)의 다음을 잇는 자는 이(李), 즉 한양(漢陽)에 도읍한다.

라는 설을 역시 믿지 않을 수 없었을 것이다.

왕(王)이란 고려 시왕(高麗始王)의 성이고, 이(李)는 태조 이성계의 성인 만큼 지금까지 여실부합(如實符合)된 점으로 봐서도 신봉하는 게 당연했다.

누구나 알고 있는 이야기가 아닌가.

고려 중엽의 왕 숙종은 특히 그 도선의 예언을 불길, 불쾌하게 생각한 나머지 한양 목멱산(남산)에다 모형과 같은 궁궐 하나를 지어 놓고 남경(南京)이라 부르게 하고, 한양부사 윤관에게 명해서 백악의 남녘 일대에다 오얏(李)나무를 심게 한 다음, 그 나무들이 자라나면 베어 버리고 또 자라나면 가지를 모조리 쳤을 뿐 아니라, 용황(龍凰)의 그림을 백악 밑에다 파묻고는 오얏(李)을 토평(討平)해서 그 왕기(王氣)를 꺾어 없앴다고 구차스런 자위를 했다는 그 유명한 이야기는 누구나 알고 있는 게 아닌가.

경복궁은 바로 그 백악 밑에 자리잡은 것이다.

사람들은 그 백악과 무학에 관련해서 또하나의 설화를 알고 있다.

한양은 북엔 백악, 남엔 남산, 서쪽엔 인왕(仁旺), 동녘엔 낙산(駱山)이 있어 자연의 성곽을 이루고 있다.

더구나 남쪽 성밖엔 동에서 서로 한수(한강)가 흘러 산하금대(山河襟帶)의 묘(妙)를 얻고 있다.

태조 이성계는 무학의 제의대로 북악산 중의 끝봉인 백악 밑에다 왕궁을 세운 다음 특히 북녘을 경계하는 성벽의 경계선을 정하기에 난제가 있었다는 말이 있다.
  북한산 중엔 삼각산이라는 일봉(一峰)이 있고 삼각산의 정상엔 입불암이라고 불리는 큰 바위가 있다.
  입불암은 그 이름처럼 형체가 마치 서 있는 불상과 같이 생겼다.
  이 입불암을 성벽 안쪽에다 넣느냐, 밖으로 내 보내느냐에 대해서 유신(儒臣)들과 불승(佛僧)들 사이에 심각한 이견이 생겼단 말이다.
  물론 무학을 비롯한 중들은 그것을 성 안으로 넣자는 주장이었으나 이성계는 유신들의 의견도 간단히 물리칠 수가 없어서 결정을 못 짓고 있는데, 하루는 한밤 사이에 눈이 마구 퍼부었다.
  신기한 일이었다. 이튿날 아침에, 사람들은 간밤에 내린 눈자국이 흡사 울타리처럼 북한산 일대에 한 줄기의 선을 긋고 있음을 보았다.
  ──이것은 하늘의 계시옵니다.
  유신들은 주장했고, 불승들은 입을 다물었다.
  결국 성벽을 그 눈자국대로 쌓기로 하니까, 문제의 입불암은 성벽 바깥으로 나갔다.
  민간에 전해 내려오는 근거 없는 이야기지만 신기하다.
  눈울타리를 한문으로 쓰면 설리(雪籬)다. 설리설리 하다가 그 울타리 안에 있는 한양이 '서울'로 전와(轉訛)됐다던가.
  물론 두 가지 이야기가 다 미덥진 않더라도 사람들은 북한산을 보면 그런 설화를 실감있게 연상한다.
  국왕 일행의 근감한 행진은 이내 경복궁의 정문인 광화문으로 들어섰다.
  이윽고 자비에서 내린 대원군은 아들한테로 다가가서 허리를 굽혔다.
  「전하, 폐허에도 꽃은 피어 있습니다그려.」
  대원군의 말대로 폐허에도 꽃은 피어 있었다.
  불타 버린 근정전 앞뜰엔 가꾼 이도 없는 영산홍이 피어 있었다.
  사정문(思政門) 터에도 해묵은 모란 한 그루가 탐스러운 꽃망울을 내

밀고 있다.

「전하, 전하 성대(聖代)에 이 폐허에다 이 나라 궁궐을 재건하실 수 있음은 청사(靑史)에 길이 남을 큰 치적이며 열성조(列聖祖)가 전하께 계수(繼授)한 성업(聖業)이오이다.」

대원군은 아들 국왕에게 타이르듯 말했다.

소년왕은 곤룡포 앞자락을 가볍게 들척이면서 허허벌판과 같은 폐허를 감개어린 눈으로 둘러봤다.

문무백관은 숙연히 그들 부자의 뒤를 따르며 서로 주고 받는 말이 없다.

「어쩌면 이리도 허허벌판이란 말이오?」

소년왕은 개탄하듯 한마디 했다.

미상불 허허벌판이었다.

온실하게 남아 있는 전각이라곤 하나도 없다.

임진왜란 때, 두 차례에 걸쳐 일본군에 의해 불타버린 후, 흐른 세월이 273년이다. 어찌 허허벌판이 아니겠는가.

얼마나 넓은가. 궁성의 둘레는 1천 813 보(步)다. 일 보는 여섯자다. 허허벌판으로 보이는 것은 지극히 당연하지 않은가.

대원군은 아들한테로 바짝 다가섰다.

「전하, 태조대왕께옵서 이 경복궁과 종묘(宗廟)의 터를 잡으신 건 태조 3년 11 월 초하루였소. 공사를 시작하신 건 다음해 2월이었고 같은 해 9월엔 벌써 종묘와 신궁(新宮)을 준공하시고 10월 5 일엔 이 새로운 궁궐에서 군신(群臣)을 모아 놓고 낙성연을 성대히 베푸셨으니까 불과 8개월 만에 이런 큰 공사를 해 내신 셈이지요. 얼마나 위대한 어른이십니까.」

소년왕은 감탄하는 어조였다.

「이런 큰 궁궐을 짓는 데 1 년도 안 걸렸단 말인가요?」

「건국 태조이신 그 어른만이 해내실 수 있는, 사람의 힘을 떠난 위업(偉業)이지요.」

「그럼 섭정대공께서도 1 년 안에 이 궁궐을 중건하실 수 있단 말셈인가요?」
 아들은 위대하다고 믿고 있는 아버지를 돌아보며 물었다.
「1년 가지곤 어렵습니다.」
「왜요?」
「태조대왕께선 이 궁궐 짓는데 백성의 사정을 돌보지 않고 재정이나 인력을 강제로 동원하셨습니다.」
 대원군은 갑자기 자기 어조에다 힘을 주었다.
「그러나 나는 재정이고 노력(勞力)이고 간에 권력에 의한 강제를 피해 가며 이 공사를 진행할 작정이 아닙니까.」
 그의 말은 허위가 아니었다.
 그는 과거의 수법처럼 가난한 백성들만을 불법주구(不法誅求)해서 재정과 노력을 조달하기 전에 왕과 왕족과 고관대작 같은 상류계층이 솔선 원납의 형식으로 재정을 염출한다면 일반은 크게 감격해서 스스로 협조하게 되리라는 고등술책에 착안하고 있었던 것이다.
 따라서 이미 닷새 전인 4월 8일엔 왕의 내탕금(內帑金)에서 금 10만 냥을 중건비에 보태라고 하사했음을 만천하에 발포하고 있다.
「전하 지금 종친부(宗親府)를 비롯해서 정원(政院)의 당상제관(堂上諸官)들도 다투어 원납전을 바치고 있는 중이니 곧 만백성이 기꺼이 이에 호응할 줄로 압니다.」
 교묘한 수단이며 기발한 착안이었다. 타고난 교활일까. 진실로 백성을 위하는 마음일까.
 그러나 그의 그러한 착안은 어쨌든 백성의 환심을 살 만한 참신한 수법임에는 틀림이 없다.
 일찍이 누구도 시도해 보지 못했던 민본위주(民本爲主)의 정책인 만큼,
　—대원위대감은 역시 백성의 사정을 살펴서 일을 하는 어른
이라는 칭송이 떠돌기 시작하고 있는 중이다.
「전하. 경회루 자리로 가 보실까요?」
 대원군은 국왕을 경회루가 있던 연못께로 인도했다.

푸른 물이 만당(滿塘)하고 잡초가 우거져 있고 잡초 속엔 몇 그루의 난초가 섞여 있었다.

「전하 저 물 가운데에 누각이 있었지요.」

대원군은 물 가운데를 손가락질하면서 아들에게 경회루에 대한 설명을 하려다 말고 뒤를 돌아봤다.

그는 뒤따르고 있는 승지 조성하를 보고 말했다.

「조승지, 상감께 경회루에 얽힌 이야기를 말씀드리게!」

분부를 받은 조성하가 연못가로 나서면서 입을 열었다.

「전하, 경회루는 연산조(燕山朝) 때가 가장 화려했사옵니다.」

국왕은 고개를 끄덕이며 연못 물에 비친 자기의 모습을 들여다봤다.

「연산군께선 연못 서편에 만세산을 만들고 산 위에 오궁(五宮)을 세우셨습니다. 이름하여 만세궁, 봉래궁, 일월궁, 약주궁, 벽운궁입지요.」

조성하는 허리를 굽힌 채 대원군의 눈치를 흘끔 살피다가 다시 말을 이었다.

「그 오궁을 모조리 금과 은과 비단으로 꾸미고 찬란한 금수(錦繡)의 꽃을 장식했으며, 경회루의 하층엔 붉은 비단의 장막을 둘러치고 녹의홍상(綠衣紅裳)의 3천 기녀로 하여금 풍악을 울리게 했으며, 연못 안엔 산호수(珊瑚樹)를 만들어 심고 수백 사람이 앉을 수 있는 용주(龍舟)를 물에 띄워 만세산 밑으로 선유놀이를 했다 하옵니다.」

이 말에 소년왕이 감탄했다.

「그럼 중원의 자금성보다도 더 화려했었구려?」

「그러했사옵니다, 전하. 연산주 12년 춘사월엔 만세산에서 관등연(觀燈宴)을 베풀었는데 그 화려함이란 표현하기가 어려웠다 하옵니다. 청란등(青鸞燈), 자봉등(紫鳳燈), 연화등(蓮花燈), 모란등(牡丹燈), 금오등(金烏燈), 옥토등(玉兎燈), 은즉등(銀鯽燈), 황룡등(黃龍燈), 고소등(姑蘇燈), 봉래산등(蓬來山燈) 등 실로 천태만상의 기묘한 등들을 금과 비취로 화려하게 장식해서 만세산에 내걸었을 뿐 아니오라 부용향(芙蓉香) 수백 개를 피웠으며 밀초 천 개로 밤을 낮같이 밝힌 다음 연산주께선 황룡주(黃龍舟)에 궁녀와 기녀 수백 명을 거느리신 채 풍악을 울리며 호유하셨다 하옵니다.」

조성하는 신바람이 나서 자기가 하기나 한 것처럼 당시의 광경을 실감 있게 설명했으나, 그러나 그는 소년왕의 다음 한마디 대꾸로 깜짝 놀랐다.

「과시 연산주는 희대의 폭군이셨소그려. 그러고서야 어찌 성희안, 박원종 등에 의해서 쫓겨나지 않고 배겼겠소!」

조성하는 소년왕의 한마디로 얼굴빛이 단박 변했고, 대원군은 화제가 묘하게 귀착한 데 대한 책임이 조성하에게 있는 것처럼 그를 무서운 눈총으로 쏘아봤다.

그러자 소년왕은 조성하를 돌아보며 소년왕답잖게 분명히 뼛속 있는 말을 하는 것이었다.

「왕자(王者)가 연락(宴樂)을 즐기기 위해서 궁궐을 축조하는 것이라면 과인은 이 경복궁 중건에 흥미가 없네!」

이번엔 대원군의 눈까풀이 파르르 떨었다.

대원군은 다시 한번 조성하를 쏘아보고는 아들인 국왕에게로 바싹 붙어섰다.

그의 짙은 눈썹은 꼬리가 위로 치켜지면서 송충이처럼 한번 꿈틀했다.

「전하!」

그는 엄청난 위압이 깃들인 음성으로 어린 아들을 불러 놓고는 잠시 동안 말을 잇지 않았다.

그러자 아들이 먼저 입을 열었다.

「아버님!」

소년왕의 음성은 낮고 가늘었으나, 의지가 생동했다.

그는 국왕이지만 아버지에게 아버님이라고 부르기를 서슴지 않았다.

「아버님, 한 나라에 궁궐은 하나로 족하지 않습니까. 창덕궁이 있는데 이렇게 서둘러서 경복궁 중건을 착수해야 할 필요가 있습니까.」

나이는 열 네 살이지만, 그는 벌써 왕자(王者)로서의 위풍이 당당했다.

「아버님!」
그는 다시 한번 자기 생부에게 결연히 말했다.
「내 생각이 잘못 됐는진 모르지만 지금 궁궐이 비좁아서 경복궁을 다시 지으시려는 게 아니라, 왕실의 존엄과 아버님의 의욕을 살리기 위해서 이런 큰 역사를 서두르신다면 백성들만이 불쌍합니다.」
아들은 말을 마치자 입을 꽉 다물었다.
아버지는 충혈되는 자기의 얼굴을 손바닥으로 가볍게 쓸었다.
승지 조성하는 차라리 외면을 한 채 앞으로 모은 두 손을 서로 꽉 쥐었다.
「전하!」
드디어 대원군의 묵중한 한마디가 터져 나왔다.
「전하, 나는 이 나라 서민들 틈에 끼어서 40유여 년을 살아 왔소이다.」
그는 더 부연을 달지 않았다.
그는 국왕에게, 나이 10여 살인 네가 뭘 안다고 트릿한 말을 꺼내느냐는 힐책 같았다.
그는 다시 말했다.
「내 하고자 하는 모든 일은 위로 전하를 위하고 아래로는 이 나라의 만백성을 위하는 사심 아닌 공사입니다. 경복궁은 서둘러 중건해야 하오. 백대천손에게 남겨줄 수 있도록 광대 웅장하게 중건할 작정이오이다.」
결연한 말투로 왕을 욱박지른 대원군은 눈을 가볍게 감으면서 잠깐 생각했다.
(내 아들은 벌써 다 컸구나!)
아들이 다 컸다는 것은 어버이로서 섭섭하기도 한 것이다.
이미 어버이의 뜻대로는 되지 않는 독립된 인격임을 인정해야 하는 것인 만큼, 어버이의 욕심으론 섭섭한 것이다.
그는 왕에게 다짐하듯 말했다.
「결단코 백성을 강제해서 궁궐을 지을 생각은 아닙니다.」

장단長短을 쳐라 춤을 출 게다 267

대원군은 이 말끝에 몸을 획 돌리더니 큰소리로 외쳤다.
「호조승지 게 있느냐?」
경제부처를 관장한 승지를 불렀다.
그는 호조승지가 앞으로 나오기를 기다리지 않고 우승지 조성하에게 명령했다.
「상감께, 그동안 들어온 원납전의 액면을 상세히 주상(奏上)해 드리게!」
노천(露天)을 가리지 않았다.
임시로 왕이 앉을 옥좌가 마련됐다.
문무품서(文武品序)에 따라 조신(朝臣)들이 두 줄로 도열했다.
배경은 백악(白岳), 천장은 푸른 하늘, 잡초 우거진 연못을 뒤로 하고 국왕은 태양 아래 정좌했다.
예기하지 않았던 정무보고를 듣기 위해서 소년왕은 절차를 기다리다가 마침 머리 위로 날아오는 백로 한 쌍을 무심히 쳐다봤다. 햇살에 상을 찌푸리며 쳐다봤다.
왕은 흥미가 없는 모양이었다. 먼산을 바라보고 하늘을 쳐다보고 머리 위를 나는 또다른 백로 떼를 따라 시선을 옮기는데, 무례 무엄한 놈이 있었다.
낮게 뜬 백로 한 마리가 목을 유난히 길게 뽑으며 꽤액! 울음소리를 냈는가 싶은 순간, 국왕의 왼편 어깨에로 뭐가 뚝 떨어졌다.
가벼운 중력(重力)이었다. 황금빛 곤룡포의 어깻자락이 더럽혀졌다.
똥이라고 한다면 무례할까.
백로란 놈이 하필이면 국왕의 어깨 위에다 흘리고 지나간 것이다.
「에잇, 아무리 날짐승이라지만!」
소년왕은 눈살을 찌푸렸다. 아무리 날짐승이라 하더라도 이 나라의 생물인데 국왕을 몰라보다니 괘씸하다고 생각했을까.
그는 도무지 못마땅한 표정으로 승지가 외어대는 사람들의 이름과 돈의 액수를 듣고 있었다.
원납전제도가 공포된 지 불과 한 이레가 되는데 그 액수가 만만치가 않아 승지는 신바람이 나게 외어대고 있었다.

　이날 임금님은 경복궁의 옛 전각 자리를 낱낱이 살피며 넓은 터전을 두루 답사했다.
「전하, 시역(始役)은 내일이오. 내일 서울 장안은 구경꾼들로 발칵 뒤집힐 것이외다.」
　임금의 보련이 경복궁을 뜨기 직전에 대원군은 만족한 표정으로 아들에게 말했다.
　그러나 왕은 이때도 그다지 밝은 표정은 아니었다.
「농사철인데, 농군은 부역을 시키지 마시지요.」
　무슨 예비지식이 있어서 열 네 살의 왕이 이런 말을 하는 것인지 대원군은 잠깐 생각하다가 대답했다.
「우선 서울과 근기민(近畿民)이 아니면 부역을 와도 받지 않기로 돼 있소이다.」
　대원군의 예측대로 이튿날은 서울 장안이 들끓었다. 사대문이 활짝 열리고 패거리를 지어 들어오는 부역민이 물밀듯 경복궁으로 쇄도했다.
　근정전터에는 큰 차일이 세 개나 쳐졌다.
　뿌리 잘린 복숭아나무가 중앙에 세워졌다.
　나뭇가지엔 오색 비단쪽이 매달리고 무명끈이 사방으로 늘어졌다.
　그 밑엔 높직한 젯상이 마련됐다.
　숫자는 삼과 칠이 길수(吉數)라 했다.
　쇠머리 셋, 돼지머리 셋이 젯상 위에 놓여졌다. 막걸리 세 동이와 백설기 세 시루와 북어 세 마리씩이 시루마다 백지에 매어진 채 얹혔다.
　그리고 과물, 당과(糖菓), 유과(油菓), 포(脯)가 괴어 있다.
　큰 역사를 시작하는 날이라 해서 또 한바탕 지진(地鎭) 고사를 지낼 모양이지만 이름이 고사이지 실은 굿이었다.
　내수사(內需司)에 속해 있는 당주(堂主) 무당들이 또 등장했다.
　무악재 원앙당, 노돌 할미당, 남산 국사당 이름있는 무당들이 아닌가.
　춤 잘 추고, 소리 잘 하고, 몸매 좋고, 얼굴 예쁘고, 나이 늙지 않은 무당들이 뽑혀 왔다.

　나랏굿이다. 구경거리치고는 일등이다. 거기다가 대궐에서 77명의 아름다운 여인들이 풀려 나왔다.

　일매진 회장저고리에 남치마를 입은 각방의 나인들이 세 개의 젯상을 중심으로 크게 원진(圓陣)을 친 채, 붉은 철릭의 무복(巫服)에다, 안올림 벙거지에다, 일곱 명 사람의 형국을 그려 북두칠성을 상징한 큰 부채에다, 신(神)을 부르는 은방울을 가진 한패의 무당들을 에워싸고 흥을 돋우는데 이런 구경을 안 하고 서울 사람들은 뭘 하겠는가.

　─떡도 준다. 술도 준다. 고기도 준다. 모두 다 모이라. 장단은 칠 테니 춤이나 추고 떡이나 얻어 먹어라.

　무악(巫樂)이 백악(白岳)에 메아리치기 시작했을 때는 문자 그대로 인산인해였다.

　기무(妓巫)가 치는 장고가 뚱 탁 울리자 악수(樂手)의 징이 챙 책 높고 강한 음향을 냈다.

　그러자 창부무당(唱夫巫)이 한마디 터뜨렸다.

　「아하두 제기랄 거, 채리기두 많이 채렸구나!」

　창부무당은 팔을 쩍 벌리면서 젯상 둘레를 한 바퀴 빙 돌고 난 다음 엮어대기 시작했다.

　「아하두 제기랄 거, 나랏굿이 왜 요꼴이냐. 떡쌀이 이백 석이구나. 붉은 팥이 스무 섬이더냐, 돼지는 백 마리요, 소가 스무 마리란다. 아하두 제기랄 거 막걸리가 50독이니 이 많은 사람 뉘 코에다 붙일 겐고. 얼씨구 얼씨씨구 씨구 씨구.」

　무악이 어울리기 시작했다.

　장고, 징, 제금, 해금, 피리, 북이 제각기 제소리를 냈으나 한데 어울려 조화를 이뤘다.

　왕궁의 조달청인 선혜청의 당상이 나와 있다가 무당의 천신 넋두리가 빗나가는 것을 듣고 눈쌀을 찌푸렸다.

　「어헛, 고얀!」

　그러나 굿은 잘 어울려 갔다.

77명의 나인들은 일제히 두 손을 모아 비는 시늉을 했다.
굿거리는 자꾸 순서가 바뀌었다.
어느틈에 무당들은 흰 승복으로 갈아입고 있었다.
제석(帝釋)놀이가 시작됐다.
창부무당과 후전무당이 목청을 뽑아 똑같은 대사를 서로 주고받거니 하자, 구경꾼들은 넋을 잃었다.
창부무당이,
「아하 제석.」
하면,
「아하 제석.」
하고 후전무당이 똑같은 말을 되풀이한다.
「전제석요……전제석요……제불제천……제불제천……네가내나……네가내나……우리불망……우리불망……전제제석……전제제석……번을 풀면……번을 풀면……제석님전……제석님전……내 어딘가……내 어딘가…….」
이런 식으로 주거니받거니하는데 창부무당의 가락은 좀 낮고 후전무당의 가락은 높다. 이때는 풍악도 소리를 죽이고 있다.
오로지 해금만이 이따금씩 깡강깡강 하고 코메인 소리를 냈다.
「……대불기에……대불기에……백미 담고……백미 담고……백미 위에……백미 위에……수저 꽂고……수저 꽂고……수저 위에……수저 위에……명사 걸고……명사 걸고……명사 위에……명사 위에……나전도 놓고……나전도 놓고……아드님 낳면……아드님 낳면……충신 낳고……충신 낳고……따님 낳면……따님 낳면……공주 낳고……공주 낳고……집을 지면……집을 지면……경복궁 짓고……경복궁 짓고…….」
끝이 없이 주고 받을 듯하다가 별안간 창(唱)으로 넘어간다. 두 무당이 합창을 한다. 창도 끝없이 끌듯 하다가는 갑자기 뚝 그치며,
「쳐라!」
하고 소리치면 악수가 징을 칭 칙! 치고 장고가 뚱땅 퉁딱 울리고 해금

장단長短을 쳐라 춤을 출 게다

과 피리가 제 소리를 뽑아젖히는 것이었다.
　　나중엔 77명의 나인들이 춤을 췄다. 현란하게 어우러져 춤을 췄다.
　「얼씨구, 씨구, 김씨네 대주야!」
　　무당이 핑글핑글 돌다가 뚝 서면서 외쳤다.
　「네, 네.」
　　나이 먹은 나인 하나가 앞으로 다가서며 싹싹 빌었다.
　「아아, 김씨네 대주가 아니라 서씨네 대주구나?」
　「네, 네 아니올시다. 이씨 대주올시다. 대감.」
　「청궁맞이 일월맞이 대령하였느냐?」
　「네, 네, 대령하였습니다. 대감, 거두어 주세요.」
　「쳐라! 얼씨구나.」
　　무당은 다시 훨훨 춤을 췄다.
　　정오가 넘도록 굿은 계속됐다. 그리고 흥겹게 끝났다.
　　그리고 첫날의 기초작업이 시작됐다.
　　이튿날부터 경복궁의 중건공사는 본격적으로 시작됐다. 누구도 들어보지 못한 감격적인 이야기다. 나랏님이 솔선수범해서 10만 냥 대금을 하사하셨단다. 왕족들이 또 몇십만 냥을 자진해서 갹출하고 있단다. 대관들도 아끼지 않고 재산을 바치고 있단다. 이 감격적인 소문은 꼬리를 이어 경향에 퍼졌다.
　　―우리는 품앗이로 때우자.
　　공사를 시작한 지 나흘 만인 16일엔 6백 83명의 부역꾼들이 몰려 닥쳤다.
　　불과 반달 남짓했을 무렵엔 서울의 방민(坊民)만도 3만 5천 80명이 참가하는 성황이었다.
　　이러한 어느날 대원군은 갑자기 영건도감의 총책임자인 영의정 조두순을 운현궁으로 불렀다.
　「대감!」
　「예에.」
　　영의정 조두순은 무슨 힐책을 받을 것 같았던지 목을 움츠리며 대답했다.
　그러나 대원군의 언투엔 기쁨이 넘쳐 흘렀다.
　「이번에 경복궁 중건을 시역한 건 천의(天意)와 민의(民意)가 합치된 것이구려.」
　「예에, 감축할 따름이옵니다, 저하.」
　「대감.」
　「예에.」
　「앞으론 부역민 한 사람 앞에 일당 일 전씩의 위로금을 지불토록 하시오!」
　「예, 하오나 그럴 것까지야……..」
　「대감!」
　「예에.」
　「그리고 근교 백성들이 조석으로 내왕해야 하는 번거로움을 덜어 줘야겠소.」
　「어떻게?」
　「장안의 양반, 상민을 막론하고 비어 있는 방은 모조리 개방해서 그들을 재워 주도록 조처하시오.」
　「좋은 방법이라고 생각합니다, 저하.」
　「대감!」
　「예에.」
　「내 어제 역사하는 현장엘 가 봤소.」
　「오셨습지요.」
　「궁성 담밖의 민가들이 많아 방해가 됩니다.」
　「그렇긴 합니다만, 민가를 함부로 헐라 할 수도 없구.」
　「대감!」
　「예에.」
　「방해되는 민가는 모조리 철거시키시오!」
　「저하, 차마 그럴 수야 있습니까.」
　「한성판윤에게 명해서 철거되는 민가에 대해선 옮겨 갈 집터와 상당

장단長短을 쳐라 춤을 출 게다　273

한 보상금을 지급토록 하시오!」
「그렇게만 한다면야.」
「터와 건물에다 일일이 공정한 등급을 매겨서 보상금을 책정하고, 책정이 끝나면 지체없이 지급하고, 지급이 끝나면 가차없이 철거해서 공사에 지장이 없도록 하시오!」
「현명하신 방안이며 인자하신 처분이시옵니다, 저하.」
「대감!」
「예에.」
「일꾼들의 사기를 고무해 줘야 하겠습니다.」
「공사기일이 길 테니까 긴요한 일이지요, 저하.」
「대감!」
「예에.」
「농악대(農樂隊)를 동원하시오. 자알 노는 농악대를 전국 각처에서 뽑아 서울로 올라 오게 하시오!」
「예에.」
「남사당패라는 게 있지요?」
「있습지요..」
「재주 잘 부리는 남사당패도 뽑아 올리도록 각도 관찰사에게 긴급히 통보하시오!」
「예에, 분부대로 거행하겠습니다.」
「대감! 무동대(舞童隊)도 동원하고 풍악장이들도 동원하시오. 그래서 지방의 역군들이 사대문을 들어서면 그들을 앞장세워 신바람이 나게 풍악을 울려 가며 경복궁 현장까지 행진시키시오! 장단에 맞춰 춤을 추면서 장안을 활보하게 하면 아마 평생 그 일을 잊지들 못할 것이오. 안 그럴까요?」
「왜 안 그렇겠습니까, 저하.」
「기(旗)도 만들게 하시오!」
「기라뇨, 저하?」
「어느 땅 어느 마을 사람들이 스스로 부역을 하러 온다고 크게 쓴 깃대를 대오(隊伍)선두에 세우고 오게 하란 말이외다!」
 쏟아져나오는 대원군의 발상에 조두순은 전신이 얼떨떨할 지경이었다.
 ─쳐라, 장단을 쳐라. 반드시 백성은 춤을 출게다.
 대원군의 이러한 정략(政略)은 빗나가지 않았다. 쏟아져 나온 '대원위 분부'는 지체없이 실천됐다.
「많아야 맛이 아니다. 주는 정성이 고맙지 않으냐.」
 공사판에 나온 부역꾼들에게 위로금조로 일 전씩 준다는 소문은 노동자들의 환심을 샀다.
「나도 서울 가서 양반 세도집의 손님 노릇이나 해볼란다.」
 장안의 양반 상민을 가리지 않고 공사판 노무자에겐 방을 내어 잠을 재운다는 바람에 근교에서 부역을 지망하는 사람들은 날로 꼬리를 이어 불어났다.
「사대문만 들어서면 대감 행차 부럽잖다. 세상이 바뀌어 노동자도 살 판 났단다.」
 부역꾼 대열을 무동꾼과 농악대가 앞장서서 경복궁 현장으로 인도한다니 이 아니 좋은 세상이냐고 신바람들이 났다.
「일하다 힘이 들면 쉼참[休息時間]이 있지요. 그 때마다 남사당패가 재주를 부립니다요. 평생 그런 구경해 볼 날 없습죠.」
 돌아간 역군들은 입에 침이 마르도록 서울 얘기에 꽃을 피웠다. 이뿐 아니다.
「집 헐리구 부자된 사람이 부지기수라오.」
 소문이란 대개 살이 붙고 날개가 돋치는 것이다. 경복궁 담장 밖의 게딱지 같은 오막살이들이 헐리는 대신에, 나라에선 집터 주고 기와집 지을 밑천 후히 준다니,
「젠장, 우리도 대궐 근처에 오막을 못 가진 게 한입니다.」
 듣는 사람들이 액면 그대로 곧이 안 들으면 병신이다.
 유식한 촌로(村老)들은 말했다.
「고진감래(苦盡甘來)가 헛말이 아니군.」

그 지겹고 못살 세상이 가더니 성군이 나고 현군(賢君)이 났다는 것이었다.
말하자면 국왕은 성군이고, 대원위대감은 현군이라는 것이 아니겠는가.

미상불 대원군은 천재였다. 대중심리를 교묘히 조종하는 점에서, 군중동원을 하는 그 특수한 기술에 있어서 그는 천재적인 재간을 가졌다.
사실상 같은 달 그믐날까지 국고에서 지출된 철거 가옥에 대한 보상금은 3천 3백 냥이 조금 넘는 액수였다. 기와집은 매간당(每間當) 십 냥씩을 보상해 줬다. 초가는 닷 냥씩이고, 가건축물에 대해선 불과 두 냥씩의 보상금이 지급됐지만, 소문은, 헐린 집주인들은 살판이 났다는 것이었다.
헐린 집이래야 가건물 열 간 반이다. 기와집이 85간이다.
초가가 좀 많아서 5백 90여 간이지만 건물의 수효로 따지면 대단한 게 아니잖은가.
대원군은 푼돈을 쓰고 백만금을 얻는 수법을 쓴 것이다. 그리고 더구나 민심을 얻었다. 위정자가 얻어야 할 근본적인 보배를 힘 안 들이고 확보했다.
그는 4월도 다 가는 어느날 아침, 운현궁 아소당의 쌍바라지를 열어 젖히면서 크게 웃었다.
「하하하하, 와하하하.」
그는 아침 일찍 모여든 몇몇 손님들을 보고 더할 수 없이 유쾌하게 외쳤다.
「자아, 보시오. 오늘도 하늘은 쾌청이니 구궐(舊闕)의 역사는 일사천리가 아니겠는가!」
그러나 이때 청지기 이승업이 봉서(封書) 한 장을 그에게 갖다 바치는데 웬지 손이 부들부들 떨리고 있었다. 그 광경을 본 아소당 안의 공기는 삽시간에 돌변했다.
대원군을 비롯해서 그와 함께 웃음을 뿌리던 손님들은 일제히 몸을 가누며 긴장했다.
「뭐냐, 그게?」
대원군은 봉서를 바치는 이승업에게 소리쳤다.
그러나 이승업은 대답을 못하고 더욱 두 팔을 떨고 있었다.
「뭐란 말이냐, 그게?」
대원군의 호통이 다시 또 터졌을 때에야 이승업은 대답했다.
「상소문이올시다, 대감마님.」
순간 대원군의 그 짙은 눈썹은 제물에 꿈틀 움직였다.
「상소문?」
「예에, 상소문이올시다, 대감마님.」
「상소문이라? 누구한테?」
이승업은 또 말문이 막혔다.
대원군은 또 호통을 쳤다.
「누구한테 올리는 상소문이냐 말이다!」
이승업은 오히려 반문했다.
「대감마님, 상소문이란 상감께 올리는 게 아니옵니까.」
그러나 대원군은 또 호통이다.
「이놈아, 내가 그걸 몰라서 네게 묻느냐? 누가 올리는 상소문이냐 말이다!」
그러나 이승업은 대답 대신 봉서를 뒷면으로 뒤집어 놓고 한 발 뒤로 물러났다.
「누구냐?」
대원군은 봉서를 집어 상소한 사람의 이름을 보았다.
「신재관이?」
신재관이라면 사헌부의 장령(掌令)이다.
「신재관이 상소문을 올렸다?」
그는 성급하게 피봉을 뜯으려다가 중단했다.
그는 청지기 이승업에게 또 호통을 친다.
「이놈아, 상소문은 상감께 올리는 간언이 아니냐! 왜 내게로 가져와?

장단長短을 쳐라 춤을 출 게다 277

사간원을 통해 천청(天聽)에 이르도록 할 일이지.」
 이 말에 이승업은 어이가 없는 표정으로 꿀먹은 벙어리였다.
 열좌한 손[客]들도 어이가 없는 얼굴들이었다.
 그들은 다 짐작하고 있는 것이다.
 상소문이라 하더라도 일단 운현궁을 거쳐서 대궐로 들어가게 마련인 것을 누군들 짐작 못할까.
 단지 대원군은 여러 사람이 보고 있는 앞이라 그런 능청을 부려 본 것뿐이다.
 「저하, 아무리 상소문이라 하더라도 저하께서 모르시면 됩니까. 개봉하시지요.」
 손님 하나가 은근하게 권고하자,
 「하긴 그렇지. 나더러 먼저 보라고 이리로 보냈을 테니까.」
 대원군은 피봉을 뜯고 내용을 잠깐 훑어봤다.
 읽어서 유쾌한 상소문이란 있을 수 없다.
 대원군의 얼굴빛이 단박 붉게 변하면서 그 짙은 눈썹이 두세 번씩이나 거듭해서 또 움직였다.
 그는 자기를 잔뜩 주목하고 있는 좌중의 사람들을 하나하나 쏘아보다가 말고, 쌍바라지 밖으로 나가 대령하고 있는 이승업에게 또 소리쳤다.
 「듣거라! 너 속히 사헌부로 통보해서 신재관나으릴 운현궁으로 들게 하라! 이놈아! 뭘 꾸물거려!」
 분노에 찬 대원군의 불호령이 떨어진 것이다.
 불안해진 손님들은 물러가려고 손을 방바닥에 짚고 우물쭈물했다.
 그러나 대원군은 그들에게 명령한다.
 「좀들 앉아 계시오!」
 손님들을 앞에 앉혀 놓고 대원군은 한식경이나 되도록 한마디의 말도 하지 않았다.
 윗사람의 무거운 침묵처럼 아랫사람을 불안하게 하는 것은 없다. 더구나 대원군의 침묵은 이미 알려져 있는 위압이다.
 그가 한번 침묵에 잠기면 사람들은 으레 벌벌 떨게 마련이다.

반드시 무서운 호통이 터져 나올 전제거나 아니면 몹시 불쾌한 표시인 것이다.

대원군이 침묵하고 있다.

손님들은 핑계만 있으면 퇴출하고 싶었으나, 앉아 있으라는 명령이니 그럴 수도 없어 서로 눈치만 보기에 여념이 없었다.

「사헌부 장령 신재관, 분부대로 대령하였소.」

이승업의 보고가 있자 아소당은 아연 긴장했다.

사람들의 시선은 일제히 대원군에게 쏠렸다.

그러나 대원군은 두 눈을 지그시 감은 채로 묵묵부답이었다.

죄인은 아니다. 상소문을 올린 장본인이라 해서 죄인일 수는 없다. 당연히 영외로 오르라 해서 대좌시키는 게 주인으로서의 인사다.

하지만 대원군은 일절 반응을 보이지 않았다.

「어찌 하올까요? 꿇어앉힐깝쇼?」

하정일이 뜰아래에서 대원군의 분부를 채근했다.

죄인 문초만 있으면 신바람이 나는 천하장안이었다. 하정일이 마침 궁내에 있었던 것 같다. 자진해서 대원군의 분부를 채근했다.

그래도 대원군은 감고 있는 눈을 뜨지 않는다. 대꾸도 분부도 하지 않는다.

이슬 먹은 아침 햇살이 아소당 앞뜰에 쏟아지고 있다. 새들이 인간세의 분위기를 알 까닭이 없다.

운현궁 담장 밖에 있는 은행나무 가지에선 참새 떼들이 세상 만난 것처럼 지저귀고 있다.

「대감마님, 어찌하올까요? 죄인을 꿇어앉힐깝쇼?」

하정일은 사건의 윤곽을 이미 알고 있는 모양이다.

신재관을 죄인이라고 부르기를 주저하지 않았다.

아소당에 모여 있는 손님들은 거개가 당상관이다.

대원군의 분부가 없어도 신재관을 영외로 오르라 하든지, 뜰아래에 꿇어앉으라 하든지 할 수 있는 신분들이다.

그러나 누구도 참견하기를 꺼리면서 오직 대원군의 침묵을 불안스럽게 지켜보고만 있었다.
 한동안 또 시간이 흘렀다.
 참새 떼들은 더욱 요란스럽게 지저귀고 있다. 겨울이 아닌데도 지저귀고 있다.
 「대감, 사헌부 장령 신재관이 대감 분부로 아소당 밖에 와 있사옵니다.」
 사람들은 눈을 휘둥그렇게 뜨고는 허리를 뽑았다.
 그들은 너나없이 놀랐으며 불안과 흥미가 가득찬 눈초리로 대원군을 지켜봤다.
 신재관 자신이 참다 못했던지 그런 말을 자진해서 했던 것이다.
 키가 늘씬하게 큰 사나이였다. 도포차림이었다. 성질이 칼날 같은 선비로 알려진 사람이다. 칼칼한 음성으로 그런 말을 했다.
 그 순간이었다. 비로소 아소당의 쌍바라지가 화닥닥 요란스럽게 열렸다.
 대원군이 그제서야 방문을 열어젖힌 것이다.
 (추상 같은 호령이 터지는구나!)
 대원군의 이글거리는 눈총과 쭈뼛거리는 턱수염을 본 안팎의 사람들은 침을 꼴깍 삼켰다.
 남의 예측을 뒤엎는 것은 남을 습복시키는 하나의 수단일 수도 있다.
 대원군은 사람들의 예측과는 달리 뜻밖에도 그 음성이 부드러웠다.
 「자네가 신재관인가?」
 「예에, 소인이 신재관이올시다.」
 「올라 오게나!」
 모두들 맥이 빠졌다. 한바탕 떠들썩하고, 사람 하나가 물고가 날 줄 알았는데 대원군의 태도가 그러하니 맥들이 빠질 수밖에 없다.
 신재관이 아소당 영외로 올라가 꿇어앉았다.
 대원군의 태도는 여일하게 부드럽다.
 「자네가 상소를 올렸나?」
 「예에, 소인이 올렸사옵니다.」

「자의(自意)로?」
「자의이옵니다.」
「단독으로?」
「단독이오나 중론(衆論)이옵니다.」
「그래?」
대원군은 담배를 피워 물었다.
영내 영외에 늘어앉은 손님들은 대원군과 신재관을 번갈아 훔쳐보면서 그 귀추를 주목했다.
「상소문의 대의(大意)는 뭔가?」
대원군은 담배연기를 후우 내뿜으면서 딴전을 보고 물었다.
「궁궐 중건도 좋으나 아직은 선왕의 3년상이 끝나지 않아 나라의 상하가 복중(服中)에 있는데 부역민을 위한다고 궐문 지척에서 가무음곡이 소란을 극할 뿐 아니라, 주사채복(朱紗彩服)이 난비함은 존엄한 왕실에 대한 예절도 아니고 백성의 진실된 본의도 아니니 상께서 금하시라는 내용입니다.」
신재관의 태도는 만만치 않았다. 당당히 자기의 의견을 개진하고 있다.
「그래?」
대원군은 빙그레 웃었다.
그는 여전히 부드럽게 말했다.
「자넨 남의 잔칫집에 돌을 던졌네그려!」
그는 계속 말했다.
「나는 궁궐 중건을 이 나라 300년래의 경사라고 생각하네. 어찌 떠들썩하지 않겠나.」
「하오나 지금은 국상을 벗지 못하고 있는 중이올시다.」
「자네만 국상을 벗지 못했나? 여보게, 자네 생각은 어지간이 고리타분하군! 온 백성이 복이나 입고 3년 동안 죽치고 들어앉아 있어야만 선왕에 대한 충성이 된단 말인가?」
「하지만, 대감.」

「왜?」
「최근의 궐문 밖 정경은 지나치게 해괴망측합니다!」
신재관은 고개를 쳐들면서 결연히 말했다.
그러자 대원군도 아래턱을 바싹 치켰다. 수염끝이 파르르 떨렸다.
마침내 대원군의 호통이 터지고 마는가.
아니었다. 역시 그의 말투는 부드럽다.
「사헌부의 소임을 말해 보게.」
신재관은 대답했다.
「정사를 논하고, 백관을 감찰하여 그 기강을 진작하며, 풍속을 바로잡고, 백성의 억울한 일을 보살펴 주며, 상이 민정에 어두우시면 일깨워 드리는 게 사헌부의 소임으로 알고 있사옵니다.」
「장령은 뭘하는 직책인가?」
「위로 대사헌을 보좌해서 사헌부의 소임을 충실히 집행해 나가는 정사품관이올시다.」
「그래? 알긴 잘 알고 있구나.」
대원군은 입에 물고 있던 담뱃대를 뽑았다.
딱딱딱딱, 재떨이에 담배통을 요란스럽게 두드려댔다.
「여봐라! 신재관이 듣거라!」
드디어 그의 호통이 떨어지고 말았다.
대원군의 쩌릉하는 호통은 담장 밖까지 들렸던가.
은행나무 가지에서 지저귀어대던 참새 떼들이 일시에 침묵해 버렸다.
「네 말대로 사헌부의 소임이 그렇고, 장령의 직책이 그렇거늘!」
대원군은 다시 빈 대통을 딱 하고 재떨이에다 두드렸다.
「내 근자에 이르러 항간의 그런 실정을 모르고 있어 등한히 했다 치자! 허나 너는 나와 처지가 다르잖으냐! 마땅히 그런 일을 단속해서 상에게 누(累)가 안 가도록 해야 될 지위에 있는 네가 정원과 의논해서 일을 바로잡을 생각은 않고, 섣부른 붓끝이나 놀려 상감께 진소(陳疏)나 해서 너 개인의 존재를 두드러지게 하려 함은 용서 못할 소인배의 간지(奸智)가 아니고 뭐냐! 너는 마땅히 문책을 받아야 할 게다!」

낮지 않은 관직에 있는 사람이다.
아무리 대원군이라 하더라도 그에게 너라고까지 해선 안 된다.
그러나 대원군은 화가 나면 당상관에게도 너다. 하물며 정사품관에게야 화가 안 났던들 너가 아니었을까.
「내 듣건댄 넌 김병기와 내통하고 있다더구나. 김병기가 시킨 짓이 아니냐?」
이 말엔 신재관도 펄쩍 뛰었다. 큰일 날 소리다.
「대감, 무슨 그런 말씀을 하십니까. 소인은 실세한 김병기대감과 내통해서 청천백일과 같으신, 욱일승천(旭日昇天)의 세와 같으신 대원위대감을 헐뜯을 만큼 미련하지는 않사옵니다.」
신재관은 대담하게 들이덤볐지만 대원군의 노기띤 얼굴은 풀어지지 않았다.
「하여간 넌 사헌부의 장령으로서 소임을 다하지 못했으니 문책을 면치 못할 것이다.」
신재관의 얼굴빛은 새파랗게 질렸다.
대원군이 가장 미워하는 김병기와 관련을 시킨다면 그는 자기를 역신(逆臣)으로 몰지도 모른다는 생각을 했던 것 같다.
「대감, 소인의 행동이 대감의 심기를 상해드렸다면 죽어 마땅하옵니다. 허나 이 나라 백성을 질곡(桎梏)에서 허덕이게 한 척족의 총수(總帥)인 김병기와 내통했다는 말씀은 천만부당하신 억측이십니다.」
신재관은 비굴하지 않게 자신의 결백을 주장했다.
이럴 때, '알았다. 물러가거라!'처럼 무서운 말은 없다.
반드시 후환을 각오해야 하는 대원군의 결론임을 사람들은 알고 있다.
「알았다. 물러가거라!」
기어코 대원군의 입에선 그 말이 튀어나오고 말았다.
신재관의 얼굴에선 핏기가 싹 가셨다. 이젠 떨지 않았다. 이미 그럴 때가 지났다고 체념한 것 같다.
그 다음엔 낙동바람이 불어오는 게 정해진 순서다.

장단長短을 쳐라 춤을 출 게다

포도대장 이경하의 단련을 받게 된단 말이다.
「네 죄를 네가 아느냐?」
대원군이 신재관에게 이런 말을 물은 것은 어쩌면 파격이다.
「압니다.」
신재관은 분명히 대답했다.
「상께 상소하기 전에 저하께 품신했어야 할 것을 소인의 경솔로 저하의 심기를 상하게 해 드린 죄는 죽어 마땅한 줄로 아옵니다.」
대원군은 비굴하지 않은 신재관의 의연한 모습을 지그시 쏘아보다가 물었다.
「이 상소문을 중인 앞에서 네 손으로 파기할 마음은 없는가?」
대원군은 상소문이 든 봉서를 신재관에게 밀어 던졌다.
상소문 봉서를 받아 든 신재관은 차분한 동작으로 그것을 쪽쪽 찢기 시작했다.
대원군은 그런 광경을 도통 못 본 체 하고는 다른 손님들과 담화를 시작했다. 엉뚱한 화제였다.
「오늘은 날씨도 좋고 하니 우리 운현궁 뜰에서 한바탕 뛰놀게 할까.」
손님들은 그의 말뜻을 몰라 어리둥절했다.
마침 와 있던 영건도감의 제조이며 호조판서인 이돈영이 목을 쑥 내밀고 대원군한테 물었다.
「저하, 무슨 말씀이시오니까? 운현궁 뜰에서 한바탕 뛰놀게 하다니요? 누굴 말씀이옵니까?」
대원군은 몸을 기대면서 빙그레 웃었다.
「농악대와 남사당패를 불러서 말이오. 그동안 그들은 부역민을 위해서 노고가 많았으니 이번엔 그놈들을 위로해 줘야 할 차례가 아니겠소.」
역시 제조이며 훈련대장인 임태영이 재빠르게 한마디 한다.
「지당한 말씀이십니다. 그들을 불러 경연(競演)을 시키고 상을 주시면 매우 효과가 있을 줄로 아뢰옵니다.」
대원군은 안석에서 몸을 바로 가졌다.
그는 벌레 씹은 상을 하고 있는 사헌부 장령 신재관을 잠깐 쏘아본 다음 임태영에게 말했다.

「임공 의견이 옳소. 그럼 그렇게 하시오. 그들을 운현뜰로 오라 해서 마음놓고 기량껏 뛰놀아 보라 하시오. 잘 노는 패거리한텐 내 천금상(千金賞) 내릴 것이니.」

그는 그런 짓을 하지 말게 하라고 왕에게 상소문을 올리려던 신재관에게 친절한 말투로 말하는 것이었다.

「자네 오늘 바쁜가? 사헌부의 일이 말야. 웬만하면 예 있다가 남사당패의 줄타고 무동잡히는 구경이나 하구 가지 그래.」

대원군에겐 정말 짓궂은 일면도 있었다.

이날 하오, 운현궁 뜰에는 전례없이 민속놀이의 경연대회가 벌어졌다.

각처에서 뽑혀 올라온 재주꾼들이다.

운현궁에서 천금상을 준다는 바람에 신바람이 나서 놀았다.

그러나 운현궁 뜰에 운집한 구경꾼 중에서 낫살이나 먹고 점잖다는 사람들은 눈살을 찌푸렸다.

「원, 저럴 수가 있나?」

농악이야 농군들의 순수한 놀음이니 누가 뭐래겠는가.

그러나 남사당패는 다르다. 구경거리로서야 재미가 있지만, 남사당패에 대한 일반의 개념은 다른 것이었다.

남사당, 정처없이 떠돌아다니며 미천한 계집처럼 함부로 노는 남자의 무리라 해서 그 이름이 남사당이다.

사당이란 말 자체가 천한 뜻을 지니고 있다.

순전히 향락적으로 노래나 춤이나, 그리고 몸을 팔아 가며 잡스럽게 노는 여자를 뜻하는 말이 사당이 아닌가.

남사당이라면 남자의 그런 부류를 지칭하는 거니까 천하게 노는 패거리들인 것이다.

그런 남사당패를 운현궁 뜰에서 놀리다니 될 말이 아니라는 것이었다.

「원체 바탕이 그렇게 잡스러웠으니까!」

서민적이란 말들은 하지 않았다.
대원군의 인간적인 바탕이 천잡해서 그런 짓을 거리낌없이 하고 있다는 빈축이었다.
그러나 대원군은 이날 희희낙락 즐겁기만 했다.
그는 소리높이 외쳤다.
「장단을 쳐라! 춤을 춰라! 아아, 하하하!」
흥취(興趣)와 비난 속에서 운현궁 앞뜰의 민속놀이는 날이 저물어가고 있었다.
정말 떠들썩했다.
고래로 내려오는 풍악 중에야 농악보다 군중을 더 흥분시키는 게 달리 있을 수 있을까.
꽹과리, 징, 북, 소고, 장구 등의 타악기가 어울려서 한바탕 놀아나면 엉덩이가 들먹거리지 않는 게 이상이다.
거기다가 호적, 소라 등이 장단을 맞춰 보라.
멍청하니 듣고만 있다면 마음없는 목석이다.
시골에선 5월이면 파종(播種)이 끝난다. 농군들이 가벼운 한숨을 쉴 때다.
10월이면 일체의 추수가 끝난다. 역시 한숨 돌리고 그 해의 농공(農功)을 하늘과 지신(地神)에게 감사한다.
농악은 아마도 그런 제천의식(祭天儀式) 때에 필요해서 발상했고 발전해 왔을지도 모른다.
그러나 실제로 이용된 것은 농군들의 흥을 돋우기 위해서였을 것이다.
언제부터 농군들이 일터에서 농악을 울렸는지는 분명히 아는 이가 없다.
고려가요 중에,
'동동(動動)의 후렴'이라는 게 있다던가.
'아으 동동다리'라 한다니 그 '동동'은 북소리의 의음이 아니겠느냐는 일설을 듣는다. 둥둥이 동동.

그러고 보면 흥을 돋우는 데는 둥둥둥 북소리가 으뜸인 성싶다.
지금 운현궁 뜰에서도 북소리가 장관이었다. 거기 번갈아 가며 남사당패가 재주자랑을 했다. '무동춤'이 기관(奇觀)이고 줄타기가 사람들의 간담을 짜릿짜릿하게 농락하고 있었다.
「그럼 어느 패가 일등이냐?」
농악대와 남사당패의 경연이 끝나자 군중의 관심은 어느 패가 일등을 했느냐로 쏠렸다. 발표했다. 풍악과 함께 천금상을 받을 일등장원이 발표됐다.
「오늘의 일등은 여주 땅, 선비에서 온 농악대다.」
환성이 올랐다. 일등을 한 여주패가 좁혀든 군중의 둘레를 넓혀가며 또 한바탕 놀아나기 시작하자 구경꾼들은 요란한 박수갈채로 화답했다.
밀물과 같이 쏟아진 박수소리가 썰물처럼 물러가고 있는데 누군가가 더욱 성벽 있게 쳐대는 손뼉소리에 사람들이 일제히 시선을 그쪽으로 보냈다.
「어허, 처녀색시가…….」
동편 언덕 쪽엔 한 무리의 여인들이 몰려서서 구경을 하고 있었다.
그 속에 한 처녀가 그토록 성벽 있게, 끈질기게 박수를 치고 있는 것이다.
총각녀석이었다면 아무도 관심을 갖지 않았을 거다. 기품이 있고 몸매가 날씬한 처녀였기 때문에 사람들은 술렁거렸다.
「뉘집 규수냐?」
「글쎄, 뉘집 처년가?」
군중 속에선 그 처녀의 신분을 아는 사람이 드문 것 같았다. 그러나,
「저애가?」
운현 사랑에선 당황하는 사람이 있었다.
특히 대원군의 처남인 민승호는 미간을 찌푸리며 혀를 찼다.
자기의 누이동생이었던 것이다.
고향인 여주에서 온 농악대가 일등을 했다니까 그렇게 좋아하고 있는 줄로 알았다.

대청 안 높은 누마루에서 그 광경을 본 부대부인 민씨도 혀를 찼다.
「저앤 저럴 땐 머슴애 같구나!」
민부인의 열두촌 동생이 아닌가. 나이 열 다섯인데, 철이 없는 것도 아닌데 하고 부대부인 민씨도 혀를 찼다.
석양이 구름재〔雲峴〕에 찬란하게 부서지고 있었다.

심상心像이 흐리거든 하늘을 보라

「대방(大房)마님, 온 세상에, 대감마님께서 저러실 수가 있어요.」
여름밤이 조용히 깊어가고 있었다.
달이 휘영청 밝은 밤이었다.
구름재엔 신록이 우거져 달빛을 가렸으나 그렇다고 십오야(十五夜)의 운현궁 뜰이 어두울 것인가.
노안당(老安堂)은 바다에 뜬 외로운 섬처럼 은파(銀波)와 같이 쏟아지는 달빛 속에 동그마니 두드러져 있었다.
데겅 뎅 뎅. 하늘로 나래치듯 치솟은 처마끝에서 풍경소리가 이따금씩 정적을 깨뜨리긴 했으나 그렇다고 여름밤의 운현궁 뒤뜰이 고요하지 않을 것인가.
모두 잠들기엔 이른 시각이었다.
그러나 뜰에 나와 있기엔 늦은 시각이었다.
뒤뜰에 자리잡은 노안당엔 촛불과 달빛이 밝아 먼 발치에서도 누마루의 동정이 확연히 보였다.
몇 사람이나 될까. 한산 세모시로 날아갈 듯이 차려 입은 여인들은 온통 옥색으로 물들어 있었다.
한 폭의 잘 그린 여인도(女人圖)를 보는 것 같았다.
목이 쑥쑥 빠져 있었다. 달빛보다 더 희고 섬세한 얼굴이 먼발치에서 봐도 청염했다.
모두 초조하게 차례를 기다리고 있는 자세들이었다.

서로 화락하게 모여 앉은 분위기는 결코 아니다.
　막연하긴 하지만 서로를 경계하며, 투기하며, 긴장하고 있는 몸매들이었다.
　방문 바로 앞에는 안필주가 꿇어앉아 있는 게 보였다.
　이따금씩 방문이 열렸다. 방문이 열리면 안필주가 몸을 움직였다. 그런 다음엔 반드시 방 안에서 여자가 나오든지, 대기하고 있던 여인 중의 하나가 치마 꼬리를 휘어잡으며 들어가든지 했다.
　그런 다음엔 한식경씩이나 침묵이 흘렀다.
　뜰로 내려와 발소리를 죽이며 돌아가는 여인도 있었다.
「화냥년들!」
　오래전부터 그런 광경을 지켜보고 있던 여자가 있었다.
　아름들이 목백일홍 나무는 노안당에서 동녘으로 훨씬 떨어진 곳에 두 그루가 나란히 서 있었다.
　그 목백일홍 그늘에 몸을 숨긴 채 그런 저런 광경을 끈기 있게 지켜보고 있는 여자가 있었다.
　그 여자가 '화냥년들!'이라고 씹어 뱉은 것이다.
　퍽 오랫동안을 지켜보고 있었던 것 같다. 볼 것은 다 봤다는 듯이 몸을 돌려 내실 쪽으로 사라져가는 그 여자의 그림자가 석탑을 스쳐 이름 모를 관목(灌木) 가지에 걸렸다가 후루루 풀어져 나갔다.
　날렵한 동작과 날씬한 몸매로 보아 운현궁에 와서 부대부인의 측근 노릇을 하고 있는 윤여인이었다. 윤여인은 내실 뜰로 돌아 들었다.
「대방마님!」
　대청으로 서슴없이 올라서면서 부대부인을 나직한 소리로 불렀다.
「누군가?」
　부대부인 민씨의 어진 음성이 새어 나왔다.
「쇤네예요.」
　대답한 윤여인은 안방 미닫이를 조심스럽게 열고 들어섰다.
「밤중에 웬 일인가?」
　부대부인 민씨는 바느질을 하고 있었다. 아마도 아들인 국왕의 속옷이라도 만들고 있었던 것 같다.
 그 부대부인에게 윤여인은 밑도 끝도 없이 그런 말을 했던 것이다.
「대방마님, 온 세상에, 대감마님께서 저러실 수가 있어요?」
 윤여인은 품위를 지니고 있는 여자다. 그러나 부대부인한테 그 말을 할 때는 입을 씰그러뜨리며 과장된 듯한 말투를 썼다.
「별안간 그게 무슨 소린가? 대감마님께서 어쨌다는 겐가?」
 부대부인 민씨는 조금도 그 태도에 흐트러짐이 없이 치마앞을 여미면서 물었다.
 윤여인은 좀더 부대부인 앞으로 다가앉았다.
「대방마님께선 번연히 짐작을 하시면서두 어쩜 그렇게 태연하세요? 성모 마리아님두 그런 일을 당하심 낯빛을 고치실 텐데.」
「말조심하게. 함부로 마리아님을 쳐들지 말어!」
「글쎄, 지금 노안당엔 다섯 명두 넘는 귀부인들이 진을 치구 있답니다.」
「그게 어쨌단 말인가?」
「그런 말씀이 나오세요, 마님?」
「남편이나 친지의 벼슬자리를 부탁하려고 대감을 뵈오러 온 귀한 집 아낙네들인데 허물될 일이 못 되잖나?」
「허물될 일이 못 될까요, 마님? 대감마님께선 미닫이 유리를 통해서 한 사람 한 사람 여자를 골라 차례로 방에 들도록 하시고 한식경이나 지난 뒤에 내보내시는데, 그래도 허물될 일이 아닐까요, 마님?」
 윤여인은 흥분했으나, 부대부인은 얼굴에서 미소가 사라지지 않는다.
「많은 여자를 한꺼번에 만나 그 소망을 들을 수도 없잖은가. 부득이 한 사람씩 불러들이시는 게지.」
「불러 들인 아낙네와 단두분이서 무슨 대화를 하시는지 모르시죠?」
「모르지.」
「여자들이 어떤 교태를 부리는지두 모르시죠?」
「알 까닭이 없잖은가.」
「젊은 마누라를 내세우는 지아비나, 그렇다구 당돌하게 대원위대감을 찾아뵙는 여자들이나, 어떻게 그 인격을 믿을 수 있어요?」
「대감께서 오죽 잘 알아서 처리하시겠나.」
이제까지 얼굴에서 미소를 거두지 않고 있던 부대부인 민씨는 비로소 피로한 듯 눈까풀을 파르르 경련시키면서 다시 바느질감을 손에 잡았다.
부대부인 민씨는 하품을 씹듯이 한숨을 죽이며 조신하게 말했다.
「그 어른은 전부터 여자를 좋아하시네. 그러나 여색 때문에 하실 일을 잊진 않으서. 큰일을 하시는 어른이 자기 집 안방만 지키는 것두 답답하지 않은가.」
촛대엔 촛농이 눈물처럼 흐르고 있었다.
부대부인의 얼굴은 촛불 앞이라서가 아닐 것이다. 핏기가 싹 가셔서 백짓장같이 흰 얼굴이 불빛에 어른거렸다.
「좀 마음에 언짢더라두 모른 체하면 가슴이 편할세. 난 20년 동안을 두고 그런 수양을 쌓아 왔으니까 이젠 아무렇지두 않다네.」
아무렇지도 않은 것 같진 않았다.
(부대부인은 아무렇지도 않게 생각하려구 애를 쓰시고 계시다!)
윤여인은 입을 다물었다.
「대감 하시는 일에 함부로 입을 놀리지 말게. 우리네 같은 여자들이 뭘 안다구. 그 어른의 일거일동은 다 생각 있어서 하시는 일이지, 우연이거나 무심이 아니셔.」
바늘귀에 실을 꿰고 있는 민부인의 손끝은 자꾸 떨리고 있었다.
윤여인이 대신 바늘귀를 꿰 바쳤다.
「물러가 자게나!」
윤여인은 이날 밤 운현궁에서 나왔다.
웬지 쫓기는 자기의 사명감이 있었던 것이다.
남의 이야기를 밥 싸가지고 다니며 퍼뜨리는 게 여자들의 본성이라지만 윤여인의 경우는 그런 것만도 아니었다.
그네는 지금 추선한테 가서 노안당의 이야기를 낱낱이 지껄여 주고 싶은 강렬한 충동으로 운현궁을 나선 것이다.
(그런 사람을 하늘의 해처럼 우러러 모시는 추선아씨가 불쌍하지 뭐

야!)
 윤여인은 이런 의분이 앞섰다. 그리고 이유는 또 있다.
 실상 윤여인이 운현궁엘 무시로 드나드는 것은 추선 때문이었다.
 추선과 주고 받은 명확한 언약은 없지만 윤여인은 너무나 외로운 사랑을 하고 있는 추선을 위해서 대원군의 일상 동정을 탐문해다가 그네에게 알려주는 게 다시 없는 즐거움이었으며, 서로 묵계된, 있어야 할 사례였던 것이다.
 운현궁을 나온 윤여인은 계동 추선의 집으로 갔다.
 누구나 아는 사실로서 추선은 언제 보아도 단아한 모습이다. 집에 혼자 있으면서도 늘 곱게 단장을 하고 있다.
 오늘날까지도 아침저녁으론 대원군의 요식을 빼지 않고 떠 놓는다는 추선의 정성이다.
 전에 흥선이 쓰던 은수저는 언제나 깨끗이 닦아서 상머리에 놓아야 직성이 풀리는 무서운 집념이다.
 몸단장도 마찬가지 이유일 것 같다.
 따지고 보면 권세를 잡고는 일 년에 세 번 꼴도 안 나타난 대원군인데, 늘 그가 주변에서 자기를 보고 있는 것 같은 의식적인 착각을 가지고 있는 모양이었다.
 말하자면 추선은 대원군의 환상과 함께 살고 있는 여자다.
「언제나 여자만 어리석고 억울해요.」
 윤여인은 이런 투로 오늘 밤 운현궁 노안당에서 벌어진 정경을 설명하기 시작했다.
「사내들은 남의 집 유부녀와의 통정(通情)을 젤 좋아한대요. 지체 있는 집안의 젊고 아름다운 아낙들이 치맛바람을 일구며 대원위대감과 호젓한 시각을 가지려구 대기하는 판이니, 하긴 그 어른만 나무랄 노릇두 아니죠. 성인군자가 아니실 바엔.」
 이왕 말을 꺼낸 이상엔 상대편의 투기(妬忌)를 발작시켜야만 직성이 풀리는 게 여자의 마음이 아니겠는가.
 윤여인은 노골적인 용어는 피했으나 은근히 노안당의 정경을 과장하고 있었다.
「노안당 아랫목 쪽 쌍바라지엔 손바닥만한 유리창이 붙어 있어요. 그 유리창 안켠엔 종이쪽 하나가 가려져 있다나요. 대감께선 이따금씩 종이쪽을 쳐들고 누마루에 기다리고 앉아 있는 여자들의 선을 보셔요. 맘에 드시는 여자부터 차례로 방에 들라는 분부를 내리시는데, 눈치 빠른 안필주가 문 밖에 쭈그리고 앉아서 대감의 눈짓 하나로 척척 대령시키는 거죠. 아무래도 대원위대감은 성인군자는 아니신가봐요.」
이래도 질투를 안 하겠느냐는 듯이 윤여인은 말을 끊고 지그시 쏘아봤다.
그러나 추선의 얼굴엔 일절 반응이 나타나지 않았다.
(이 아씬 부대부인보다두 더하구나!)
질투를 안 하는 게 현숙한 여자의 도리인 줄은 알고 있지만, 윤여인은 그것도 정도가 있잖겠느냐는 생각에서,
「벼슬자리에 눈이 어둔 남자들은 짐승보다두 더 더럽지 뭐예요. 제 마누라를 제물(祭物)로 바쳐가며 한자리 얻으려구 날뛰니, 그러구두 밤이면 그 예펜네의 궁둥이를 만져 줄 수 있는지 몰라.」
결국은 노골적인 표현으로 추선의 질투심을 유발시키려고 했으나, 그러나 추선은 눈썹 한 올 움직이지 않고 그림같이 앉아 있을 뿐이다.
윤여인은 악의는 아니면서도 까닭 모르게 초조해졌다. 스스로 얼굴을 붉혔다.
충고라는 것은 해보고 싶은 것이다. 자기보다 잘난 사람에겐 더욱 해보고 싶은 게 충고다.
윤여인은 추선의 옆얼굴이 너무도 아름답다고 느끼면서 조용히 말했다.
「아씨두 아씨의 갈길을 택일해야 합니다.」
추선은 그래도 듣고만 있다.
「막말로 대원위대감의 권세나 업구 한세상 잡아 보시든지……」
추선의 눈꼬리엔 가냘픈 잔주름이 잡히다가 스러진다.
「아니면 깨끗이 청산하구 마시든지……」

추선은 아픔을 참듯이 두 눈을 가볍게 감는다.
「일편단심이 여자의 미덕이라군 합니다만 저쪽은 하늘에 뜬 별과 같아서 아씨처럼 방 안에 들앉아선 잡아 볼 날이 없을 거구요.」
추선은 손끝으로 감은 눈을 지근지근 누르기 시작한다.
「첫째, 지가 보기엔 불결해요. 아씨처럼 깨끗하구 고운 사람은 거들떠 보지두 않으시구 틈이 있으면 막말로 수캐마냥…….」
비로소 추선의 입술이 파르르 떨렸다.
준엄이란 남자에게만 쓰여지는 형용이 아니다.
추선의 표정은 준엄하기 이를 데 없었다. 눈총에선 찬바람이 일었다. 그 음성은 고드름보다 더 차가웠다.
「말조심해요!」
추선의 얼굴은 온통 노기(怒氣)였으나, 천하거나 추하진 않았다.
「누구든지 그 어른에 대해서 비방을 할 양이면 내 문전에 드나들질 말아요!」
윤여인을 증오하듯 경멸하듯 흘겨보는 추선의 눈꼬리엔, 그러나 이슬이 맺혀 있었다.
「그 어른껜 그 어른의 인생이 있구, 내겐 나대로의 인생이 있으니까.」
울음을 삼키면서 토하는 것 같은 음성으로 변했으나, 그러나 추선의 말투엔 신념이 응결돼 있었다.
「한 가지 분명한 사실은 그 어른은 위대해요. 또 한 가지 더욱 분명한 사실은, 추선이란 계집은 그 어른을 사랑하기 위해서 이 세상을 태어났구.」
추선은 잘 타고 있는 촛불을 한동안 멀거니 바라보다가 또 말한다.
「그 어른의 하시는 일은 전부터 모두가 범상치가 않아요. 남이 안 하는 짓, 못하는 일을 해낼 수 있기 때문에, 오늘날의 그 어른이 있게 된 거구. 난 그 어른이 손수 살인을 하신대두 그 어른의 편일 테니까.」
무슨 생각에선지 추선은 벌떡 일어섰다. 음성은 여전히 싸늘하다.
「알아요. 나를 위해서 그런 얘길 전해 주는 줄두. 또 나두 그 어른의 일거일동을 알구 싶구. 허지만 내게 충고는, 제발 충고는 하지 말아.」

같은 나이 또래다. 주객(主客)의 사이가 아닌 만큼 서로 공대들을 쓴다.

「중은 부처님을 믿으면서 평생을 외롭잖게, 후회없이 살지요. 나는 그 어른을 존경하면서, 믿으면서, 후회하지 않고 살겠어요. 부처님은 완인(完人)이지요. 허지만 불상엔 체온이 없더군요. 들려오는 말도 없더군요. 좀 잘못이 있으면 어때요. 체온이 있구, 말이 있구, 움직임이 있는 그 어른을 믿는 게 내겐 다시없는 보람이며 즐거움인데요. 잘못이 있는 게, 후회할 짓을 하는 게 인간의 순수한 모습이 아니겠어요? 신심(信心)이 부족한 탓이겠지만, 관세음보살을 연호할 때보다 그 어른을 원망할 때에, 내 눈엔 생기와 광채가 있을 거예요.」

윗목에 세워 둔 가야금이라도 집으려는 것일까.

추선이 몸을 돌리려는 순간 발길에 채인 것이 있었다.

칼, 하나도 아니고 여러 개의 칼들이었다.

감춰 놓고 있었던 게 틀림없다. 분홍빛 비단 보자기가 추선의 발길에 채이자 그 속에 숨겨 놓았던 너덧 자루의 칼날이 튀어나온 것이다.

「어머나!」

놀란 것은 물론 윤여인이다.

그러나 추선 자신도 적잖이 당황한다. 날쎄게 그것을 가리고 앉으면서 보자기로 덮어 버리더니 뜻모를 미소를 입가에 띤다.

그뿐이었다. 의당히 뭐라고 설명이 나옴직도 한데 추선은 일어섰던 용건을 포기하고 그대로 앉아 있을 뿐이다.

「그게 무슨 칼들이에요?」

손칼[手刀]인 줄은 알지만 뭣에다 쓸 것이냐고 윤여인이 묻자,

「장난 좀 하느라구.」

추선은 아무렇지도 않게 대답하더니 숫제 보자기를 벗기고는 크고 작은 네 개의 칼을 앞으로 내놓는다.

칼날들이 불빛에 번쩍번쩍 빛났다. 날은 끝이 날카롭게 모가 섰다.

윤여인은 그것을 보자 가슴이 섬뜩했다. 온몸에 소름이 오싹 돋아났다.

여자들이 갖는 소도(小刀)로는 은장도(銀粧刀)가 있다.
자루며 집이 은으로 돼 있으며 여러 가지 모양의 조각이 있는 은장도는 실용보다도 일종의 노리개에 속한다.
그런 은장도라면야 열 개가 있은들 누가 놀랄까. 설혹 날이 예리한들 소름까지 끼칠까.
그러나 이건 그런 노리개가 아니라 비수, 예리하게 날이 선 비수였다.
「놀랐지요?」
추선이 웃으며 물었다.
「놀랐어요.」
윤여인이 솔직하게 대답했다.
「애써 감추려구 하는 건 이렇게 남의 눈에 띄게 마련이군요.」
추선은 버선코에다 칼날 하나를 두세 번 문대고는 손끝으로 만져 보면서,
「세월 보내기가 좀 적막하길래…….」
손체경 뒤에서 나무토막 하나를 꺼내더니 윤여인에게 보인다.
「향나무예요.」
빛깔이 연붉은 향나무였다. 향내가 짙게 풍기는 잘 마른 토막이었다.
「뭐예요? 이게.」
윤여인은 나무의 냄새를 코로 맡아 보며 물었다.
「남에게 보이긴 싫었는데. 내 마음을 칼끝으로 저며 보구 있는 거죠.」
「네에?」
「나 혼자 있을 때엔 너무 허전해서 뭣엔가 몰입하구 싶길래 불상을 깎아 보는 중이에요.」
「불상을요?」
「절에 모신 부처님두 누군가가 손으로 만든 것 아니겠어요?」
「그야…….」
「차가운 쇠붙이나 너무 굳은 돌로 만든 부처님보단 목각(木刻)이 훨씬 정이 통해서 좋아요. 하나 보여 드릴까?」
「만든 게 있으시군요?」

추선은 일어나서 다락문을 열었다.

보물을 다루듯이, 생명 있는 것을 만지듯이, 방바닥에 내려 놓은 것은 세 개의 조그마한 불상이었다.

「어머나! 어쩜.」

윤여인은 감탄하지 않을 수 없었다.

섬세하게 깎고 다듬어진 조각이었다.

「내딴엔 미륵보살상(彌勒菩薩像)으로…….」

입상(立像)이었다. 크기는 손바닥 길이보다 길지 않지만 가슴의 양감(量感)이 정말 체온을 느끼게 했다.

아랫도리에 감은 옷의 일렁이는 듯한 주름이 만지면 펴질 것 같다. 두 귀는 어깨에 닿고 왼손은 무릎 아래에 내려와 있다.

「향나무가 아니군요?」

「박달나무예요. 맨 첨에 만든 건데, 마땅한 나무가 있어야죠. 다듬이 방망이를 잘라서 깎기 시작했는데 어찌도 단단한지 두 이레가 걸렸어요.」

「기가 막힌 재주시네요.」

윤여인은 진심으로 감탄하면서 옆에 있는 또 하나의 불상을 집어 들었다.

「이건 향나무지요? 보살님이시군요?」

「관음보살님…… 닮았어요?」

「자비로운 미소가 살아 있는 분 같네요.」

「서투른 솜씨지만 내 맘에도 들어요. 남 안 보이는 곳에 모셔 놓고 소망을 비는 비불(秘佛)인데, 소불상(小佛像)치구두 좀 작게 됐어요. 그런데 아무래도 보살님의 그 자비스런 미소가 안 나타나요. 어떻게 보면 노한 모습같이두 뵈죠?」

「아뇨. 아주 인자한 미소가 역력해요. 그런데 뭘 보구 이렇게 깎으셨나요?」

「절에서 본 부처님들을 머릿속에 그려 가며 깎았어요. 불가의 격식엔 안 맞을 거예요. 내 멋대루 해본 거죠. 생각이 안 나서 여러 날 고심을 하니까 현몽이 되데요.」
「오매불망하시니까 꿈에 관음보살님이 현신을 하셨군요?」
윤여인은 나머지 하나를 집어서 방바닥에 세웠다.
「이 부처님은 뭐라고 하나요?」
추선의 긴 속눈썹이 자주 움직였다.
「글쎄요. 약사여래상(藥師如來像)인데 하늘을 가리키신 가운데 손가락 끝을 자꾸 다듬다 보니까 둘째손가락보다두 더 짧아졌지 뭐야. 호호호.」
추선은 비로소 화사하게 웃으며 흰 이틀을 드러냈다.
윤여인은 앞에 있는 향나무 토막을 집어들면서 물었다.
「이걸루 또 만드실 작정이군요?」
추선은 고개를 끄덕였다.
「네. 불도를 닦는 마음으루. 자꾸 정성을 들이다 보면 칼끝에 부처님이 현신하셔요. 호호호.」
「영검이군요? 불심과 영검은 생명이 깃들인 불신(佛身)을 낳으신 셈이네요. 그쯤 되면 하나의 도(道)군요?」
윤여인은 진심으로 그런 말을 했다.
추선도 진심으로 말했다.
「대원위대감께선 난초와 경복궁을 후세에 남기실 거예요. 그분의 권세와 육신은 물거품처럼 스러지더라두 그 두 가지는 길이 남을 것 아녜요? 나는 부처님의 일목상(一木像) 몇 좌 남기겠어요. 비록 서투른 솜씨지만 그분을 사모하면서 밤마다 칼끝으로 저미고 다듬은 한 계집의 집념이라면 후세의 애깃거리는 되잖겠어요?」
추선의 표정은 더할 수 없이 쓸쓸했다.
눈앞에 윤여인이 있는 것도 잊은 것 같다.
아직 다듬지 않은 향나무 토막을 무릎 위에 놓더니 칼끝을 대기 시작한다.
사각사각, 자질구레한 칼밥이 치마폭에 쌓이기 시작했다.
두 개 세 개의 다른 나무를 깎아 맞춰서 만든 조각은 합목상(合木像)

이다.
 추선은 하나의 나무토막으로 하나의 불상을 만든다. 일목상이다.
 본시가 비상한 손재주를 가지고 있는 여자였다. 하긴 가야금인들 손재주가 아닐까.
 남다른 영감이 손끝에 나타나서 가야금도 그토록 잘 뜯고, 또 불상마저 이렇게 잘 새기는 게 아닌가. 윤여인은 흡사 뭣에 홀린 것처럼 간단없이 움직이고 있는 추선의 손끝, 칼끝을 바라보고 있었다.

 밤은, 여름밤은 깊어 자정이 넘었다.
 불빛에 비친 추선의 옆모습은 경건하리만큼 엄숙한데, 어디선가 멀리서 개짖는 소리가 컹컹컹 들려오고 있다.
 서글픈 시간이 새벽에 내리는 안개처럼 짙어가고 있다.
「잡시다!」
 추선은 일어나 금침을 깔았다.
 두 여인은 나란히 자릿속에 들었다.
 서로 걷고 있는 인생길은 다를는지 모르지만 외롭고 한많은 젊은 여인이라는 점에선 처지가 같다.
「부러워요.」
 윤여인이 반듯하게 누워서 천장을 바라보며 말했다.
「뭐가?」
 추선도 천장을 쳐다보며 반문했다.
「그처럼 맹목으로 남을 사랑할 수 있는 아씨가 부러워요.」
 윤여인은 진심으로 그런 말을 했고,
「병이죠, 뭐.」
 추선 역시 그것은 자기의 고쳐질 길 없는 병이라고 단정했다.
 추선은 오열하듯 말을 이었다.
「어느 때구 그분은 내게로 돌아오실 겁니다. 아마 외로워지면 내 생각을 하실 거예요. 방정맞은 소리지만 옛부터 권좌(權座)란 영원할 수 없는 게 아니겠어요? 난 그 어른을 존경하지만, 그분이라고 예외라곤 생각잖아요. 막말로 30년 뒤에 곽삭 늙어 보세요. 반드시 새로이 움튼 세력한테 밀려서 외로워지실 거예요. 그때나 기다렸다가…….」
 추선은 이야기를 하다가 말고 웃었다.
 자기 자신이 허무한 감이 들었던 것 같다.
「모두들 그분에게 관심을 갖지 않을 때, 그땐 내 차례가 되겠죠?」
 나란히 누워 있었기 때문에 윤여인은 보지 못했으나 그런 말을 하는 추선의 두 눈마구리엔 이슬이 맺혀 있었다.
「내 생각으론 철저하게 밑지는 사랑을 해 보고 싶어요. 모든 사람들이 불쌍하게 여길 만큼 밑지는 사랑을 해야 사랑을 한 것 같은 것만 싶어요. 병이죠?」
 그게 왜 병이겠는가. 윤여인은 추선이 부러웠다.
 어느 때가 됐을까. 윤여인은 잠에서 깨었다.
 촛불이 환했다. 옆이 허전한 것 같다. 귓결에 사각거리는 소리가 들려왔다.
 조용히 고개를 돌려 봤다.
 고개를 돌린 윤여인은 아직까지 본 일이 없는 성스러운 한 여자의 모습을 발견하곤 숨소리를 죽였다.
 추선은 일어나 앉아서, 단정히 앉아서 불상을 깎고 있는 것이었다.
 칼은 잘 드는 것 같았다. 사각사각, 칼밥은 치마폭에 간단없이 떨어지고 있었다.
 육감으로 새벽녘임을 짐작할 수 있었다.
 대청 쪽으로 나 있는 쌍바라지에 새벽의 서기(瑞氣)가 서린 것은 아니지만, 밤은 밝아 오고 있는 게 틀림없었다. 촛불이 빛을 잃어가고 있는 탓일까.
 거기 추선은 초롱한 눈으로 단정하게 앉아서 불신(佛身)을 깎고 있는 것이다.
 향나무의 그 독특한 향기가 방 안에 충만하고 있어서 추선의 옆모습은 흡사 관음상처럼 신비롭게 보였다.
 윤여인은 넋을 잃고 추선의 그러한 모습을 바라보고 있었다.

사랑이 승화해서 관음보살이 돼 가고 있다면 지금 추선의 저 모습이 아닐까. 윤여인은 그런 생각을 했다.

추선이 깎고 다듬고 있는 것은 불상이 아니라 불심이라고 생각했다.

한 남자를 사랑하다 화석으로 승화한 젊디젊은 보살상은 없을까. 있다면 지금 추선의 모습이라고 윤여인은 혼자 생각했다.

추선이 깎고 있는 것은 역시 관음상인 것 같았다. 심장을 묻고 있는 앞가슴의 융기(隆起)를 세심하게 경건하게 칼끝으로 다듬고 있었다.

추선 자신의 가슴을 다듬고 있는 것 같았다.

말을 걸어 보고 싶었으나 윤여인은 입이 움직여지지 않았다.

온 세상에 살아 있는 모든 것이 잠들어 있는 순간에, 오직 추선만이 홀로이 잠자지 않고 오도(悟道)의 경지에 있는 것 같았다.

섬세한 손끝으로, 날카로운 칼끝으로, 무아의 경지에 몰입한 채 깎고 있는 그것이 어찌 마음 없는 하나의 나무토막일까.

붉은 피가 통하고 있는 아픔을 느끼는 살갗에 예리한 칼날을 대고 있는 조심성이 추선의 표정을, 동작을 지배하고 있다.

전율(戰慄)을 느낄 만큼 그것은 냉랭하고 경건한 자세였다.

조각된 불상이 불상을 닮지 않은 엉뚱한 것이 된들 어떤가.

짚단을 뭉쳐 수수깡으로 눈알을 박은 제웅의 형상이 된들 어떤가.

거기 한 남자를 사랑하는 여자의 순수한 집념이 깃들이고, 그 집념이 관음보살의 티없는 마음이 돼서 부처의 육신을 빚고 있다면, 비록 그 빚어진 형체가 부처님을 닮지 않았다고 해서 단순한 나무토막일 수 있을까.

나무로 깎았어도 그것은 그리움의 응혈이다.

추선 자신이 말했잖는가.

대원군은 죽어서 난초 그림과 경복궁을 남기겠지만, 자기는 살다가 간 표지로서 목각으로 된 불상이나 남기겠다고 말이다.

(자기 분신을 낳고 있구나!)

윤여인은 조각에 몰중하고 있는 추선을 보면서 자기 자신의 생활을 뉘우쳤다.

여자로선 당돌한 행동이었다.
 세상에 널리 알려진 유명인의 유명한 사건은 아니었으나, 죄없이 죄인으로 몰려 원귀가 된 아버지와 오라비의 원수를 갚겠다는 집념, 그것이 대원군을 일방적으로 사랑하는 추선의 저 집념만큼 순수할 수 있을까.
 보복의 대상은 일개 지방의 수령이었다.
 그러나 그자는 김씨네의 몰락과 함께 이미 참혹하게 몰락해 버렸다. 맥이 빠지잖는가.
 원한의 근원인 김병기와 그리고 나합에 대한 미움도 당시엔 그네들이 권세가였기 때문에 절실할 수 있었다.
 그러나 이젠 그네들도 몰락해서, 불쌍한 존재가 되었다. 이제 와서 그네들 가슴에 칼을 꽂을 수 있은들 뭣이 통쾌할 것인가.
 이상지에겐 이용을 당해 왔다.
 그는 국왕을 중심으로 하는 귀족정치에 회의를 갖고 동학과 같은 서민운동에 피를 끓이는 사나이다.
 지금은 그가 운현궁의 가령이지만, 언제 어느 때 배신을 할지 모르는 존재임을 윤여인만은 알고 있다.
 싫다. 그와 내통하는 것은 이제 싫다.
 (나도 한 여자로 돌아가자!)
 그러자니 앞으로 어떻게 해야 할 것인가.
 '여자출입꾼' 노릇을 청산하고 어디로 가서 어떻게 파묻혀야 안정이 될 것인가.
 윤여인은 혼자 몸을 뒤치면서 다시는 잠들지 못했다.
「왜 벌써 잠을 깨우? 무슨 생각을 해요?」
 추선이 놀리던 손을 잠깐 쉬면서 이렇게 물어왔을 때,
「아씨의 지금 그 모습을 후세에 어떻게 전하면 될까, 그런 생각을 해봤어요.」
 윤여인은 배를 깔고 엎드리면서 즉흥적인 대답을 했다.
 그러자 추선은 연장을 한편으로 챙기면서 윤여인에게 묻는 것이었다.

「간밤에 운현궁에 모였다던 여자들, 다 제 집으로 돌아는 갔겠죠?」
역시 그 문제가 밤새도록 신경에 걸렸던가.
어디선가 꼬끼요오 하고 첫닭이 홰를 치며 울었다.
먼동이 트고 동천(東天)이 밝아지기 시작한다. 함께, 소음이 사람들을 깨운다.
언제부터 서울의 새벽엔 이런 소음이 사람들의 아침잠을 깨우게 되었는가.
달구지 소리가 연이어 지축을 흔드는 것이다.
「이리여, 이눔어 소! 금강산에서 오는 경복궁의 대들보다. 어서 고이 모셔라!」
뗏목이 되어 물을 타고 온 목재를 소달구지가 실어 나르는 것이다.
「이리어, 이눔어 소! 강화도에서 배타고 온 돌기둥이다. 어서 고이 모셔라. 찍! 이눔어 소.」
돌바리, 재목바리가 경복궁 공사터를 향해서 새벽의 장안을 소란스럽게 누비고 있는 것이다.
서강, 마포, 용산에는 서북지구에서 황해를 거쳐 들어온 당도리배들이, 서빙고, 한강 일대에는 영동지방과 근기(近畿)에서 실어온 재목배들이 강상(江上)을 뿌듯하게 뒤덮고 있다.
서울 근교에서 자진 부역에 나선 소달구지들은 그 육양된 목재와 석재들을 공사현장으로 나르기에 바쁜 것이다.
목재야 함경, 강원도의 것을 따를 수 있겠는가.
서까랫감 같은 칡덩굴이 등장하는가 하면 아름드리 참싸리토막이 실려오기도 했다.
그러나 석재(石材)야 어딘들 없을까. 석재로 으뜸가는, 빛 희고 결 좋고 몸 단단한 화강암은 이 나라의 산이라면 어디에든 있다.
동대문 밖은 양주 땅, 양주 땅의 불암산은 산 전체가 그대로 질 좋은 화강석이다.
정을 대면 쭉쭉 쪼개지는 결 좋고 몸 단단한 화강석 덩어리다.
같은 바위라도 북향(北向)한 것이 빛이 희다. 북쪽 수락산과 접한 동막골엔 수백 명의 석수들이 날마다 들끓었다. 한편에는 깨고 한편에선 다듬고 또 한편에선 지레로 움직여 소달구지에 싣느라고 법석이었다.
 그러던 어느날 아침, 굴러 내려온 바위덩이에 석수 한 사람이 깔려 죽었다.
 그리고 어느날 오후, 그 불암산의 채석(採石)은 갑자기 중단이 되고 말았다.
 —무슨 영문이냐?
 —대원위대감의 분부란다.
 사실이었다. 대원군은 풍수설에 남달리 귀가 밝았다.
 첫 돌바리가 경복궁 현장에 도착한 날이었다.
 남양부사로 가 있는 박유붕이 오래간만에 운현궁에 나타났다.
 「경복궁 공사판을 보구 왔사옵니다.」
 그는 자기 말대로 일목요연한 애꾸눈이다. 대원군을 우러러보면서 그런 말을 꺼냈다.
 「그래? 장관(壯觀)이지?」
 「돌바리가 마악 도착했더군요.」
 「그래? 좋던가? 경회루의 석주감일 텐데.」
 「좋더구만요. 쭉쭉 뻗은 무조각 같은 게 어디서 채석한 것인지 좋더군요.」
 「양주 돌일 것!」
 「양주요? 동대문 밖 양주 말씀이오니까?」
 「양주가 서문 밖에도 있던가?」
 「아하하…….」
 박유붕은 입맛을 다시면서 유감스럽다는 태도를 보였다.
 대원군은 물었다.
 「왜? 양주 돌은 못 쓰나?」
 박유붕은 외눈을 껌벅이며 대답했다.
 「돌이야 좋습니다만 산에서 직접 내려온 게 아니옵니까?」
 「돌이 산에서 직접 내려오지 않구 하늘을 날아온단 말인가?」

대원군은 그를 믿는다.

어린 아들 명복을 보고 머잖아 국왕이 되겠다고 예언을 해서 적중한 사람이니 말이다.

「자세히 말해 보게! 양주 돌은 못 쓰나?」

「못 씁지요.」

박유붕은 한마디로 양주 돌은 못 쓴다고 대답했다.

「왜? 돌의 질이 좋다면서 왜 못 쓰나?」

「경회루에 쓸 석주라면서요?」

「경회루의 기둥을 모조리 돌로 하라고 했네. 물에 잠기는 게니까 튼튼도 하고 보기도 좋을 게고 이층 누각이 될 걸세. 왜 양주 돌은 못 쓰나?」

「저하, 나무도 물에 오래도록 잠겼던 놈이라야 단단하고 윤이 나지 않습니까. 화류(樺榴)처럼 말씀입니다.」

「석재도 물에 잠겼던 거래야 한단 말인가?」

「돌은 물에 오래 잠기면 빛이 희지 못합니다. 제 말씀은, 물 위에 세울 경회루의 석재라면 산에서 직접 운반된 게 아니라 물을 타고 반입된 것이라야 길(吉)하다 그 말씀이올시다.」

「수운(水運)을 이용한 놈이라야 한단 말인가?」

「금목수화토, 오행(五行)의 역리(易理)이옵지요.」

대원군은 귀가 솔깃해서 고개를 끄덕였다.

박유붕은 구부렸던 허리를 폈다.

「시생의 생각으론 석재는 강화도에서 허출시키면 좋을까 합니다.」

「강화도?」

「석질이 좋을 뿐 아니오라 배를 타고 바다도 건너고 강물도 거스르고 하게 될 테니까 경회루에 쓸 것은 강화도에서 나는 석재가 길할까 하옵니다.」

대원군에게 이론(異論)이 있을 수 없었다.

그날로 불암산의 채석은 중지하라는 '대원위대감 분부'가 내렸던 것이다.

날이 갈수록 경복궁의 중건공사는 백성에겐 짐이었다. 그러나 일은 착착 진행되고 있었다.
　대원군은 득의만만했다. 조성하에게 이를 할까 하다가, 옛친구이자 청지기인 김응원에게 분부했다.
　「역군들이 즐겨 부를 만한 노래를 지어 보게.」
　며칠 후 경복궁 공사장엔 새로운 노래 하나가 유행됐다.
　　진국명산 만장봉(鎭國名山萬丈峰)은
　　청천삭출금부용(青天削出金芙蓉)일세.
　　어허 에헤이 상사두야, 얼럴럴 상사두야.
　　백악산 밑 명당자리에다 경복궁 대궐을 짓는구나.
　　얼럴럴 상사두야.
　　국조(國祚)는 만년이고 성자(聖子)는 천세로세.
　　에헤야 얼럴럴 상사두야.
　을축년이다. 음력 사월의 어느날이었던가.
　「저하, 또 하나의 길조(吉兆)가 나타났습니다.」
　대원군에게 푸른빛 옥돌로 만들어진 술잔 하나가 공사 현장의 감독관인 이영하에 의해서 바쳐졌다.
　「그게 대관절 뭔가? 술잔이 아닌가?」
　「술잔은 술잔이지만 기가 막힌 보물이올시다. 저하의 서운(瑞運)을 감축하옵니다.」
　박경회라는 노동꾼이 창의문 밖 석경루 아래서 우연히 발견한 옥배(玉盃)라고 했다.
　「무슨 글귀가 써 있네 그려?」
　「수진보작(壽進寶酌)이라는 명귀(銘句)가 새겨져 있습니다.」
　「수진보작이라? 핫하하.」
　「그 밑의 잔글씰 읽어 보시죠, 저하.」
　「화산도사(華山道士)의 수중보(袖中寶)를, 헌수동방 국태공(獻壽東方國太公)하니, 청우십회 백사절(青牛十廻百巳節)이요, 개봉인시 옥천옹(開封人是玉泉翁)이라. 청우십회 백사절이란 을축년 사월이란 말인가?」

대원군은 희열이 만면했다. 자기의 성운을 축하하고 기린다는 뜻이 틀림없다.

어떤 아부족의 장난인진 알 길 없지만 하여간 그는 기뻤다. 외쳤다.

「그 박경회라는 자에게 오위장(五衛將)을 제수한다고 일러라!」

일개 노동꾼에 불과한 그 옥배 발견자에게 정삼품 벼슬인 오위장의 감투를 준 것이다.

도성을 경비하는 직책이다. 동서남북 네 군데에 있는 영문에 한 사람씩 입직(入直)해서 밤이 되면 여섯 명의 기병을 거느리고 각 영문끼리 연락을 취하며 순찰을 하는 게 오위장이다.

여름이 가고, 가을이 오고 또 갔다. 그리고 겨울이 왔다.

너무나 크게 벌인 공사였다.

돈도 많이 들었다.

8개월 동안에 찬조금으로 들어온 이른바 원납전 총액이 400만 냥이 넘었으나, 그러나 간데 온데 없었다.

대원군은 원납의 형식으로는 경비조달이 불가능하다는 것을 깨달았다.

결두전(結頭錢)이라는 제도를 실시했다.

일 결에 100냥씩의 부과금을 징수하면 전국에서 200만 냥이 들어온다는 계산이었다.

공사의 노역도 경기도민만으로 달려서 서울 시민에게도 의무적인 부역을 명령했다.

―반(班)을 짜라! 대(隊)를 형성하라!

약 300개의 대를 조직시켰다.

그들에겐 종이로 모자를 만들어 쓰게 했다. 비로모(毗盧帽)라고 불렀다. 모자끝에는 채화(彩花)를 장식하게 해서 그들에게 자긍을 갖도록 심리적인 채찍질을 가했다.

대원군은 매일 아침 공사장을 한 차례씩 둘러보며 인부들을 격려했다.
 안성 청룡사의 남사당패가 줄타기에 가장 신기(神技)를 보였다.
 관악산 삼막사 패거리들이 무동엔 으뜸이라고 했다.
 포천 남사당패들은 고깔 끝에 옥색 꽃송이를 단 것이 특징이었다.
 남치마 노랑저고리의 여장(女裝)을 하고 덩실덩기덩 춰대는 춤이 볼 만하다는 여론이었다.
 과천의 짠지패는 홍타령이 제격이고, 고양 벽제패들은 산염불(山念佛)이 장기라고들 떠들었다.
 공사판이 아니라 홍행장이었다.
 까뀌질 대패질도 장구소리 제금소리에 흥을 맞추면 지치지 않는 것이라고 했다.
 석공들이 망치와 정으로 돌을 깨고 다듬을 때는 그것 자체가 불협화음이긴 했으나, 하나의 음악이었다.
 서울 근교의 아낙네들은 밥 싸가지고 남사당패의 구경을 왔다.
 남편이 경복궁 지으러 서울 갔다가 바람났다고 하소하는 여자들이 생겼다
 그만큼 광화문, 종로, 안동 일대에는 밤마다 유두분면(油頭粉面)의 색주가들이 들끓었다.
 지난 여름부터 들병장수라는 족속이 생겨났다.
 막걸리병 하나와 돗자리 한 닢으로 술도 팔고 몸도 파는 여자들이, 평생 여자라면 자기 마누라밖엔 몰랐던 시골 장정들을 후려댔다.
 '경복궁타령'이라는 노래가 인부들 사이에 불리기 시작한 것은 가을부터였다.
  임 없어라 발광을 말고,
  나 돌아갈 때까지 밤출입이나 마시게.
 두고 온 아내를 그리워하는 노래로는 좀 해학적이다.
  남문을 열고 바라를 치니,
  계명산천이 다 밝아 온다.
 또 하루해를 보내야 하는가, 지루하다는 한탄일게다.

무정세월아 가지를 마라,
　　　아까운 청춘이 다 늙어 간다.
　살을 에는 찬바람이 경복궁 공사판을 휩쓸기 시작할 무렵, 갑자기 서울의 민심이 술렁거렸다.
　풍문(風聞)의 출입금지구역은 없다.
　경복궁 공사판에도 소문이 파다했다.
　「북방에 오랑캐가 쳐들어왔단다!」
　한 사흘 뒤에는 좀더 구체적이었다.
　「아라사놈들이 쳐들어왔단다. 두만강을 건너서 화총(火銃), 댕구[大砲]를 막 쏴대며 쳐들어오고 있단다.」
　「아라사놈들은 곰같이 몸뚱어리가 온통 시꺼먼 털이라더라.」
　농군과 노동꾼들이다. 아라사라는 나라가 있는지 없는지도 모른다.
　「아라사는 대국(청)보다도 몇 곱절이나 큰 나라란다. 보름이면 서울에까지 쳐들어올지도 모른다.」
　몹시들 술렁거렸다.
　「에라, 고향에 가서 마지막으로 예편네나 안아 봐야겠다!」
　공사판을 이탈해서 밤을 도와 제 고장으로 돌아가는 패들이 날마다 늘어났다.
　「작년엔 불과 다섯 놈이 두만강을 건너왔어도 함경감사와 경흥부사가 벌을 받았다지 않은가베. 수십 명의 우리 군사가 목이 달아나구.」
　이것은 좀 유식한 패들의 고의적인 선동이었다.
　터무니 없는 소리는 아니다.
　다섯 놈이 두만강의 얼음을 타고 월경해 와서 통상(通商)을 요구하는 국서(國書)를 전하겠다고 떼를 쓴 일이 있지 않은가.
　그 사건으로 함경감사 이유원과 경흥부사 윤협은 견책처분을 받았다. 그리고 그 녀석들을 안내했다는 죄목으로 김홍순, 최수학을 강변에서 목을 잘라 효수한 일이 있다.
　「그런데 이번에는 아라사의 대군이 쳐들어왔다는군요!」
　「대궐과 조정이 지금 발칵 뒤집혔다오..」

「그래서 오늘 저녁땐 운현궁 앞뜰에서 무술대회가 열린다는구려.」
「대원위대감두 똥이 타게 된 모양이지.」
「쉬이!」
풍문이란 참 묘하게 살이 붙고, 유언비어란 엉뚱한 방면으로 번져 나가는 것이다.
공사장의 작업 능률은 눈에 띄도록 저하해 있었다.
인부들의 수효가 밤을 새고 나면 줄어들었던 것이다.
드디어 영건도감 당국에서도 그 원인을 파악했다.
운현궁의 지시를 받은 이경하가 말을 타고 느닷없이 현장에 나타났다.
눈발이 희뜩희뜩 날리고 있다.
「공사판의 작업대장들은 모두 한곳으로 모여라!」
이경하는 말을 타고 공사판을 두루 돌아다니며 직접 영을 내렸다.
석수들은 정과 망치를 놓았다.
목수들은 대패와 톱을, 그리고 끌과 먹통을 팽개쳤다.
2천여 명의 일꾼들도 일제히 연장을 버리고 손을 털었다.
「일은 아주 크게 벌어진 모양이다!」
모두 그렇게 생각했다.
「공사두 중단할라나 부다!」
고향에 돌아갈 생각들을 했다.
「전쟁이 터졌는데 대궐 짓게 생겼소!」
비양거리며 눈알을 부라리는 사람도 있었다.
삽시간에 100여 명의 작업대장들이 건춘문 근처로 모여들었다. 그리고 2천여 명의 군중이 다시 그들을 에워쌌다.
뒷사람들은 돌이나 재목을 쌓고 그 위에 올라섰다.
이경하가 말을 탄 채로 군중 틈을 뚫고 중앙으로 나섰다. 적갈색의 말이다.
앞다리를 번쩍 쳐들며 허공을 보고 한바탕 우는 바람에 군중은 더욱 긴장했다.

「여러분!」

드디어 이경하의 그 꽹과리 소리 같은 음성이 터졌다.

공간엔 눈발이 자옥했다.

이경하는 말고삐를 고쳐 쥐면서 목청을 높였다.

「요새 며칠 동안 이 막중한 궁궐 중건 공사가 눈에 띄도록 지지부진인데 어쩐 까닭이오?」

그는 일단 힐책하듯 크게 소리친 다음 말을 계속했다.

「내 듣자니, 이 공사장엔 허무맹랑한 풍설이 떠돌아서 여러분이 맡은 바 소임을 충실히 하지 않는다는데 그 말이 사실인가?」

그는 말고삐를 한번 채서 제자리걸음으로 한 바퀴 돈 다음 다시 외친다.

「본시가 풍문이란 허무맹랑해서 믿을 게 못 되는 것이지만 요새 여러분이 귀에 담고 있는 낭설은 아마도 이 중건공사를 방해하려는 역신의 무리가 있어 고의로 퍼뜨린 유언(流言)으로 단정한다. 만일…….」

그는 또 말고삐를 챘다.

제자리걸음으로 한 바퀴 돌았다.

「만일 앞으로도 그런 맹랑한 허언에 현혹돼서 이 막중한 공역(工役)을 지연케 하는 자가 있다면 용서 없이 포박해서 여러분 앞에 그 처량한 말로를 보여 줄 것이다.」

그는 음성을 좀 낮췄다.

「허나 나는 지금 여러분을 문책하는 건 아니다. 여러분은 진상을 몰라서 그런 낭설에 잠시 현혹됐을 뿐이니까. 그 낭설의 진상을 사실대로 밝히겠다.」

그의 설명은 사실과 부합했다.

「요새 아라사놈들이 우리 국경을 넘어온 것은 사실이다. 허나 당신네들이 듣고 있는 것처럼 아라사의 대군이 우리나라를 침범해 온 것은 아니다. 불과 20여 명이었다. 비록 총기를 가진 놈들이지만, 그들은 이 나라를 침범하는 게 목적이 아니고 통변을 앞세우고 와서 물화의 교역을 강요했다. 그러나 그놈들은 하여간 불법으로 우리 국토에 들어왔을 뿐 아니라 그 태도가 오만불손했다. 더구나 우리를 얕보고 강제하는 건 사실이다.」
　군중들은 단순했다. 고개를 끄덕이며 술렁거렸다.
「죽일 놈들이구나!」
　이경하는 다시 역설했다.
「그래, 새로 도임한 함경 감사 김유연은 그들을 무마해서 돌려 보내되 90일의 기간을 설정했다. 말하자면 90일 안에 우리 조정의 태도를 밝힐 것이니 물러가 기다리라고. 그뿐이다. 그들은 물러갔다. 지금 조정에선 그 문제로 공론중에 있다. 이 이야기가 어째서 당신들이 알고 있는 그런 맹랑한 허언으로 변했는지 그 진상을 지금 캐고 있다. 그러니만큼 앞으로……」
　쓸데없는 유언을 퍼뜨리는 자와, 공역에 게으름을 피우는 자와, 무단히 일터를 뜨는 무리에겐 국법으로 엄하게 다스릴 것이라고 그는 선언했다.
　그러자 누군가가 군중 속에서 큰소리로 질문을 했다.
「나으리! 그럼 오늘 석양무렵 운현궁에선 무술대회가 벌어진다는데 그건 사실이 아닙니까?」
　이경하가 대답한다.
「사실이다. 그러나 그것은 그런 문제와 무관하다. 그렇지 않더라도 대원위대감께오서는 문약(文弱)과 파쟁으로 이 나라가 반신불수가 된 것을 통탄하고 계시다. 온 백성이 무기(武技)를 연마하고 숭상하는 기품을 기르기 위해서 오늘 무예 이십사반(武藝二十四般)의 시범경기를 운현 뜰에서 베푸신다.」
　그는 말을 끊었다가 잠깐 생각끝에 선언하는 것이었다.
「마침 잘 됐다. 내 대원위대감께 소청해서 그 시범경기를 이곳에서 열도록 하겠다.」
　군중은 단순했다. 구경거리가 생겼다는 바람에 박수를 쳤다.
　이경하는 말발굽을 돌려 공사 현장에서 사라져 갔다.
　잠시 후 이경하의 약속은 실현됐다.

경복궁 건춘문 근처에서 전례없이 무술대회가 열린 것이다.
눈발은 그대로 흩날리고 있었다.
공역꾼들에겐 특히 일손을 쉬게 해서 전원에게 경기를 구경시켰다.
조정대관들이 위의(威儀)를 갖추고 나와 구경하는 성관(盛觀)이었다.
「어허, 삼공 육경(三公六卿)이 한자리에 모였구나!」
군중 속의 좀 유식한 늙은이가 감탄했다. 모두들 고개를 끄덕였다.
그런 영광스러운 조정 행사를 천민들에게 구경시키다니, 생애 최고의 날이 아니냐는 감탄이 없을 수 없었다.
시골 사람들에게, 노동자들에게 오늘날까지 구경거리라면 뻔했다.
민속적인 것으론 씨름, 줄다리기, 활쏘기 등이 힘을 상징하는 남자들의 놀음이다.
여자들에겐 그네나, 강강수월래 같은 군무(群舞)가 구경거리 놀음이다.
농악이니, 남사당이니, 굿이니, 장님의 경읽기 같은 것도 구경거리엔 틀림없지만 행사라고는 할 수가 없다.
지금 벌어지는 무술대회를 본다는 것은 일생에 한번 그 기회를 얻기가 어렵다.
더구나 노동꾼인 자기네들을 위해서 이 경복궁 공사판에서 정부의 대관들이 참석한 가운데 개최되다니 오늘의 주인은 누군가. 공역꾼들이 아니냐 말이다. 아무리 부려먹기 위한 사탕발림이라 치더라도 과분한 처사다.
모두들 감격하고 흥분했다.
돌연 일진(一陣)의 무사들이 건춘문으로 질서정연하게 들이닥쳤다.
기치창검을 앞세운 그들은 고색이 창연한 갖가지 갑옷에다 갖가지 투구를 썼다.
창, 칼, 곤봉이 많았으나 모양새는 모두 달랐다.
한 무리의 기마병도 거들먹거리며 나타났다.
「이건 수호전이나 삼국지를 보는 것 같소그려.」

감탄인지 농담인지 그런 말을 하는 사람도 있었다.
눈발은 계속해서 대회장에 차분히 내리고 있다.
백악은 희끄무레했고 남산은 숫제 보이지를 않았다.
그때였다. 돌연 또 광화문 쪽이 술렁거렸다.
「나랏님의 거둥이다!」
군중 속에서 누군가가 외쳤다.
「어? 나랏님이 오셔?」
그러나 국왕의 거둥은 아니었다.
운현궁의 호위영 군사들이 군중을 헤치며 길트기 시작했다.
「대원위대감의 행차시다!」
아닌게아니라 대원군의 행차가 광화문으로 들어섰다.
「대원위대감의 행차시다. 물렀거라, 비켜라!」
전 같으면 그 다음 말이,
「네 이놈들 게 앉거라!」
라야 한다.
그러나 대원군은 국왕의 거둥 때 이외는 일반에게 길바닥에 꿇어 앉을 필요가 없다고 영을 내린 바 있다.
제각기 내로라 하고 거드름을 피우며 지정된 의자에 착석하고 있던 조정대관들이 일제히 일어나 자그마한 사나이 하나를 영접했다.
드디어 만반준비가 완료된 셈이다.
이경하가 말을 탄 채 광장 복판에 또 나타났다.
개회 선언인가.
그의 목청은 미상불 우람했다.
「지금부터 황감하옵게도 대원위대감 입석하에 무예 이십사반의 시범 경기를 시작한다.」
경복궁 중건 공사장에서는 때아닌 환성이 하늘을 흔들었다.
우선 그것만으로도 수천 군중의 마음을 사로잡은 것이다.
그러나 이경하는 반드시 해야 할말이 있었다.
「모두 듣거라!」

심상心像이 흐리거든 하늘을 보라 315

그는 군중이 정숙해지기를 기다려,

「옛부터 우리나라는 세계에 관절(冠絶)하는 금수강산이다.」

엉뚱한 허두가 튀어나왔다.

「그래서 우리나라는 항상 외적의 시달림을 받아왔다. 지금도 사위에서 외적들이 우리나라를 호시탐탐하고 있다. 국태공 저하께오서는 나라의 기쁜 일, 어려운 일을 항상 만백성에게 기탄없이 알리고 의논하고 서로 힘을 모아야만 이 나라의 기틀이 전례없이 튼튼해질 수 있다는 신념이시다. 최근에도 북방의 아라사가 우리를 집적거린 일이 있다. 물론 조정에서 이미 잘 처리한 바 있지만, 이런 때일수록 온 백성은 스스로를 보호할 수 있는 무기(武技)를 몸에 익혀 심신을 연마함은 물론, 평상시의 무비(武備)를 튼튼히 해 둔다는 기풍을 길러야 한다. 오늘 이 무예 이십사반의 시범경기를 여러분에게 특별히 구경시키는 것은 그러한 국태공 저하의 배려이시다. 여러분!」

이경하는 갑자기 소리를 꽥 질렀다.

군중은 일제히 목을 쑥 뽑아 그를 바라봤다.

그러나 이경하는 엉뚱한 소리를 외쳤던 것이다.

「만세를 부르자! 국태공저하의 만세를 부르자! 만세!」

얼결에였다.

군중은 얼결에 만세를 외쳤다.

일찍이 어떤 개인을 숭배한다는 뜻에서 어디서 누가 만세를 부른 일이 있는가.

들어 보지 못한 이야기다.

지금 이경하의 이 즉석 연기는 후세까지 화제를 남길 만하다.

이경하가 말발굽을 돌려 퇴장을 하자, 좌우에 좌우상(左右相)과 뒤에 육조판서를 거느리고 앉아 있던 가장 작은 사나이가 오른손을 말없이 번쩍 쳐들었다.

경기 시작의 명령이었다.

먼저 등장한 것은 궁수(弓手)들이었다.

이렇게 해서 스물 네 가지의 무술이 그 기예를 다투는 것이다.

원래 우리나라의 무예라면 사(射)뿐이었다.
임진왜란을 치렀다.
선조는 무기(武技) 없음을 통탄했다.
명나라 척계광의 기효신서(紀效新書)에 따라 곤봉 다루기 등의 열 두 가지를 펼쳤다.
그후 영조는 장창술(長槍術) 여섯 가지를 더 펼쳐서 모두 열 여덟 가지의 무술이 일부에 익혀졌다.
그러다가 정조조(正祖朝)에 이르러 기예육기(騎藝六技)가 더해져서 모두 스물 네 가지가 됐다. 부르기를 무예 이십사반.
그 종류는 다루는 무기로 나눠져 있다.
장창(長槍), 죽장창(竹長槍), 기창(旗槍), 당포(鏜鉋), 기창(騎槍), 낭선(狼筅), 쌍수도(雙手刀), 예도(銳刀), 왜검(倭劍), 제독검(提督劍), 본국검(本國劍), 쌍검(雙劍), 마상쌍검(馬上雙劍), 월도(月刀), 마상월도(馬上月刀), 협도(挾刀), 등패(藤牌), 권법(拳法), 편곤(鞭棍), 마상편곤, 곤봉, 마상곤봉, 격구(擊毬), 마상재(馬上才) 이렇게 세어보면 스물 네 개가 된다.
이런 무예들이, 뽑힌 사람들에 의해서 차례로 그 기량을 겨루기 시작했다.
관중의 모든 시선은 한곳으로 쏠리고 있었다.
그러나 오로지 대원군의 시선만은 허공에 머물러 있다.
(이렇게 모두 비위를 맞춰 줘야 하는가. 할일이 너무나 많은데…….)
그는 허공에서 눈발과 함께 흔들리고만 있는 자기의 심상(心象)을 응시하고 있었다.
아무도 모른다.
대원군이 지금 눈발 흩날리는 허공을 응시하면서 무엇을 생각하고 있는지를 주위에 있는 아무도 알 까닭이 없다.
그는 턱을 하늘로 치킨 채 이따금씩 눈을 감았다 떴다 했다. 아무래도 하많은 생각이 오락가락하고 있는 것 같다.

(이제 또 시급한 일은 이 나라의 무비(武備)로구나!)

집정한 지 불과 2년이다.

그동안 문란했던 삼정(三政)은 어지간히 바로잡혀서 위기에 처했던 나라 꼴이 제법 틀에 잡힌 셈이다.

사실 일발(一髮)의 여유도 주지 않고 처음부터 무섭게 다그쳐 왔다.

신왕의 즉위식이 끝난 바로 그 자리에서 대왕대비의 언서훈계(諺西訓戒)를 빌어 먼저 어린 왕에게 강조시켰다.

왕자는 솔선해서 근신절검(謹愼節儉)하고, 경천애민(敬天愛民)하라고 말이다.

또 그 자리에서 시원임 대신들에게 강렬한 어조의 언교(諺敎)를 내리게 했다.

민생이 도탄에 빠지고 나라살림이 형편이 없고 관원의 기강이 해이되고 백성의 기질이 나태한 까닭을 아느냐. 모름지기 이는 위정의 책임을 졌던 경들의 허물이다. 앞으로는 탐욕과 비행을 징치(懲治)하여 생민(生民)을 구제하고 국계(國計)를 충족케 할 수 있는 사람만이 국정에 참여하라!

호되게 매질을 했다.

누군들 재물이 싫겠는가.

그는 공식으로 호조에서 자기한테 보내 주기로 돼 있는 면세전(免稅田) 일천 결(結)과 전토(田土)값으로 내리는 은자(銀子) 이천 냥과 그리고 앞으로 5년간을 두고 지급될 콩 일백 섬, 쌀 일백 섬의 생활비를 깨끗이 사절하고는 한달에 백미 열 섬, 돈 백 냥씩만 받아 왔다. 윗물이 맑아야 하니 말이다.

그뿐인가. 조카 이재원이 소유하고 있던 면세 전결(田結)을 모조리 국고에 환납하게 해서 왕실종친부터 솔선수범을 시킨 바 있다.

그리고 각 궁방(宮房)과 내사(內司)의 무토수세(無土收稅)를 금하고 지방관속들의 불법주구(不法誅求)를 엄중히 단속했다.

호조와 선혜청엔 엄명을 내렸다.
각도에서 당연히 바쳐야 할 환상곡(還上穀)과 전결세미(田結稅米)의 미납량을 철저히 조사시키고 그 수납을 독려하는 동시에 특히 담당관원의 부정은 용서없이 처형토록 한 바 있다.

포탈곡 천 석 이상인 악질은 참형에 처하고, 그 미만인 자에겐 분등해서 형배(刑配)하라!

실제로 몇 놈 본보기를 보여 줬다.
지난해 9월인가. 남양부의 대동미(大同米)를 횡령해 먹은 윤관영을 목졸라 죽인 일 말이다. 불과 240여 석 정도였지만 4년 동안에 걸쳐 범행 수단이 악질이었다.
금년 4월의 일인가, 충청도백 신억의 보고를 보니 환곡 백 석 이상을 포탈해 먹은 자가 76명이고, 그 이하는 너무 많아 수를 헤아릴 수 없다고 했다.
역시 뜨끔하게 해 줬다. 그중에서 천 석 이상을 해 먹은 놈들은 대중이 보는 앞에서 목을 잘라 나무에 걸었다.
경기도 양근, 안성 등지에서도, 강원도 인제, 평창에서도 비슷한 일들이 있었다.
생각하면 너무 무참한 형징(刑懲)이지만 그렇게 안 하고선 누대로 내려온 그런 폐습들이 고쳐질 것 같지 않았다.
편찬(編纂) 사업에서도 힘을 기울였다.
철종실록(哲宗實錄)과 외교사(外交史)라고 할 수 있는 교린지(交隣志), 그리고 법령집인 대전회통(大典會通)도 이미 그 간행을 보게 했다.
어디 그뿐인가.
풍속 개량을 시키려다 보니까, 난봉꾼과 기생창녀의 정조(貞操)값에까지 관여해야 했다.
왜, 그, 기생 머리 얹혀 준다는 말이 있잖은가, 말하자면 첫 정조를 뺏는 그 값 말이다.
  많아서 1백 20 냥을 초과할 수 없다고 금을 그어줬다.
  외입은 하더라도 기둥뿌리는 남아나야 하니까 말이다.
  기생서방이나 창녀서방의 자격도 제한했다.
  정원이나 사법판서의 말단 관리들은 안 된다고 금했다.
  화류계 여성들의 몸차림과 행동거지도 단속시켰다.
  관기와 창녀는 서로 머리 모양과 옷 빛깔을 달리하라, 안경은 못 쓴다. 수신[繡鞋]이나 비단신도 신어서는 안 된다. 안 걸으려거든 가리개 없는 판여(板輿)나 타라…… 등으로 제한해서 여염집 여성과 구별을 시켰다.
  일반에겐 색의장려(色衣獎勵)도 했다.
  흰신이나 비단신을 신고서야 무슨 활동을 하겠는가. 검은 가죽신을 장려했다.
  팔도에 통첩했다.

  문무 대소관원들은 호피(虎皮)나 고급 비단으로 갑옷이나 말안장을 만들어서는 안 된다.

  명주옷도 제한했다. 관리는 물론 일반 서민들은 오십 세 이상이 아니면 명주옷을 입지 말 것이며, 당하관(堂下官)의 저고리 정도면 눈감아 주겠다고 했다.
  갓테가 너무 크다. 도포나 두루마기의 소매통이 왜 그리 넓으냐, 담뱃대도 길다. 갓끈도 그렇게 길 건 없다, 부채는 왜 또 그리 커야 하느냐, 왕복서신용 대간지(大簡紙)도 너무 커서 종이의 낭비니까 작게 하라.

  신분의 여하를 막론하고 평민의 기본인권을 침해하면 엄벌할 것이다. 특히 권세를 이용해서 남의 부녀자를 겁탈하거나 사형(私刑)을 가하는 자는 의법처단하라.

과객당(過客黨)을 일소하라! 직업도 없는 불량배들이 성군작당해서 도둑질 아니면 선량한 백성들에게 금품을 요구하는 일이 허다하다. 가차없이 구금 처단하라.

어지간히 달구쳐 왔다.
그동안 큰일 작은 일을 가리지 않고 달구쳐 왔다.
(이제 당면한 사업은 궁궐의 중건이다.)
어떠한 난관이 있더라도 경복궁은 백세 천세에 그 위용을 자랑할 수 있도록 만들어 놓아야 한다.
그런데 이젠 북변(北邊)이 어지럽단 말인가.
(방비도 없는데…….)
아라사놈들이 넘나든다는 말인가.
대원군의 심경은 요새, 그리고 지금 극도로 착잡했다.
함경도 관찰사의 제보에 의하면 그놈들은 장총과 단총을 가지고 있더라 한다.
손가락 하나만 까딱 움직이면 불을 뿜어내는 무서운 총기를 개개인이 휴대하고 있다는데,
(지금 저 꼴은 뭐냐!)
곤봉이나 장창 따위를 휘둘러서 그런 신식 무기와 대항할 수 있을까. 들어서 익히 알고 있다.
종주국이라고 믿었던 청은 영국과 법국 군대한테 맥도 못 쓰고 수모를 당했다. 얼마 안 되는 군대한테 그렇게 당했단다.
그 앙칼진 왜국도 그렇다. 미국이라던가 하는 양인들에게 시달림을 받던 끝에 나라의 문호를 송두리째 개방해 버렸다니, 앞으로 그 나라인들 제 종사(宗社)를 지킬 수 있겠는가.
그런데 이제 우리에겐 저 곰같이 우악스럽다는 북방의 종족이 발톱을 들고 갉죽거리기 시작했다.
(3개월 기한이라? 내년 2월 안엔 가부간의 탁방을 내줘야 한다?)
대원군은 지금 경복궁 넓은 광장에 앉아, 군중의 열띤 함성을 들으며

심상心像이 흐리거든 하늘을 보라 321

홀로 그런 착잡한 상념에 잠겨 있었다.
(거북처럼 이 나라에다 온통 뚜껑을 해 씌울 수는 없는 것일까.)
그는 진심으로 그런 궁리를 하고 있었다.
(나라에다 뚜껑을 해 씌운다, 거북처럼?)
눈을 지그시 감은 채, 상반신을 좌우로 흔들어대고 있는 대원군의 눈꼬리 근처는 파르르 파르르 떨고 있었다.
내치(內治)는 그만하면 어느 정도 쇄신이 된 셈이다.
이제는 시끄러운 외치(外治) 문제가 초미(焦眉)의 급무로 등장했다.
(아라사놈들!)
비단 아라사 사람들뿐이겠는가. 이 나라가 약하다는 사실이 소문나면 너도나도 먹을 알이 생긴 것처럼 지근덕거려 올 가능성이 짙다.
「쇄국을 선포할까?」
그는 입밖에 내어 뇌까렸다.
인방(隣邦)들은 개국을 한다지만 이 나라는 반대로 쇄국을 하면 될지도 모른다는 생각이 들었다.
그것도 공공연히 대외에 선포하는 것이다.
─우리는 일체 외방(外邦)과의 거래를 하지 않겠다.
만약 이러한 우리의 국시를 홀시(忽視)하고 근접해 오는 외이(外夷)가 있다면 자위책으로 단연 퇴치할 뿐이다.
(미봉책에 불과하겠지?)
미봉책에 지나지 않는다는 것은 알고 있다.
그러나 우리의 실력이 길러지기 전까지는 그러한 미봉책은 불가피하지 않겠는가.
무예 이십사반이 외적의 총기에 대적할 수가 없는 게 사실이라면 말이다.
「야아!」
별안간 공간을 찢는 고함소리가 대원군의 귀청을 때렸다.
「야앗!」
그리고 후다닥거리는 요란한 말발굽소리. 대원군은 감았던 눈을 번쩍 떴다.
 눈앞이 뽀오얗다. 눈발이 눈앞을 가리고 있다.
 두 사나이가, 기사(騎士)가, 기창(騎槍)을 휘두르며 서로 엇갈려 내닫고 있는 중이다.
 두 사나이가 서로 반대편에서 내닫기 시작해서 서로 엇갈리는 순간을 포착해서 창으로 상대를 찌르면서 그런 기성을 발한 것이었다.
 그러나 두 사나이의 창끝은 서로 상대의 심장을 찌르지 않고 허공을 찌른 모양이다.
 그들은 자기의 창끝에 부딪는 저항을 느끼지 못하자 거의 동시에 뒤를 돌아다 보고는 손에 든 기창을 허공에서 다시 가누고 있었다.
 그러니 함성만이 허공을 찢었다. 그러니 말발굽소리만이 요란했다. 그러니 구경하는 사람들도 맥이 빠졌다.
 대원군은 그 어처구니없는 꼴을 목격하자 오른손을 어깨 위로 번쩍 쳐들었다.
「저하, 분부가 계시옵니까?」
 그의 옆에 시립하고 있던 무장 한 사람이 허리를 굽히고 물었다.
 대원군은 못 마땅한 듯이 그를 흘끔 노려보고는 소리쳤다.
「저게 기창술(騎槍術)이라는 게냐?」
「예에, 그런가 봅니다, 저하.」
「창이란 적의 몸이 와 닿아야 찌를 수 있는 게냐?」
「무슨 말씀이시온지, 저하?」
「적의 몸에 닿지 않으면 찌를 수 없는 것도 무기냐 말야? 아라사놈들은 손가락 하나만 까딱거리면 철환(鐵丸)이 공중을 날아가 적의 염통을 꿰뚫는 신식총을 가졌는데 저런 기창술로 그들을 대적할 수 있는가 말야? 우리는 화승총조차도 부족한데.」
 시립했던 무장은 할 말이 없어서 멍청하게 섰는데,
「야아!」
「야앗!」
 두 필의 말은 또다시 엇갈리고 기사들의 고함소리가 터졌다.

그러나 이번에도 실패였다. 실패도 아주 참담한 실패였다.

한 사나이는 지나치게 창을 든 팔을 내뻗었던지 몸이 한켠으로 기우뚱하면서 손에 쥐었던 창을 땅바닥에다 떨어뜨리고는 저만치 내달리고 있었다.

그리고 이쪽을 향했던 사나이는 창끝으로 허공을 찌르고는 말꼬삐를 채는 바람에 달리던 호마(胡馬)가 두 다리를 번쩍 들고는 제자리걸음으로 한 바퀴 핑그르르 돌았다.

「엥이!」

대원군은 고개를 왼쪽으로 홱 돌리면서 입맛을 다셨다.

그는 걸쩍해진 가래침을 카악 하고 땅바닥에다 뱉고는 눈살을 찌푸렸다.

「철환은 날아가 적을 맞춘다. 창도 허공을 날을 수가 있지 않으냐. 투창(投槍)으로 겨뤄 보라고 해라!」

옆에 시립했던 무장이 송구해 하는 태도로 말했다.

「그렇지만, 저하…….」

「그렇지만 어쨌다는 겐가?」

「창을 던지면 살상(殺傷)이 되기 쉽습니다, 저하.」

대원군은 그 소리를 듣자 버럭 역정을 내며 말했다.

「나는 지금 볼상사나운 춤구경을 하고 있는 게 아니다. 무예겨룸을 보려는 게야. 서로 상대의 생명을 노리는 무예를 겨루는 마당에서 피를 안 보려고 창끝으로 허공이나 찌르고 있는 꼴을 볼 모양이면 차라리 한가롭게 기생년의 엉덩이춤이나 보는 게 낫지 않겠느냐 말야.」

대원군은 눈알을 부라리며 엉뚱한 '대원위 분부'를 내렸다.

「임진왜란 때는 우리가 무참하게 패했다. 그때만 해도 피아(彼我)가 서로 화승포(火繩砲)로 대적을 했으면서 졌다. 전쟁에는 무기도 소중하지만 모름지기 정신력이 그 승패를 좌우하는 게야. 지금 우리에게는 창으로 총을 이기는 정신력이 필요하다. 듣거라! 저 두 놈으로 하여금 서로 창을 던져 상대편을 거꾸러뜨리게 하라!」

「저하!」

「무고한 살상이 난다는 게냐?」
「그렇습니다, 저하.」
「창은 다리 아플 때 짚고 다니는 지팡이가 아니다. 한번 치켜든 이상엔 필살의 기백이 그 창끝에 응결돼야 한다. 서로 던져 적을 거꾸러뜨리게 하라! 진 놈은 죽어 마땅한 게니까.」
누구의 영인가. 대원군이 한번 내린 영이다.
온 세상이 벌벌 떠는 '대원위 분부'다. 즉흥적인 호령 같지만 실은 생각한 끝에 내린 만좌중의 대원위 분부다.
누구도 지금 그의 앞에서 이의를 고집할 수는 없는 것이다.
그러한 판국인데 대원군은 걸터 앉았던 교의에서 벌떡 일어섰다.
순간 그의 좌우 뒤에 앉아 있던 좌우상도 벌떡 일어났다.
그리고 그들 뒤에 두 줄로 송구스럽게 앉아 있던 육조판서들도 별수없이 일어섰다.
동시에 구경꾼들이 술렁댔다. 긴장하면서 발돋음을 하면서, 대원군의 일거일동에다 온 관심을 모았다.
무기를 자랑하려고 나와 있던 궁수(弓手), 창수(槍手), 검수(劍手), 그리고 그밖의 모든 호반들도 일제히 긴장하면서 대원군에게 시선을 집중시켰다.
뿐만 아니라 방금까지 기창술을 겨루고 있던 말 위의 두 기사들도 말고삐를 잔뜩 잡은 채 나란히 섰다.
경복궁 안 넓은 마당이 온통 긴장의 도가니로 변해 버렸다.
그러나 그 두 사람이 타고 있는 말, 그 호마야 사람들의 그런 긴장된 분위기를 알겠는가. 알아 줬으면 좋겠는데 눈치가 없었다.
왼편에 서 있는 말이 또 두 다리를 번쩍 쳐들고는 허공을 보며 어허허 하고 무엄하게 울었다.
어디 그뿐인가. 오른편에 서 있는 놈은 꼬리를 번쩍 쳐들더니 더욱 무엄하게 제 생리의 욕구를 충족시키기 시작했다.
그렇더라도 모두 숨을 죽인 채 긴장하고 있었다.
대원군의 서슬로 봐서도 무슨 엉뚱한 불호령이 떨어질 것만은 틀림이 없는 순간이기 때문이다.

　대원군은 그의 습성대로 한동안 입을 열지 않았다. 분위기를 더욱 긴장시키고 자기의 위엄을 더한층 북돋기 위한 수법이다.

　그렇다고 잦힌 밥이 멀었을까.

　그의 입에서는 쨍쨍 울리는 야무진 음성이 두 사람의 기창수를 향하여 터져나오기 시작했다.

　「듣거라! 호반이 일단 자기의 창이나 칼을 높이 쳐든 이상엔 그대로 거둬들일 수는 없다. 너희는 내 앞에서 서로의 기량을 다뤘다. 승패없이 물러 가려고 하느냐? 무반의 체면이 못된다. 너희들의 창끝은 이미 여러 번 적의 콩팥을 노렸다. 빗나갔다고 해서 체념하면 이 만장한 관중을 기만하는 것이다. 끝내 기만할 테냐? 다시 한번 겨뤄라! 피를 보기가 싫단 말이냐? 목적이 문제다. 피를 보기 위해서 겨루는 게 아니라 겨루다 보니까 피를 보게 되는 것은 피할 길 없는 너희들의 처지며 그리고 또한 남아의 의지다. 알겠느냐?」

　아무도 선뜻 대답을 하지 못했다.

　「알겠느냐?」

　「예에.」

　왼켠에 있던 기창수가 손에 든 창을 바로 잡으며 대답했다.

　「알았으면 다시 겨뤄라! 승자는 영웅이고 패자는 죽음이다!」

　대원군은 교의에 다시 앉았다.

　좌의정 우의정도 다시 앉았다.

　육조판서들도 제 자리에 앉았다.

　군중은 발돋음을 내렸다.

　하늘에는 짙은 구름, 공간에는 휘날리는 눈발이 더욱 푸짐하다.

　광화문은 활짝 열려 있다.

　수문장들은 누구의 출입도 제한하지 않는다. 남녀 시민이 다투어 밀려들고 있다.

　이번에는 북이 쿵 쿵 쿵 울렸다. 호적(胡笛)도 니나니 나나니 울어댔다.

북소리가 다시 쾅 하고 나자 300자의 거리를 두고 마주보며 서 있던 두 사람의 기창수는 후닥닥 말을 달리기 시작했다.
　후닥닥거리는 말발굽소리가 경복궁 넓은 뜰에 가득 찼다.
　얕게 깔린 눈 위에 그 발자국이 검었다.
　관중은 다시 발돋음을 하고, 육조판서들은 자신들도 모르는 사이에 일어나 있었다. 손에 땀이 쥐어지는 순간이었다.
　대원군은 두 손을 교의의 손잡이에다 가볍게 얹어 놓고는 고개를 반듯하게 가눈 채 관전하고 있었다.
　(피를 볼 것인가? 봐도 할 수 없지. 본보기로 보게 해야 한다!)
　그는 혼자 자문자답했다.
　드디어 좌의정이 또 일어섰다. 우의정도 일어섰다.
　「아얏!」
　「아악!」
　기창수들이 서로 엇갈리며 외마디 함성을 질렀다.
　모두들 눈을 감았다.
　대원군은 눈을 부릅떴다.
　순간 대원군 쪽을 향해 달려오던 기창수의 창끝이 땅바닥에 풀썩 소리를 내며 꽂혔다. 군중의 시선이 한곳에 꽂혔다.
　순간 그 반대쪽을 향해 달려가던 기창수의 창끝이 상대편의 어깨에 꽂히면서 창대가 허공에서 두세 번 휘청거리더니 사람과 함께 말에서 땅 위로 떨어졌다.
　눈 날리는 하늘에는 솔개 한 마리가 크게 원을 그리며 날고 있었다. 눈이 내리고 있는데 굶주린 놈일까, 원을 그리며 날고 있다.
　결국 승자는 오연히 고개를 하늘로 젖히면서 말 위에서 가슴을 쫙 폈다. 이겼다는 자부의 얼굴로 군중의 동정을 살폈다.
　그러나 패자는 땅 위에 힘없이 고꾸라진 채 오른쪽 어깨에서 시뻘건 선혈을 콸콸콸 쏟아냈다.
　사지를 버둥거리며 고통을 참느라고 얼굴을 일그러뜨렸다. 주위의 백설이 붉게 물들고 있었다.

승부는 결정난 것이다.

스스로의 목적의식이나 불가피한 필요성이 있었던 승부의 겨룸은 아니었으나, 어쨌든 그들은 이기고 졌다.

그러나 아무도 그 승부에 두드러진 호응을 보내주지 않았다.

그것은 실로 너무나 어처구니가 없는 결말이었다.

관중들은 승자에게 환성이나 박수를 보내지 않았다.

그들은 오로지 땅에 떨어져 피를 쏟고 있는 패자를 지켜보고 있을 뿐이었다.

그들은 발돋움을 내리면서 저마다 서로 보고 눈살을 찌푸렸으나, 그렇다고 해서 패자에게 두드러진 동정도 보내지 않았다.

「너무하는군!」

관중들은 오히려 대원군의 지나친 장난에 눈살을 찌푸렸는지도 모른다.

그렇지만 잠시 후에 그들 관중은 우뢰와 같은 박수를 치고 있었다.

박수가 언제부터 시작된 감정의 표현인지는 모르지만 하여튼 그들은 박수를 쳤다.

스스로 마음에 우러난 박수들이 아니었다. 대원군이 먼저 손뼉을 짝짝 치기 시작한 것이다.

그것을 본 좌의정이 손뼉을 쳤다. 육조판서와 대원군을 옹위한 군관들도 손뼉을 쳤다. 그들의 시선은 딴 데 가 있었다.

그러자 관중 틈에서도 박수소리가 나기 시작했다.

단박 물결의 파동처럼 번져나가 우뢰와 같은 박수가 됐다.

승자에게 보내는 환성이 아니었다.

그저 대원군이 먼저 치니까 모두 그에 호응했을 뿐이었다.

대원군은 벌떡 일어섰다.

대신들도 모두 기립했다.

「듣거라!」

대원군의 그 카랑한 음성이 또 터졌다. 장내는 또 다시 숙연해졌다.

「이긴 자에겐 상을 내리겠다. 네 성명이 뭐냐?」

대원군은 승리를 거둔 기창수에게 직접 그 이름을 묻는 파격적인 은혜를 베풀었다. 관중들의 시선은 다시 방심에서 돌아온 듯했다.
「김성도라는 놈이올시다.」
승리한 기창수는 말에서 내려 감격한 듯이 이름을 댔다.
「그래? 김성도라?」
「예에.」
「네게 백미 열 섬과 마포(麻布) 다섯 필을 상으로 주리라.」
「예에, 황송하옵니다.」
승리를 거둔 기창수가 다시 말에 올라 의젓하게 물러나자 대원군은 또 한마디 했다.
「듣거라?」
모두들 조용히 귀를 기울였다. 그의 다음 말을 들었다.
「저놈은 비록 무기(武技)에는 패했으나 그 기백이 가상하다. 상을 내리겠다. 백미 스무 섬과 마포 다섯 필을 주리라.」
사람들은 어리둥절했다.
모두 자기가 잘못 듣지나 않았나 해서 옆사람들을 돌아봤다.
「진 사람에게 오히려 상을 더 후하게 준단 말이오?」
너나없이 그런 말을 서로 눈짓으로 묻고 있었다.
그 설명은 대원군이 스스로 했다.
「한번 싸움에 이기고 지는 것이 대수로운 게 아니다. 내 보기엔 저 녀석의 용창법(用槍法)이 오히려 슬기롭고 능했으나 사전의 연습이 부족했던 것 같다. 기백도 좋았으니 후일을 기하기 위해서 승리한 자보다 후한 상을 내리는 것이다.」
감정의 표현이 자유롭고 활달한 서양사람 같으면 박수와 환성으로 대원군의 뜻을 환영했을 것이다.
그러나 사람들은 숙연히 고개를 숙이며 한마디씩 입 속에서 중얼댔다.
「어지간한 양반이군.」
「역시 그릇이 커.」

대원군은 수군대는 관중의 동정을 살피고 난 다음 더욱 목청을 돋웠다.

「듣거라! 이 나라는 지금 호시탐탐하는 여러 외이에게 둘러싸인 채 스스로의 운명을 개척하지 못하고 있는 판국이다. 이대로 안한(安閑)한 세월을 보내고 있다간 어느 놈이 또 우리 국토를 짓밟을지 모른다. 우리가 비록 국토는 협소하고 백성의 성정(性情)이 온유한 게 흠이긴 하지만, 나라를 사랑하는 기백은 살아 있다. 백성들 가슴 속에 살아 맥박 치고 있다. 여(余)는 조정의 대신들을 믿지 않는다. 대소관원(大小官員)을 신임하지 않는다. 그들은 크거나 작거나 권세에 집착한 나머지 나라와 겨레를 잊고 사욕에 흘릴 때가 많다. 여가 믿는 것은 오로지 순박한 우리 백성이 가지고 있는 충심뿐이다. 애향애족(愛鄕愛族)하는 그 순절을 믿는다.」

대원군은 일단 여기서 말을 끊고는 날카로운 눈초리로 군중을 둘러봤다.

그는 감격하는 군중을 향해 더 한층 목청을 돋웠다.

「여, 만백성한테 선언하거니와 앞으로 당분간은 내 나라 땅의 어느 곳에도 오랑캐들의 근접을 막겠다. 필요하다면 삼천리 강토의 변두리에다 한 치의 땅도 남기지 않고 울타리를 칠 것이다. 언제까지라고는 말할 수 없다. 우리의 힘을 기를 때까지다. 법국이 와도 아라사가 와도 왜국이 쳐들어와도 능히 물리칠 수 있는 힘을 기르기 전에는 쇠약한 우리의 몰골을 남에게 보여 주기를 거부할 것이다. 따라서 우리는 일치단결해서 우리의 무비(武備)를 시급히 길러야 한다.」

대원군은 말을 마치고 단상을 뜨려 하다가 다시 한마디 했다.

「그 상처 입은 자를 데려다가 정성껏 치료해 줘라!」

상처 입은 무인은 엎드려 있었다. 그 등 위에 소담한 눈송이가 하얗게 쌓여가고 있었다. 상처에서 쏟아지고 있는 한 백성의 선혈은 더욱 붉었다.

사람들은 대원군을 우러러봤다.

다섯 자를 간신히 넘는 대원군의 유난히 작은 키, 그러나 그는 보는 사람들에게 엄청난 거인으로 보였다.
 북이 드높이 울렸다. 쿵 쿵 쿵, 대원군의 퇴장을 알리는 북소리다. 그리고 호적소리가 또 희뿌얀 공간에 요란스럽게 울려 퍼졌다.

●제4권에서 이어집니다.